Geno Hartlaub · Muriel

Geno Hartlaub

MURIEL

Roman

Scherz

Dieses Buch ist der unveränderte Reprint einer älteren Ausgabe.

Erschienen bei Fischer Digital
© S. Fischer Verlag GmbH, Frankfurt am Main 2014

Printed in Germany
ISBN 978-3-596-30193-5

Erste Auflage 1985
Copyright © by Scherz Verlag, Bern, München, Wien
Alle Rechte vorbehalten, auch die der Verbreitung
durch Funk, Fernsehen, fotomechanische Wiedergabe,
Tonträger jeder Art, Übersetzung und
auszugsweisen Nachdruck.

Die Personen der Handlung

MURIEL GARVINUS
ULRICH GARVINUS, ihr Vater
FELICITAS GARVINUS, ihre Mutter
EMMA GARVINUS, genannt «Moritz», ihre Stiefmutter
MELCHIOR und BALTHASAR, Muriels Brüder
JOSEPHINE SCHILFINGER, ihre Patentante
GREGOR SCHILFINGER, Psychiater, Chef des «Quisisana»
ANDREAS, URS und JÖRG, seine Söhne aus erster Ehe
CASIMIR, Muriels Großonkel, Kunstmaler
PROSPERO, Muriels Berliner Freund
MARIE LUISE, Ausdruckstänzerin und Gymnastiklehrerin
GABRIELLE, ihre Freundin
FRITZI VAN GOES, Sängerin
SIRIUS, Bühnendichter
SASCHA, bolschewistischer Funktionär
GIORGIO, Ästhet und Faschist
HANS SCHLATTER-BENEDETTI, Mechaniker und Rennfahrer
MR. FERNER, ein reicher Amerikaner
GLADYS, seine Pflegerin und spätere Frau
DR. SCHÖNBUCH, Oberarzt
BARTOLO, ein falscher Professor
TRAUGOTT LEYD, Psychoanalytiker
ALFRED GRAU, Psychoanalytiker
LEOPOLD GRAVENHAGEN, Verleger
FRANK, sein Sohn
MAX DERFINGER, Arbeitsloser und Dichter
JEAN-MARIE, Chauffeur und Gärtner
KÄTE, die Köchin
SVEA, eine schwedische Krankenschwester

1984

Da liegen sie wieder vor mir, die drei in rotes Saffianleder gebundenen Tagebücher mit der altmodisch schrägen Goldaufschrift Diary. Fast könnte man sie für Poesiealben halten, in die junge Mädchen früher Gedichte und Sinnsprüche schrieben. Der vom Gericht beauftragte Nachlaßverwalter hat den Namen MURIEL *auf der ersten Seite entdeckt und mir die Bände mit den Worten «Gehört das Ihnen?» auf die Fensterbank des einstigen Musiksalons gelegt. Die Möbel und Instrumente waren schon ausgeräumt und zum anderen Inventar in die Empfangshalle gestellt worden. Die Auktion des Quisisana-Hausrats soll morgen stattfinden. Es haben sich viele Interessenten und Fachleute angemeldet, weil auch die wertvolle Bibliothek versteigert wird.*

Vor einigen Jahren ist der Leiter des Sanatoriums, Gregor Schilfinger, gestorben. Sein Hauptwerk, «Die Psychologie der Gesunden und der Kranken», hat der Gelehrte unvollendet zurückgelassen. Das Ende des Quisisana, die Zwangsversteigerung des Parkgrundstücks und den Abriß der baufälligen Patientenhäuser, mußte er nicht mehr erleben. Als Miterbin und Adoptivtochter hat man mich von Paris, wo ich gerade eine Ausstellung meiner Fotografien und Collagen vorbereitete, herbeizitiert. Der Anwalt der Gläubiger will mir Gelegenheit geben, aus der Hinterlassenschaft des Klinikchefs «persönliche Erinnerungsstücke» an mich zu nehmen. Gregor hat recht behalten: Die drei Bände, in die ich als seine Patientin niederschrieb, was ich damals nicht sagen konnte, sind zu mir zurückgekehrt. Er hatte die Aufzeichnungen, die ich nie wiedersehen wollte, in einer Schreibtischschublade aufbewahrt. Nun erbe ich sie als «persönliche Erinnerungsstücke». Wider Willen fange ich in den Bänden, die ich vernichten wollte, zu blättern an. Ich werde sie aufbewahren, vielleicht sogar noch einmal lesen.

Das Ganze fing damals wie eine Strafarbeit an...

I

1945
Sie riefen über mich hinweg, mehrere Stimmen zugleich: «Muriel!» Das bin ich, kann es nicht leugnen, weiß es genau. Es gibt nur wenige Mädchen und Frauen in diesem Land, die so heißen. Sie tun alles, um mir das in Erinnerung zurückzurufen. Noch vor kurzem war ich niemand, ein ungeborenes Wesen. Ich schwamm im Fruchtwasser des Todes, in der Dämmerung großer Meerestiefen, hoffte, das Tageslicht, das in den Augen blendet, nicht noch einmal erblicken zu müssen. Mißtönend, grell, aus der Nähe, dann wieder von fern, dumpf wie durch Nebel- oder Watteschichten, klingen die Stimmen der Schwestern, stören mich auf, als ich wieder versinken möchte. Schön war es in dem Land, in dem es keine Menschen, keine Geräusche, Gerüche, nichts, was man schmecken kann, gab, nur noch Bilder mit unscharfen Umrissen, die sich im Zeitlupentempo an mir vorbeibewegten.
Muriel. Alle im Quisisana haben mich immer nur bei meinem Vornamen genannt. Ich kann Sveas singenden schwedischen Tonfall vom Krächzen der Oberschwester und von der tiefen Stimme des Schweizer Oberarztes unterscheiden. Was wollt ihr von mir? Ich gehöre nicht zu euch. Kein Liderzucken, kein Mundwinkelverziehen soll verraten, daß ich nicht mehr bewußtlos bin. Ich will weit weg sein, unerreichbar. Obgleich ihr genug Erfahrung habt, wird niemand das Täuschungsmanöver merken.

In Muriel war etwas wie Schadenfreude: Schreit euch nur heiser! Wenn ihr wüßtet, wie lächerlich euer «Muriel» für mich klingt. Ihre Lider klebten an der Wangenhaut, überm Gesicht lag noch immer eine weiße starre Schicht; sie hätte von einem Gipsabguß stammen können. Scham – das erste Gefühl, das sich in ihr regte. Mißlungen. Es war ihnen geglückt, sie aufzufischen, sie zappelte an ihrer Angel, ohne nach dem Köder geschnappt zu haben. Sie sollten endlich aufhören, ihr in Erinnerung zu rufen, daß sie Muriel war. So hieß sie, so würde das, was von ihr übriggeblieben war, weiter heißen.

Sie kam zu sich, die Sinne wachten auf. Das Gehör wurde schärfer: Hammerschläge, Vogelgezwitscher, dazu das Motorengeräusch eines Rasenmähers. Sie spürte Stiche in der Magengrube, hatte einen schlechten Geschmack im Mund. Ihre Hand, eben noch gedunsen und fühllos wie etwas, das nicht zu ihr gehörte, streckte sich nach der Wand mit der Rauhfasertapete aus. Dort, wo das Anstaltshemd sich hochgeschoben hatte, spürte sie das grobkörnige Laken des Klinikbettes an der Haut. Ein Blinzeln, versuchsweise. Als erstes erkannte sie das Fensterkreuz und das Bündel der Sonnenstrahlen auf dem Miniaturparkett des Fußbodens, den es so gemustert nur in einer einzigen Villa des Quisisana gab – im «Waldfrieden».

Auf einmal stand der Hohlwürfel des Zimmers auf dem Kopf, das Parkett war an der Decke, jeden Augenblick konnte das Bett in die Tiefe stürzen. Noch einmal schwamm sie im Traumwasser, doch es wurde immer seichter, ihre Bewegungen verlangsamten sich. Im Halbschlaf jagte sie noch einmal hinter der grünschwarzen Kapsel her – sie sah so schön giftig aus, als habe nur sie noch gefehlt, um das Ziel zu erreichen. Weiß, flach und unschuldig dagegen die Tabletten aus dem Röhrchen, die sie, in laues Leitungswasser aufgelöst, geschluckt hatte. Muriel fror, etwas kitzelte sie in der Nase. Es gab eine kleine Explosion, ein Geräusch, das zugleich schmerzhaft und befreiend aus ihrem Innern nach draußen drang – ein Niesen?

«Sie ist wieder da», hörte sie Svea sagen. Es war mißlungen, sie hatte versagt. Nicht einmal die Schwelle zu jenem Vorhof hatte sie überschritten, der erfüllt von Licht, Glück und Seligkeit sein sollte. Ihr zweites Leben, zu dem die unerwünschten Retter sie zwangen, würde blaß und schattenhaft sein, ohne Farbe und Tiefe.

Suizidverdächtig – wie lange würde das Wort noch auf ihrem Krankenblatt stehen? Jetzt spürte sie wieder das Gewicht ihres Körpers, das ihr abhanden gekommen war. Nicht weit genug weggelaufen. Eine Dilettantin, die alles nur halb und ungeschickt machte! Vielleicht lag es am Quisisana. Sie hätte es wissen müssen, sie kannte es gut genug von früher her. Auf einmal war alles wieder da. Sie hätte den Grundriß der Parkanlage – Lindenallee, Eingangstor, Rhododendrongebüsch, die Villen und Pavillons – aus dem Gedächtnis aufzeichnen können: die Kies- und Sandwege zwischen den Rasenflächen, die sternförmig auf das Rondell zuführten, wo der Brunnen plätscherte und die Sandsteinstatue Chronos Saturns auf ihrem Sockel saß, die weiße Bank, den Anlegesteg am Seeufer...

Muriel fühlte sich schwindlig, ihr war übel. Sie sehnte sich nach frischer Luft. Aber niemand war da, um das Fenster zum Park für sie zu öffnen. Alle lassen mich allein, dachte sie, bin ich es nicht einmal wert, daß jemand an meinem Bett Wache hält? Wo ist der Klingelknopf an der Wand? Ihr fehlte die Kraft, den Arm auszustrecken. Mit dem Ellbogen stieß sie an die Kante des Nachttischs.

Der Abschiedsbrief fiel ihr ein. Wenn ihn niemand entdeckt hatte, mußte er immer noch in der Schublade liegen. Weshalb hatte sie ihn geschrieben? Wen ging der Grund etwas an für ihren Entschluß, nicht mehr leben zu wollen? War es nicht Sache der Ärzte, nach einem Motiv zu suchen? Eins war Muriel trotz ihrer Benommenheit klar: Der Brief, falls er noch an seinem Platz war, mußte sofort verschwinden. Sie überlegte, auf welche Weise sie ihn vernichten konnte. Sollte sie ihn in kleine Fetzen reißen und in den Papierkorb werfen? Man hätte die Schnipsel wieder zusammensetzen können. Da man ihr Streichhölzer, Zigaretten und Feuerzeug weggenommen hatte, war es unmöglich, das Papier zu verbrennen. Vielleicht würde sie es schaffen, ohne einen neuen Schwindelanfall über den Flur zur Toilette zu gehen und den Brief, dessen Buchstaben sich in der Nässe sofort auflösen würden, wegzuspülen. Sie versuchte, sich im Bett aufzurichten. Es gelang ihr, die Schublade des Nachttischs aufzuziehen. Zwischen einem Kästchen mit Nähzeug und Schmuck und einem Stapel Papiertaschentücher lag – wie unberührt – der offene Briefumschlag ohne Namen und Adresse. Sie versteckte ihn unter der Bettdecke; sie hatte Angst, eine der Schwestern könnte sie überraschen, wenn sie ihn noch einmal zu lesen versuchte.

Nachdem die Nachtschwester wortlos die Zimmertür hinter sich geschlossen hatte und es ganz still im Haus geworden war, zog Muriel die Nachttischlampe so nahe wie möglich an sich heran. Ihre Augen waren das Lesen nicht mehr gewöhnt, die Buchstaben verschwammen, sie bekam Kopfweh. Der Text kam ihr fremd vor, als habe ihn jemand anderes geschrieben. Sie wunderte sich, wie ordentlich sie die Buchstaben aneinandergereiht hatte, ohne Angst, ohne Hast, viel deutlicher, als sie sonst schrieb, wenn sie sich Notizen machte.

Anrede und Datum fehlten. Der Brief schien irgendwo in der Mitte anzufangen. Waren seine ersten Zeilen verlorengegangen? «Ich stelle mir vor, wie es wäre, wenn Du noch Augen hättest, um zu lesen, was ich schreibe.» Vom Flur her hörte Muriel ein Geräusch: Ein Patient hatte geklingelt, die Nachtschwester näherte sich mit eiligen Schritten, öffnete eines der Zimmer und lief dann noch schneller den Gang wieder zurück. Es schien eine unruhige Nacht zu werden.

«Nur Dir, der Du sie nicht mehr zur Kenntnis nehmen kannst, will ich die Geschichte erzählen», hieß es weiter in dem Brief an den Toten, «sie geht sonst niemanden etwas an: Gleich nachdem der Krieg zu Ende war, habe ich angefangen, nach Dir zu suchen. Mit meinem alten Fahrrad machte ich mich vom Quisisana aus auf den Weg über die Grenze. Drei Tage lang bin ich geradelt, zwischen Flüchtlingstrecks, Panzern und Menschen, die auf den Landstraßen scheinbar ziellos hin und her zogen. Das Wetter war schön, aber kühl, der Himmel wolkenlos. Auf einer Landkarte suchte ich den Ort, wo das Lager war, in dem wir Dich vermuteten. Ich habe am Wiesenrand im Schlafsack oder in Scheunen übernachtet. Als ich die Militärkontrollen hinter mir hatte und durch das Lagertor ging, wußte ich plötzlich, daß Du nicht mehr am Leben bist. Ich fragte mich durch bis zur Registrierbaracke. Dort zeigte man mir Deinen Namen auf einer Liste der Toten. ‹Typhus›, erklärte der diensthabende Soldat. Acht Tage, bevor die Befreier kamen, bist Du gestorben. Deine Feinde haben Dich nicht mit eigener Hand umbringen müssen.

Ich bin zusammengebrochen, als ich die Nachricht hörte. Sie haben mich auf eine Bank in der Baracke gelegt und mich nach meinen Papieren gefragt. Ein Sanitäter fand meine ‹Heimatadresse› heraus. Noch am gleichen Tag brachte mich ein Rotkreuzwagen über die Schweizer Grenze zurück, in drei oder vier Stunden war ich wieder ‹daheim›. All meine Wege scheinen im Quisisana zu enden.»

Die Luft vor Muriels Augen fing zu flimmern an. Entweder war die Lampe so schmerzend grell, daß sich die Buchstaben im Licht auflösten, oder sie litt an derselben weißen Überhelle in ihrem Kopf wie im Lager, kurz bevor sie das Bewußtsein verlor. Die letzten Worte des Abschiedsbriefs, die sie entziffern konnte, irgendwo unten auf der sich auflösenden Seite, lauteten:

«Ich werde den Schritt tun, der mich befreit. Ich werde Dir nachfolgen.»

Wie lange stand Gregor schon in seinem Arztkittel am Fußende des Bettes? Regungslos, klein, älter geworden, wie ihr schien, mit fast farblosen, aber scharfen Augen hinter der Brille. Warum sagte er kein Wort, weshalb tat er so, als sei sie nicht Muriel, sondern eine neu eingelieferte Patientin, die er noch nie gesehen hatte? Jetzt schrieb er ein paar Worte auf die Krankentafel, holte sein Stethoskop aus der Tasche, öffnete Muriels Anstaltshemd und hörte Herz und Lunge ab, kurz und routinemäßig. Bevor Gregor eintrat, hatte sie in der Nachttischschublade und unter der Bettdecke nach dem Brief gesucht – vergeblich, er war verschwunden. Sie zweifelte nicht daran, daß die Schwestern ihn dem Chef übergeben hatten. Vielleicht steckte er in der Tasche seines Kittels. Gleich würde er ihn hervorholen, ihr etwas daraus vorlesen und dann Fragen stellen. Sie würde nicht antworten können. Ihre Stimme gab keinen Ton her. Scham, Wut und Verwirrung hatten sie stumm gemacht. Auch Gregor schwieg. Er steckte beide Hände in die Taschen des Ärztekittels, die nun doch keinen Brief zu enthalten schienen. Trotzdem war sie davon überzeugt, daß er ihn kannte. Er sah wie so oft allwissend aus, blickte sie kaum an, brauchte nicht zu fragen, wußte bereits über alles Bescheid.

«Morgen werden wir weiter sehen», war alles, was er sagte. Er drehte sich um und ging zur Tür. Sie kannte seine Tricks: erst einmal warten lassen. Es kommt darauf an, wer den längeren Atem hat. Solange sie keinen Laut hervorbrachte, würden sie sich nicht verständigen können. Sie fühlte sich wie ein Tier, die menschliche Sprache war ihr abhanden gekommen. Hatte Gregor das Schweigen über sie verhängt? Sie kannte seine hypnotischen Kräfte. Wollte er sie auf diese Weise bestrafen? Wußte er, wie sie sich den Schlüssel zum Giftschrank im Stationszimmer beschafft und die Tabletten und Kapseln entwendet hatte? Oder war es der Abschiedsbrief, der ihn gegen sie aufbrachte? «Im Grunde kann ich Frauen, die behaupten, sich wegen eines Mannes umbringen zu wollen, nicht leiden», hatte er früher einmal gesagt, «es ist nichts als Heuchelei. Der Entschluß, diese Welt zu verlassen, kommt in Wirklichkeit aus viel dunkleren Seelentiefen.»

Keine Uhr tickte im Zimmer. Wozu brauchte Muriel die Zeit? Hell und dunkel, Tag und Nacht, das genügte für eine wie sie. Wenigstens gab es hier keine vergitterten Fenster wie im «Salve Regina». Sie sah das graue Haus mit dem Fachwerkgiebel und den wilden Weinranken vor sich, verblaßt wie auf einer alten Fotografie: «Salve Regina», die geschlossene Abteilung für Frauen, für Patientinnen, die das gleiche getan hatten wie sie. Gregor hatte ihr einmal versprochen, daß sie, was auch immer geschehen sollte, niemals dort eingeliefert werden würde. Er hatte Wort gehalten. Sie lag in einem Zimmer der Villa «Waldfrieden». Nie hätte sie daran gedacht, einmal als Patientin ins Quisisana zu kommen. Früher hatte sie zur Familie gehört, die Nichte, das Patenkind aus Deutschland, das sich im Quisisana zu Hause fühlen sollte.

Abendvisite? Auf dem Gang mit dem Linoleumboden näherten sich Schritte: Chef, Oberarzt, Assistent, zwei Pfleger, die Schwestern. An Muriels Zimmer gingen sie vorbei, als sei es leer. Weshalb laßt ihr mich aus, ich bin doch nicht tot, hätte sie gern gerufen. Aber sie war noch immer stumm, konnte sich nicht bemerkbar machen, fand nicht einmal den Klingelknopf an der Wand über ihrem Bett.

Svea, die einzig Getreue, holte sie am nächsten Morgen ab: «Aufstehen! Wir haben um neun einen Termin beim Chef.»

Da Muriel zu lange zum Anziehen brauchte, kamen sie fünf Minuten zu spät. Gregor blickte auf die Uhr an seinem Handgelenk. Sein Tick mit der Pünktlichkeit, fiel Muriel ein. Von jeher war sie für ihn Voraussetzung für eine erfolgreiche Behandlung gewesen. Er blickte Muriel flüchtig von der Seite an. Svea gab ihm die Karteikarte. Die Patientin mußte sich auf das Stühlchen vor seinem Schreibtisch setzen. Er fragte, ob sie ihm nichts zu sagen hätte. Sie gab keine Antwort, kam sich vor wie eine Untersuchungsgefangene beim Verhör. Wieder war sie davon überzeugt, daß er den Brief an den Toten gelesen hatte. Doch mit keiner seiner Fangfragen würde er ihr mehr, als darin stand, entlocken können. Plag dich nur ab, dachte sie, aus mir bekommst du kein Wort heraus! Zweimal rasselte das Telefon, doch der Chef ließ sich nicht stören. Er fragte weiter, obwohl er keine Antwort bekam: nach Nebensächlichkeiten, die bewiesen, daß er den Abschiedsbrief kannte, nach dem Wetter unterwegs, wie lange sie zum Lager gebraucht und ob sie das ungewohnte tagelange Radfahren nicht überanstrengt habe. Muriel sollte sich auf das Ledersofa legen. Sie tat es ohne Widerstreben, wie jeder andere Patient. Gregor setzte sich hinter sie, er fuhr mit seinem Verhör fort. Da sie immer noch schwieg, fing er an, sich selbst die Antworten auf seine Fragen zu geben.

«Du hast es nicht seinetwegen getan», sagte er – am liebsten hätte sie sich die Ohren zugehalten, um keines seiner Worte mehr zu verstehen –, «die Wahrheit liegt tiefer. Nur kennst du sie nicht. Nicht die Schrecken der Außenwelt bringen uns um. Das Entsetzen kommt von innen. Nicht der tote Partner, das verlorene Du, läßt dich am Leben verzweifeln, sondern das verlorene oder noch gar nicht entdeckte Ich.» Als sie noch immer kein Wort sagte, versank auch Gregor eine Weile in Schweigen. Er schien etwas gründlich zu überlegen.

«Wenn du stumm bleibst und auf meine Fragen nicht antworten kannst», sagte er, «müssen wir eben etwas anderes versuchen.» Seine Stimme kam Muriel scharf und unerbittlich vor, nicht sanft und melodisch wie in früheren Zeiten. Wieder erinnerte er sie an einen Untersuchungsrichter beim Verhör. Sie wußte, daß er über sie siegen würde, es war nur eine Frage der Zeit. Am liebsten hätte sie jetzt schon gefragt: Was soll ich tun, was verlangst du von mir? Aber sie konnte noch immer nicht reden. Er ging im Behandlungszimmer auf und ab. Er blieb stehen, sah sie an. Überraschend machte er ihr einen Vorschlag: «Wie wäre es, wenn du alles aufschreiben würdest, was dich quält?»

Schreiben, nur das nicht! Sie war ein Augenmensch, hatte Fotografieren gelernt, sonst nichts. Leute, die wie Gregor abends am Schreibtisch saßen und Buchstaben an Buchstaben reihten, um Abhandlungen zu verfassen, hatte sie immer bedauert. «Auf den Versuch kommt es an.» Der Satz klang wie ein Befehl, sie wagte nicht, sich zu widersetzen. Aus der Schreibtischschublade holte Gregor einen Band hervor, der, in rotes Saffianleder gebunden, wie das Tagebuch eines jungen Mädchens aussah. In altmodischer Schrägschrift und Goldbuchstaben stand *Diary* darauf. Er blätterte in den Seiten, alle waren leer. Goldschnitt, gute Papierqualität, stellte Muriel fest, nachdem sie das Buch aus Gregors Hand genommen hatte. Sie entdeckte bei einem flüchtigen Blick noch zwei weitere Bände. Wie lange mochten sie schon in der Schreibtischschublade gelegen haben? Sie wunderte sich, daß das Papier keine Stockflecken hatte, die Seiten waren weder vergilbt noch grau. «Schreib alles auf, was dir einfällt – Träume, Erlebnisse, Erinnerungen. Die Reihenfolge ist ohne Bedeutung. Die Kindheit ist wichtiger als die Gegenwart. Ich werde es lesen und meine Schlüsse daraus ziehen.»

Auf einmal schien Gregor das Interesse an ihrem Fall verloren zu haben. Oder hatte er nur einen anderen Termin? Er brach die Behandlung ab. Auf die sorgfältige Weise der Ärzte wusch er sich die Hände. Der nächste Patient wartete an der Tür zum Vorzimmer, er ging an Muriel vorbei und legte sich auf das Ledersofa, von dem sie eben erst aufgestanden war.

Muriel nahm den Band in ihr Zimmer mit und verstaute ihn in der Nachttischschublade, wo noch am Tag zuvor der Brief an den Toten gelegen hatte. Als es dunkel geworden war und die meisten Patienten schliefen, knipste sie die Jugendstilleuchte an, setzte sich an den Klapptisch vors Fenster und schlug die erste Seite des *Diary* auf. Tinte und Federhalter hatte sie sich durch Svea besorgen lassen, der sie sagte, sie wolle einen Brief schreiben. Wie weiß das Papier war – es leuchtete ihr entgegen, sie mußte an Neuschnee denken, der noch ohne Fußspuren und Vogeltritte ist. Jeder Federstrich hätte die Reinheit des Papiers zerstört.

Sie machte erst einen Versuch auf dem Löschblatt, das sie als Unterlage benutzte. Statt etwas über sich selbst zu schreiben, wie Gregor es von ihr verlangt hatte, malte sie in großen Druckbuchstaben den Namen, mit dem sie den Toten genannt hatte – PROSPERO. In den Jahren der Verfolgung durfte sie nicht sagen, wie er wirklich hieß. Sie umrahmte das PROSPERO mit Kreisen und Spiralen. Dann packte sie der Schrecken der Leere. So nackt, wie es jetzt ist, dachte sie, kann das Papier nicht bleiben. Die ersten Worte kamen wie von selbst, als seien sie vorher schon unsichtbar auf der Seite eingeritzt gewesen. Wie klein und eng ihre Schrift geworden war, kaum zu entziffern! Die Buchstaben hetzten hintereinander her, die Zeilen sanken gegen den rechten Seitenrand ab.

Sie versuchte es mit einem Anfangssatz: «Muriel Garvinus, geboren am 9. Januar 1915 in Bremen als Tochter des Kaufmanns Ulrich Garvinus, Inhaber der Firma ‹Philipp Lange Sohns Witwe›.» Einfältig, töricht! Jemand, der sich irgendwo bewerben wollte, pflegte seinen Lebenslauf auf diese Weise zu beginnen. Sie mußte anders schreiben, nicht im Behördenstil, aber dennoch sachlich und kühl. Keine Aussagen, mit denen Gregor etwas anfangen konnte, weder Geständnisse noch Erinnerungen und Träume. Er würde bekommen, was er ihr aufgegeben hatte – eine Strafarbeit. Wie würde ein fünfjähriges Kind, wenn es sich ausdrücken könnte, erzählen, fragte sie sich. Was war ihr aus jener unendlich fernen Zeit in Erinnerung geblieben? Ein paar Momentaufnahmen, mit oder ohne Blitzlicht geknipst, dazwischen lange Strecken von Dunkelheit. Sollte sie dort, wo nichts mehr vorhanden war, etwas hinzudichten?

«Ich war fünf Jahre alt, als ich zum ersten Mal ins Quisisana kam», fing sie noch einmal an. Ihr fiel ein, was der Mann, den sie Prospero nannte, gesagt hatte, als sie ihm von diesem frühen Besuch im Sanatorium erzählte: «Diese paar Tage, von denen du kaum mehr etwas weißt, haben dein Leben bestimmt.» Er hatte gelacht, als er ihr Erschrecken bemerkte, und sie beruhigt – er habe diese Worte nicht ernst gemeint. Denk jetzt nicht an Prospero, wies Muriel sich selbst zurecht, er gehört in eine andere Zeit. Von meiner Kindheit hat er nie etwas wissen wollen. Wenn ich Erinnerungen hervorkramte, hielt er mich für infantil. Er meinte, in einer Zeit, die keine Rücksicht auf Einzelschicksale nähme, müsse man früher erwachsen werden, um durchzukommen.

«Josephine, meine Patentante, die jüngere Schwester meiner

Mutter, heiratete den Leiter des Quisisana-Sanatoriums, Dr. Gregor Schilfinger. Meine Eltern, meine Brüder und ich waren zur Hochzeit eingeladen.» Was für ein langweiliger Schulaufsatzstil! Muriel strich die letzten Sätze wieder aus. Was erwartete Gregor eigentlich von ihr: eine langatmige öde Familiengeschichte? Oder nur Einfälle, Bruchstücke, Bilder? Gut, daß mir Prospero das Fotografieren beigebracht hat, dachte Muriel, immer noch mit dem Toten beschäftigt, an den sie nicht denken wollte. Fotografien lügen nicht, sie dokumentieren die Wirklichkeit. Muriel kam ein Verdacht: Wollte Gregor etwa auf diese Weise eine neue Behandlungsmethode ausprobieren, eine Therapie, die weniger mühsam und zeitraubend war als die Analyse von Patienten auf dem Ledersofa, die keine Auskunft über ihr Seelenleben geben wollten oder konnten? Hatte er Hemmungen, sie so zu behandeln, wie er das bei anderen Patienten tat, weil sie miteinander verwandt waren?

Man müßte einen neuen Sprachstil erfinden, dachte Muriel: kurze abgehackte Sätze, kein fortlaufender Text. Sie schloß die Augen, sie bemühte sich, die fünfjährige Muriel vor sich zu sehen. Sollte sie in der dritten Person von ihr schreiben? In der Form der Gegenwart oder der Vergangenheit? Schon immer war es ihr schwergefallen, «ich» zu sagen; sie sparte dieses Wort oft sogar in ihren Briefen aus. Sie merkte, wieviel Mut dazu gehörte, von einer Ich-Person Muriel zu schreiben, die alles noch einmal in einer wiedergefundenen Gegenwart erlebte. War dies der richtige Weg? Weshalb kam es ihr dann so vor, als sei das Mädchen Muriel, von dem sie berichten sollte, ein ganz anderer Mensch als sie? Was verband die Dreißigjährige, die den Abschiedsbrief an den Toten geschrieben hatte, heute noch mit dem Kind, das zur Hochzeit der Tante Josephine aus Bremen in die ferne Schweiz gekommen war? Hatten sie mehr miteinander gemeinsam als den Namen?

2

1920
Hochzeitsvorbereitungen in der Küche. Feuergeprassel im Herd. Dampf und würzige Gerüche aus Kesseln und Töpfen. Die Köchin Käte läuft in ihren klappernden Holzpantinen auf den Fliesen hin und her. Ich darf Teig rühren und die Schüsseln ausschlecken. Auf dem Holzblock vor dem Schuppen im Gemüsegarten schlägt Jean-Marie, der Gärtner, einem Huhn den Kopf ab. Ein Blutstrahl spritzt aus der offenen Kehle bis zu den Johannisbeersträuchern, hinter denen ich mich versteckt habe. Die Flügel flattern noch, die Füße machen drei Schritte vorwärts, ehe das kopflose Tier zur Seite fällt und sich nicht mehr rührt. Ich rieche etwas Süßliches, Klebriges – Blut!

Josephine, die Braut, sitzt im Ankleidezimmer vor dem dreigeteilten Spiegel des Toilettentisches, im Unterrock, ein Frisiercape über den Schultern. Sie bürstet ihr Haar, das ihr bis zur Taille reicht. Es ist üppig, dunkel, es glänzt. Sie zählt die Bürstenstriche – jeden Tag morgens und abends je eine Viertelstunde. Mein Haar hat sie «seidenfein, aber dünn» genannt. Zur Feier ihrer Hochzeit macht sie mir eine neue Frisur: Pagenkopf. Sie teilt mein Haar in Strähnen ein, läßt die Schere ein paarmal im Leeren klappern. Ich habe Angst vor dem ersten Schnitt. Die Geschichte vom Daumenlutscher aus dem Struwwelpeterbuch fällt mir ein. Ich sehe den Schneider vor mir, wie er mit langen Schritten auf den Sünder zueilt, ihm den Daumen abschneidet, vor meinen

Augen fallen die Blutstropfen auf den Boden. Aber Josephine schneidet nur die Haarspitzen ab. Es tut nicht weh, kitzelt nur etwas im Nacken.

«Halt still!» ruft Josephine. Ich betrachte die Locken auf dem Umhang. Das bin ich, etwas von mir liegt da wie Abfall, sie hat es mir weggenommen. Die Schere fühlt sich kalt und hart an. Ich friere. «Was für ein schönes Pony haben wir da!» sagt Josephine. Ich will die Tränen unterdrücken, drehe den Kopf weg, schlucke ruckartig. Es gibt eine kleine Stichwunde von der Scherenspitze.

«Das kommt davon, wenn man nicht stillhält», sagt Josephine. Sie verschwindet im Badezimmer, wäscht sich die Hände. Ich starre in den Spiegel, erkenne mich kaum wieder. Jemand hat mir etwas geraubt, was mir gehört – Josephine, meine Patentante. Sie wird es mir nie mehr zurückgeben.

Onkel Gregors Arbeitszimmer. Ich sehe nur seinen Rücken. Er sitzt vor einem Riesenschreibtisch, der wie eine Burg mit Erkern und Zinnen aussieht – dunkel, verräuchert, angesengt. Hat es hier einmal gebrannt? Ich habe vergessen anzuklopfen, die schwere Tür knarrt. Er dreht sich zu mir um, nickt mir zu. Eine Lampe mit grünem Glasschirm wirft einen trüben Lichtkreis auf Bücher und Papiere. Am Tischrand stehen Familienfotografien in Lederrahmen: Josephine und daneben Onkel Gregors Söhne aus erster Ehe: Urs, Jörg und Andreas. Ich, seine neue Nichte, bin nicht dabei. Niemand darf hier den Staub von der Schreibtischkante wischen. Im Widerschein der Lampe sieht Onkel Gregor viel älter aus als Tante Josephine. Die Haare gehen ihm schon aus, er hat einen Schnurrbart auf der Oberlippe, wirkt kleiner und unscheinbarer als die Braut, hat aber golden glänzende Augen. Ich muß an die Kröte aus dem Märchenbuch denken, die sich durch einen Zauberspruch in einen Königssohn verwandelt. Zwischen den beiden Seitenteilen der Schreibtischburg entdecke ich eine Höhle, in der stecken Onkel Gregors Füße in Hausschuhen auf einem Schemel. Daneben ist auch für mich noch Platz. Ich finde diese Höhle wie für mich gemacht. Ich krieche hinein.

«Du in der Hundehütte?» sagt Onkel Gregor, er lacht. Ich fange zu knurren an, versuche, mich noch kleiner zu machen, rühre mich nicht vom Fleck. Belle, spiele den Wachhund. «Beiß mich nicht!» Onkel Gregor zieht seine Beine zurück, «belle nicht so laut! Merkst du nicht, daß du mich störst?» Ich verliere die Lust an dem Spiel, krieche wieder ins Freie, stehe auf, betrachte Onkel Gregors Hand, die etwas auf einen Notizblock kritzelt.

«Was machst du da?» frage ich. Er sagt, er notiere etwas, das ihm gerade eingefallen ist. Ich weiß, er schreibt viele Sachen auf. Warum nur? Ich will ihn danach fragen, vergesse es aber wieder. Ich entdecke mehrere seltsame Gegenstände im Arbeitszimmer: die Lupe, die alles vergrößert, was man durch sie betrachtet, als Briefbeschwerer einen blauen Stein, der den komischen Namen Lapislazuli hat, neben der ausgestopften Eule auf dem Bücherregal einen Totenschädel mit schwarzen Höhlen dort, wo einmal die Augen waren, und ein paar gelben Zähnen, die mich angrinsen.

«Keine Angst», sagt Onkel Gregor, «der Mensch, zu dem er einmal gehört hat, ist schon lange tot.» Auch die ausgestopfte Eule gefällt mir nicht. An der Wand überm Schreibtisch hängt die vergrößerte Fotografie eines menschlichen Ohrs mit seinen Windungen und Geheimgängen. Wenn Onkel Gregor schreibt, macht er den Rücken krumm, schiebt die Brille auf die Stirn, als könne er ohne sie besser sehen. Ich frage ihn, warum das Sanatorium «Quisisana» heißt.

«Italienisch», erklärt er. «Hier wird man gesund, bedeutet das Wort.»

«Stimmt das? Wird man hier wirklich gesund?»

«Wir hoffen es», antwortet der Onkel ernst, er schreibt schon wieder.

Die beiden Kreisel mit den runden Max-und-Moritz-Gesichtern – ich habe sie zu Josephines Hochzeit geschenkt bekommen –

drehen sich auf dem Parkett des Musiksalons. Der eine hat borstiges schwarzes Haar, der andere ist semmelblond. Sie fangen zu schwanken an, legen sich auf die Seite, bewegen sich nicht mehr. Im blauen Musiksalon, neben dem Flügel und der vergoldeten Harfe, versammeln sich die Gäste nach dem Hochzeitsessen. Ich blicke kein einziges Mal zu ihnen auf, krieche auf dem Boden herum, mit meinen Kreiseln beschäftigt. Sehe die Erwachsenen von unten, ihre Beine und Schuhe unter den Hosen- und Rocksäumen. Die Damen bewegen sich in ihren hochhackigen Schuhen stelzbeinig wie Sumpfvögel. Die meisten Tisch- und Stuhlbeine sind krumm, ähnliche Möbel gibt es auch bei uns zu Hause in Bremen; sie sind aus Mahagoniholz, das wie reife Roßkastanien glänzt. Ich drehe die Troddeln der Tischdecke zu einem Zopf zusammen, drösele ihn wieder auf. Versetze die Kreisel mit zwei Fingern in Bewegung, freue mich, daß man keine Peitsche braucht, um sie anzutreiben. Ich mag Spiele, für die man wenig Platz braucht. Ich fühle mich wohl in der Stille des Dämmerlichts unter dem Tisch, bin froh, daß man mich vergessen zu haben scheint. Weshalb müssen Erwachsene immerzu miteinander reden?

Auf einmal entdecke ich Josephines silberne Schuhe, sie haben flache Absätze, damit keiner merkt, daß sie größer ist als Onkel Gregor. An einem der Absätze klebt, schon verwelkt, eine Rosenblüte, die wir Kinder auf der Kirchentreppe für das Brautpaar gestreut haben.

«Weshalb krabbelst du da auf dem Boden herum?» fragt Josephine. Sie bückt sich, um meine Hand zu ergreifen und mich hochzuziehen. Ich versuche, noch tiefer unter den Tisch zu kriechen, dorthin, wo ihre Hand mich nicht mehr erreichen kann. «Fünf Jahre alt und tut, als könne sie noch nicht laufen.» Das sagt Josephine zu Mama, die auf einmal neben ihr steht.

«Komm, Kind, du bist doch kein Baby mehr!» Ich ergreife Mamas Hand. Jetzt stehe ich zwischen den Erwachsenen und geniere mich. Das neue Kleid, das Mama mir zur Hochzeit ihrer

Schwester gekauft hat, gefällt mir nicht. Es ist aus rosa Seide und glänzt wie einer von den gefüllten Bonbons, die mir nicht schmecken. Mama beklagt sich, das schöne Kleid sei schon zerknittert und fleckig, das komme davon, wenn man auf dem Boden herumrutsche. «Schluß mit den Kreiseln!» sagt sie. «Gleich gibt es Tee.»

Mama und Josephine tuscheln miteinander. Ich habe mich ganz in ihrer Nähe auf eine Fußbank gesetzt und versuche ihnen zuzuhören. Von mir ist die Rede, von meiner Taufe, die nicht in der Kirche, sondern in der Wohnung unseres Bremer Hauses am Wall stattgefunden hat. Ich erfahre etwas, das ich noch nicht weiß. Josephine, meine Patentante, war damals zu spät zur Taufe gekommen, sie wurde am Tisch die dreizehnte, was in den Märchen ein schlechtes Vorzeichen ist. Natürlich war sie eingeladen, aber sie erschien, als sie niemand mehr erwartete – wie eine Fee, von der man nicht weiß, ob sie gut oder böse ist. Mama erinnerte sich an ihr Kleid: schwarz mit Silberfäden. Es paßte nicht zu einer Taufe. Dem Pfarrer gefiel mein Name nicht. Meine Eltern hatten sich bemüht, ihm die richtige Aussprache von «Muriel» beizubringen.

«Muriel mit einem u», sagte Papa. Mama bestand auf der englischen Form des Namens. (Ich heiße nach meiner englischen Großmutter so.) Der Pastor goß geweihtes Wasser in einen vergoldeten Kelch, ein paar Tropfen davon ließ er auf meine Stirn rinnen. Trotz aller Belehrungen sprach der Pfarrer den Namen Muriel falsch aus, französisch, mit einem ü. Josephine, die Patentante, konnte sich vor Lachen kaum halten, sie beugte den Kopf vor, im gleichen Augenblick rutschte das Kind aus dem Taufkissen. Ich wäre auf den Boden gefallen, hätte Mama, die neben Josephine stand, mich nicht im letzten Augenblick aufgefangen. Das Gerücht von dem Zwischenfall verbreitete sich in der Verwandtschaft. Als ich erst ziemlich spät laufen und sprechen lernte, tippten sich meine Brüder Melchior und Balthasar an die Stirn und behaupteten, ich hätte von dem Sturz bei der Taufe einen Dachschaden zurückbehalten...

Josephine bittet ihre Gäste zum Tee. Die Kinder bekommen Schokolade, Eis und Torte. Ich muß mit meinen Vettern, den Zwillingsbrüdern Urs und Jörg, am Katzentisch sitzen. Sie füttern mich mit Kuchen. Sonst esse ich gern Süßigkeiten, aber jetzt ekle ich mich vor ihnen. Die Brüder zwingen mich, den Mund aufzusperren. Sie lachen jedesmal, wenn ich ein Tortenstück hinunterwürge. Immer mehr Kuchen und Sahne stopfen die beiden in mich hinein. Dabei unterhalten sie sich in einer harten und kehligen Sprache, die ich nur schwer verstehe.

«Wir werden sie mästen», ruft Urs, «sie ist viel zu dünn.» Das Wort «mästen» scheint ihnen zu gefallen, sie wiederholen es ein paarmal. Mir fallen Hänsel und Gretel ein, die von der Hexe gefüttert werden. Die Krümel bleiben mir im Hals stecken, ich muß husten, schiele zum Erwachsenentisch, wo meine älteren Brüder Melchior und Balthasar artig und stumm zwischen Mama und Papa sitzen. Sie tragen kurzgeschnittenes gescheiteltes Haar und weiße Matrosenblusen. Wieder schäme ich mich wegen des rosa Kleides und der Seidenschleife im Haar. Auf einmal fallen mir die Kreisel wieder ein, sie liegen unbeachtet in einer Ecke des blauen Salons.

«Max!» rufe ich, «Moritz!» Sie tun mir leid, ich hole sie an den Tisch und betrachte ihre lustigen Gesichter mit den Chinesenaugen. Urs und Jörg lehnen es ab, sich mit solchem Spielzeug abzugeben.

Andreas, der bisher im Park war, kommt zu uns an den Katzentisch. Er ist seinen Brüdern nicht ähnlich, hat ein blasses Gesicht, hellblondes Haar, das in Locken bis auf die Schultern seines Samtanzugs fällt. Sieht fast wie ein Mädchen aus: regenbogenfarbige Augen, lange Wimpern, die Lider sind stets etwas gesenkt. Er räumt Teller und Tassen beiseite, schiebt die Tischdecke zurück und setzt die Kreisel in Bewegung. Sie tanzen über die Tischplatte; er schützt sie mit der Hand, wenn sie von der Kante zu gleiten und auf den Boden zu fallen drohen. Andreas und mir gefällt das Spiel mit Max und Moritz am Rande des

Abgrunds. Auf einmal merken wir, daß Onkel Gregor neben uns steht.

«Ich habe noch etwas Schöneres für dich, Muriel», sagt er, verläßt den Musiksalon und kommt mit einem großen bunten Metallkreisel wieder, der oben und unten zugespitzt ist. Wenn man den unteren Knopf gegen den Boden stößt, setzt sich der Kreisel in Bewegung. Aus seinem Innern ertönt Musik, ein französisches Kinderlied.

Frère Jacques, Frère Jacques,
Dormez-vous, dormez-vous...

«Ein Kanon», erklärt Onkel Gregor. «Am Ende des Liedes läuten die Glocken, ding dang, dong. Das ist der Refrain, der sich immer wiederholt.»

Ich versuche, ding, dang, dong zu singen, treffe aber nicht die richtigen Töne. Der Musikkreisel fängt zu taumeln an, die Melodie endet in einem Mißton.

Andreas fragt, ob ich Lust hätte, einen Spaziergang mit ihm durch den Quisisana-Park zu machen. Ich bin froh, endlich wieder im Freien zu sein und frische Luft atmen zu können. Erst führt er mich durch die Lindenallee. Auf der rechten Seite liegt das Haupthaus, in dem die Familie wohnt, links sehe ich die Giebel und Dächer anderer Gebäude, in denen die Kranken untergebracht sind. Wir kommen zum Rondell. Ich höre das Plätschern eines Wasserstrahls, der in ein Brunnenbassin fällt. Wir setzen uns auf eine weiße Bank. Auf dem Rasen zwischen den Rosenbeeten entdecke ich eine Steinfigur: ein Riese, der auf einem Sockel hockt. Er hat den Kopf in die Hand und den Ellbogen aufs Knie gestützt. Seine Füße stecken in Sandalen. Bis zum Nabel ist er nackt. Am Brustkorb und an den Oberarmen wölben sich Muskeln hervor. Er hat einen lockigen Bart, hervorquellende Augen, auf seinem gekräuselten Haar ist eine Taube, die vom nahen See herangeflogen kam.

«Wer ist das?» frage ich.

«Chronos Saturn», erklärt Andreas, «der Gott der Zeit. Sitzt auf den Stufen zum Tor der Ewigkeit.» Den Namen kann ich mir nicht merken, obgleich er ihn wiederholt. Auf einmal bekomme ich Angst vor dem steinernen Alten. Starrt er mich nicht aus seinen Glotzaugen böse an? Gleich wird er sich vom Sockel erheben und die Hand ausstrecken, um nach mir zu greifen. Ich fürchte mich vor der Berührung mit der kalten Steinhaut, vor seinem Klammergriff. Ich springe von der Bank auf und laufe zur Lindenallee zurück. Hinter mir, auf dem Kiesboden, glaube ich die schweren Schritte des steinernen Riesen zu hören, der mich verfolgt.

Das Auto, das Onkel Gregor und Josephine zum Bahnhof bringen soll, sieht aus wie ein schwarzer Riesenkäfer. Wenn man ihn in Bewegung setzen will, muß man vorn an einer Kurbel drehen. Josephine steht, umgeben von Blumensträußen, hinten im Wagen. Onkel Gregor winkt den zurückbleibenden Gästen zu, die sich am Hauseingang zum Abschied versammelt haben. Neben dem Fahrersitz hat sich der Schäferhund Tell niedergelassen, er darf das junge Paar bis zur Bahn begleiten. Er winselt, stellt sich auf die Hinterbeine, blickt zur Treppe des Hauses mit den Hochzeitsgästen zurück.

«Laß ihn heraus!» höre ich Onkel Gregor rufen. «Er haßt Autofahren.»

«Im Gegenteil», sagt Josephine, «er liebt es.» Das Auto setzt sich langsam in Bewegung, am Lenkrad Jean-Marie, der Gärtner, der jetzt als Chauffeur eine dunkelblaue Uniform und eine Schirmmütze trägt. Josephine teilt Kußhände an die Zurückbleibenden aus. Tell spitzt die Ohren, dreht den Kopf herum, dann bellt er so laut, als habe er einen Dieb in der Nacht gestellt. Es dämmert schon. Jean-Marie läßt die Scheinwerfer des Wagens aufleuchten.

Im Lichtkegel entdecke ich einen Schatten. Mit rudernden Arm- und Beinbewegungen, den Kopf zwischen die Schultern eingezogen, läuft er in Zickzacksprüngen über den Weg. Jean-

Marie bremst scharf, der Wagen bleibt stehen, die Augen eines Mannes starren ins Scheinwerferlicht. Er stolpert, fällt zu Boden, bleibt liegen, rührt sich nicht mehr. Einige der Frauen, die vor dem Haus gestanden haben, schreien auf. Onkel Gregor ist schon aus dem Wagen gesprungen, er läuft auf den regungslos Daliegenden zu, beugt sich zu ihm nieder.

«Er ist Arzt», höre ich jemanden hinter mir sagen, «er weiß, was in solchen Fällen zu tun ist.» Ob der Mann noch lebt, frage ich mich, ob er schon verblutet ist? Das Huhn fällt mir ein, dem Jean-Marie den Kopf abgeschlagen hat. Der Hund läuft zu der Stelle, an der das schwarze Häufchen Kleider, Haut und Knochen liegt. Riecht auch Tell das Blut? Warum ist der Mann vor den Hochzeitswagen gelaufen, vor wem war er auf der Flucht? Es handelt sich, wie ich später von einer Krankenschwester erfahre, um einen Patienten, der im «Waldeck», der geschlossenen Abteilung für Männer, untergebracht war. Schon mehrmals ist es ihm gelungen, bis zum Eingangstor zu fliehen, wo ihn die Pfleger wieder eingefangen haben. Jedes Jahr kehrt er ins Quisisana zurück, obgleich sie ihn erst kurz zuvor entlassen haben. Er heißt Ulli, ist unheilbar nervenkrank.

«Er gehört in eine Irrenanstalt, nicht ins Quisisana», sagt Mama. Doch er läßt sich offenbar ebensowenig aus dem Park entfernen wie Chronos Saturn, der Gott der Zeit, von seinem Sandsteinsockel.

«Immer wieder trifft man Ulli an Stellen, wo man ihn nicht vermutet», sagt Andreas, der anscheinend auch Angst vor ihm hat.

Ich sehe den beiden Pflegern nach, die den Verletzten zum «Waldeck» zurückbringen. Er kommt mir nicht wie ein Mensch vor, eher wie ein Gespenst.

«Er ist direkt vor den Kühler gelaufen», sagt Mama, «fast hätte das Auto ihn erwischt. Kein gutes Vorzeichen.» Sie schickt mich ins Bett, aber ich kann nicht einschlafen. Ich lasse die Lampe brennen. Am Fenster glaube ich Ullis Schatten zu sehen.

Sein Fingerknöchel klopft ans Glas. Mir kommt es vor, als wolle er mir etwas sagen, mich vor dem Quisisana warnen, das seine Heimat geworden ist, obgleich er immer wieder versucht, ihr zu entfliehen.

3

1945
Am frühen Morgen, als es schon hell zu werden begann, knipste Muriel die Lampe auf dem Klapptisch aus und legte sich ins Bett mit dem schlechten Gewissen dessen, der die Nacht anderswo verbracht hat und das Bettzeug erwärmen, das Kissen zerknittern will für den Fall, daß er ein Alibi braucht. Sie hatte Angst, jemand könne durch den Vorhangspalt Licht in ihrem Zimmer gesehen haben, vielleicht die Oberschwester, die manchmal nachts nicht schlafen konnte und dann im Park wie ein Wachhund umherlief.

Auch Muriel wäre jetzt am liebsten in den Park gegangen. Es gelang ihr nicht mehr einzuschlafen. Sie hörte bereits die ersten Geräusche des neuen Tages: Vogelgezwitscher, Hundegebell, das Glockengeläut der alten Dorfkirche, gleich darauf das Klingeln eines Weckers, den der Patient nebenan trotz des Verbots der Stationsschwester auf die Stunde einstellte, in der er früher zur Arbeit aufstehen mußte. Im Kellergeschoß ließ der Bademeister die Wanne für seinen ersten Patienten mit Wasser vollaufen. Die Villa «Waldfrieden» war schlecht isoliert, die Installationen des alten Hauses hätten längst erneuert werden müssen.

Der Klinikbetrieb begann mit Klirren von Geschirr, Schritten auf den Korridoren. Muriel wartete auf Svea, die jeden Morgen um diese Zeit mit dem Fieberthermometer kam und sich auf den

Bettrand setzte, um den Blutdruck zu messen. *Diary I*, wie ich den Band später nannte, lag offen auf dem Klapptisch, als sie ins Zimmer kam. Ihr Blick fiel auf eine der vollgeschriebenen Seiten.

«Liebesbrief?» fragte sie.

Muriel schüttelte nur den Kopf.

«Jasso», sagte Svea, ihr Lieblingswort, von dem niemand recht wußte, was es bedeuten sollte.

Muriel spürte lähmende Erschöpfung, ihr war zumute, als habe sie die ganze Nacht hindurch schwere Lasten geschleppt – Kopfweh, Muskelschmerzen. Svea machte Ordnung im Zimmer, sie legte den *Diary*-Band auf den Nachttisch. Muriel wollte das Buch in der Schublade verstecken, ihr Blick fiel zufällig auf die Schrift: Die ersten Zeilen sanken ab, manche Worte waren kaum leserlich, ganze Sätze hatte sie wieder durchgestrichen. Doch dann schien sie auf einmal wider Willen in einen Sog geraten zu sein. Ein Satz zog den nächsten hinter sich her, die Schrift zeigte keine Ermüdungserscheinungen mehr, die Buchstaben wurden größer. Wie viele Stunden mochte sie an dem erleuchteten Klapptisch gesessen haben? War sie zwischendurch überm Schreiben eingeschlafen? Würde Gregor mit dem Geschriebenen etwas anfangen können?

«Visite», rief Svea, als sie mit dem Frühstückstablett hinausging. Diesmal ließ Gregor ihr Zimmer nicht aus, er fing seinen Rundgang sogar bei ihr an. Die anderen Ärzte und Schwestern blieben am Fuß des Krankenbetts stehen. Svea gab dem Chef Muriels Krankenkarteikarte. Gregor warf einen flüchtigen Blick auf die Eintragungen, er hatte *Diary I* auf dem Nachttisch entdeckt.

«Schon etwas gearbeitet?» fragte er. Muriel war nicht daran gewöhnt, daß man Schreiben als Arbeit bezeichnete. Sie hätte gern eine Antwort gegeben, aber da war das Schweigegebot. Sie preßte die Lippen aufeinander, um nicht in Versuchung zu kommen, etwas zu sagen. Vor Gregors durchdringendem Blick wurde ihr Widerstand schwächer, sie senkte die Lider.

«Willst du mir nicht zeigen, was du geschrieben hast?» fragte er. Er wartete ab, bis sie das Tagebuch vom Nachttisch nahm und ihm überreichte.

«Keine Angst», sagte er eigentümlich langsam, so daß der Oberarzt, der für den pünktlichen Ablauf der Visite verantwortlich war, ungeduldig auf seine Armbanduhr schaute. «Du kannst mir alles anvertrauen. Ich bin nicht dein Richter.» Die Schwestern und Ärzte, die auf das Ende des Besuchs warteten, warfen sich Blicke zu. Nur Muriel verstand, was der Chef mit «Richter» meinte. Übrigens hatte er sie nicht nach ihrem Befinden gefragt. Das fiel ihr erst auf, als er das Zimmer mit seinem Gefolge wieder verlassen hatte.

Für die Stunden, in denen keine andere Behandlung auf ihrem Tagesprogramm stand, hatte Gregor Muriel frische Luft verordnet. Allerdings sollte sie ihre Spaziergänge durch den Park in Begleitung einer Schwester machen. Diesmal jedoch wollte sie sich allein aus dem Haus schleichen. Sie vergaß, sich vorher zu waschen und die Zähne zu putzen. Auf Abkürzungswegen ging sie zum Seeufer. Das Wasser war spiegelglatt, kein Windhauch bewegte die Luft. Muriel stellte sich vor, wie gut es tun würde, die vollgeschriebenen Seiten des *Diary I* in kleine Fetzen zu zerreißen und ins Wasser zu werfen. In Gedanken sah sie die Papierschnipsel auf dem See schwimmen, sich mit Feuchtigkeit vollsaugen und dann versinken: Mord an der Vergangenheit. Sie entdeckte ihr Spiegelbild im Wasser und erschrak über ihr Gesicht, das sich verändert hatte. Wie blaß und übernächtigt es war, was für tiefe Schatten sie unter den Augen hatte! Sie glaubte, Falten um Mund- und Augenwinkel zu entdecken, die dort vorher nicht gewesen waren. Es kam ihr so vor, als sei sie seit der Rückkehr mit dem Rotkreuzwagen ins Quisisana um Jahre gealtert.

Später sah sie Gregor am Rondell auf der weißen Bank sitzen; zwischen Visite und Sprechstunde ruhte er sich dort manchmal eine halbe Stunde aus. Zu ihrem Schrecken entdeckte sie, daß er *Diary I* in Händen hielt und darin las. Mit dem grünen Stift, den im Quisisana jedermann kannte, machte er am Rand der Seiten

Notizen. Sie wollte in einen Seitenweg abbiegen, aber er hatte sie schon bemerkt und winkte sie heran.

«Gib mir das Buch wieder!» Sie war plötzlich wütend und merkte zu spät, daß sie ihr Schweigen gebrochen hatte.

Er nahm seine Brille ab und sah sie an, dabei lächelte er. Spöttisch, wie es ihr vorkam. Das versetzte sie noch mehr in Zorn.

«Was für ein Wunder», sagte er, «auf einmal bist du nicht mehr stumm. Wir könnten also miteinander reden über das, was du geschrieben hast. Ich habe ein paar Randbemerkungen gemacht. Vielleicht bleiben wir aber besser bei dieser Methode. Eine schriftliche Unterhaltung. Man soll auch einmal eine neue Therapie ausprobieren.»

«Warum gerade an mir?» Die Erregung gab Muriel die Kraft weiterzureden. «Such dir doch eine andere Versuchsperson aus.»

Er kümmerte sich nicht um ihren Widerspruch, schloß die Augen und fuhr sich mit der Hand über die Stirn, wie es seine Gewohnheit war, wenn er über etwas nachdachte.

«Schreiben als Therapie», sagte er dann, mehr zu sich selbst als zu ihr gewandt, «der Versuch eines neuen Heilverfahrens.» Manchmal schien er mitten am Tag in Wachträumereien zu versinken, Muriel erinnerte sich daran von früher her. «Du hast keine Ahnung, wie schwierig und strapaziös Diagnosegespräche und Analysen für den Arzt und für den Patienten oft sind», fuhr er in ungewohnter Offenheit fort. «Patienten sind Vampire. Sie fordern Liebe. Wenn sie nicht genug davon zu bekommen glauben, gibt es Haßausbrüche. Ein ständiger Kampf. Manchmal bin ich dessen müde.» Er zog die Achseln hoch, die Schulterblätter glichen dabei Flügelstümpfen. In dieser Haltung sah er wie ein erschöpfter Magier aus, der seine Zauberkraft an unheilbar Kranke verschwendet hat. Sie fühlte auf einmal Mitleid mit ihm. Armer alter Gregor, dachte sie, alle nützen dich nur aus. Auch ich. Wenn ich weiterschreibe, kommst auch du nicht ungeschoren davon. Du spielst eine große Rolle in meiner

Geschichte. Ich fürchte, ich werde dir noch manches antun müssen. Nicht nur für mich, auch für dich schreibe ich in dieses Buch. Nicht nur ich, auch du hast vieles vergessen, was du hättest im Gedächtnis behalten müssen.

«Ich muß noch einen Besuch machen, bevor die Sprechstunde beginnt», sagte er, erhob sich von der Bank, blickte auf die Uhr und ging über einen mit Unkraut überwachsenen Weg in den hinteren Teil des Parks, wo das «Salve Regina» lag. Das Buch hatte er auf der Bank liegenlassen. Muriel fing an, in den Seiten zu blättern. Zunächst entdeckte sie nur einige Ausrufezeichen am Rand, und ganz wie es auch bei der Lektüre von Fachbüchern seine Gewohnheit war, hatte er einige Worte im Text unterstrichen. Dann kamen die grün geschriebenen Randbemerkungen. Meistens handelte es sich um Fragen, auf die sie keine Antwort wußte, zumal, da sie mit ihrer Schilderung keinen Zusammenhang zu haben schienen.

Weshalb klappert Josephines Schere wie ein Mordinstrument? Muriel erschrak über diese Bemerkung. Sie hatte doch nichts dergleichen geschrieben. Seine zweite Frage galt der Szene des Hühnerschlachtens: *Warum dreimal hintereinander «Blut»? Erst spritzt es aus dem Hals des Schlachtopfers, dann aus der kleinen Wunde, die Josephine M. beim Haareschneiden beibringt, schließlich fließt es aus dem schizophrenen Ulli nach dem Autounfall.* Am Musikkreisel war ihm offenbar nur die Drehbewegung aufgefallen. Diesmal war die Randbemerkung keine Frage, sondern eine Feststellung: *Ständiges Kreisen, Taumeln, ersterbende Musik, metallischer Glanz, Farbigkeit. Der Kanon – Refrain, Wiederholung.* Über ihre Selbstbeobachtungen hieß es: *Auffallend, der Abscheu vor dem rosa Kleid. Neid auf Josephines weißes Spitzengewand, auf ihren Brautschleier, auf den Myrtenkranz? Mitleid mit der verwelkten Rosenblüte, die sie am Hochzeitsschuh entdeckt. Urs und Jörg stopfen ihr Kuchen in den Mund, sie übernehmen die Rolle der Quäler. Andreas dagegen erscheint erzengelhaft gut, schön und sanft.* Eine Bemerkung bezog sich auf das Versteck unterm Tisch im

Musiksalon und auf das Sichverkriechen in der «Hundehütte» des Arbeitszimmers: *Drang, sich zu verbergen. Sie will nicht sie selber sein. Möchte sich unsichtbar machen. Tarnkappe überstreifen. Tierverwandlung. Hundegebell.*

Muriel schlug das Buch zu, sie war noch immer wütend und zugleich verwirrt. Was für einen Sinn sah Gregor in dieser «schriftlichen Unterhaltung»? Erwartete er etwa eine Antwort von ihr? Auf keine einzige seiner Randbemerkungen hätte sie etwas zu sagen gewußt.

Sie hörte den Gong, der die im Park spazierengehenden Patienten zum Mittagessen im «Waldfrieden» rief. Seine Schläge kamen hastig. Hatte sich die Küche verspätet, war der Kliniktag aus dem Gleichgewicht geraten?

Ohne Wissen des Chefs hatte der Oberarzt Muriel mit einer neuen Patientin zusammengesetzt.

«Fritzi van Goes», stellte sich die Tischnachbarin in einem Ton vor, als müsse ihr Name jedem bekannt sein. Fritzi war Sängerin. Noch im letzten Kriegsjahr hatte man sie auf Tournee zur Truppenbetreuung in die besetzten Gebiete geschickt, wo sie durch ihre Chansons und Schlager für gute Stimmung sorgen sollte; niemand kümmerte sich darum, daß sie dabei nicht nur der Gefahr von Artilleriebeschuß ausgesetzt war, sondern auch den Attacken der Soldaten.

Jetzt trug Fritzi zur Unterhaltung der «Waldfrieden»-Gäste abends im Gesellschaftszimmer manchmal Lieder zu Klavierbegleitung vor. Alles an ihr war nach Muriels Meinung falsch – ihre Erzählungen, die Schminke, der künstlich glänzende Blick, das Gebiß, die platinblonde Perücke, selbst ihr Appetit. Fritzi schlang ihr Essen heißhungrig hinunter. Muriel ekelte sich vor der Gier ihrer Nachbarin. Sie beschloß, Gregor zu bitten, einen anderen Platz zugewiesen zu bekommen.

«Seit einigen Wochen schreibe ich meine Memoiren», verkündete Fritzi mit lauter Stimme, so daß man es auch an den Nebentischen hören konnte. «Glauben Sie, Kindchen, das hilft: sich mit sich selbst auseinandersetzen, endlich keine Rolle mehr spielen müssen, nicht mehr im Rampenlicht stehen.» Muriel zuckte zusammen. Hatte der Chef auch dieser Fritzi sein neues Rezept des therapeutischen Schreibens verordnet? Manchmal, wenn sie richtig in Schwung sei, sagte die Sängerin, könne sie an ihrem Werk sechzehn Stunden hintereinander arbeiten. Ihr Beruf habe sie daran gewöhnt, alles mit Schwung und Geschwindigkeit zu tun, sie sei immer mit Leidenschaft bei der Sache.

Abends im Gesellschaftszimmer, wo die Patienten Schach, Mühle oder Dame spielten, gab Fritzi Schlager aus der Kriegszeit zum besten, die sie bei der Truppe beliebt, angeblich sogar berühmt gemacht hatten. Die Patientinnen kannten die sentimentalen Lieder, summten die Melodien mit, hatten Tränen in den Augen. Sie erinnerten sich an die Stunden tapferer Fröhlichkeit zwischen den Luftangriffen. Durch besondere Verbindungen war es ihnen gelungen, trotz ringsherum gesperrter Grenzen gleich nach dem Krieg ins Quisisana zu kommen. Jetzt trauerten sie aus der Geborgenheit des Sanatoriums heraus irgendeiner Heimat nach, die in Ruinen lag und unerreichbar für sie war.

«Endlich die Sechs», sagte ein alter Herr beim Würfelspiel, «aber jetzt kann ich sie nicht mehr brauchen.» Er wurde «Oberst» genannt, trug noch Teile einer Uniform, deren Herkunft Muriel nicht kannte. Stammte er aus einem der Balkanstaaten? Auf welcher Seite mochte er gekämpft haben? Er verriet es vorsichtshalber nicht. Als Schwerverletzter war er auf unbekannten Wegen in die Schweiz gekommen. Er zog ein Bein nach, offenbar trug er eine Prothese. Sein Gesicht war von Brandnarben entstellt, die verpflanzten Hautstellen spannten und zuckten, wenn er die Augen weit öffnete oder ein Lächeln versuchte. Einer der Schachspieler, ein abgestürzter Fliegerleutnant der US Air Force, der durch Vermittlung des amerikanischen Botschafters im Quisisana eingeliefert worden war, stieß in einem Wutanfall alle Figuren um, die noch auf dem Brett standen. Muriel hob sie vom Boden auf und legte sie in die Holzschachtel zurück.

«Wie kann man nur so ungeduldig sein», sagte der Partner des nervösen Schachspielers, nach seiner Kleidung zu schließen ein Geistlicher, der ebenfalls an Kriegsschäden litt. In regelmäßigen Abständen holte er ein Brevier aus seiner Anzugtasche, las darin oder betete halblaut vor sich hin.

Die Sängerin Fritzi setzte sich wieder zu Muriel an den Tisch und warf einen neugierigen Blick auf das Buch, in dem ihre Nachbarin trotz des Gesangsvortrages zu lesen versucht hatte. «Ein Segen, daß es noch so etwas wie das Quisisana gibt», sagte Fritzi, «ein Park wie aus einem Märchen. Die Zeit scheint hier stillzustehen. Oder sie geht unmerklich weiter. Wir werden älter, aber wir spüren es nicht.» Muriel gab keine Antwort. Das Klappern der Nadeln, mit denen ein fast weißhaariges junges Mädchen an einem Schal strickte, störte sie. Wieder fiel eine Schachfigur auf das Parkett. Der Flieger, der ein schlechter Verlierer zu sein schien, fluchte, der Geistliche sprach ihm flüsternd Trost zu.

«Schreiben Sie auch, oder lesen Sie nur?» fragte Fritzi, während sie in Muriels Buch blätterte. Die Sängerin behauptete, schon einen Verleger für ihre Memoiren gefunden zu haben. «Sowie er die Druckerlaubnis bekommt», verkündete sie, «wird mein Werk ganz groß herauskommen und Furore machen.»

Als Muriel die Treppe zu ihrem Zimmer hinaufstieg, dachte sie: Ich sollte aufhören mit der Schreiberei. Es ist doch nur Beschäftigungstherapie wie Stricken oder Würfelspielen. Eigentlich hatte sie sich vorgenommen, vor dem Zubettgehen das zweite *Diary*-Kapitel zu beginnen. Doch die Lust dazu war ihr vergangen. Bevor sie einschlief, kamen ihr noch einmal Fritzis Worte in den Sinn: Glauben Sie, Kindchen, das hilft: sich mit sich selbst auseinanderzusetzen! Was ist besser: das Erinnern zu üben oder das Vergessen? fragte Muriel sich. Ob Gregor eine eindeutige Antwort darauf wußte?

4

1920

Das Geräusch des immer schneller fahrenden Zugs, der uns vom Quisisana nach Hause zurückbringen soll, verwandelt sich für mich in Musik. Tamtatamta, tatatam. Manche Wörter haben den gleichen Rhythmus: Qui-si-sa-na, Jo-se-phi-ne, On-kel Gregor, Frère Jacques. Ich sehe den Musikkreisel vor mir; er dreht sich so schnell, daß nur noch ein silbriger Glanz von ihm übrigbleibt. Das Abteil rüttelt und schüttelt – eine ausgepolsterte Spielzeugschachtel, in die wir hineingestopft sind: Papa, Mama, Melchior, Balthasar und ich. Mama ist reisekrank, sie hat sich auf die Polsterbank ausgestreckt und mit ihrem karierten Plaid zugedeckt. Papa sitzt ihr gegenüber am Fenster. Es fällt ihm schwer, seine langen Beine auszustrecken. Wir Kinder flüstern miteinander in unserer selbsterfundenen Familiensprache. An jedes Wort werden noch ein paar Silben, die sich darauf reimen, angehängt. Wenn man schnell redet, versteht das kein Außenstehender.

«Sei kein Zappelphilipp», sagt Mama zu mir. «Mir geht es nicht gut.» Sie sieht blaß aus, ihre Frisur hat sich aufgelöst, einige Haarsträhnen hängen ihr in die Stirn. Ihr Haar ist weniger glänzend und nicht halb so dicht wie das Josephines, aber es hat die gleiche blauschwarze Farbe. Papa holt Medizin für sie aus dem Reisegepäck. Im Zug gibt es kein Trinkwasser. Mama nimmt die Tablette mit einem Schluck Cognac aus der Reiseflasche ein. Melchior und Balthasar essen Wurstbrote, ihre Lippen glänzen fettig. Ich habe keinen Appetit. Melchior ist zu klein für sein Alter, dafür dicklich, er ißt alles, was er bekommen kann. Balthasar, der schon seit drei Jahren das Gymnasium besucht, ist schwarzhaarig und mager, hat ein langgezogenes Gesicht, dichte, über der Nasenwurzel zusammengewachsene Augenbrauen.

Papa schickt uns auf den Gang hinaus. Wir unterhalten uns in der Familiensprache über Mitreisende, die dort an den Fenstern stehen. Balthasar öffnet das Fenster, das Windsausen hört sich jetzt wie ein Orkan an. Das Rauschen und Tosen erinnert mich an die Brandung der See, die ich von Ferienaufenthalten her schon kenne. Am liebsten würde ich mein Leben lang weiterfahren, von einem Ort zum anderen, um die ganze Erde herum. Gibt es etwas Öderes, als ständig an ein und demselben Platz auf dem Kinderkorbstuhl im Vorgarten des Hauses am Wall in Bremen unter der Glasveranda zu hocken und darauf zu warten, daß Mama aus dem Fenster zum Essen ruft?

Auf einmal steht Papa neben uns. «Merken Kinder denn nie, daß es zieht?» fragt er. Sein karottenrotes Haar fliegt nach hinten, als er das Fenster hochschiebt, seine massige Gestalt verdrängt andere Mitreisende von den Gangfenstern. Ich entdecke ein Plakat mit einem Bild: ein Schloß mit vielen Erkern und Türmen, das auf einem Berg steht, umgeben von einem Park mit Brunnen, Figuren und alten Bäumen. Ein riesiges Quisisana, denke ich. Ich bewege die Lippen und versuche, die Buchstaben, die unter dem Bild stehen, zusammenzusetzen. Das Lesen habe ich mir mit Balthasars Hilfe und einem Buchstabenspiel heimlich selber beigebracht. «Schloß Herrenchiemsee», sage ich vor mich hin. Ich versuche, auch die kleiner gedruckten Zeilen darunter zu entziffern: «Kunstschätze aus deutschen Landen.»

«Sie kann ja lesen, unsere Kleine», sagt Papa. Er meint, nun würde ich mich in der Schule langweilen.

Als ich wieder ins Abteil komme, geht es Mama besser. Sie hat das Reiseplaid zurückgeschlagen und sich aufgerichtet. Papa dagegen ist schläfrig geworden, er putzt sich umständlich seine Knollennase mit einem riesigen Taschentuch. Gleich darauf ist er eingenickt, er schnarcht. Draußen wird es fast ohne Übergang dunkel. In der Fensterscheibe entdecke ich mein Spiegelbild. Auf einmal scheinen doppelt so viele Menschen im Abteil zu sitzen – außer Papa und Mama noch zwei andere Erwachsene, die ihnen ähnlich sehen, sechs Kinder statt drei. Als das Deckenlicht im Abteil aufleuchtet, zucke ich zusammen. Der Zug fährt jetzt ruhiger und schneller. Ich verfolge, wie das Hügelland allmählich in die große Ebene übergeht, in der wir wohnen. Ich fühle mich geborgen – wie ein Vogel in seinem Nest. Die Enge und Wärme, die Nähe von Papa und Mama tun mir gut. Ich schlafe ein, ich träume vom Quisisana. Ich habe mich im Park verirrt, rufe vergeblich um Hilfe. Niemand hört mich. Das Schloß vom Plakat mit seinen Türmen und Erkern ist auf einmal da. Auf seiner Terrasse steht Josephine in ihrem Hochzeitskleid. Ihr Schleier hat sich gelöst, er fliegt durch die Luft davon.

Papa und Mama unterhalten sich laut, ich werde wach davon, aber sie glauben offenbar, daß wir Kinder fest schlafen. Die Erwachsenen werden immer erst richtig wach und munter, wenn es Abend ist und sich vor den Fenstern die Dunkelheit ausbreitet.

«Glaubst du, es wird gutgehen zwischen ihnen?» fragt Mama.

Was sie nur meint? Papa gibt keine Antwort, Mama wiederholt ihre Frage.

«Wer kann das heute schon wissen, Felicitas?» Papa unterdrückt ein Gähnen, während er das sagt. Ich stelle mich weiter schlafend, versuche, keine Bewegung zu machen. Ich will das Gespräch der Eltern belauschen. Mamas Stimme klingt etwas krähend.

«Er liebt sie doch über alle Maßen», sagt sie.

«Alle lieben Josephine», sagt Papa. Das Gerüttel und Geschüttel des Zuges, der durch die Nacht fährt, schläfert mich wieder ein...

1921

An meine erste Schulzeit in Bremen habe ich kaum Erinnerungen. Nur unser Klassenlehrer, der Riesterer hieß, ist mir im Gedächtnis geblieben. Er war noch jung, aber schon kahlköpfig, auf der Nasenspitze hatte er eine Warze, an der er ständig herumkratzte. Er merkt sofort, daß ich schon lesen kann. Das Schreiben geht mir jedoch schwer von der Hand. Ich bin Linkshänderin, eine Weile gebe ich meine Diktate in Spiegelschrift ab. Herr Riesterer bemüht sich, den Text zu entziffern. Er macht mir keine Vorwürfe, er erlaubt mir sogar, weiter mit der linken Hand zu schreiben. Er sagt nur: «Du wirst dich daran gewöhnen müssen, das gleiche wie alle zu tun. Sonst bleibst du dein Leben lang eine Außenseiterin.» Herrn Riesterers Gesicht hat die Farbe von Sand und Stein, manchmal ist es bräunlich, manchmal grau, dann wieder gelblich oder aschfarben. Sein Anzug paßt ihm nicht, weil er ständig abnimmt, seine Hose rutscht, wenn er im Klassenzimmer auf und ab geht. Nie ißt er ein belegtes Brot in der Pause wie wir Kinder. Später erfahre ich, daß er einer Sekte angehört, er nennt sich selbst einen Mazdaznan. Er läßt mich das schwierige Wort an die Tafel schreiben und dann ablesen. Am meisten beeindruckt mich die Tatsache, daß er Erde ißt.

Ich habe Schwierigkeiten beim Zusammenzählen und Abziehen von Zahlen. An eine Aufgabe, die Herr Riesterer in der Zeit der Arbeitslosigkeit, der Unruhen und der Geldentwertung an die Tafel schreibt, erinnere ich mich noch genau: 3 Kommunisten und 4 Spartakisten treffen 5 Soldaten und 6 Polizisten. Berechne, wie viele Personen das sind! Es kommt zu einer Prügelei: 2 Soldaten führen 3 Spartakisten ab. Ein Kommunist flieht. Berechne, wie viele Personen sich jetzt noch auf der Straße befinden! Bei der ersten Aufgabe sollen wir das Zusammenzählen, bei der zweiten das Abziehen üben. Eine einfache Aufgabe, aber mein Ergebnis ist falsch.

«Mit Zahlen stehst du auf Kriegsfuß», sagt Herr Riesterer. Immer neue Rechenaufgaben, die er, wie er sagt, aus dem täglichen Leben greift, schreibt er an die Tafel: Im Kaufhaus Petersen plündern sie: 8 Hemden, 10 Paar Socken, 4 Paar Schuhe, 18 Krawatten werden mitgenommen. Dann folgen die Preise für die einzelnen Stücke, die wir zusammenrechnen sollen. Stelle die Summe des Verlustes fest, den das Kaufhaus durch die Diebe erlitten hat, heißt es zum Schluß. Die vielen Zahlen verwirren mich, ich fange nicht erst mit dem Rechnen an, gebe ein leeres Blatt ab.

«Wie viele Millionen sind eine Milliarde?» will Herr Riesterer wissen. Ich schüttle den Kopf. Zwar kann ich bis hundert zählen, aber es ist mir unmöglich, mit sechs- oder siebenstelligen Zahlen umzugehen. «Du wirst es lernen müssen», sagt Herr Riesterer, «ihr werdet es alle lernen müssen. Das Geld hat die Schwindsucht – Inflation nennt man das.» Dieses Wort höre ich zum ersten Mal. Zu Hause wagt es niemand auszusprechen. Mama klagt zwar, daß alles immer teurer wird. Als ich ihr erkläre, das komme von der Inflation, starrt sie mich an, als hätte ich ein unanständiges Wort in den Mund genommen.

1922

In dieser Zeit sind die Eltern abends oft eingeladen. Mama gibt mir nur einen flüchtigen Gutenachtkuß; schon lange erzählt sie mir keine Geschichten mehr. Ich gewöhne mir ab, zur Nacht zu beten. Es hört ja niemand zu. Melchior und Balthasar wohnen seit kurzem in der Dachkammer, ich bleibe allein im Kinderzimmer zurück. Noch immer fürchte ich mich vor der Dunkelheit. Ich lasse die Tür zum Gang, wo die Deckenlampe brennt, einen Spalt offenstehen. Schon ein schwacher Lichtschein genügt mir zum Einschlafen.

Einmal schrecke ich mitten in der Nacht auf. Aus dem Garten unterhalb der Veranda höre ich deutlich das Geräusch splitternden Glases. Ich stehe auf und schleiche mich ans Fenster. Der Schein einer Taschenlampe geistert an der Hausmauer hoch. Ein Schatten huscht über die eiserne Wendeltreppe zur Tür des Wintergartens. Ein Einbrecher, ein Räuber? Vor Angst fange ich zu zittern an. Zuerst krieche ich wieder ins Bett zurück und ziehe mir die Decke über den Kopf. Dann springe ich auf und laufe im Nachthemd die Treppe hinunter. Vor Aufregung vergesse ich, an der Tür des Elternschlafzimmers anzuklopfen.

Mama und Papa, die schon lange von ihrer Einladung zurückgekommen sind, liegen voneinander abgewandt in dem großen Doppelbett. Haben sie schon geschlafen? Mama wacht vom Knarren der Tür auf. Sie knipst die Nachttischlampe an.

«Was ist denn? Warum schläfst du nicht?» fragt sie.

Ich berichte, was ich gehört habe. «Jemand hat das Glas vom Verandafenster eingeschlagen», behaupte ich.

«Hast du das nicht nur geträumt?» flüstert sie, um Papa nicht zu wecken.

«Bestimmt nicht», sage ich, «es sind Einbrecher im Haus.»

Mama rüttelt Papa wach, aber der hat eine Tablette genommen und liegt in tiefem Schlaf. Ich kitzle ihn an den Fußsohlen, dagegen ist er empfindlich. Er reißt den Kopf hoch, das Karottenhaar steht ab, seine Lider sind geschwollen. Er trägt einen häßlich gestreiften Schlafanzug. Der Kragen steht offen, ich sehe sein welliges Haar auf der Brust, es ist gleichfalls rötlich. Er blinzelt ins Licht.

«Muriel hat Geräusche an der Veranda gehört», sagt Mama, «jemand hat die Scheibe eingeschlagen. Steh auf und sieh nach, was los ist!»

Papa kehrt uns schon wieder den Rücken zu. «Laßt mich in Ruhe», brummt er. Als Mama ihm die Decke wegzieht, erhebt er sich schwerfällig, ich hole ihm seinen Schlafrock aus dem Badezimmer, und in seinen Pantoffeln geht er lautlos, ohne Licht zu machen, die Treppe hinunter. Ich krieche zu Mama ins Bett, was sie sonst nicht erlaubt. Wir halten beide den Atem an, um die Geräusche, die aus dem Treppenhaus dringen, besser hören zu können. Papa kehrt ins Schlafzimmer zurück.

«Es waren nur Melchior und Balthasar. Sie sind heimlich im Kino gewesen und haben den Hausschlüssel vergessen. Auch die

Verandatür war abgeschlossen, da haben sie die Scheibe eingeschlagen.»

«Eingeschlagen?» wiederholt Mama. «Das müssen sie von ihrem Taschengeld bezahlen.» Papa will mich ins Bett schicken und seine Ruhe haben. Ich klammere mich an Mama, zittere trotz der Wärme, die ihr Körper ausstrahlt.

«Noch immer Angst?» fragt sie. «Du wirst dich daran gewöhnen müssen, allein im Kinderzimmer zu schlafen.» Ich frage, ob ich ausnahmsweise bei ihnen bleiben darf. Papa hat sich schon wieder auf die Seite gedreht, er murmelt etwas Unverständliches. Zum ersten Mal im Leben verbringe ich eine Nacht im Elternschlafzimmer. Ich gebe mir Mühe, weder Papa noch Mama zu stören. Ich lege mich zwischen sie, mache mich ganz klein. Als Mama die Lampe ausknipsen will, bitte ich sie, das Licht anzulassen.

«Ich kann im Dunkeln nicht einschlafen», sage ich.

«Und ich kann nur schlafen, wenn es dunkel ist», brummt Papa.

Mama schaltet das Licht aus. «Papa braucht seinen Schlaf nötiger als du», sagt sie.

Ich liege auf dem Rücken mit weit geöffneten Augen und bemühe mich, keine Bewegung zu machen. Da ich mich nicht seitlich einrollen kann, wie ich es gewöhnt bin, gelingt es mir nicht, einzuschlafen. Papa schnarcht, es hört sich bekümmert an. Mama atmet schwer, als habe sie Schmerzen. Die ganze Nacht werde ich kein Auge zutun, denke ich. Ich fange zu frieren an, obgleich ich mich in die Enden beider Bettdecken eingehüllt habe.

Papa wälzt sich im Schlaf herum, ist wieder wach. «Schick sie weg», sagt er zu Mama, «sie stört mich. Ich habe morgen einen schweren Tag.» Er streichelt mir mit der Hand übers Haar. «Sei lieb, laß uns allein. Du mußt endlich lernen, keine Angst vor der Dunkelheit zu haben.»

«Das Kind ist nervös. Das hat sie von mir», sagt Mama, die auch wieder aufgewacht ist. Es ist so finster im Raum, daß ich die Umrisse der Möbel nicht erkennen kann. Auf einmal kommt es mir unheimlich vor, so regungslos zwischen Mama und Papa zu liegen. Ich trenne sie wie ein Schwert, denke ich, sie können nicht mehr zueinanderkommen ohne mich. Von nun an sind wir zu dritt. Ich bin auch noch da. Ich war allein, ich fror und hatte Angst. Ihr habt mich aufgenommen in euer Nest.

Ein paar Minuten später bin ich doch eingeschlafen. Im Traum muß ich durch einen Tunnel kriechen, durch den Stollen eines Bergwerks laufen, vor der Stirn eine kleine Grubenlampe, die nur einen Meter Wand oder Boden beleuchtet. Ein finsterer Irrgarten, in dem Erzadern schimmern. Mein Herz schlägt laut und schnell, ich bekomme keine Luft mehr, fürchte zu ersticken, ehe ich den Ausgang ins Freie wieder gefunden habe. Ich fahre hoch. Papa rührt sich nicht. Riesen haben einen festen Schlaf, auch wenn sie sich ständig im Bett herumwälzen. Ich rücke noch dichter an Mama heran, um ihre Wärme zu spüren. Sie legt den Arm um mich, ohne aufzuwachen, sie seufzt im Schlaf. Wieder denke ich: Du mußt wach bleiben, um Mama und Papa zu beschützen. Irgendeine Gefahr droht, aber solange ich da bin, wird ihnen nichts geschehen. Weshalb darf ich nicht jede Nacht in ihrem Zimmer verbringen? Sie brauchen mich doch als Wächterin. Haben sie miteinander Streit, von dem ich nichts merken soll? In letzter Zeit habe ich manchmal ihre lauten Stimmen durch die geschlossenen Türen gehört... Noch einmal träume ich von dem Bergwerkstollen, seine Wände umschließen mich immer enger. Um nicht an die Decke zu stoßen, muß ich kriechen, Felssteine bröckeln von der Wand, einer verletzt mich am Hinterkopf, es blutet, ich halte die Hand ans Haar, um nicht das Bettuch der Eltern zu beschmutzen. Obgleich ich träume, weiß ich genau, wo ich bin. Ich habe Angst, daß Mama und Papa mich nicht noch einmal bei ihnen schlafen lassen, wenn sie das Blut auf dem Laken entdecken.

Endlich ist es Morgen, durch die Vorhänge dringt Tageslicht. Papa macht Morgengymnastik, er ist schlechter Laune, hat nicht genug geschlafen. Daran bin ich schuld. «Wer hat sie ins Bett genommen, du oder ich?» fragt er Mama.

Ich halte die Augen geschlossen, sie sollen nicht merken, daß ich schon wach bin und ihr Gespräch mit anhöre. Sie reden nicht mehr von mir, sondern von Papas Geschäft. Mama erinnert ihn daran, daß sie ihr Familienvermögen in seine Firma eingebracht hat. Sie will wissen, ob es dort in diesen Zeiten sicher aufgehoben sei.

«Gewiß, mein Schatz!» Papas Stimme klingt müde. Noch nie zuvor habe ich ihn zu Mama «mein Schatz» sagen hören. Es klingt nicht liebevoll, sondern gelangweilt, so als hätten sie das gleiche Gespräch schon oft geführt. Er verschwindet im Badezimmer und gurgelt dann so laut, daß wir es nebenan hören. Er verbringt wie immer viel Zeit mit dem Rasieren, Waschen und Anziehen.

«Kannst du mir sagen, warum er alles so langsam tun muß?» fragt Mama mich. «Das macht mich nervös. Er sollte längst im Kontor sein.» Endlich hören wir Papas schwere Schritte auf der Treppe. Verabschiedet hat er sich nicht.

An diesem Morgen muß ich erst um zehn Uhr zur Schule. Ich ziehe Mama, die aufstehen will, ins Bett zurück, kuschle mich an sie. «Nur noch einen Augenblick», bettle ich. Wir wärmen uns gegenseitig und werden wieder schläfrig. Mama streichelt über mein Haar.

«Ich wünsche dir, daß du niemals so viele Sorgen haben wirst wie ich», sagt sie. «Es gibt Tage, an denen möchte ich am liebsten im Bett liegen bleiben.»

Ich fühle mich wohl in ihrer Nähe. Mir kommt es so vor, als verschmölzen wir zu einem einzigen Wesen. «Stimmt es, daß ich in deinem Bett geboren bin?» frage ich.

Mama will wissen, wer mir das gesagt hat.

«Josephine», antworte ich.

«In unserer Familie», sagt Mama, «sind fast alle Kinder zu Hause geboren worden. Klinikkinder sind keine glücklichen Kinder, hat meine Mutter gesagt.» Sie macht sich von mir los, steht auf und geht ins Badezimmer. Jetzt habe ich das breite, warme Bett für mich allein. Ich stelle mir vor, wie ich an dieser Stelle das Licht der Welt erblickt habe. Ob es Mama sehr weh getan hat, frage ich mich. Vielleicht kann sie mich nicht leiden, weil ich ihr Qualen bereitet habe. Ich hasse doch auch alles, woran ich mich stoße. Wenn ich als ganz kleines Kind den Tisch wiedersah, an dessen Kante ich mir weh getan hatte, habe ich auf ihn eingeschlagen und geschimpft: «Böser Tisch!» Von meinen Klassenkameradinnen habe ich gehört, daß das Baby sich aus dem Bauch der Mutter herauspreßt und ganz blutig ist. Aus der Enge in die Weite drängt das Kind, hat Herr Riesterer, der für frühe Aufklärung ist, gesagt, aus der Wärme in die Kälte, aus der Dunkelheit ans Licht. Vielleicht wäre es besser für mich gewesen, denke ich in einem Anfall von Traurigkeit, immer in Mamas Schoß geblieben zu sein.

1923

Jeden Morgen vor der Schule muß ich zum Bäcker gehen, um Brötchen für das Frühstück der ganzen Familie zu kaufen. Die Milch, die wir brauchen, bringe ich in einer Emailkanne mit.

«Beeile dich», ruft Mama mir vom Fenster aus nach, «sonst kommst du zu spät.» In dem Lederbeutel, den ich um den Hals hängen habe, sind Milliardenscheine. Ich komme mir reich wie eine Märchenprinzessin vor. In den Geldscheinen steckt ein Zauber, sie werden heiß, sie fangen zu brennen an, es juckt und sticht auf meiner Haut unter dem Brustbeutel. Am liebsten würde ich ihn wegwerfen. Auf der Straße fange ich zu laufen an, aber schon nach der nächsten Ecke verfalle ich wieder in meinen Trödelschritt. Ich lasse die Emailkanne gegen die Hausmauer stoßen, das Klirren des Metalls gefällt mir. Es hat sowieso keinen Sinn, sich zu beeilen. Ich werde auf keinen Fall die erste sein, die vor dem Laden steht. Fast jedesmal komme ich zu spät. Der Bäckerladen liegt im Keller eines Wohnhauses, die Auslagen in den kleinen Schaufenstern sind nur verstaubte Attrappen – kein echtes Brötchen ist dabei. Doch mein Hunger ist nun geweckt.

Die Menschenschlange windet sich vor der Ladentür, sie muß sich krümmen, um nicht auf die Fahrbahn zu geraten. Fast nur Kinder, ein paar alte Männer und Dienstmädchen. Ich friere, das Warten fällt mir schwer, ich trete von einem Fuß auf den anderen. Es geht auf den Winter zu, jeden Morgen weht ein schärferer Wind. Endlich bin ich an der Reihe.

Der Bäcker, dem ich meine Geldscheine hinhalte, schüttelt den Kopf. «Sag deiner Mutter, es reicht nicht für alles.» Er gibt mir zwei Brötchen weniger, als ich haben möchte. Ich verspreche ihm, das fehlende Geld später zu bringen. Manchmal gibt er mir Kredit, dann schreibt er unseren Namen und die Summe, die wir ihm schulden, in ein Buch.

Der Milchmann sagt: «Einen halben Liter, nicht mehr.» Die Emailkanne bleibt halb leer. Oft macht mir der Wettlauf um Brötchen und Milch Spaß, besonders, wenn es mir gelingt, viele andere Kunden auf dem Weg zu den Läden zu überholen, weil ich Abkürzungen benutze, die sie nicht kennen. Immer schneller wechselt das Geld den Besitzer. Wer einen Schein als letzter in die Hand bekommt, hat den Schwarzen Peter und muß sehen, wie er ihn wieder los wird.

In meinen Träumen renne ich nachts um mein Leben. Der Bäcker, der Milchmann und die Frauen von den Schlangen verfolgen mich. Der Milchmann wirft einen seiner Holzschuhe nach mir. Der Bäcker ist dick, er kann nicht lange mithalten, die Puste geht ihm aus. Einmal bleibe ich stehen, weil ich keine Luft mehr kriege. Bäcker und Milchmann holen mich ein, packen mich am Kragen, schütteln und schlagen mich.

«Wo ist das Geld, das du uns schuldest?» schreien sie. Ich krame meinen Brustbeutel hervor, er ist leer. Sie nehmen mich in den Kellerladen des Bäckers mit und schließen mich ein. Die Fenster sind vergittert, es gibt weder einen Stuhl noch ein Bett, worauf ich mich setzen kann. So ähnlich muß es im Gefängnis sein, denke ich. Das Atmen fällt mir schwer, entweder es ist zu heiß oder zu kalt. Ich trommle gegen die Tür, rufe um Hilfe. Niemand macht mir auf.

Papas Kontor liegt an einer Verkehrsstraße am Rande der Innenstadt, in der Nähe des Domhofs. Schüsselkorb heißt sie, ein komischer Name. Über eine Holzstiege geht es hinauf zu einer Tür mit dem Schild «Philipp Lange Sohns Witwe». Papa hockt auf einem hohen Büroschemel, manchmal steht er auch hinter seinem Pult. Er rechnet, liest Akten, schreibt Zahlen neben- und untereinander. Seine Welt besteht vor allem aus Zahlen. Das Büro liegt den ganzen Tag über im Schatten. Papa sieht blaß aus und kriegt immer mehr Falten im Gesicht, täglich scheint er älter zu werden. Wenn jemand klingelt, der Geld haben will, läßt er sich von einem alten Mann, der Akten ordnet, verleugnen.

«Ein ehrlicher Kaufmann», erklärt er mir, «macht heutzutage keine Schwindelgeschäfte, er verschiebt sein Geld nicht ins Ausland, wie andere es tun.»

Die Räume sind nur schlecht von Kanonenöfen geheizt. Trotzdem fühle ich mich wohl im Kontor. In den Gängen riecht es nach frisch geröstetem Kaffee und Gewürzen wie in einem Packhaus am Hafen. Das Haus am Schüsselkorb mit dem schmalen Giebel steht schon über hundert Jahre lang. Seine Wände sind schief, die Holztreppe hat ausgetretene Stufen, die bei jedem Schritt knarren. Überall gibt es Verstecke und Abstellräume. Das Kontor ist mir lieber als unser Haus am Wall mit seiner Freitreppe und der Glasveranda. Diese Villa im Grünen haben die Erwachsenen für sich gebaut, das Kontor dagegen ist ein Kinderhaus, in dessen Räumen wir herumtoben dürfen.

Papa fröstelt an seinem Pult, an kalten Tagen hockt er in seinem abgetragenen Pelzmantel auf dem Kontorschemel. Mit dem struppigen Fell behangen sieht er noch massiger aus als sonst – wie ein Tier aus dem Wald.

Ab und zu begleite ich ihn mittags zur Börse. Der gemeinsame Gang bekommt durch seine Wiederholung stets zur selben Stunde etwas Feierliches. Die Börse, ein großes grauweißes Gebäude mit Bogenfenstern und einem Innenhof, kommt mir wie eine Kirche vor, düster und ernst. Jedesmal, wenn ich mit

Papa über den Domplatz gehe, schlagen die Glocken mehrerer Kirchen zugleich zwölfmal. Vor dem Portal, durch das die Herren mit den steifen Hüten und dunklen Mänteln eintreten, muß ich zurückbleiben. Doch einmal gelingt es mir, unbemerkt durch das angelehnte Tor in den Vorraum einzudringen. Es ist einfacher, als ich gedacht habe. Ich brauche nur «unsichtbar» zu spielen, wie ich es zuweilen mit Melchior und Balthasar tue. Niemand entdeckt mich, als ich die Treppe zum großen Saal hinaufsteige, keiner hält mich an. Durch die offene Tür blicke ich in den Saal. Ohrenbetäubender Lärm hallt von den holzgetäfelten Wänden wider. Ich denke an das feierliche Schweigen in der Kirche. Dies ist wohl doch kein heiliger Ort. Es geht hier nicht wie im Gottesdienst zu. Die Männer schreien laut herum. Vor den Theken, Tafeln und Tischen werfen sie die Arme hoch, sie laufen hin und her, rufen Zahlen in die überall aufgestellten Telefone. Einige schreiben mit Kreide lange Zahlenreihen an die Tafeln. Der Lärm schwillt noch immer an – dann auf einmal verebbt er, es wird fast unheimlich still. Die Herren in den dunklen Anzügen verlassen das Gebäude ebenso eilig, wie sie die Freitreppe zuvor hinaufgestiegen sind.

«Was macht man denn hier?» frage ich Papa, den ich am Portal erwarte.

«Dasselbe wie auf einem Markt», erklärt er. «Es wird geboten, gekauft, verkauft und versteigert. Aber die Ware, um die es geht, bleibt unsichtbar. An ihrer Stelle gibt es Papiere, auf denen Summen stehen, Wechsel, Gut- oder Geldscheine.»

Ich würde auf den Tischen lieber Äpfel, Birnen, Gemüse, Fleisch und Blumen wie auf dem Markt an der Liebfrauenkirche sehen. Die Frauen, die da einkaufen, gefallen mir besser als die Herren in ihren Nadelstreifenanzügen. Auf dem Nachhauseweg merke ich erst, wie kalt und zugig es in der hohen Halle der Börse gewesen ist. Meine Füße sind vom langen Stehen starr geworden; der Kaninchenpelz mit der Kapuze, den Tante Josephine mir geschenkt hat, ist zu dünn. «Sei froh, daß du ihn hast», sagt Papa. «Viele müssen hungern und frieren, weil ihnen das Geld fehlt, um Essen, Kohlen und Kleidung zu kaufen.» Auf den Straßen gibt es oft Krawalle, weil die Not so groß ist. Mama schließt jedesmal die Fenster, wenn irgendwo ein Schuß fällt, sie zieht die Vorhänge vor und verbietet uns, das Zimmer zu verlassen. Ich steige heimlich auf die Büchertreppe, die ich vorher ans Fenster gestellt habe, um etwas von dem Lärm und Tumult da draußen mitzubekommen. Für mich klingen die Schüsse wie Platzpatronen in der Silvesternacht oder wie das Piffpaff der Jäger, die zur Herbstzeit im Blockland draußen das Niederwild abschießen.

Mama führt ein Haushaltsbuch. Wenn ich aus der Schule komme, finde ich sie mit krummem Rücken an ihrem Sekretär sitzen, wo sie Zahlenkolonnen zusammenrechnet. Ich weiß schon: Es reicht nicht hin und nicht her. Da will ich ihr helfen, die Kassenzettel zu ordnen.

«Geh weg», ruft sie, «du störst mich nur.»

Eines Tages höre ich, wie Papa in seinen Stiefeln geräuschvoll die Treppe hinaufsteigt, er macht Riesenschritte, überspringt eine oder zwei Stufen. Oben angekommen, wirft er seine Russenmütze in die Höhe, reißt Mama, die wieder am Sekretär sitzt, das Heft mit den Zahlenkolonnen aus den Händen, zerfetzt es vor unseren Augen. Mama zieht ihre Augenbrauen hoch wie immer, wenn sie außer Fassung ist.

«Ich schufte mich ab, und du zerstörst die Arbeit von Wochen, die ich gemacht habe, um wenigstens ein bißchen Ordnung in den Haushalt zu bringen», beklagt sie sich.

«Die Arbeit kannst du dir in Zukunft sparen», ruft Papa, «es ist vorbei!»

«Vorbei?» wiederholt Mama, bleich vor Schrecken. Papa nimmt ihre Hand, hilft ihr beim Aufstehen, dreht sie ein paarmal im Kreis herum. Mama wird schwindlig, sie ist dem Weinen nahe.

«Von heute an müssen wir uns nicht mehr mit Milliarden und Billionen herumärgern. Es gibt keine Inflation mehr. Es wird stabilisiert. Das Geld hat ab sofort wieder Wert.»

«Stabilisiert?» fragt Mama. «Was soll das heißen?»

«Eine Billion ist eine Rentenmark. Was drunter ist, ist nichts mehr wert», sagt Papa. Mama sinkt in einen Sessel, sie hebt die Hände vors Gesicht und bricht in Tränen aus.

«Und was wird aus meinem Geld?» Sie schluchzt. «Alles weg! Sind wir jetzt nicht bankrott?»

«Endlich wieder Sicherheit», sagt Papa, «das ist doch auch etwas wert. Man weiß wieder, woran man ist.» Aber Mamas Frage beantwortet er nicht. Ich verstehe noch weniger als Mama, was Stabilisierung bedeutet. Melchior, Balthasar und ich laufen auf den Korridor und brüllen: «Eine Billion – eine Mark!» Balthasar sammelt alle Geldscheine ein, die er in Mamas Haushaltskasse findet. Er tut sie in einen alten Zylinder von Papa, sagt «Simsalabim», schleudert sie in die Luft, fängt sie wieder auf. Papa öffnet seine Brieftasche und gibt uns das Geld, was er vom Kontor mitgebracht hat. Wir öffnen die Balkontür und lassen es in den Garten flattern. Die Scheine sehen wie riesige Schneeflocken aus.

«Altpapier!» ruft Balthasar.

Mama hat Kopfweh, will zu Bett gehen, ihre Stimme klingt schwach, trotzdem verstehe ich, wie sie sagt: «Es ist das Ende, das Ende. Wir sind ruiniert.»

Melchior kommt das Ganze eher wie Karneval vor, er muß an Konfetti denken. Mir kommt ein Einfall. Ich borge mir von den Brüdern Pinsel und Kleister, um die Geldscheine, die mir Papa überlassen hat, an die Wände meines Kinderzimmers zu kleben. Ein ulkiges Muster, das mir besser gefällt als die Hampelmänner mit ihren Bällen und Reifen, die bisher die Zimmerwände besetzt gehalten haben. Ich hole die Leiter aus dem Abstellraum, steige bis auf die oberste Stufe, stelle den Kleistertopf neben mich und tapeziere. Melchior und Balthasar kommen mir zu Hilfe. Zu dritt kleben wir Geldscheine in langen Reihen auf die Wände, nicht mehr so kunterbunt durcheinander, wie ich es anfangs getan habe. Ich muß lachen über die streng blickenden Männer auf den Scheinen, es wird eine hübsche Tapete mit vielen Zahlen und Ornamenten. Balthasar legt die Billionenscheine beiseite. Jeder von ihnen ist eine neue Mark wert, er will sie bei der Bank umtauschen. Vielleicht, denke ich, bekommen auch die anderen Scheine eines Tages wieder einen Wert, so wie die Briefmarken, die meine Brüder sammeln. Wir sind so sehr in unsere Klebearbeit vertieft, daß wir nicht merken, wie Papa die Zimmertür öffnet. Die am Boden liegenden Scheine werden vom Luftzug erfaßt und in die Höhe gewirbelt.

«Hier stinkt es ja mörderisch», meint Papa. Aber über die neue Tapete muß er doch lachen. «Gewiß hat sich Muriel diesen Unsinn ausgedacht. Wenn das Mama sieht!» Geld ist für sie etwas Schmutziges – durch zahllose Hände gegangen, voller Bazillen, unhygienisch für ein Zimmer, in dem jemand schläft.

In dieser Nacht schlafe ich schlecht, aber nur, weil es nach Kleister stinkt. Ich öffne das Fenster, der Wind schlägt es wieder zu. Ich träume, ich stünde als Goldmarie unter dem Baum, von dem Dukaten regnen. Doch als sie bei mir unten ankommen, sind es nur noch wertlose Scheine, die mit schwarzem Pech bestrichen sind.

Am nächsten Morgen kommt Mama ins Kinderzimmer. «Sofort reißt ihr das Zeug herunter», ruft sie, als sie die Geldtapete sieht. Melchior und Balthasar sollen mir helfen, mein Werk zu zerstören. Im Morgenlicht finde ich die Pastellfarben der Scheine noch schöner. Ich studiere die Männerköpfe mit den altmodischen Kappen und Hüten. Keine einzige Frau befindet sich in der Geldscheingesellschaft, nicht einmal eine Königin, wie ich sie von Münzen her kenne. Ich reiße die meisten Männer mittten durch, aber einige Tapetenstreifen löse ich vorsichtiger ab und verstecke sie im Spielzeugregal. Vielleicht werde ich eines Tages noch reich durch meinen Schatz.

1924

Das Haus am Wall muß verkauft werden, unsere neue Wohnung wird das Kontor am Schüsselkorb sein. Ich bin die einzige, der dieser Umzug Freude bereitet. Die alten Möbelungetüme werden weggerückt und die Treppen hinuntergeschleppt. Die Pakker zerlegen den großen Eichenschrank, in dem Mama ihre Wäsche aufbewahrt. Die Pendeluhr, das Familienerbstück, tragen sie waagerecht wie einen Sarg durch die Türöffnungen; auf einmal fängt sie zu schlagen an, obgleich niemand das Läutwerk aufgezogen hat. Mama hält sich die Ohren zu, Papa zerrt an den Ketten der Pendel, damit die Uhr keinen Ton mehr von sich gibt. Mama besteht darauf, ihre Azaleen und den Philodendron aus dem Wintergarten eigenhändig hinunterzutragen. Ihr Haushaltskittel sieht zum ersten Mal grau und fleckig aus. Um den Kopf hat sie ein Tuch gebunden, gegen den Staub.

«Weißt du, was dieser Umzug bedeutet?» fragt sie mich. «Wir ziehen aus einer guten Wohngegend in eine laute Geschäftsstraße.» Mich stört das nicht. Ich habe das Haus am Wall nie leiden können. Mir gefällt es leer viel besser als mit Möbeln vollgestopft. Vor Vergnügen tanze ich auf dem Parkett; jedes Zimmer ist plötzlich ein Saal. Von den Wänden mit den hellen Flächen, wo die Familienbilder gehangen haben, kommt ein hohles Echo. Die Teppiche sind schon aufgerollt. Die grauen Rollen sehen armselig aus, verraten nichts von den schönen Mustern auf der anderen Seite. In der neuen Wohnung wird kaum die Hälfte unserer Möbel Platz haben. Der Flügel, an dem Mama fast jeden Tag geübt hat, muß zurückbleiben; er soll zerlegt und in einzelnen Teilen ins Quisisana geschickt werden, wo Onkel Gregor ihn im Musiksalon aufstellen will.

Mama sitzt im ausgeräumten Salon am Flügel. Sie hat den Deckel aufgeschlagen und die Filzdecke von den Tasten genommen. Sie vergräbt ihr Gesicht in den Händen, rauft sich das Haar. Die Sehnen an ihrem Hals treten hervor. Papa möchte, daß sie zum Abschied noch etwas spielt. Ihre Hände fangen zu zittern an.

«Unmöglich», sagt sie. Aber auf einmal richtet sie sich auf, legt die Finger auf die Tasten und fängt an, in einer Geschwindigkeit, die sich ständig steigert, die Läufe ihres Lieblingsstücks zu spielen: nichts Klassisches, ein spanischer Tanz. Papa und wir sind ihr Publikum, wir hocken zu ihren Füßen auf dem Parkettboden. Noch nie habe ich Mama so verzweifelt gesehen. Das Haar hängt ihr in Strähnen in die Stirn, ihr Gesicht ist naß von Tränen, ihre Kehle krampft sich zusammen. Doch sie hat alle Läufe und Akkorde richtig im Griff. Hart und entschieden drücken ihre Finger auf die Tasten. Immer wilder wird der Rhythmus. Ihr Gesicht verändert sich. Sie lacht, es klingt unheimlich. Sie sieht schrecklich aus mit dem verzerrten Mund und den weit aufgerissenen Augen, die ins Leere starren. Ab und zu, nach einer besonders schwierigen Passage, sinkt sie vor Erschöpfung für einen Moment in sich zusammen. Aber gleich darauf spannt sich alles in ihr wieder an, sie stürzt sich von neuem in die Musik. Der wilde Rhythmus und die traurige Melodie gehen auf mich über. Ich fange an, im Salon herumzutanzen. Papa schüttelt mißbilligend den Kopf. Ich tue so, als bemerke ich es nicht. Auf einmal bricht Mama mit einem Mißton ab, ihr Kopf sinkt auf die Tasten.

«Der Flügel kommt mit», ruft Papa. «Du sollst ihn behalten. Er kann in einem der Lagerräume stehen oder im Gang. Wenn du willst, kannst du jeden Tag üben.»

Mama schüttelt den Kopf. «Das ist nicht dasselbe», sagt sie. Sie ist jetzt so erschöpft, daß sie sich nicht weiter um den Umzug kümmern kann.

In der neuen Wohnung höre ich sie nie mehr auf dem Flügel spielen. Wie ein großer schwarzer Sarg steht er auf dem Korridor. Mama findet es zu eng im Schüsselkorb. Ständig reißt sie die kleinen Fenster auf, um die verbrauchte Luft zu erneuern. Immer wieder stellt sie die Möbel um, die Einrichtung gefällt ihr nicht.

«Hier kann man nicht atmen», klagt sie. Dabei hat sie ein Zimmer für sich allein. Papa muß in seinem Arbeitsraum auf der Couch schlafen. Wir Kinder wohnen in Dachkammern. Es stört Mama, wenn wir immerzu die Treppen hinauf- und hinunterlaufen. Hier dämpft kein Läufer den Lärm auf dem Holz. Mama liegt jetzt manchmal mitten am Tag im Bett und ruft «Ruhe!» Am meisten betrauert sie den Verlust ihres Vermögens durch die Geldentwertung. Dienstboten können wir uns nicht mehr leisten. Papa muß die Kohlen im Eimer aus dem Keller hinauftragen. Ich helfe beim Einkaufen, wische den Boden auf, weil Mama beim Bücken der Rücken weh tut. Sie kann die schweren Einkaufstaschen nicht mehr schleppen. Aus Sparsamkeit setzt sie uns nur noch dicke Suppen und Eintopfgerichte vor. Sie wirft Papa vor, daß er nicht aufgepaßt und ihr Vermögen nicht rechtzeitig im Ausland angelegt hat. Sonst könnte sie jetzt wie ihre Schwester Josephine in einem eigenen Haus mit einem Garten wohnen.

Die Eltern beschließen, uns eine Weile aus dem Haus zu geben. Die Wohnung ist für die Familie zu eng, wir sollen die Zeit der Not nicht aus der Nähe miterleben. Melchior und Balthasar werden auf Onkel Gregors Kosten in einem Internat an der Nordsee untergebracht. Mich fragt Mama, ob ich nicht Lust hätte, Tante Josephine zu besuchen. Wir tun ihr leid, deshalb hat sie sich bereit erklärt, mich in der Schweiz in die Schule zu schicken, wenn ich nicht mehr nach Bremen zurückkehren möchte. Es ist alles schon, ohne mich zu fragen, ausgemacht worden.

«Geh nur zu ihr», sagt Mama auf einmal gekränkt, «sie ist deine Patentante. Lebt in einer Welt ohne Sorgen und Not. Jenseits der Grenze, in der Schweiz, hinter Dornröschenhecken.»

Ich würde lieber zu Hause bleiben und den Eltern helfen.

«Nur ein paar Wochen», sagt Papa. «Mama braucht eine Weile vollkommene Ruhe. Wenn es ihr wieder bessergeht, kommst du zurück, das verspreche ich dir.»

Ein paar Tage später weckt Mama mich früh am Morgen auf. Neben ihr steht eine Krankenschwester, die mich ins Quisisana begleiten soll. Svea trägt keine Schwesterntracht. Sie kommt aus Schweden, hat blondes glattes Haar, das im Nacken zu einem

Knoten zusammengebunden ist. So helles Haar habe ich noch nie gesehen. Sie spricht nur gebrochen Deutsch, ihr Lieblingswort ist «Jasso». Ich weiß nicht, was es bedeuten soll: Zustimmung, Erstaunen, eine Frage? Der Abschied von den Eltern fällt flüchtig aus. Wir werden uns ja bald wiedersehen.

Unterwegs erzählt mir Schwester Svea von dem Land, aus dem sie kommt. Sie berichtet von Lappland, wo sie mit einer Jugendgruppe den höchsten Berg Schwedens bestiegen hat. Dort oben gibt es viele Seen und Boote zum Übersetzen. In den weißen Nächten des hohen Nordens ist es immer hell, die Sonne geht nicht unter. Ich versuche, mir ein Land vorzustellen, in dem die Sonne niemals untergeht. Schön wäre es, dort zu sein, meine Angst vor der Dunkelheit ist noch immer nicht ganz verschwunden. Aber es ist jetzt Winter. Noch sind die Tage kurz, die Nächte lang.

«Wir fahren nach Süden, in die Schweiz, dem Frühling entgegen.» Svea versucht mir Mut zu machen.

5

1924
Über Nacht hat es geschneit, durch die Fenster des Haupthauses dringt fahles Winterlicht. In Skihosen und Pullover schleiche ich mit meinen neuen Stiefeln aus Seehundfell die Treppe hinunter. Im Quisisana ist es noch still um diese Zeit. Ich bemühe mich, keinen Lärm zu machen. Mir fällt das große Porträt mit der Inschrift «Dame im Grünen» im Treppenhaus auf; es hat die Gesichtszüge Josephines. Sie trägt eine Gärtnerschürze und einen breitrandigen Strohhut. Onkel Casimir, der manchmal den ganzen Sommer im Quisisana wohnt, hat sie so gemalt.

Draußen wird es allmählich hell. Der einzige, dem ich begegne, ist der Schäferhund Tell. Er wedelt mit dem Schwanz, als erkenne er mich wieder. Ich gehe ins Kellergeschoß, öffne die Küchentür, komme in den Gemüsegarten hinterm Haus. Der Hund läuft vor mir her in Zickzacksprüngen durch den frisch gefallenen Schnee. Zum ersten Mal sehe ich den Park im Winter. Sträucher und Bäume tragen weiße Hauben, die kahlen Zweige und Äste glitzern im Rauhreif. Alles sieht verzaubert aus. Ich betrachte meine Fußspuren im Schnee. Ich bin die erste, die heute hier geht. Der Neuschnee hat die Spuren vom Vortag ausgelöscht. Die Rasenflächen erinnern mich an Papier, auf das unleserliche Buchstaben geschrieben sind. Die Bank am Rondell hat ein dickes Schneepolster.

Noch immer hockt der Gott der Zeit auf seinem Sandsteinsockel. Er hat Schneehaar bekommen, an seinem Bart hängen Eiszapfen, sein Oberkörper ist aber genauso nackt wie im Sommer, er scheint nicht zu frieren. Ich habe keine Angst mehr, er könne sich von seinem Sockel erheben und mich mit seiner kalten Hand festhalten. Seine Augäpfel verdrehen sich nicht, um mir nachzublicken. An manchen Stellen versinke ich knöcheltief im Schnee. Das Wasser der Bucht am See ist gefroren, die dünne Schneeschicht auf dem Eis von Strichen und Kurven durchzogen. Josephine ist hier Schlittschuh gelaufen. Mama hat gesagt, sie sei eine große Künstlerin, sie meistere die schwierigsten Sprünge und Figuren.

Schon am Morgen nach meiner Ankunft muß ich sie zum Schlittschuhlaufen begleiten. Am Rand der zugefrorenen Bucht, zwischen Schneeresten und Schilfgräsern, bleibe ich stehen, um Halt zu finden. Meine Füße mit den angeschnallten Schlittschuhen sind kalt, die Kufen stehen schräg. Ich sehe Josephine zu, wie sie über das Eis gleitet. Ich kann mich kaum von der Stelle bewegen, ohne das Gleichgewicht zu verlieren. Josephine will mit mir mit verschränkten Armen und Händen Paarlauf üben. Nach den ersten Schlittschuhschritten rutsche ich aus und falle hin. Das Eis ist hart, es tut weh. Josephine hilft mir wieder auf die Füße.

«In unserer Familie hat es nur gute Schlittschuhläufer gegeben», sagt sie, «du wärest die erste Ausnahme.» Sie will, daß ich bei ihr bleibe. Ich bin ihr Publikum, soll ihr Gesellschaft leisten. Wieder suche ich einen festen Platz im Schnee am Rand der Eisfläche. Ich bücke mich, weil ich die Schlittschuhe abschnallen will. Josephine friert trotz der Kälte nicht, vielleicht weil sie ständig in Bewegung ist. Sie trägt ein blaues, eng anliegendes Kostüm mit weißem Pelzbesatz. Der kurze Glockenrock läßt bei jedem Schwung ihre Beine in den hellen Wollstrümpfen bis zu den Oberschenkeln sehen. Sie macht noch einen schwierigen Sprung, der «Rittberger» heißt. Dann fährt sie den «Halbmond» aus, wobei sie die Fußspitzen nach außen setzt und in einem lang ausgezogenen Bogen über das Eis gleitet, ohne sich abzustoßen.

Zum Schluß dreht sie eine Pirouette. Immer schneller wirbelt sie im Kreis herum, bis der Rock sich hebt, sie beugt die Knie, geht in die Hocke nieder, schraubt sich wieder in die Höhe.

Auf dem Rückweg zum Rondell sagt sie, es sei nicht leicht für sie, hier einen Partner zum Paarlauf zu finden. Im Quisisana gebe es keinen Mann, der auch nur halb so gut Schlittschuh laufe wie sie. Immerfort wiederholt sie, wie gesund sie sich fühle – zum Bäumeausreißen. Bedauerlicherweise seien nicht nur die meisten Patienten, sondern auch die persönlichen Gäste, die im Haupthaus wohnen, schwächlich und angekränkelt.

Onkel Gregor, ihren Mann, bekommt Josephine wenig zu sehen. Tagsüber hat er Klinikbetrieb, abends schreibt er Artikel und Bücher. Gewiß, er hat viele Heilerfolge, wird immer berühmter, aber Josephine versteht nichts von seinem Fach. Vielleicht sei sie zu jung, um die Frau des Quisisana-Chefs zu sein, meint sie, sie kümmere sich nicht genug um seine Patienten, wie es hier früher üblich war. Sie spricht nicht gern von Krankheiten, auch nach Mamas Leiden erkundigt sie sich kaum. Sie lächelt mich an, ihre Augen leuchten, ihr Gesicht ist gerötet. Es ist so kalt, daß ich ihren Atem in der Luft sehen kann.

«Gut, daß du da bist», sagt sie, «was hier fehlt, ist ein Kind, ein kleines Mädchen. Willst du mein Page sein?» Auf ihrem Haar glitzern Eiskristalle, sie erinnert mich an die Schneekönigin aus Andersens Märchen, die dem kleinen Kai einen Splitter ins Auge zaubert, wodurch er die Welt kalt und böse ansieht. Ich frage nach Urs und Jörg. Sie sind – genau wie Andreas – im Internat, hoch in den Bergen in Graubünden, werden erst im Quisisana erwartet, wenn die Osterferien beginnen.

Onkel Gregor sitzt in seinem Arbeitszimmer hinter dem Schreibtisch, vor sich Stöße von Büchern und Papier. So habe ich ihn früher schon einmal gesehen. Er merkt nicht, daß ich ins Zimmer gekommen bin. Mir ist, als sei er an seinem Platz festgewachsen: Die ganze Zeit, in der ich ihn nicht gesehen habe, scheint er sich nicht von der Stelle bewegt zu haben. Tief bückt er sich über eine

Zeitschrift. Er denkt nach, das sieht man ihm an, er hat senkrechte Falten auf der Stirn; mit den Zähnen zupft er an seinen Schnurrbarthaaren.

«Höchste Zeit, daß du wiederkommst», sagt er, als er mich entdeckt. Er fragt, ob ich noch einmal in die «Hundehütte» zwischen den Schreibtischschubladen kriechen will, in der ich mich als kleines Kind bei seiner Hochzeit versteckt habe. Ich versuche es, bin aber inzwischen zu groß geworden. Wir lachen beide, ich bin froh, ihn nicht mehr so ernst und in Gedanken vertieft zu sehen. Eines der vollgeschriebenen Blätter fällt auf den Boden. Ich bücke mich, um es aufzuheben, und versuche, ihm einen seiner Sätze vorzulesen. Er blickt auf, erstaunt.

«Meine Schrift kann sonst niemand entziffern», sagt er, «das Kunststück hat noch keiner fertiggebracht. Dazu muß ein neunjähriges Kind kommen.» Aus Spaß fragt er, ob ich später einmal seine Sekretärin werden will. Hinter der Schreibtischburg sieht er noch kleiner aus als in seinem Arztkittel. Wenn er aber zu seinen Patienten geht, wirkt er mächtig, ein Zauber geht von ihm aus. Jeder gehorcht dem Chef aufs Wort, das hat mir Svea gesagt. Täglich vollbringe er neue Wunder, er heile Kranke, die andere Ärzte in den Kliniken der großen Städte längst aufgegeben haben. Ich vergleiche seine schmächtige Gestalt mit meinem Riesenvater. Doch von ihm geht eine Anziehungskraft aus, die ich bei Papa nie gespürt habe. Kommt es von seinen goldenen Krötenaugen, die ich schon mit fünf Jahren an ihm bewunderte? Ist er der Froschkönig, der sich bei einem Zauberwort, das keiner kennt, in einen Königssohn zurückverwandeln könnte? Seine Stimme klingt wie Musik – eine Melodie mit einem Rhythmus, der mich zugleich erregt und schläfrig macht. Im Quisisana ist er der König. Er braucht weder zu klingeln noch zu rufen, immer sind ein paar Schwestern und Pfleger in seiner Nähe.

Seine Hände, die so schwach aussehen, halten alles richtig im Griff. In seinem Arbeitszimmer erkenne ich einige Gegenstände von damals wieder: den Totenschädel, die ausgestopfte Eule, den blauen Stein, der Lapislazuli heißt. An der Wand hängt noch immer die vergrößerte Darstellung des menschlichen Ohrs. Er erklärt mir dessen einzelne Teile, ich muß die Namen wiederholen. Er spricht von der Feinheit des menschlichen Gehörs. Er sagt, es gibt optische und akustische Typen unter den Menschen, aber um das zu verstehen sei ich noch zu klein. Er selbst hält sich für einen Ohrenmenschen. In der Nacht kann er genau die Entfernung aller Geräusche angeben. Auf ein Blatt Papier zeichnet er Spiralen und Schallwellen, die Hörkreise, auf.

«Es gibt Geräusche, auf die man nur in der Nacht achtet», erklärt er, «Vogelstimmen, Windrauschen, Schritte auf dem Kies, das Läuten der Bahnschranken, die Pfiffe der Kleinbahnlokomotive.» Dann will er wissen, ob ich musikalisch bin.

«Vor kurzem habe ich mit Klavierstunden angefangen. Aber Mama hat das Klimpern schon satt, ich darf wieder aufhören», verkünde ich freudestrahlend.

«Also bist du kein Ohrenmensch wie ich», sagt Onkel Gregor. Mir gefällt das Wort nicht, ich muß an Ohrwürmer denken, wie sie im Keller unseres Packhauses im Bremer Freihafen herumkriechen.

«Josephine ist ein Augenmensch», erklärt Onkel Gregor. «Sie mag keine Musik, sie behauptet, sie bekomme Zahnweh davon.» Darüber muß ich lachen. Doch er bleibt ernst, scheint sogar ein wenig gekränkt zu sein. «Hast du bemerkt, was für wunderbare Augen sie hat?» fragt er. «Sie sind viel größer als bei normalen Menschen, weiter auseinandergestellt. Sie leuchten in allen Farben des Regenbogens.»

Offenbar ist er nicht daran gewöhnt, mit Kindern umzugehen. Er tut, als sei ich eine erwachsene Zuhörerin. «Die Form ihrer Ohren gefällt Josephine nicht, deshalb versteckt sie sie unter ihrem Haar.» Onkel Gregor setzt die Brille wieder auf. Etwas Wichtiges ist ihm eingefallen. Ohne sich länger um mich zu kümmern, fängt er von neuem an zu schreiben. Dann hält er minutenlang die Hand still. Weiß er nicht weiter?

«Schon seit Jahren arbeite ich an einem Buch», sagt er, «ich werde damit einfach nicht fertig.» Seine Feder spaltet sich bei einem falschen Strich, es gibt einen Tintenklecks, er trocknet ihn mit Löschpapier. «Es ist kein Schulaufsatz, wie ihr ihn schreibt, auch kein Artikel für eine Fachzeitschrift, nicht einmal ein medizinisches oder psychologisches Lehrbuch. Eher etwas Philosophisches.» Als er merkt, daß ich dieses Wort nicht verstehe, erklärt er: «Es gibt mehr Patienten als die im Quisisana. Die ganze Welt ist voll davon, und viele wissen über ihren Zustand nicht Bescheid. Ihnen würde ich gern helfen. Aber das kann ich nur, wenn das Buch, das ich schreibe, gedruckt wird.» Ich frage, wie viele Seiten das Buch haben wird. Er hebt die Schultern hoch, legt den Kopf in den Nacken und lacht: «Wenn ich das wüßte! Vielleicht tausend.»

Hohe Zahlen erregen in mir immer noch ein Schwindelgefühl. Ich schreibe 1000 auf ein Löschblatt. Wie lange hat Dornröschen in ihrem Schloß geschlafen, frage ich mich, hundert Jahre oder tausend? «Damit wirst du nie fertig werden», behaupte ich, «solch eine Strafarbeit gibt es in keiner Schule der Welt.» Wieder muß er lachen über meinen Vergleich, doch seine Augen bleiben ernst, fast traurig dabei.

«Findest du denn, daß die meisten Menschen krank sind und es nur nicht merken?» frage ich. Vielleicht, denke ich erschrokken, gehöre ich auch dazu.

«Das verstehst du noch nicht.» Onkel Gregor räumt die Papiere auf seinem Schreibtisch zusammen. Wieder fällt mir auf, was für feingliedrige Hände er hat. Die Haut ist von vielen bläulichen Adern durchzogen. Das kommt von seinem Alter, sieht aber nicht häßlich aus; seine Nägel sind kurz geschnitten. Bei allen Ärzten ist das so, hat mir Svea während unserer gemeinsamen Reise anvertraut.

Im Treppenhaus ertönt der Gong. Onkel Gregor blickt auf die Uhr, die auf seinem Schreibtisch neben den Familienfotografien steht. Schon wieder Zeit zum Abendessen. Er seufzt, hat sein Pensum nicht geschafft. Habe ich ihn gestört? Er steht auf, er wäscht sich die Hände am Waschbecken, wo sein Arztkittel hängt. «Man sollte im Leben nur eine einzige Sache machen», sagt er. Er blickt sein Gesicht im Spiegel an, als rede er mit sich selbst.

Am Kopfende des ausgezogenen Eichentischs im Eßzimmer sitzt die Hausherrin. Sie kommt mir größer als alle anderen vor. Sie sitzt auf einem Kissen, weil ihr auf den unbequemen alten Stühlen der Rücken weh tut. Abends trägt sie ihre Turmfrisur, sie hält sich aufrecht, hat einen langen Hals, so daß sie den Kopf nur wenig herumdrehen muß, um einen ihrer Gäste anzusehen. Ihr gegenüber, weit von ihr entfernt, nimmt Onkel Gregor am anderen Ende der Tafel Platz. Rechts neben ihm sitzt ein auswärtiger Kollege, der gerade zu Besuch ist. Mit ihm führt er während des Abendessens Gespräche mit lateinischen Fachausdrücken, die mir unverständlich sind.

«Nichts Berufliches bitte!» ruft Josephine dazwischen.

An Onkel Gregors linker Seite darf ich sitzen. Er spricht jetzt leise, ich kann ihn kaum verstehen. Meistens hört er nur dem Kollegen zu, sieht ihn dabei prüfend an, als betrachte er ein Insekt unter dem Mikroskop. Josephine möchte, daß ich künftig neben ihr sitze. Sie hat mich zu ihrem Pagen ernannt, ich soll immer bei ihr sein.

«Onkel Gregor überanstrengt dich nur», sagt sie, «bei ihm gibt es nichts zu lachen. Bei mir geht es heiter zu.» An ihrer rechten Seite sitzt Andreas, der nach einer Krankheit aus dem Internat noch vor Ferienbeginn nach Hause gekommen ist. «Schlimm, daß dein Vater nicht mal beim Abendessen seine Arbeit vergessen kann», sagt Josephine zu ihm und legt den Arm um seine Schulter. «Ich kann es nicht ändern», erklärt sie, «aber vielleicht du. An dir hängt er, für dich will er ein Vorbild sein. Bei mir hat er es längst aufgegeben.» Sie lacht Andreas an. Er wird rot, beißt sich auf die Lippen.

An meiner linken Seite sitzt Casimir, der Kunstmaler, ein Stammgast im Quisisana. Er ist schon alt, aber braungebrannt und gesund, als komme er gerade aus dem Süden. Bis tief in den

Herbst hinein, sagt er, habe er im Freien gearbeitet, weil das Licht im Spätjahr am klarsten ist. Er hat schon viele Bilder von Josephine gemalt. Auch mich will er einmal porträtieren. Zunächst würde er es gern mit einem Aquarell versuchen, aber das kann nur gelingen, wenn ich Geduld habe und stillsitze. Dann spricht er mit Marie Luise, die neben ihm sitzt. Sie hat eine männlich-tiefe Stimme, ein häßliches, aber doch ausdrucksvolles Gesicht mit einer langen Nase, einem Riesenmund, einer kantigen Stirn und einem vorspringenden Kinn, dazu schwarzgeringelte Locken. Josephine erklärt mir, sie sei Tänzerin und Gymnastiklehrerin, habe am Ort eine Schule. Sie möchte, daß ich bei ihr mitmache.

«Mit Gymnastik kann man nicht früh genug anfangen», sagt Marie Luise, «in der Kindheit ist man noch gelenkig genug.» Sie wendet den Kopf mit den Ringellocken fast immer ihrer Nachbarin Gabrielle zu, einem beinahe erwachsenen Mädchen, das schräg geschnittene kurze Haare trägt, einen Bubikopf, wie es Mode ist. Mit Gabrielle unterhält sich auch ein kahlköpfiger kugeläugiger Herr, der Sirius heißt. Ein Bühnendichter. In den Monaten, in denen er sich im Quisisana aufhält, schreibt er jedesmal ein neues Theaterstück. Im Winter darauf wird es dann in Berlin aufgeführt, erklärt mir Josephine später. Während des Essens hört er kaum einen Augenblick zu reden auf. Ab und zu wendet er sich dem ihm gegenübersitzenden jungen Russen zu, der beinahe fließend Deutsch spricht.

«In meinem Haus haben viele Menschen Platz», sagt Josephine zu ihrer Tischrunde, «sie sind nur zur Erholung hier, sie haben nichts mit den Patienten zu tun. Unser neuer Gast Sascha ist ein Bolschewik, er hat die Oktoberrevolution in Leningrad mitgemacht, jetzt ist er im Moskauer Stadtsowjet tätig. Wegen einer Lungenkrankheit muß er jedes Jahr einige Monate in der Schweiz verbringen. Von Davos erholt er sich jetzt im Quisisana.»

Sirius, der Dichter, hat eine sonderbare Angewohnheit. Er läßt die Artikel vor den Hauptwörtern weg und stößt halbe Sätze ohne Verben hervor. Auf diese Weise will er die Sprache erneuern. Auch Sascha läßt oft die Artikel vor Hauptwörtern weg, weil es sie in seiner Muttersprache nicht gibt, wie er mir erklärt. Wenn die beiden sich unterhalten, kann ich das Lachen kaum zurückhalten. «Jammer, daß sie nicht schauspielerisch ausgebildet sind», sagt der Dichter zu Gabrielle, «würde sonst sofort Rolle für Sie schreiben.» Marie Luise scheint es nicht gern zu hören, wenn er sich mit ihrer Freundin unterhält.

Neben Andreas sitzen Urs und Jörg, die nur übers Wochenende gekommen sind. Sie haben beide schwarzes Bürstenhaar, sind zu klein für ihr Alter, halten sich schlecht. Beim Anblick ihrer Schnüffelnasen und der immer feuchten Lippen, mit denen sie gierig alles in sich hineinschlingen, muß ich an das Märchen vom Swinegel und seiner Frau denken, die scheinbar mit dem Hasen um die Wette laufen und immer schon am Ziel sind, wenn er angehetzt kommt. Immer noch sehen sich die Zwillingsbrüder zum Verwechseln ähnlich, nur an einer Narbe an Jörgs rechter Hand kann ich sie unterscheiden.

Andreas hätte ich kaum wiedererkannt. Er ist in die Höhe geschossen, das blonde Haar trägt er jetzt kurz gescheitelt. Er sieht immer noch blaß aus. Seinem Vater ist er nicht ähnlich; nur an der Stimme merkt man, daß sie miteinander verwandt sind. Urs und Jörg verspotten ihn, indem sie ihn einen Albino nennen. Aus dem Naturkundeunterricht weiß ich: Das ist ein Tier, dem der rote Blutfarbstoff fehlt, nur seine Augen sind rot. Andreas' dunkelblaue Augen bekommt man nur selten zu sehen, weil er fast immer die Lider gesenkt hält. Urs und Jörg fangen nach dem Abendessen genau wie früher an, mich zu quälen. Sie umklammern meine Handgelenke, der eine das rechte, der andere das linke – das nennen sie «Handschuhe anmessen». Es gibt grüne, blaue, gelbe und rote – je nach der Stärke der Klammergriffe. Auch der Schäferhund Tell hat unter den Zwillingen zu leiden; sie zerren ihn am Nackenfell, ziehen ihn am Schwanz. Sie wissen, daß Josephines Hund nicht bissig ist.

Bei ihren Parkspaziergängen läßt sich Josephine jetzt meistens von Andreas begleiten. Die beiden sind viel zusammen. Urs und Jörg versuchen, mich gegen ihn aufzuhetzen. «Wir haben gedacht, du bist ihr Page», sagen sie. Von nun an nimmt Josephine mich auf die gemeinsamen Spaziergänge mit. «Du bist die Dritte im Bunde», sagt sie. Sie lassen mich in der Mitte gehen; wir drei vertragen uns gut. Der Schnee ist geschmolzen, man kann schon wieder Tennis spielen. Ich bin der Balljunge, zähle die Punkte der Sätze mit. Fast immer gewinnt Josephine. Onkel Gregor behauptet, sie könne nicht verlieren. Täglich gefällt es mir im Quisisana besser. Josephine schreibt mit lila Tinte in ihrer schrägen und spitzen Damenschrift einen Brief an Mama, den sie mir vorliest. In meinem Namen bittet sie, daß ich noch länger bleiben darf. Die Prüfung für das Lyzeum in Bremen würde ich später nachholen. Solange ich bei ihr bin, soll ich schulfrei haben und lernen, was Freiheit heißt. Onkel Gregor schreibt mir ein Attest. Er erklärt, ich sei schwächlich und nervös, brauche noch ein paar Erholungswochen.

Ich merke kaum, wie die Zeit vergeht, bin viel mit Sirius, dem Dichter, zusammen. Einmal, als wir nebeneinander auf dem Landesteg stehen und auf den See blicken, nimmt er meinen Arm und fragt, wie es mir hier gefällt. Ich sage, am liebsten würde ich nicht mehr nach Hause zurückkehren. Da legt er den Arm um meine Schulter und flüstert mir ins Ohr: «Wer erst einmal in den Bann des Quisisana geraten, für den gibt es kein Zurück.»

Andreas, der gleichfalls noch krank geschrieben ist, leistet mir oft Gesellschaft. Der Frühling ist vorüber. In den Beeten röten sich schon die Erdbeeren. Ich mache mich nützlich, helfe beim Pflücken der Früchte. Josephine kniet in ihrer Gärtnerschürze auf dem Boden, sie haßt es, sich zu bücken. Sie sucht nur die größten und reifsten Erdbeeren aus. Die schönste, die sie findet, steckt sie nicht mir, sondern Andreas in den Mund. Ich spüre einen Stich in der Herzgegend.

«Schmeckt sie gut?» fragt Josephine. Andreas nickt, bringt jedoch kein Wort hervor. Zum Nachtisch gibt es jetzt fast täglich eine Erdbeerspeise. Die Köchin Käte, die wie immer in ihren holländischen Holzschuhen über die Fliesen poltert, kocht die überreifen Früchte zu Marmelade ein. Das ganze Haus ist erfüllt von dem süßlichen Geruch. Andreas bekommt einen Ausschlag. Nesselfieber, meint Josephine. Onkel Gregor erinnert sich daran, daß Andreas schon früher eine Allergie gehabt hat – vom Erdbeeressen. «Er hat eine sehr empfindliche Haut, genau wie seine Mutter», sagt er. Zum ersten Mal redet Onkel Gregor in unserer Gegenwart von seiner ersten Frau. Andreas bekommt Fieber, die roten Flecken verbreiten sich über den ganzen Körper. Josephine schickt ihn ins Bett.

«Als Mutter bin ich noch ziemlich neu», sagt sie. «Ich weiß nicht Bescheid über eure Kinderkrankheiten.» Andreas gesteht, er habe Erdbeeren noch nie vertragen. «Weshalb hast du sie dann gegessen?» fragt Josephine.

«Sie schmecken so gut», erklärt er.

«Ich werde dich Fraise nennen», sagt Josephine. «Ein französischer Mädchenname. Bedeutet Erdbeere. Er paßt zu dir.»

«Jeden Morgen mache ich mit ihr bei Andreas einen Krankenbesuch. «Ich mag sonst nichts Häßliches sehen», sagt Josephine, als wir gemeinsam die Holztreppe zum Dachgeschoß hinaufsteigen, «doch dieser Ausschlag sieht lustig aus.» In der Dachkammer ist es heiß. Andreas liegt mit bloßem Oberkörper im Bett, die Flecken und Schwellungen haben sich überall ausgebreitet.

«Wie geht es meiner kleinen Fraise?» fragt Josephine. Andreas kommt sich wie ein Aussätziger vor. «Deine Krankheit ist nicht ansteckend», sagt Josephine, «ich werde es dir beweisen.» Sie beugt sich übers Bett und gibt ihm einen Kuß auf den Mund. Andreas' Brust ist ebenso blaß und zart wie sein Gesicht, ich starre auf die blinden Augen der Brustwarzen. Ich kann mich nicht erinnern, je einen solchen Kuß von Josephine bekommen zu haben.

Zwischen Visite und Sprechstunde zeigt sich auch Onkel Gregor manchmal im Krankenzimmer. Fragt, ob Andreas sich über etwas aufgeregt hat. Andreas vermeidet es, seinem Vater in die Augen zu blicken. Er bittet ihn und Josephine, bald abreisen zu dürfen. «In der Höhenluft verschwindet der Ausschlag von einem Tag auf den anderen», behauptet er. Er will in sein Internat zurück, das in den Alpen fast zweitausend Meter hoch liegt.

Nach seiner Abreise erkundigt sich Josephine kein einziges Mal nach seinem Befinden. Von Gästen und Familienangehörigen, die das Quisisana verlassen haben, wird nicht mehr gesprochen – das scheint einer von Josephines Grundsätzen zu sein.

Ich habe genug davon, immer nur mit Erwachsenen zusammen zu sein. Im strömenden Regen laufe ich durch den Park. Die Tropfen fallen in schrägen Schnüren, der Wind zerschneidet sie immer wieder, bringt sie durcheinander. Gesicht, Arme und Beine baden in der Nässe, meine Haut saugt jeden Tropfen ein. Die Welt besteht nur noch aus Regengeräuschen. Wie warm er ist! Ich öffne den Mund, trinke Regenwasser. Für mein Alter bin ich immer noch zu klein, Josephine hat gesagt, im Regen wüchse man schneller. So ein Regenbad sei gesünder als ein Sonnenbad. Warum schützen sich dann die Erwachsenen mit Schirmen, Mänteln und Hüten vor dem Regen? frage ich mich. Am Weiher im hinteren Teil des Parks, der allmählich verwildert, bleibe ich zwischen Dornengestrüpp stehen. Der Regen läßt nach, das Getrommel im Laub hört auf. Ich entdecke im Wasser des Teichs mein Spiegelbild mit unscharfen Umrissen. Ich zerstöre es, indem ich mit einem Stock kleine Wellen im Wasser erzeuge.

Ich stelle mir vor, wie schön es wäre, allein zu leben, ohne andere Menschen, ohne ihr ständiges Gerede und ihre Klagen. Ein Kind allein auf einer Insel, die Quisisana heißt. Robinson im Regen. Einen Freitag, der mir Gesellschaft leistet, brauche ich nicht. In der Nähe des Weihers finde ich ein Baumversteck auf einer vom Blitz gespaltenen Eiche. Ich klettere über die Äste mit den noch tropfenden Blättern. Ich habe nicht die geringste Lust, ins Haupthaus zurückzukehren. Ich will Bretter sammeln und mir ein Baumhaus bauen. Ich werde mein Haar wachsen lassen, in der frischen Luft wird es ebenso stark und üppig werden wie das Josephines. Ich verwandle mich in das Wolfskind, von dem ich gelesen habe. Am Anfang werde ich noch mit mir selber reden, um meine Stimme zu hören, doch eines Tages habe ich die Sprache der Menschen verlernt.

Als es dämmert, schleiche ich mich zum Kücheneingang zurück, weil ich Hunger bekommen habe. Im Treppenhaus begegne ich Josephine, sie hat sich schon zum Abendessen umgezogen.

«Wie verwildert du aussiehst, wie schmutzig», sagt sie. «Wasch dich und zieh dich um.»

Am Morgen darauf höre ich von der Lindenallee her Hufgeklapper. Schon immer habe ich Angst vor Pferden gehabt. Ich trete hinter einen Baumstamm zurück. Da entdecke ich Josephine. Sie reitet fast jeden Tag aus, im Damensitz, auf ihrer Lieblingsstute Orplid. Dazu trägt sie ein dunkles Kleid mit vielen Knöpfen, das sie aus ihrer Jungmädchenzeit mitgebracht hat. Seitdem hat sie kein Gramm zugenommen, alles paßt ihr noch. Auf ihrem Kopf sitzt ein Zylinder mit geschweiften Rändern. Weshalb reitet sie nicht wie jedermann heute in Hosen und im Herrensitz, frage ich mich. In der rechten Hand hält sie die Zügel, in der linken eine Reitgerte. Die Stiefel kenne ich. Oft muß ich Josephine beim Ausziehen dieser Stiefel helfen. Ich ziehe an den Hacken, die Sporen bohren sich in meine Hände. Josephine lacht und nennt mich ihren Stiefelknecht.

Sie hat mich entdeckt, sie winkt mir mit der Reitgerte zu. Orplid bleibt bei einem Zügelruck stehen. Die Stute schnaubt, sie bleckt die Zähne, stampft vor Ungeduld auf.

«Immer noch Angst?» Josephines Stimme klingt etwas krähend, wie oft, wenn sie ärgerlich ist. Sie steigt ab, um mir zu helfen. Ich muß mich vor sie auf den Pferderücken setzen. Der Sattelrand tut mir weh, das Fell ist glatt, immer wieder fürchte ich hinunterzurutschen. Um Halt zu finden, greife ich in Orplids Mähne.

«Tu das nicht noch mal», ruft Josephine, «sie könnte es übelnehmen.» Zu Hause in Bremen habe ich das Voltigieren geübt. Melchior und Balthasar waren meine ersten Lehrmeister. Immer wieder bin ich dabei in den Sand der Manege gefallen. Oft habe ich von Pferden geträumt, die mich mit ihren Hufen zertrampeln. Ich lehne mich zurück und klammere mich an die Falten von Josephines Rock. Orplid spitzt die Ohren, ihre Nackenhaut zuckt. Wird sie sich gleich aufbäumen und mich abwerfen?

«Halt dich gerade», befiehlt Josephine. «Wir gehen erst im Schritt, dann werden wir traben.» Wir reiten auf das Tor mit den eisernen Lilien zu, das offensteht, kommen ins Freie, in unbekanntes Land. Es geht am Seeufer entlang durch die städtischen Anlagen. Josephine beugt sich vor, ihr Haar kitzelt mich am Ohr. Sie fragt, ob es mir jetzt besser gefällt. Ich nicke. Orplid trabt schon seit einer Weile. Allmählich gewöhne ich mich an den Rhythmus der sich gleichmäßig ablösenden Hufe. Doch das Geräusch macht mich auch schläfrig. Ich passe nicht auf, immer mehr sinke ich in mich zusammen.

«Achtung!» ruft Josephine. «Orplid merkt jede Unaufmerksamkeit und zahlt sie dem Reiter heim.» Als ich mich wieder wohler fühle in meinem Herrensitz, treibt Josephine das Pferd zum Galopp an. Der Wind weht ihr fast den Zylinder vom Kopf. Die Frisur löst sich auf. Ihr Haar fällt offen auf die Schultern nieder. Ein Gedicht fällt mir ein, das Herr Riesterer uns ein paarmal vorgelesen hat, so daß ich es fast auswendig kann: *Der Erlkönig*. Ein Vater reitet mit seinem kleinen kranken Sohn vor sich auf dem Pferd durch die Nacht, auf der Flucht vor Nebelgestalten, die ihm das Kind rauben wollen. «Erreicht den Hof mit Müh und Not / In seinen Armen das Kind war tot», heißen die letzten Verse. Ich werde von Angst gepackt, verliere das Gleichgewicht, zerre an Orplids Mähne, um nicht zu fallen. Das Pferd geht durch, vergeblich versucht Josephine, es durch Zügelmanöver und Zureden zu beruhigen. Die Stute sprengt über den Rasen und wird immer schneller. «Durchhalten!» ruft Josephine mir zu. «Nur keine Angst zeigen!» Josephine, die Erlkönigin. Will sie mich aus dem Quisisana entführen? Wir sind am Ende der

Anlagen angelangt. Die Hufe der Stute klappern über das Kopfsteinpflaster am Bootshafen. Ohne Übergang wechselt Orplid aus wildem Galopp in lahmenden Schritt. Josephine bringt sie zum Stehen.

«Huf verletzt», meint sie. Orplid hat Schaum vorm Maul, ihre Flanken zittern, ihre Haut dampft. Josephine schwingt sich aus dem Sattel, steigt ab und hilft dann auch mir vom Rücken des Pferdes herunter.

«Zum ersten Mal ist sie mir durchgegangen.» Sie untersucht die Hufe, findet nichts daran, steigt wieder in den Sattel, streckt die Hände nach mir aus. Lobt mich, sagt: «Du hast die Feuerprobe bestanden.» Auf dem Rückweg fühle ich mich als geübte Reiterin. Es gelingt mir, mich auf Orplids Rücken zu halten, ohne mich irgendwo festzuklammern. Ich denke nicht mehr an Flucht und Entführung. Wir traben nach Hause, das Gittertor steht offen. Vor dem Wirtschaftsgebäude übergibt Josephine die Stute an Jean-Marie. «Sie braucht Schonung und Pflege», sagt sie, «morgen hat sie Ruhetag. Ich will mein Pferd ja nicht zuschanden reiten.» Ich helfe ihr beim Ausziehen der Reitstiefel. Diesmal gelingt es mir, sie mit einem Ruck von den Füßen zu ziehen. Zwar purzle ich dabei von der Fußbank, ein komischer Anblick, doch Josephine lacht nicht.

Einmal, als ich vom Seeufer über den Rhododendronweg zum Rondell zurückkomme, entdecke ich dort einen Unbekannten. Er hockt am Sockelrand der Sandsteinstatue. Ein magerer junger Mann: faltenloses Gesicht, aber schlohweißes Haar. Die langen Arme und Beine pendeln hin und her. Er ist ganz in Weiß gekleidet wie die Patienten der geschlossenen Abteilung «Waldeck». Auf dem Kopf trägt er eine Mütze. Ich verstecke mich im Rhododendrongebüsch, um ihn besser beobachten zu können, gebe acht, daß das Laub nicht raschelt, will mich nicht verraten. Er glaubt allein zu sein, hebt erst den Kopf, dann zieht er sich vom Sockel hoch, wobei er Chronos Saturns Lendentuch streift. Er macht ein paar verdrehte Schritte auf das Brunnenbassin zu, setzt die Füße nach auswärts, geht auf Zehenspitzen. Er ist barfuß, wird sich erkälten, es ist ein kühler Tag. Ist er geflohen? Die Fenster im «Waldeck» sind vergittert, die Türen abgeschlossen. Mit einer anmutigen Neigung des Kopfes beugt er sich über den Brunnen, öffnet den Mund unterm Wasserstrahl, um zu trinken. Bewegt sich in dem gekünstelten Tanzschritt wieder auf die Sandsteinstatue zu, legt die Hand auf das Riesenknie des Alten, streichelt über den Steinarm. Jetzt spricht er vor sich hin, fremde Laute, singende Vokale, dazwischen sanftes Zischen. Eine Sprache, die ich nicht kenne. Sein Kopf fährt herum, die Hände zittern. Ich habe mich durch das Rascheln des Laubes verraten. Fürchtet er, daß ein Wärter ihn wieder einfangen wird? Er ist schneller als alle Pfleger. Springt auf, nimmt den Abkürzungsweg über den Rasen, macht große Sprünge, wirft die Arme in die Luft. Fällt auf den Boden, steht nicht wieder auf. Außer mir ist niemand im Park, der ihm helfen könnte. Ich gehe zu ihm, beuge mich zu ihm nieder, strecke ihm die Hand entgegen. Er läßt sich nicht anfassen, springt von selber hoch. Er hat sich offenbar nichts verstaucht oder gebrochen. Springt weiter über den Rasen auf das «Waldeck» zu.

«Das kann nur der polnische Tänzer gewesen sein», sagt Onkel Gregor, dem ich beim Abendessen von der Begegnung erzähle. «Er ist nicht gefährlich, er tut dir nichts.»

Josephine ist ärgerlich über den Zwischenfall. «Das Kind soll keinem deiner Kranken begegnen», sagt sie. «Das war so abgemacht.»

Nachts träume ich von dem Tänzer: Er hockt rittlings auf dem spitzen Dach des Haupthauses über dem Erker, redet in seiner komischen Sprache mit sich selbst, erhebt sich und balanciert wie ein Seiltänzer über den Dachfirst. Ich habe Angst, daß er abstürzt, will ihn warnen. Mir fällt ein, daß man Schlafwandler nicht wecken darf. Da springt er vom Dach vier Stockwerke ins Gras hinunter, bleibt einen Augenblick liegen, erhebt sich wieder und läuft unverletzt durch den Nebel davon.

Josephine hat einen Brief von Papa bekommen. «Weißt du

eigentlich, wie lange du schon hier bist?» fragt sie mich beim Frühstück. «Vier Monate! Lange Ferien. Als du ankamst, sind wir noch Schlittschuh gelaufen, jetzt ist die Zeit der Erdbeeren vorbei. Bald werden wir im See baden können. Deine Eltern erwarten dich. Sie meinen, das Quisisana sei auf die Dauer nicht der richtige Ort für ein Kind wie dich.»

6

1945
Muriels Masseur war blind. Er sah mit den Händen, kannte sich mit den Körpern seiner Patienten aus, packte hart zu, strich die Muskeln wieder glatt. Die Kabinen im Massageraum waren nur durch Vorhänge voneinander getrennt. Er kannte die Stimmen, vor allem die der Frauen. Er wußte genau, wer kam. Jeder Kranke hatte einen anderen Schritt. Die Schwestern, die sie begleiteten, unterhielten sich über die ersten Briefe, die sie von ihren Freunden aus Deutschland erhalten hatten. Viele derer, die sich meldeten, litten noch an den Schrecken der letzten Kriegswochen und glaubten, sie nie wieder vergessen zu können. Sie hätten ins Quisisana gehört.

Muriel war pünktlich zur Behandlung erschienen. Aus der rechten Nebenkabine ertönte Fritzis Stimme. Sie hielt ein Selbstgespräch. Die Japanerin, die sie massierte, verstand kein Deutsch. Als Fritzi zu singen anfing, hörte der Blinde einen Augenblick mit der Massage auf. Muriel blieb still, sie wechselte kein Wort mit ihrem Masseur. Im Grunde mochte sie es nicht, wenn fremde Hände sich mit ihrem Körper beschäftigten. Wußte Fritzi, daß Muriel in der Nebenkabine lag? Muriel stellte sich vor, wie die Sängerin nackt aussah, ohne Perücke, ohne Seidenkleider und Schmuck – eine fünfundsechzigjährige Frau, hochgewachsen, aber mit schlaffen Brüsten, einem dicken Bauch, einem faltigen Hals und Krampfadern an den Beinen. Sie hörte, wie Fritzi zu der Japanerin sagte:

«Manchmal überfällt es mich mitten in der Nacht. Dann möchte ich stenografieren können. Ich schreibe und schreibe. Sie wollen meine Memoiren verfilmen. Ich habe schon einen Termin.»

«Sie ist sehr krank», flüsterte der blinde Masseur, «aber sie weiß es nicht. Nicht einmal der Chef kann ihr helfen.»

Muriel zog ihren Bademantel und die Hausschuhe an. Im Durchgang zum Badehaus stieß sie mit Fritzi zusammen. Sie stand in einer Nische unter der aufgedrehten Dusche, den Plastikvorhang hatte sie nicht zugezogen, sie war vom Dampf eingehüllt. Muriel erkannte trotzdem die Umrisse ihrer Gestalt, die hängenden Brüste, den hervortretenden Bauch, die schlaffe Haut.

«Ach, Sie sind es, Kindchen», sagte Fritzi, als sie Muriel entdeckte. «Weshalb starren Sie mich so an? Sehen Sie etwa zum ersten Mal eine nackte Frau?»

Auf dem Rückweg zur Villa «Waldfrieden» begegnete Muriel dem Chef. Er war in Eile. Er versprach, ihre Aufzeichnungen zu lesen, sobald er Zeit dazu fände. Nach dem langen Schweigen spürte Muriel ein starkes Bedürfnis zu reden, das sie kaum bezähmen konnte. Wozu ihre Erinnerungen an die ferne Vergangenheit niederschreiben, wenn es ihr wieder möglich war, sich auszusprechen? Gregor sollte ihr Beichtvater sein; endlich mußte sie wieder die eigene Stimme hören.

Bei der Krankengymnastik mußte sie an Prospero denken. Im Turnsaal standen ähnliche Pritschen wie die, auf der die Häftlinge gelegen hatten. Die Bänke in der Garderobe erinnerten sie an den Barackenraum, in dem sie nach der Todesnachricht zusammengebrochen war. Sie fühlte sich elend. Am Abend bekam sie Fieber. Sie legte sich ins Bett und weinte fast eine Stunde lang vor sich hin. Man erwartete sie unten vergeblich zum Essen. Niemand kümmerte sich um sie, sie fühlte sich von allen verlassen. Nicht einmal Svea kam, um ihr gute Nacht zu sagen.

Nachts hatte sie Alpträume: Es war wieder Krieg. Sie, die selten genug die Geborgenheit des Quisisana verlassen hatte, erlebte und erlitt Todesarten, die sie nur aus den Berichten der Flüchtlinge kannte: Soldaten kamen aus den Trümmern von Häusern hervor und riefen: «Frau, komm mit!» Sie wollte sich wehren, doch die Männer waren bewaffnet; sie hatte Angst, erschossen zu werden, wenn sie nicht nachgab. Sie lehnte an einer Mauer mit einem Schild um den Hals, auf dem «Nazihure» stand. Sie war als Soldat verkleidet, niemand merkte es ihr an. Da sie nicht kämpfen wollte, wurde sie vor ein Kriegsgericht gestellt und erhängt. Als Jüdin stand sie mit vielen anderen auf der Rampe am Eingang des Lagers, sie wurde nicht zur Arbeit, sondern zur Vernichtung ausgewählt. Im geschlossenen Güterwagen fuhr sie durch feindliches Gebiet, der Gestank verwesender Leichen, die neben ihr lagen, ließ sie ohnmächtig werden. Ein SS-Mann schnitt ihr die Haare ab, die so üppig, glänzend und lang wie die Josephines waren. Er sagte zu einem Kameraden, er wolle mit ihnen seine Polstermöbel ausstopfen. Sie wurde zum Zahnarzt geführt, der ihr mit einer Zange die Hälfte ihrer Zähne herausbrach, der Schmerz war so stark, daß sie in Bewußtlosigkeit versank. Doch sie hörte noch, wie er zu seiner Assistentin sagte: «Nicht einmal eine Goldplombe. Sie hat nichts, was man verwenden könnte.» Sie befand sich in einem Operationssaal, wo man sie nackt auszog, um Experimente ohne Narkose mit ihr anzustellen. Man zwang sie, sich in Eiswasser zu legen. Ärzte, die Masken vor den Gesichtern trugen, maßen Blutdruck und Herzschlag, um zu sehen, wie lange ein Mensch Untertemperatur ertragen konnte. Man holte sie aus der Wanne, stellte fest, daß sie noch lebte, legte sie in ein Bett unter Wolldecken, zwischen Wärmflaschen, manchmal auch neben einen Mann, der sie aus ihrer Starre aufwecken sollte, indem er mit ihr schlief... Von all diesen Greueln hatte sie in einer Zeitschrift gelesen, die ein Besucher ins Quisisana mitgebracht hatte.

Am Morgen war das Fieber gesunken. Sie litt unter Schweißausbrüchen, konnte ihre Träume nicht vergessen. Sie rief um Hilfe. Svea bat den Oberarzt, sie zu untersuchen, er tat es gründlich, ohne jedoch zu einer Diagnose zu kommen. Svea las Muriel nachher vor, was auf der Tafel am Bettende stand: «Ohne Befund. Endogene Depression im Abklingen nach Suizidversuch. Sprachhemmungen, katatonisches Verhalten. Tagelang unansprechbar. Unspezifisches Fieber mit paranoiden Vorstellungen.» Noch vor Beginn der Visite kam Gregor in ihr Zimmer. Er warf einen Blick auf ihre Fieberkurve; er nickte, als habe er dergleichen organische Folgen der «Krankheit zum Tode» erwartet.

«Das Schlimmste hast du jetzt hinter dir», sagte er. Muriel wollte ihm von ihren Alpträumen erzählen, doch er hielt sich an ihre Abmachung, nur schriftlich miteinander umzugehen. Inzwischen hatte er im *Diary*-Band gelesen und Randbemerkungen dazu gemacht. Wieder handelte es sich fast nur um Fragen. *Willst Du die Mutter für Dich allein haben?* las sie bei der Schilderung der Szene im elterlichen Schlafzimmer. *Sehnst Du Dich in ihren Schoß zurück? Sollten die Eltern nach Deiner Geburt nicht mehr miteinander verkehren?* Sie blätterte weiter. Bei dem Bericht über den Umzug aus dem Haus am Wall nach der Inflation fand sie die Bemerkung: *Die Mutter am Flügel im ausgeräumten Salon. Prägendes Bild. Vergißt man nicht wieder.* Endlich einmal keine Frage, sondern eine Feststellung. Muriels zweiter Quisisana-Besuch hatte Gregor zu mehreren Bemerkungen angeregt: *Mutterähnliche Bindung an Josephine. Die Erlkönigin, selbst erfundene Märchenfigur. Das Motiv der Flucht, der Entführung. Das Quisisana als Zufluchtsort nach dem ersten Zusammenstoß mit der Realität. Geldentwertung, Vermögensverlust. Trotz oder wegen Josephines seltsamer Gäste möchte sie hierbleiben. Eifersucht auf Andreas? Sie liebt ihn trotzdem wie einen Bruder. Warum macht Chronos Saturn ihr Angst? Strebt sie zurück in ihre Kinderwelt? Will sie wieder nach Bremen, im Kontorhaus am Schlüsselkorb wohnen?* Am Schluß der Niederschrift fand sie eine Notiz über Stil und Form ihrer Sprache: *Szenen und Bilder werden immer mehr von Gedanken abgelöst. Sie hat viel hinzuerfunden. Nach so langer Zeit kann sich niemand mehr genau an Dialoge erinnern.*

Noch einmal bat Muriel Svea, Gregor an ihr Krankenbett zu rufen. Aber der Chef war verreist, ohne sich zu verabschieden. Er hielt Vorträge auf den ersten Tagungen, die nach dem Kriegsende stattfanden, las einzelne Kapitel aus dem immer noch unvollendeten Buch «Die Psychologie der Gesunden und der Kranken» vor. War etwa auch ein Referat über seine neue Heilmethode des therapeutischen Schreibens vorgesehen?

Seitdem Muriel in der Villa «Waldfrieden» wohnte, hatte sie noch keinen einzigen Brief erhalten. Hatte Gregor den Auftrag gegeben, die Post für sie zurückzuhalten? Wurde Muriel von niemandem vermißt? Mehrfach hatte sie an einen Freund in Berlin geschrieben, den sie zu Prosperos Zeiten bei den geheimen Versammlungen kennengelernt hatte. Sie wollte versuchen, ihre Fotografien und Prosperos Aquarelle, die sie im Hinterhof des Mietshauses versteckt hatte, wiederzubekommen. Sie erhielt keine Antwort. Muriel wollte Gregor fragen, was ihm das Recht gab, Post nicht auszuhändigen, Besuche in den Patientenhäusern zu verbieten und den Kranken bei ihrer Einlieferung Paß und Geld wegzunehmen, um sie ihnen erst bei der Entlassung zurückzugeben? Aus welchem Grund hielt er hier alle wie Gefangene fest?

Früher als beabsichtigt, kehrte der Chef von seiner Reise zurück, sie schien nicht erfolgreich gewesen zu sein. War er mit seinen Vorträgen auf Widerspruch gestoßen? Erwartete man im Kollegenkreis in diesem ersten Nachkriegsjahr den Versuch einer Erklärung für die Ungeheuerlichkeit der Judenmorde und den allgemeinen Rückfall in die Barbarei statt eine Rede über neue Möglichkeiten der Selbstanalyse?

«Sie wollen nichts hören von meiner Psychologie», sagte er zu Muriel, «ich werde trotzdem daran weiterarbeiten. Weiterschreiben – genau wie du.»

Seit er weg war, hatte Muriel keine Zeile mehr zustande gebracht, das Tagebuch war auch bereits vollgeschrieben. «Gibt es nicht Nützlicheres zu tun in einer Welt der Trümmer und des Hungers?» fragte sie ihn. «Wie komme ich dazu, mich gerade jetzt ausschließlich mit mir selbst zu beschäftigen? Vielleicht werde ich irgendwo dringend gebraucht?»

Gregor nahm diese Worte als Beweis, daß sie auf dem Weg der Genesung war. «Du solltest deine Chronik trotzdem fortsetzen», sagte er. «Es macht dich widerstandsfähiger, es gibt dir Kraft. Wenn du hierbleibst und mir bei meiner Arbeit hilfst, tust du auch etwas Sinnvolles.» Muriel verstand nicht ganz, worauf er hinauswollte, aber sie nickte wider Willen. Hatte er sich auf der Reise wieder eine neue Methode ausgedacht, um sie noch länger im Quisisana festzuhalten?

Kaum war er gegangen, da setzte sie sich wie unter einem Zwang am Klapptisch nieder, wo er einen neuen Band des *Diary* hingelegt hatte, der mit II bezeichnet war. Muriel konnte die Leere des weißen Papiers im Lampenschein nicht lange ertragen, sie fühlte sich geblendet. Fast automatisch fing sie zu schreiben an, kleine, unauffällige Buchstaben. Ob sich Gregor zur gleichen Zeit in seinem Arbeitszimmer befand, um an seinem Buch weiterzuarbeiten? Sie erinnerte sich von früher her, wie langsam das bei ihm ging, wie schwer ihm jeder Ausdruck fiel, wie viele halb vollgeschriebene Seiten er wieder zerriß und von neuem anfing. Ihr dagegen wurde es immer leichter, längst vergangene Kindertage in Bremen zu beschwören und zu beschreiben, was nach ihrer Rückkehr aus dem Quisisana im Kontorhaus am Schüsselkorb geschah.

7

1925
Papa nimmt es gelassen hin, daß ich bei der Aufnahmeprüfung fürs Lyzeum durchgefallen bin, er lacht sogar darüber. Mama dagegen ist verärgert. Das Quisisana sei an allem schuld, meint sie, es habe mich noch verträumter, zerstreuter und unordentlicher gemacht. Ein Kind gehöre in seine Familie, nicht in ein Sanatorium. Die Zeiten sind inzwischen nicht besser geworden. Papa liest auf seinem Büroschemel Zeitungen und Bücher, statt Geschäftsbriefe zu schreiben oder Akten zu studieren. Eine alte Sekretärin und das Faktotum, das schon vierzig Jahre lang bei der Firma beschäftigt ist, sind seine einzigen Hilfskräfte. Manchmal mache ich mich im Büro nützlich, indem ich erledigte Akten abhefte. In Druckbuchstaben schreibe ich die Namen südamerikanischer Länder darauf, in denen die Firma «Philipp Lange Sohns Witwe» früher Zweigniederlassungen unterhalten hat: Brasilien, Chile, Venezuela, Argentinien... Jetzt kommen kaum noch Briefe aus Übersee: Es gibt von den Umschlägen keine interessanten Briefmarken für Melchiors und Balthasars Sammlung abzulösen.

Papa hat die Räume unter dem Dach und ein Vorzimmer im Erdgeschoß an ein Reisebüro vermietet. Die Firma läßt im Treppenhaus einen Fahrstuhl einbauen, damit die Angestellten die Holzstiegen nicht zu Fuß hinaufgehen müssen. Auch wir dürfen den Aufzug benutzen. Mama braucht die Einkaufstasche nicht in die Wohnung hinaufzuschleppen. Papa dagegen benutzt den Fahrstuhl ebensowenig wie Melchior und Balthasar. Es macht den Jungen Spaß, sich zu bewegen, Koffer und Kisten zu uns hinaufzutragen. Ich würde lieber reiten. Gern möchte ich noch einmal auf dem Rücken der Stute Orplid sitzen und mit der Erlkönigin Galopp üben.

Oft sehne ich mich nach dem Quisisana zurück. An Onkel Gregors Arbeitszimmer denke ich dagegen weniger gern. Einmal träume ich von dem Totenschädel. Er fällt mit einem Geklapper, das mir Angst einjagt, vom Bücherregal auf den Boden. Die ausgestopfte Eule breitet die Flügel aus, läßt sich auf Onkel Gregors Kopf nieder und hackt auf seinem Schädel herum. Der Wind öffnet eines der angelehnten Fenster, wirbelt beschriebene Seiten im Zimmer umher. Die Familienfotografien fallen um. Vom Schreibtisch, den niemand anrühren darf, weht der Staub. Die Abbildung des Ohrs ist an einer Stelle von der Wand gerissen, sie raschelt im Luftzug.

Max Derfinger, ein Arbeitsloser, der in einer der Dachkammern bei uns wohnt, wird mein Nachhilfelehrer. Er ist einmal Handelsvertreter der Firma gewesen. Braucht keine Miete mehr zu zahlen, soll mich statt dessen für die höhere Schule vorbereiten. Doch er bringt mir nur Latein und etwas Geschichte bei; von Mathematik und den Naturwissenschaften versteht er so gut wie nichts. Während der Unterrichtszeit mache ich mit ihm heimlich Bootsfahrten auf der Weser. Bei einem solchen Ausflug vertraut er mir an, er würde am liebsten ein Dichter werden. Er liest mir Balladen vor, die zum Teil von ihm selbst, zum Teil von den Klassikern stammen. Auch ungereimte Langzeilenlyrik in freien Rhythmen trägt er vor, wie sie zur Zeit Mode sind. Neulich hat er jedoch etwas besonders Kunstvolles verfertigt – ein Gedicht in Ghaselen, einer Reimform, die fast nur die Orientalen benutzen. Vor ihm hätten es schon Goethe und Rückert versucht, auch Platen. Das Reimschema versuche ich mir einzuprägen: a–a, b–a, c–a, d–a. Komme mir dabei vor wie in der Rechenstunde. Ghaselen bestehen aus 3 bis 15 Verspaaren. Das erste, Königshaus genannt, reimt sich, der gleiche Reim kehrt in allen geraden Zeilen wieder, die ungeraden bleiben ungereimt. Das mit dem Königshaus gefällt mir. Ich nehme mir vor, selbst ein Ghaselengedicht zu machen, wenn ich in den Ferien wieder im Quisisana bin. Es soll den Park und Chronos Saturn besingen.

Manchmal erzählt Derfinger mir etwas aus seiner Zeit als Handlungsreisender. Gegen Abend hatte er damals oft auf einer Bank in den Grünanlagen kleiner Städte, die er besuchen mußte, gesessen, neben sich den Musterkoffer: Wieder nichts verkauft! Er sollte der Firma täglich durch eine Postkarte mit dem Stempel des Orts, an dem er sich befand, beweisen, daß er seinen Reisepflichten nachkam. Ich stelle mir vor, wie er auf der Parkbank neben dem Musterkoffer hockt und trockenes Brot als Abendessen verzehrt. Auf unserer Weser-Insel essen wir zusammen Speck, Schinken, Wurst, Käse und Brot, die ich aus der Küche gestohlen habe, einmal ist auch eine von Papas Rotweinflaschen dabei. *Déjeuner sur l'herbe* nennt Derfinger unsere Picknicks. Vor der Heimkehr wasche ich meine schmutzigen Füße und Schuhe im Flußwasser, versuche die Grasflecken aus dem Rock zu entfernen.

Manchmal gehe ich mit meinem Nachhilfelehrer in die Stadt, um Menschen und Schaufenster zu betrachten, was nichts kostet. Wir kommen auch durch die Wallanlagen. Mein Elternhaus ist inzwischen neu gestrichen worden, es hat ein anderes Dach bekommen. Ich sage Derfinger, daß ich dort geboren bin. Ich verschweige ihm nicht, daß wir das Haus verkaufen mußten, weil meine Eltern durch die Inflation ihr Geld verloren haben.

«Heutzutage gibt es nur noch einen einzigen anständigen Beruf», sagt Derfinger. «Arbeitsloser.» Ich begleite ihn zum Arbeitsamt, einem gelblichen Backsteinbau mit Sandsteinportal. Auf den Stufen der Freitreppe hocken Männer, die sich nicht in die Schlange vor den Schaltern eingereiht haben, wo das Stempelgeld ausbezahlt wird. Sie sitzen in einer Haltung da, in der man kaum Kraft verschwendet, mit den Ellbogen auf den angezogenen Knien, und starren schweigend vor sich hin.

Manche liegen auf Zeitungspapier ausgestreckt in einer Wandnische, sie schlafen mitten am Tag. Hinter dem Gebäude, an der Brandmauer vor einer Schutthalde, stehen die Bettler, die man von ihren Plätzen vor der Fassade vertrieben hat. Einige tragen Schilder mit der Aufschrift «Kriegsbeschädigt» oder «Erblindet». Ich sehe leere Jackenärmel über Armstümpfen, primitive Beinprothesen. Andere spielen Mundharmonika, Schifferklavier oder Blockflöte. Auf unseren Spaziergängen trägt Derfinger einen dunklen Anzug mit Nadelstreifen, der an manchen Stellen glänzt. Er hat ihn von einer Wohlfahrtsorganisation bekommen. «Wohltun trägt Zinsen», sagt er. «Ich habe früher selbst mal was gespendet.» Ich melde mich in einem Büro, wo Sammelbüchsen an Kinder für wohltätige Stiftungen verteilt werden. Erwachsene, die den Kopf wegdrehen, wenn sie von Bettlern belästigt werden, zeigen sich freigebig, wenn ein kleines Mädchen einen Knicks macht und ihnen die Sammelbüchse entgegenstreckt. Oft vergessen sie sogar zu fragen, welchem Zweck die Sammlung dient. Der ältere Herr im Wohlfahrtsbüro trägt meinen Namen in eine Liste ein, gibt mir eine Sammelbüchse aus Blech, auf der «Für arme Kriegswaisen» steht.

Derfinger weiß die guten Seiten der Arbeitslosigkeit zu schätzen. Endlich hat er genug Zeit für seine Gedichte. Er will mich in seine Dachkammer mitnehmen, um mir seine neuesten Verse vorzulesen. Wir fahren mit dem Aufzug hinauf, obgleich mir Mama verboten hat, ihn zu benutzen. Ich betrachte mich in den verspiegelten Wänden der Kabine. Immer noch zu klein für mein Alter, finde ich, und nie werde ich auch nur halb so schön wie Josephine sein. Einmal bleiben wir zwischen zwei Stockwerken stecken. Ich drücke auf den Alarmknopf, der Hausmeister befreit uns aus dem Käfig. Ich bin froh, wieder festen Boden unter den Füßen zu haben.

«Ich habe schon lange keinen festen Boden mehr unter den Füßen», sagt Derfinger bitter.

Meine Sammeltätigkeit wird ein Erfolg. Schon beim ersten Versuch habe ich Glück. Ich spreche fast nur Männer an, die auf dem Weg zum Büro sind. Sie tragen ihr Kleingeld meist lose in den Anzugstaschen, greifen hinein, ohne hinzuschauen. Frauen dagegen kramen immer erst umständlich in ihren Geldbörsen herum, ehe sie mit spitzen Fingern eine kleine Münze herausfischen. Bald kenne ich die besten Sammelstellen: vor den Kaufhäusern und Restaurants, an den Fahrkartenschaltern im Bahnhof, auf dem Postamt. Jedesmal, wenn dort jemand ein Päckchen aufgeben und das Porto bezahlen will, springe ich ihm vor die Füße, mache einen Knicks, lächle und sage: «Für arme Kriegswaisen.» Bei jeder Münze, die in den Schlitz der Büchse fällt, zähle ich mit.

«Du bist ein Sammelgenie», sagt Derfinger. Bis zum Abend des ersten Tages habe ich es auf 54 Mark 60 gebracht. Derfinger nimmt mich wieder in seine Dachkammer mit. Er schüttelt die Büchse. «Musik in meinen Ohren», sagt er. Mit Hilfe einer Zange, eines Schraubenziehers und eines Drahtes gelingt es ihm, das Schloß der Sammelbüchse zu öffnen. «Bin auch eine arme Kriegswaise», meint er. «Der Vater gefallen, die Mutter gestorben.»

Mir ist klar, daß er etwas Verbotenes tut, doch ich sehe mit wachsender Neugier zu und freue mich an Derfingers technischer Geschicklichkeit. Er schüttelt die Münzen auf den Tisch, zählt sie ab und steckt sie in seine Anzugstasche. «Die hätten wir geschlachtet», sagt er. Dann repariert er das Schloß, so daß keine Spuren mehr festzustellen sind. Ich frage mich, ob er wohl Übung hat in solchen Dingen.

Ich sammle immer mehr Geld, das ich nicht im Wohlfahrtsbüro, sondern bei Derfinger abliefere. Er bedankt sich kein einziges Mal, macht mir im Gegenteil Vorwürfe, wenn mal weniger in der Büchse ist. Für das Geld kauft er sich neue Hemden und Schuhe. Einmal geht er auch ins Theater, ein anderes Mal in ein Konzert, wo man Musik von Richard Wagner spielt, die ihn, wie er sagt, berauscht.

Am Sonntag fahre ich zur Pferderennbahn am Stadtrand hinaus, wo sich Damen und Herren in eleganten Kleidern und

Kostümen um die Wettbüros drängen. Ich nehme über hundert Mark ein, eine gewaltige Summe. Derfinger erwartet mich an der Haustür. Oben in der Kammer öffnet er das Schloß. Manchmal gibt er mir ein paar Mark von der gemeinsamen Beute ab. Aber meistens gehe ich leer aus. «Kleine Mädchen wie du brauchen kein Geld», behauptet er, «höchstens ein paar Pfennige, um Eis oder Bonbons zu kaufen.» Dabei weiß er genau, daß ich Süßigkeiten nicht mag.

Es kommt der Tag, an dem ich mich mit meiner fast leeren Büchse im Sammelbüro melden muß. Der ältere Herr von der Wohlfahrt hat Mama eine Postkarte geschrieben und die Rückgabe der Büchse verlangt.

«Ich war krank», lüge ich, «konnte nicht sammeln.»

«Geht es wieder besser, kleine Maus?» fragt er.

«Ich bin nicht Ihre kleine Maus», sage ich. Er erhebt sich von seinem Büroschemel.

«Komm, wir suchen für dich eine neue Büchse», sagt er. «Die, die du zurückgebracht hast, ist am Schloß beschädigt.» Wir gehen einen dunklen Gang entlang. Der Herr von der Wohlfahrt kann nicht sehen, daß ich rot geworden bin, weil er unseren «Einbruch» bemerkt hat. Wir betreten einen Lagerraum. Der Mann stellt eine Leiter an die Regalwand, auf der ganz oben Sammelbüchsen stehen.

«Steig du hinauf», sagt er. «Mir wird schwindlig, wenn ich auf einer Leiter stehe.» Ich klettere die Sprossen hinauf. Als ich beinahe oben angelangt bin, drehe ich mich nach ihm um und bemerke, daß sein Blick auf meine Beine in den Ringelsöckchen gerichtet ist. Es ist noch nicht Sommer, aber ich trage schon einen kurzen Rock, er kann das Höschen unter dem Rocksaum sehen. Er berührt mein Knie mit den Fingern, die schwächlich aussehen, aber Kraft genug haben, die Haut meines Oberschenkels aufwärts zu betasten bis zum Höschenrand. «Schön stillhalten, kleine Maus», sagt er, «sonst bekommen deine Eltern zu hören, was du mit deiner Sammelbüchse gemacht hast.» Ich erstarre, kann weder Beine noch Arme bewegen. Wehre mich kaum, als der Mann die Stelle zwischen meinen Beinen untersucht, die oft naß ist und bei der Berührung weh tut. Mir wird heiß, ich knicke in den Knien ein, falle beinahe von der Leiter. Der Mann fängt mich auf, er benutzt die Gelegenheit, um mich an sich zu pressen und mit den Händen beide Hälften meines Hinterteils zu umspannen.

«Das einzige, was schon rund ist an dir», sagt er. Ich kann kaum einen Fuß vor den anderen setzen. Der Mann von der Wohlfahrt lacht ungeniert laut. Außer uns ist niemand im Büro. «Gib zu, es hat dir gefallen», sagt er, «es gefällt allen kleinen Mädchen.» Wir sind am Bürotisch angelangt. Er gibt mir eine neue Sammelbüchse, schreibt jedoch eine Notiz in die Liste, in der die Namen der Sammelnden stehen. Ich bin schon an der Tür, will die Treppe hinunterlaufen, da hält er mich am Arm zurück.

«Laß niemand mehr heran an deine Büchse, sie gehört mir», flüstert er mir zu. Ich werfe ihm vor Wut die Sammelbüchse vor die Füße. Scheppernd schlägt sie auf den Steinboden auf.

Zu Hause merke ich, daß ich meinen Schlüssel vergessen habe. Ich klingle lange an der Wohnungstür. Niemand kommt, um zu öffnen. Ich will schon wieder gehen, da reißt Mama die Tür auf. Sie hat verweinte Augen. «Meine Tochter ist eine Diebin!» ruft sie ins Treppenhaus. Der Mann von der Wohlfahrt muß sie angerufen und ihr die Sache mit der Sammelbüchse gesagt haben.

«Du bleibst draußen!» schreit Mama, außer sich vor Zorn. «Du betrittst diese Wohnung nicht mehr!» Sie schlägt die Tür zu, mir mitten ins Gesicht. Es schmerzt, als habe sie mich geschlagen. Ich bleibe im Treppenhaus stehen, kann mich nicht von der Stelle bewegen. Mein Schatten muß durch die Milchglasscheiben der Wohnungstür zu erkennen sein. Ich stehe davor und warte – eine halbe Stunde lang. Nicht einmal Derfinger zeigt sich im Treppenhaus. Ich schwöre mir, ihn nie wiederzusehen; er hat mich zur Diebin gemacht.

Zugluft weht durch das Treppenhaus, jemand macht das

Licht an, ich halte den Atem an, um besser hören zu können, was in unserer Wohnung vor sich geht. Zeit zum Abendessen. Bisher habe ich keinen Hunger gehabt, dafür ist mein Mund ausgetrocknet vor Durst. Ich höre, wie die Eltern sich an den Eßtisch setzen. Offenbar steht die Tür zum Korridor einen Spalt offen. Das Klappern des Geschirrs wird immer lauter. Durch die geschlossene Wohnungstür dringt der Geruch der Speisen, die Mama gekocht hat: Rindfleischbrühe, Wirsingkohl. Der Geruch macht mich besinnungslos vor Wut. Ich schlage gegen die Scheibe, erst mit den Fingerknöcheln, dann mit den Fäusten, immer schneller und heftiger. Auf einmal zerbricht das Glas. Es tut mir wohl, das Geräusch der Scherben zu hören, die aus der Türfüllung herausfallen und auf dem Boden zersplittern. Ich starre auf die ausgezackten Löcher in der Scheibe. Dann erst entdecke ich meine blutenden Hände.

Mama macht die Tür auf, sie weint – aber nicht meinetwegen, sondern über die zerbrochene Scheibe.

«Wer soll das bezahlen?» fragt sie. Sie hat keinen Sinn mehr für den Wert des Geldes. Seit dem Verlust ihres Vermögens glaubt sie, das wenige, was übriggeblieben ist, reiche kaum fürs tägliche Brot. Papa erscheint hinter ihr, schiebt sie beiseite, ergreift meine Hände, sieht sich die Schnittwunden an, geht mit mir ins Badezimmer, um sie zu verbinden. Er macht das schnell und geschickt mit dem Verbandsmaterial, das er im Apothekenschrank findet. Im Krieg ist er Sanitäter gewesen. Ich hocke auf dem Holzschemel, während er mich verbindet. Ich warte auf sein Strafgericht. Aber er sagt kein Wort über die zerbrochene Scheibe, macht mir auch keinen Vorwurf wegen des entwendeten Geldes aus der Sammelbüchse. Er braucht viele Mullbinden. Meine Hände sehen wie weiße Boxhandschuhe aus. Ich bitte ihn um Verzeihung, am liebsten würde ich mich ihm zu Füßen werfen. Er wäscht sich die Hände und räumt das Verbandszeug weg. Meine Boxerfäuste fangen schon wieder zu bluten an.

Über die Sache mit der Sammelbüchse wird zu Hause nicht

mehr gesprochen. Ich sage nicht, was der Mann von der Wohlfahrt mit mir gemacht hat, bin wie Mama froh, daß er uns nicht bei der Polizei angezeigt hat. Aber Derfinger muß aus der Dachkammer ausziehen und das Haus verlassen. Ich habe ihn nie wiedergesehen.

Im Herbst melden mich meine Eltern noch einmal zur Aufnahmeprüfung an. Diesmal bestehe ich sie, obgleich ich mit meinem Nachhilfelehrer fast nichts vom Pensum meiner Klasse gelernt habe. Ich nehme kaum etwas von meiner neuen Umgebung wahr, weder die Kinder noch die Lehrer, die fast in jeder Unterrichtsstunde wechseln. Das Lernen fällt mir leicht. Bei den Mitschülerinnen bin ich unbeliebt, sie halten mich für eine Streberin. Ich mache nicht mit beim Spielen auf dem Schulhof, ich habe keine einzige Freundin.

Mein Tageslauf steht von nun an unter dem Gesetz der Selbstbestrafung. Nachmittags kaufe ich für zu Hause ein. Mindestens zwei Stunden lang mache ich Schularbeiten. Ich gehe auch wieder zur Klavierstunde und quäle mich mit Fingerübungen ab. Ich mache Fortschritte, spiele Sonatinen, sogar leichte Stücke von Bach mit Fugenthemen – mechanisch, ausdruckslos.

Ich spreche mich mit Mama nicht aus. «Es gibt Dinge, die vergißt man am besten», sagt Papa. Er gibt allein Derfinger die Schuld an der Dieberei. Andererseits meint er, ich solle mich bei Mama entschuldigen für das, was ich ihr angetan habe. Nichts sei schädlicher für ein Kind als das Verdrängen von Schuldgefühlen.

«Das hast du von Gregor gehört», sagt Mama spöttisch. «Am besten, wir schicken Muriel wieder ins Quisisana zurück, wo man sie von ihren Schuldgefühlen heilt. Heutzutage hat niemand mehr Sinn für Gut und Böse.» Sie bricht in Tränen aus, ballt die Hände zu Fäusten. «Im Quisisana haben sie für alles eine Entschuldigung», sagt sie schluchzend. «Gregor würde sogar einen Dieb wie Derfinger freisprechen. Die Umstände oder die

Erbmasse müssen für solche Verfehlungen herhalten. Ich mache da nicht mit.» Sie schüttelt Papas Hand ab, der sie beruhigen will. Schon seit längerer Zeit fühlt sie sich wieder sehr schlecht. An manchen Tagen bleibt sie bis mittags im Bett, an anderen steht sie schon bei Morgengrauen auf. Angeblich will sie schon einkaufen, aber die Geschäfte haben noch gar nicht geöffnet.

Das, was ich jetzt berichten muß, habe ich nicht selbst miterlebt. Ich war nicht dabei. Später habe ich immer wieder versucht, es mir vorzustellen nach allem, was ich davon gehört habe. Ich erzähle es hier sachlich und kühl, als sei es einem anderen zugestoßen: Mama verläßt wieder einmal in aller Frühe das Haus. Schlaftrunken geht sie zum Aufzug. Seine Tür läßt sich genauso leicht öffnen wie immer, wenn der Fahrstuhl da ist. Weshalb wird sie nicht stutzig, als ihr statt der abgestandenen Wärme aus dem Innern des Fahrstuhlschachtes kalte Zugluft entgegenweht? Sie hat es eilig, ist zerstreut, aus Eitelkeit hat sie keine Brille aufgesetzt, obgleich sie immer kurzsichtiger wird. Mit ihren hochhackigen Schuhen tritt sie ins Leere. Schon hat der Sog der Tiefe sie erfaßt. Dem einen Schuh folgt der andere, sie verliert das Gleichgewicht. Vergeblich breitet sie die Arme aus, um sich irgendwo festzuhalten. Kopfüber stürzt sie in den Schacht. Sie gibt keinen Laut von sich. Papa springt im Pyjama die Treppenstufen hinunter, immer zwei auf einmal. Ich laufe im Nachthemd an die offene Aufzugtür, glaube ein Sausen im Schacht zu hören. Statt Papa nachzulaufen, gehe ich in die Wohnung zurück, schließe die Tür. Mir wird übel, ich komme gerade noch bis ins Badezimmer, muß mich übergeben. Ich bin nicht dabei, als Feuerwehrleute meine Mutter aus dem Fahrstuhlschacht bergen. Der Arzt, der den Totenschein ausstellt, wundert sich, daß sie trotz des Sturzes vom dritten Stockwerk bis in den Keller fast ohne äußere Verletzungen geblieben ist. Später bricht ein Streit aus, wer die Schuld an dem Defekt der Fahrstuhltür hat: der Elektriker, der Hausmeister oder die

Firma, die den Aufzug hergestellt hat. Wochenlang hängt ein Schild mit der Aufschrift «Außer Betrieb» vor den Türen.

Zur Beerdigung kommen die Schweizer Verwandten: Onkel Gregor, Josephine, Andreas, Jörg und Urs. Manche Vettern und Cousinen, Onkel und Tanten lerne ich erst bei dieser Gelegenheit kennen. Alle Angehörigen stammen von Mamas Seite. Es sind mehr Frauen als Männer. Sie behandeln Papa wie einen Fremden, sehen ihn vorwurfsvoll an. Anscheinend geben sie ihm die Schuld am Verlust des Familienvermögens. Sie holen meine tote Mutter in den Schoß der Familie zurück. Papa ist der Eindringling, der ihr Leben ruiniert und ihr Geld veruntreut hat. Meine Brüder sind aus dem Internat gekommen, sie sagen kaum ein Wort zu Papas Verteidigung. Sie können es nicht fassen, daß ihre Mutter nie mehr wiederkommen wird. Papa steht allein im Wohnzimmer. Ich stelle mich neben ihn, gebe ihm die Hand, als wolle ich Mamas Verwandten zeigen, daß ich zu ihm gehöre. Noch immer warte ich vergeblich auf den großen Schmerzensausbruch über den Tod meiner Mutter. Ich bin ganz starr, kann nicht einmal ein paar Tränen hervorpressen. Onkel Gregor betrachtet mich aufmerksam. An Mamas Sekretär sitzend macht er sich Notizen, die ich suche und finde, während die anderen bei der Beerdigung sind. Auf Onkel Gregors Wunsch bin ich nicht mit auf den Friedhof gegangen.

Muriels Verhalten legt den Gedanken an pathologische Gefühlskälte nahe. Jedes normale Kind hätte anders reagiert auf den Tod der noch jungen Mutter. Sie sagt kein Wort. Es ist, als habe sie sich selbst ein Schweigegebot auferlegt. Sie tut, als kenne sie uns kaum mehr. Auch Josephines Gegenwart scheint sie nicht zu beleben. Sie hat sich eingeschlossen in ihre eigene Welt, eine Welt, in die nicht einmal die Trauer eindringt. Sie will sich vor der eigenen Verzweiflung schützen. Wahrscheinlich wäre sie ihr nicht gewachsen. Solche Gefühlsverdrängungen sind typisch für labile Kinder. Ich werde Muriel beobachten müssen. Sie hat etwas von der depressiven Veranlagung ihrer Mutter geerbt.

Ich würde den Notizzettel gern behalten, um ihn noch einmal in Ruhe lesen zu können. Ich habe nicht alles verstanden, was Onkel Gregor sich aufgeschrieben hat. Aber ich wage es nicht, den Zettel zu stehlen, damit man mich nicht noch einmal Diebin nennen kann.

Nach der Beerdigung treffen sich die Verwandten im ersten Hotel der Stadt. Sie beraten über das weitere Schicksal der Familie. Ich bin nicht dabei. Aber Papa erzählt mir hinterher, was in dem Salon, an dessen Tür «Geschlossene Gesellschaft» stand, geredet worden ist. «Im Grunde nichts Wichtiges», behauptet er. Ob er mir auch alles berichtet hat? frage ich mich.

Josephine macht mir am Nachmittag einen Besuch im Kinderzimmer. Zum ersten Mal sehe ich sie in Schwarz. Sie ist schon wieder reisefertig, will Onkel Gregor auf einen Kongreß begleiten. Sie trägt einen Hut mit einer Art Witwenschleier. Als sie sich zu mir hinunterbeugt, um mir einen Kuß zu geben, muß sie den Schleier hochschieben. «Denkst du noch manchmal an das Quisisana?» fragt sie mich. «Möchtest du gern für immer dort sein?»

«Ich bleibe bei Papa», sage ich, ohne zu zögern. «Ich gehöre zu ihm.» Josephine dreht sich mit einem Ruck um und verläßt das Zimmer.

Papa kommt von der Testamentseröffnung zurück, die mit einer Versammlung der Firmenteilhaber verbunden war. Er spricht kaum ein Wort, ißt nur ein paar Bissen von dem Essen, das ich für ihn zubereitet habe. Meine neue Aufgabe als Hausfrau nehme ich ernst. Ich binde mir Mamas Küchenschürze um, die mir zu weit ist und bis zu den Fußknöcheln reicht. Papa reißt mir das Schürzenband auf.

«Runter mit dem Zeug», brüllt er. «Merk dir das: Zieh nie etwas an, was Mama gehört hat!» Ich bin nicht dabei, als er Mamas Kleiderschrank öffnet und ihre Garderobe aussortiert. Alles wird unter seiner Aufsicht im Aktenofen des Kellergeschosses verbrannt. Aus allen Zimmern entfernt Papa das persönliche Eigentum seiner Frau, auch die Familienfotografien, die auf ihrem Schreibtisch gestanden haben. Den Raum, den sie zu ihrem Schlafzimmer erklärt hatte, schließt er ab. Er verbietet mir, ihn zu betreten.

1927
Papa sieht es nicht gern, daß ich die Rolle der Hausfrau übernommen habe. Ich halte Ordnung in den Zimmern, reinige Böden und Teppiche, staube die Möbel ab und koche. Will alles allein schaffen. Viele Speisen, deren Rezepte ich im Kochbuch gelesen habe, mißlingen mir: Der Teig geht nicht auf, das Fleisch brennt an, das Gemüse zerkocht. Doch mein Eifer ist unermüdlich. Ich führe sogar ein Haushaltsbuch, wie es Mama getan hat. Jeden Abend rechne ich Papa vor, was ich ausgegeben habe. Ich denke immer noch an das Geld, das ich mit Derfinger zusammen aus der Sammelbüchse gestohlen habe. Papa beabsichtigt, sich eine Haushälterin zu nehmen. Ich fange zu heulen an, wenn davon die Rede ist, stampfe wütend mit dem Fuß auf. Ich will mit Papa allein bleiben.

Allmählich nehme ich, ohne es zu merken, etwas von Mamas Tonfall an. Ich weise Papa zurecht, wenn er mit schmutzigen Schuhen einen Teppich betritt oder wenn er zu viel raucht. Statt ins Kontor zu gehen, bleibt er jetzt manchmal tagsüber auf dem Sofa liegen und liest Zeitungen und Zeitschriften. Ich frage ihn, ob er denn krank sei.

«Sie haben mich als Geschäftsführer abgesetzt», erklärt er. Zum ersten Mal seit Mamas Tod bekommen wir Streit. Mich erbittert es, daß er auf dem Sofa liegt, während ich mich mit dem Haushalt abrackere und die Schule vernachlässigen muß. Von nun an stelle ich ihn zu Hilfsarbeiten an. Er muß die Kohlen aus dem Keller schleppen, die Mülleimer leeren, im Hinterhof die Teppiche klopfen.

Immer seltener bekommen wir Besuch. Aber fast täglich sehen die Nachbarn Vater und Tochter Hand in Hand durch die Straßen der Altstadt gehen, um Besorgungen zu machen. Riese und Zwergin, ein ungleiches Paar. Papa muß sich mit Taschen und Tüten beladen, ich verwalte die Geldbörse und bezahle. Ein neuer Geschäftsführer für die Firma ist noch nicht gefunden worden. Einige Bremer Verwandte wollen Papa wegen Veruntreuung ihres Vermögens verklagen. Eigentlich hätte er längst Konkurs anmelden müssen, behaupten sie. Einmal träume ich, Papa liege in seinem Blut überm Kontortisch, vor ihm die Pistole, die er aus dem Krieg mitgebracht und in eine Schublade seines Schreibtischs eingeschlossen hat. Ich erzähle ihm nichts von diesem Traum. Ich habe gehört, daß manche Bremer Geschäftsleute, die Konkurs gemacht haben, glauben, sich erschießen zu müssen. Papa merkt nicht, daß ich die Pistole suche und alle Arzneimittel, die mir giftig vorkommen, verstecke. Er liegt auf dem Sofa im Salon und löst Kreuzworträtsel. Obgleich er nur wenig ißt, wird er immer dicker.

Die ganze Zeit über führt er, wie ich erst später erfahre, einen erbitterten Briefwechsel mit Josephine. Es geht um mich. Mama hat in ihrem Testament verfügt, Melchior und Balthasar sollen bis zum Abitur im Internat bleiben. Ich jedoch werde dazu bestimmt, unter Josephines Obhut im Quisisana aufzuwachsen. Papa findet, es sei an der Zeit, mir die Situation zu erklären. Er malt mir aus, wie gut ich es im Quisisana haben könnte. Nie mehr müßte ich mich mit dem Haushalt und nur wenig mit Schularbeiten abplagen. Ich schüttle den Kopf. Auf keinen Fall will ich ihn allein lassen.

Der Ruf der Firma ist wiederhergestellt. Im Büro höre ich Gerüchte, die Schweizer Verwandten hätten auch diesmal geholfen. Papa bekommt sogar ein Ehrenamt, er wird Konsul von Guatemala – ein Titel, der mir märchenhaft vorkommt. Im Erdgeschoß, wo das inzwischen ausgezogene Reisebüro war, richtet er sich einen Amtsraum ein und stellt auf den Schreibtisch eine kleine Flagge des Landes, das er vertritt. Braunhäutige Männer stehen vor der Bürotür Schlange, sie lassen sich von ihm beraten. Er stempelt ihre Reisepapiere, Frachtbriefe und Zeugnisse ab. Ich bin stolz, daß die Nachbarn Papa nun mit «Herr Konsul» anreden.

«Nur ein Ehrenamt», meint er, «jeder könnte es übernehmen. Man bekommt kein Geld dafür.» Er kennt Guatemala von seinen Geschäftsreisen nach Amerika. «Ein schreckliches Land», erinnert er sich, «Kaffeeplantagen inmitten tropischer Regenwälder. Trotz der Hitze bekommt man die Sonne kaum zu sehen, sie hüllt sich, gleich nachdem sie aufgegangen ist, in rötliche Staubwolken ein. Tagsüber kann man sich nur im Haus aufhalten. Nur vor Sonnenaufgang ist es möglich, eine Stunde lang auszureiten. Nicht einmal zum Schwimmen gibt es Gelegenheit, die Brandung an beiden Ozeanen, dem Atlantik und dem Pazifik, ist so stark, daß sie einen blutig peitscht.»

In der Schule komme ich recht und schlecht mit. Ich lerne Vokabeln und vergesse sie schnell wieder, versage in Mathematik, weil ich Sinn und Bedeutung der Unbekannten X und der geometrischen Zeichnungen nicht begreife. Eine Weile helfe ich mir mit Mogeln, ich schreibe von meiner Nachbarin ab, dann fange ich an, bei den Klassenarbeiten leere Blätter abzugeben. Am besten bin ich immer noch in Deutsch, meine Aufsätze muß ich manchmal vor der Klasse vorlesen. Dabei macht mir das Schreiben ebensowenig Spaß wie Stricken oder Häkeln.

Papa hat nun doch eine entfernte Verwandte, die sich Geld verdienen muß, als Haushälterin angestellt. Er meint, das «Doppelleben», das ich seit Mamas Tod führe, strenge mich zu sehr an. Ich soll eine unbeschwerte Kindheit und Jugend haben, nicht wie ein vergrämtes frühreifes Kind aussehen, das ein Erwachsenenleben führt. Er zwingt mich, in den Spiegel der Flurgarderobe zu schauen. Er hält mich an den Schultern fest, damit ich nicht ausweichen kann.

«Sieh dich nur an», sagt er, «blaß wie ein Kellergewächs siehst du aus. Du brauchst frische Luft, solltest auf dem Lande leben.» Er kämpft nicht länger gegen Mamas Testament an. Josephine soll ihr Recht bekommen.

«Ich kann dir Mama nicht ersetzen», sage ich etwas altklug,

«aber ich liebe dich vielleicht ebenso wie sie.» Papa hat offenbar keine Lust, über dies Thema mit mir zu reden. Er sagt, wenn ich mich bei Josephine nicht wohl fühlte, könnte ich jederzeit nach Hause zurückkehren. Ich soll mir meine Heimat eines Tages selbst wählen.

Es geht alles sehr schnell. Ich habe nur wenig zu packen. Es gibt nur ein paar Freunde und Verwandte, von denen ich mich verabschieden muß. Melchior und Balthasar schreibe ich, zusammen mit Papa, einen Brief.

«Ihr braucht nicht herzukommen, um Euch um Papa zu kümmern», diktiert er mir, «wenn Ihr Euch wohl fühlt, bleibt, wo Ihr seid.» Als wir uns am Bahnhof verabschieden – diesmal fahre ich allein –, umarmt mich Papa.

«Denk daran, was wir abgemacht haben», sagt er. «Ich bin immer für dich da.»

8

1928
Bei meiner Ankunft im Quisisana hat Josephine ihren Migränetag. Außer Jean-Marie mit seinem alten «Adler» ist niemand am Bahnhof, um mich abzuholen. Im Haupthaus herrscht die gleiche Stille wie bei meinem letzten Besuch. Alle gehen wie auf Wattesohlen.

«Stör Josephine nicht», ist das erste, was Onkel Gregor, dem ich auf der Treppe begegne, sagt. Auch er hat keine Zeit für ein Begrüßungsgespräch. «Sie hat Kopfweh», erklärt er, «ihr ist übel, sie muß im Dunkeln liegen.»

Tell scheint der einzige zu sein, der sich über mein Kommen freut. Er hat seinen Napf in der Küche leer gefunden und läßt sich von mir füttern. Im Hof darf kein Holz gehackt werden; nicht einmal das Scharren des Rechens, mit dem Jean-Marie sonst die Wege im Park harkt, können Josephines angegriffene Nerven ertragen. In ihrem Stall wiehert die Stute Orplid, weil ihr der Ausritt mit ihrer Herrin fehlt. Eine Weile stehe ich unschlüssig vor der Tür zu Josephines Ankleidezimmer, doch ich wage nicht, bei ihr anzuklopfen. Kein Laut dringt von dort drinnen ins Treppenhaus. Schläft sie? Weshalb läutet sie nicht, um sich wie sonst bedienen zu lassen?

Ein Gong weckt mich am nächsten Morgen aus dem Schlaf, ich erkenne seinen Klang wieder, es ist derselbe, der die Hausbewohner und Gäste zu den Mahlzeiten ruft. Doch diesmal ertönt der Gong von draußen, seine metallischen Schläge wiederholen sich in rhythmischen Abständen wie die Musik zu einem exotischen Tanz. Ich springe auf und laufe zum Fenster. Auf dem Rasen vor dem Haus, zwischen Lindenallee und Rosenrabatten, sind die Hausbewohner zur Morgengymnastik versammelt. Gabrielle schlägt den Gong, Marie Luise leitet die Übungen, sie wendet mir den Rücken zu, macht vor, was die anderen nachmachen sollen: Arm- und Hüftschwünge, Kopf- und Schulterkreisen, Knie- und Rumpfbeugen, nicht steif wie bei uns zu Hause in der Turnstunde, sondern tänzerisch beschwingt. Josephines Migräne ist vorbei, sie steht Marie Luise gegenüber, trägt das gleiche Übungskostüm wie Gabrielle. Ständig wechselt sie zwischen Stand- und Spielbein, wendet den Kopf ins Profil und sieht den anderen bei ihren Verrenkungen zu, die sie nicht mitmacht.

«Eins zwei drei», kommandiert Marie Luise, wobei sie «eins» betont, «zwei» und «drei» dagegen schneller ausspricht. In der ersten Reihe der Gruppe mühen sich die Männer ab. Für die Morgengymnastik haben sie nach Kleidungsstücken gegriffen, die nicht zueinander passen. Sirius, der Dichter, glatzköpfig, kugelbäuchig, ist in einem quergestreiften Ruderhemd mit rutschender Turnhose erschienen. Die Ärmel seines Hemdes reichen ihm nur bis zu den Ellbogen, die kurzen Hosen dafür bis zu den Waden. Er trägt ein rundes Judenkäppchen, weil er gegen Zugluft empfindlich ist. Bei jeder heftigen Bewegung fällt ihm das Käppchen vom Kopf, er hebt es vom Boden auf und pustet den Staub ab, ehe er es wieder aufsetzt. Er stellt sich absichtlich ungeschickt an und macht die Übungen, die Marie Luise vorführt, übertrieben nach, als wolle er die Meisterin verspotten. Stolpert über seine Beine, schwingt die Arme hin und her, legt den Kopf in den Nacken, tänzelt auf Zehenspitzen. Bei den Sprüngen zieht er die Beine an wie ein Frosch, ruft «hoppla» und läßt sich auf den Rasen fallen. Neben ihm steht Sascha in einem hochgeschlossenen Russenkittel mit Pumphosen und Sandalen, auf dem Kopf ein Käppi, wie es Soldaten tragen. Er tut so, als exerziere er auf einem Kasernenhof, macht Kopfwendungen und Armbewegungen wie beim Gewehrpräsentieren. Der dritte junge Mann neben Sascha ist mir nur flüchtig von meinem letzten Besuch her bekannt: Giorgio, ein Halbitaliener. Er ist der begabteste, könnte zu einer Tanzgruppe gehören. Seine Gesichtszüge erinnern mich an die Gipsfigur der Athene im Musiksalon. Er trägt das gleiche beigefarbene Übungskostüm wie die Frauen; wenn man die Augen zukneift, könnte man glauben, er tanze nackt auf dem Rasen. In der dritten Reihe entdecke ich Andreas, Urs und Jörg. Die Zwillinge haben noch immer ihre Schnüffelnasen und den Bürstenschnitt wie Swinegel und seine Frau, sie tragen Pfadfinderuniform, eine Farbe zwischen Khaki und Grün, sind ungelenkig, springen auf und ab wie Hampelmänner. Andreas wirkt noch schläfrig, es fällt ihm schwer, den Klängen des Gonges zu folgen und die Schwünge und Sprünge mitzumachen. Er trägt einen Tennisanzug, weiße Socken und Sportschuhe.

Auf einmal verspüre ich Lust, da unten mitzumachen. Kaum jemand weiß, daß ich angekommen bin, es wird eine Überraschung geben, wenn ich dazwischenplatze. So wie ich bin, barfuß, im gestreiften Schlafanzug, laufe ich die Treppe hinunter und lande mit einem Sprung zwischen den Turnenden auf dem Rasen. Ich falle aufs Hinterteil, mache eine Kerze, lasse mich abrollen und schlage einen Purzelbaum. Alle klatschen in die Hände. Josephine begrüßt mich mit einer großen Umarmung und einem Kuß auf beide Wangen, wie sie es gern tut, wenn andere dabei sind. Urs und Jörg kneifen mich, genau wie früher, in die Arme.

Andreas gibt mir die Hand und sagt, er freue sich sehr, mich wiederzusehen.

Marie Luise hat gleich etwas an meiner Haltung auszusetzen. «Gerade halten!» ruft sie, «Kopf hoch!» Im vergangenen Jahr habe ich mir angewöhnt, Kopf und Schultern hängen zu lassen, wenn ich mit der Hausarbeit beschäftigt war.

«Echt Muriel», ruft Josephine, «setzt sich mit einem Purzelbaum in Szene, als sei sie noch ein kleines Kind. Ohne Auftritt geht es bei ihr nicht.»

Auf einmal schäme ich mich vor den Männern, weil ich noch im Schlafanzug bin. Ich laufe ins Treppenhaus und in mein Zimmer zurück.

«Muriel, das unverdorbene Naturkind», ruft Sirius hinter mir her.

Nach dem Frühstück komme ich auf dem Weg zum Tennisplatz an Onkel Casimir vorbei, der wie stets im Garten malt. Er merkt, daß ich verstimmt bin, weil mich bei meiner Ankunft niemand willkommen geheißen hat, und erklärt mir: «Das Quisisana hat seine eigenen Gesetze. Hier wird kein Gast mit besonderen Ehren begrüßt. Wer kommt, ist da.»

Am Tennisplatz presse ich das Gesicht gegen den Maschendraht und schaue zu, wie Andreas und Josephine ein Match austragen. Sie zählen die Punkte, wechseln die Seiten. Zwei Sätze sind schon an Josephine gegangen. Ist es noch immer so, daß sie nicht verlieren kann, ohne verärgert zu sein? Sie trägt einen kurzen weißen Plisseerock, der ihre langen Beine zur Geltung bringt, wenn sie sich hochreckt und nach dem Ball springt, oder wenn sie sich bückt, um einen tieffliegenden Ball vom Boden aufzunehmen. Unter dem enganliegenden Jungenpullover, den sie sich von Urs oder Jörg ausgeliehen zu haben scheint, wölben sich ihre kleinen festen Brüste. Ein Ball fliegt über den Maschendraht auf den Rasen. Ich werfe ihn auf den Platz zurück. Erst jetzt entdecken mich die beiden.

«Hallo, da bist du ja», ruft Josephine. Zum Gruß hebt sie ihren Schläger hoch. Sie ist erhitzt, hat wieder ihre Leuchtaugen. Andreas dagegen hält, wie üblich, die Lider gesenkt.

«Willst du nicht wieder den Balljungen für uns spielen?» fragt Josephine. Andreas sagt, er brauche weder einen Balljungen noch ein Ballmädchen, er könne selbst für sich sorgen, außerdem sei ich für solche Dienste inzwischen zu alt geworden. Josephine lacht und sagt, ihr könne es gleichgültig sein, sie brauche kaum je einen Ball vom Boden aufzuheben, da sie alle mit dem Schläger fange. Unvermittelt verliert sie die Lust am Weiterspielen. Sie geht ans Netz und streift sich das Band ab, das ihre Haare zusammenhält.

«Nicht gut in Form heute?» fragt sie Andreas. «Macht nichts. Morgen wird's wieder besser gehen.» Sie beugt sich zu ihm vor, streicht ihm über die Stirn und gibt ihm einen Kuß auf die Wange. Wieder spüre ich einen Stich von Eifersucht.

«Na, kleine Spionin?» Josephines Stimme klingt ärgerlich. Hast dich schon immer gern versteckt, um andere zu beobachten, scheinen ihre Worte zu bedeuten. Ich fühle mich auf einmal den Tränen nahe. Bin ich wirklich jemand, der an fremden Türen lauscht und seine Nase in alles steckt? Andreas und Josephine ruhen sich auf den Hockern aus, auf denen bei den großen Spielen die Schiedsrichter sitzen. Sie lachen über einen Witz, den ich nicht verstanden habe. Unterhalten sie sich etwa über mich? Ich fühle mich wie ein Tier im Käfig am Gitter.

«Eigentlich müßte Andreas in der Schule sein», sagt Josephine zu mir. «Er hat ohnedies ein Jahr verloren. Sitzengeblieben. Armer Junge! Schon so alt und noch immer im Internat. Gregor findet, es ist meine Schuld. Ich hätte ihn abgelenkt.» Sie blickt nachdenklich zum See hinüber.

«Papa erwartet, daß ich bald mit dem Studium anfange», sagt Andreas. «Ich soll ihm in der Klinik helfen, damit er sich mehr seinen wissenschaftlichen Arbeiten widmen kann.»

«Dann wirst du ebenso wenig Zeit für mich haben wie er», sagt Josephine mit einem Seufzen.

Ich verlasse die beiden wortlos und gehe zum Seeufer. Plötzlich hält jemand meine Schulter umklammert. Sirius, der Dichter. Er fordert mich auf, mit ihm angeln zu gehen. Angeln ist der einzige Sport, den er betreibt. «Nicht anstrengend», sagt er, «kann dabei ins Wasser starren, Selbstgespräche führen, gute Einfälle haben.» Er fragt mich, wo ich herkomme. Ich sage, daß ich Josephine und Andreas beim Tennisspielen zugeschaut habe.

«Wirst dich dran gewöhnen müssen», sagt er, «spielen den

halben Tag.» Er führt mich zum Landesteg. Das Wasser des Sees ist heute spiegelglatt, von keinem Windhauch bewegt. Er packt sein Angelzeug aus, läßt sich von mir dabei helfen und redet weiter über Andreas und Josephine: «Alle im Haus wissen Bescheid, außer dem Ehemann. Aber bei Gregor kann man nie genau sagen, was ihm bekannt und worüber er schweigt. Auch wenn er anderswo ist, ahnt er, was wir treiben.» Wir setzen uns nebeneinander auf die Planken des Landestegs. Sirius wirft die Angel aus, er starrt auf den Schwimmer, der jedoch nicht zucken will. «Vergiß, was ich gesagt habe. Denke oft nicht daran, daß du noch ein Kind bist», sagt der Dichter. Gleich darauf scheint er wieder zu vergessen, daß ich neben ihm sitze. Er hält ein Selbstgespräch:

«Merkwürdige Frau, diese Josephine. Hätte sie nie für eine Phädra gehalten.» Ich frage, wer Phädra ist, und Sirius gibt mir Unterricht in antiker Mythologie.

«Ewiger Stoff, veraltet nie, gut geeignet für Analysen. Orest, Ödipus, Laios, Elektra, Antigone, Narziß, Hippolytos. Phädra, Stiefmutter des Hippolytos, also nicht blutsverwandt; trotzdem dürfen die beiden sich nicht lieben. Tabu im Schatten der allmächtigen Vaterfigur.» Ein Boot nähert sich mit gedrosseltem Motor. Josephine sitzt am Heck, sie hat ihren Sonnenschirm aufgespannt, obgleich der Himmel bewölkt ist. Andreas winkt uns zu, er trägt noch seinen Tennisanzug. Ein harmloser Morgenausflug nach dem abgebrochenen Match? Das Boot legt an der kleinen Insel am Ende der Bucht an, die zum Grundstück des Quisisana gehört. Andreas hilft Josephine beim Aussteigen.

«Neulich habe ich Thomas Manns *Zauberberg* gelesen», sagt Sirius unvermittelt, «ein Roman, der ebenfalls in einem Sanatorium spielt. In ihm treten Figuren aus aller Herren Länder auf, einige erinnern mich an die Quisisana-Gäste. Es ist immer dasselbe in einer solchen Umgebung. Die Patienten finden ihre zweite Heimat dort, sie kommen immer wieder, halten sich nie für geheilt.» Ich frage ihn, ob ihm das Buch gefallen hat. Bisher habe ich Sirius immer nur über seine eigenen Theaterstücke reden gehört.

«Weiß nicht recht», sagt er jetzt, «die Sprache liegt mir nicht. Ironisch, manieriert. Außerdem mag ich keine so langen Romane. Langweilen mich.»

Ich will wissen, wie der Roman, von dem er spricht, ausgeht.

«Düster», sagt er, «zerstörerisch. Der Erste Weltkrieg bricht aus. Die Hauptfigur wird ihn kaum überleben. Der Schluß ist immerhin das Beste.» Sirius gefällt alles, was mit Zerstörung und Untergang zu tun hat, das ist mir schon bei meinem letzten Besuch aufgefallen. Auf einmal zuckt die Angelschnur.

«Du bringst mir Glück», ruft Sirius, «zum ersten Mal hat etwas angebissen.» Ich helfe ihm, die Angel aus dem Wasser zu ziehen. Die Schnur verheddert sich, am Köder zappelt ein blausilbrig glänzender Fisch, ein Felchen. Sirius läßt die Angelschnur los, schlägt die Hände vors Gesicht.

«Kann kein Fischblut sehen», ruft er, «wirf ihn ins Wasser zurück.»

Ich löse den Felchen von der Angel, schlage seinen Kopf gegen einen Stein und lege den Fisch in den Schatten.

«Er ist noch nicht tot», ruft Sirius. «Kann nicht mit ansehen, wie er zuckt. Schaff ihn weg, er fängt schon jetzt an zu stinken.» Er möchte, daß ich mich wieder zu ihm auf den Landesteg setze. Offenbar braucht er eine Zuhörerin für seine Monologe, die sich schon wieder auf Josephine und Andreas beziehen.

«Müßte so ein Paar in eines meiner nächsten Stücke einbauen. Normale Liebesbeziehungen haben ihren Reiz für das moderne Publikum verloren. Nur das Ungewöhnliche zählt. Neuartige Paarverbindungen, alt wie die Menschheitsgeschichte. Mensch und Tier, Mutter und Sohn, Mann und Mann, Frau und Frau, Vater und Tochter.»

Ich will sein Gerede nicht länger anhören, springe vom Landesteg auf, hole den toten Fisch aus dem Baumschatten.

«Ich will ihn schnell in die Küche bringen», rufe ich, «Käte kann ihn vielleicht zum Abendessen brauchen. Ich muß ihn ihr geben, bevor er verdorben ist.»

In der Küche finde ich Sascha, der fast täglich bei Käte und Jean-Marie sein zweites Frühstück zu sich nimmt. Er liebt Herdwärme und Küchengerüche. Sein Hunger wird durch die Mahlzeiten oben im Eßzimmer nicht gestillt. Er hat eine fettige, sommersprossige Haut, sein strähniges Haar ist feucht, er gerät leicht ins Schwitzen. Mit vollem Mund redet er auf sein Küchenpublikum ein. Im Herd prasselt das Feuer, in den Töpfen sieden Fleischbrühe und Gemüse. Manchmal riecht es angebrannt, fast immer duftet es nach seltsamen Gewürzen, die Käte von ihrer holländischen Heimat her kennt. Sie drückt einen Laib Sankt-Galler-Brot gegen ihren Busen, schneidet gleichmäßig dicke Scheiben davon ab. Ihre Holzpantinen hat sie ausgezogen. Tell spielt mit einem der Schuhe, er schubst ihn mit der Schnauze vor sich her, das Holz schurrt über den Steinboden. Auf dem Tisch steht eine große Kanne mit Milchkaffee. Käse und Wurst darf sich jeder selbst abschneiden.

Sascha stopft abwechselnd Pfannkuchen und geräucherten Fisch in sich hinein. In seiner Heimat sei ein kräftiges Frühstück die beste Voraussetzung für die Arbeitskraft der Werktätigen und vorgeschriebene Planerfüllung, sagt er. Offenbar ist er froh, in mir ein neues Opfer für seine Belehrungen gefunden zu haben. «Was ich dir erzähle, wirst du nicht am Schreibtisch deines Onkels hören», sagt er, «es steht nicht in den Büchern, mit denen er sich beschäftigt. Keine Ahnung habt ihr, wie unterdrückt und ausgebeutet ihr seid. Mit jedem Arbeiter kann man besser diskutieren als mit Hausangestellten. Sie sind die ärgsten Reaktionäre. Ein Schlangennest, solch eine Herrschaftsküche! Alles klebt aneinander, vermischt sich zu einem zähen Brei, stinkt nach Unterwürfigkeit, nach Nestwärme und Brutkasten. Wenn die Herrschaften die alte Ordnung abschaffen wollten, würden die Bediensteten sie zwingen, daß alles beim alten bleibt.»

Die Köchin Käte unterbricht ihn. In ihrer Heimat, sagt sie, komme die Königin öfter und höchstpersönlich in die Küche, sie

koche nach Rezepten, die sie von ihrer Kinderfrau kennt.
«Männer haben in den Niederlanden sowieso nicht viel zu
sagen», behauptet Käte. «Unser Herr ist die Königin.» Sascha
berichtet von Kinderhorten, Kameradschaftsehen und berufstätigen Frauen, von der notwendigen Auflösung der Kleinfamilie,
von Gemeinschaftsabenden in den Fabriken; er preist die Herrschaft des Proletariats.

«Hier wird auch gearbeitet», sagt Käte. «Wir machen uns
genauso die Hände schmutzig.»

«Keiner sollte in Zukunft mehr Lasten schleppen», verkündet
Sascha, «niemand Arbeiten für wenige Auserwählte verrichten.» Man könne auch in Werkskantinen kochen, die Knochenarbeit Maschinen überlassen. Wieviel Installation und Baumaterial könnten eingespart werden, meint er, wenn nicht jede kleine
Familie eine eigene Küche oder gar ein Badezimmer für sich
beansprucht. Gemeinschaftsküchen und Badehäuser für alle
täten es auch.

«Küche, Schlaf- und Badezimmer sind Privatsache», ruft
Käte. Vor Ärger hat sie sich mit dem Kartoffelmesser in den
Finger geschnitten. «Was in meinen vier Wänden geschieht, geht
nur mich etwas an. Ihr solltet lieber darum kämpfen, daß jedes
Kind sein eigenes Bett bekommt.»

«Im Sozialismus steht jedem Genossen ein Bett zu», erklärt
Sascha.

«Meine Küche ist meine Werkstatt», ruft Käte aufgeregt aus.
«In einer Gemeinschaftsküche kommt doch nur ein Gemeinschaftsfraß zustande. Wollt ihr Bolschewiken den Meistern, den
Schmieden, den Schreinern, den Schneidern und Schlossern, den
Schustern und Fleischhauern ihre eigenen Arbeitsstätten wegnehmen?»

Sascha gibt ihr keine Antwort, er ist noch immer mit dem
Thema des Betts für jedermann beschäftigt. «Düsterer, schmutziger Ort, solch ein Familienbett, auch wenn man die Laken
noch so oft lüftet und wechselt», sagt er. «Ein Nest, in das man
sich verkriecht, wenn man trübsinnig ist. Dort wird gezeugt,

geboren und gestorben. Gedanken, die das Licht der Vernunft scheuen, werden dort ausgebrütet. Generäle denken sich blutige Schlachten, Diktatoren neue Foltermethoden aus. Frauen schmieden Ränke, Köchinnen bereiten in Gedanken giftige Gerichte, um ihre Herrschaft umzubringen. Früher ist an Fürstenhöfen sogar der Beischlaf eine öffentliche Angelegenheit gewesen.»

«Nehmen Sie Rücksicht auf das Kind!» ruft Käte. «Habt ihr Bolschwiken denn gar keine Scham mehr im Leib?»

Sascha wechselt das Thema und fängt an, dem Küchenpersonal aus einem Buch über die Bedeutung des Mehrwerts in der Wirtschaft der kapitalistischen Gesellschaft vorzulesen.

Da öffnet sich die Küchentür. In ihrem Rahmen steht Josephine. Keiner hat gehört, wie sie die Kellertreppe heruntergestiegen ist. «Hetzen Sie mir nicht die Leute auf», sagt sie zu Sascha. «In diesem Haus herrscht Ordnung!»

Bei Andreas im Zimmer finde ich Giorgio, den Halbitaliener. Offenbar störe ich die beiden. Sie lesen miteinander in einem Buch. Als ich eintrete, fahren sie zusammen, als hätte ich sie bei etwas Verbotenem überrascht. Giorgio klappt den Lederband zu und stellt das Buch ins Regal zurück. Die Stelle des Textes, über die sie gesprochen haben, ist durch ein Lesezeichen gekennzeichnet. Ich merke mir, wo das Buch im Bücherschrank steht.

Andreas schlägt vor, etwas Musik zu machen. Für Onkel Gregors nächsten Kammerkonzert-Abend müssen sie noch üben. Andreas spielt Cello, Giorgio Violine. Im Musiksalon vergleiche ich Giorgios Profil noch einmal mit dem der Gips-Athene. Bevor er zu spielen anfängt, zupft er ein paar Saiten an der vergoldeten Harfe, die auf dem Podium steht. «Davor müßte ein schönes Mädchen mit langem blondem Haar sitzen», sagt er und lacht. Die beiden wiederholen immer dieselben Passagen. Giorgio bewegt seine rechte Hand taktierend im Leeren, ehe er mit der Sonate von Vivaldi beginnt. Er ist unzufrieden mit sich.

«Steife Finger», sagt er, «außer Übung.» Andreas hält den

Kopf gesenkt, langsam und gleichmäßig fährt er mit dem Bogen über die Cellosaiten. «Das Andante ist mein Lieblingssatz», sagt Giorgio. «Laß uns mit ihm beginnen.» Andreas setzt wieder den Bogen an. Ich mag die dunklen und satten Töne, die er den Saiten entlockt.

«So musikalisch wie du möchte ich auch sein», sagt Giorgio, der sein Geigenspiel nach einem Mißklang abbricht. «Musik ist das einzige, was gegen Traurigkeit hilft.» Andreas stimmt von neuem sein Instrument, wobei er das Ohr dicht an die Saiten legt.

«*Da capo*», ruft Giorgio. Sie fangen das Andante noch einmal an. Diesmal spielt Giorgio fehlerlos, aber über eine schwierige Stelle kommt er nicht hinweg. Sein Tempo verzögert sich, bei einem Doppelton greift er daneben. Dieser Giorgio ist widerlich schön, denke ich: glatte kalte Haut, ein Gesicht wie eine Maske, von der man nicht weiß, was sich hinter ihr verbirgt, glasiger starrer Blick. Manchmal könnte man meinen, er sei schon tot. In einer Übungspause legt er den Arm um Andreas' Schulter.

«Weißt du, daß es nur eine Rettung für diese Welt gibt?» sagt er. «Die Herrschaft der Besten, zu denen wir gehören. Sie müßten alle so sein wie du und ich.»

Ich schleiche mich aus dem Musiksalon und gehe in Andreas' Zimmer zurück, um mir den Band, in dem die beiden bei meinem Eintritt gelesen haben, vom Regal zu holen und ihn an der Stelle zu öffnen, an der das Lesezeichen ist. Ich studiere den Text, es handelt sich um ein Gedicht von einem Mann, der Stefan George heißt. Titel: *Der Krieg*. Die Schlußzeilen, die Giorgio unterstrichen hat, lauten:

> *Apollo lehnt geheim*
> *An Baldur: «Eine weile währt noch nacht.*
> *Doch diesmal kommt von Osten nicht das licht.»*
> *Der kampf entschied sich schon auf sternen: Sieger*
> *Bleibt wer das schutzbild birgt in seinen marken*
> *Und Herr der zukunft wer sich wandeln kann.*

Als ich wieder am Musiksalon vorbeikomme, höre ich, wie Giorgio zu Andreas sagt: «Nimm dich vor Josephine in acht. Sie spielt nur mit dir. Ich kenne diese Art von Frauen. Sie können nicht wirklich lieben.»

Der einzige Sport, den Onkel Gregor betreibt, ist Boccia – ein Altmännerspiel, wie Andreas und Giorgio es nennen. Im Gegensatz zu Josephine gewinnt er fast nie. Manchmal bin ich mit von der Partie, ich darf die silberne Kugel werfen, die den Mittelpunkt des Spiels bildet. Ich mache mich nützlich, indem ich die Abstände der Kugeln messe, ich zähle meine Schritte und schreibe die Punkte auf. Onkel Gregor ist nie recht bei der Sache, schon nach ein paar Minuten weiß er den Namen des Gewinners nicht mehr.

«Namen!» sagt er zu mir in einer Spielpause, «ich sollte so viele davon im Kopf behalten. Aber es fällt mir schwer. Ich merke mir leichter Gesichter. Eine Alterserscheinung. Das Gedächtnis gibt keine Namen und Zahlen mehr her.»

«Aber du bist doch noch lange nicht alt», sage ich. Andreas hat mir gerade die silberne Kugel gegeben, die ich auf die Bocciabahn werfen soll. Ich behalte sie in der Hand. Ehe wir ein neues Spiel beginnen, muß ich Onkel Gregor noch etwas fragen – ich bekomme ihn selten zu sehen, will die Gelegenheit ausnutzen: «Wie ist das mit dem Gedächtnis? Behält man alles, was man erlebt hat oder nur das, was wichtig ist? Von manchen Dingen weiß ich gar nichts mehr. Sie sind für immer verschwunden. Andere finde ich in meinen Träumen wieder. Werde ich auch sie vergessen?»

Onkel Gregor legt mir die Hand auf die Schulter. «Es kommt darauf an», erklärt er, «manchmal erinnert man sich an Kleinigkeiten, die man für unwichtig hält. Dagegen vergißt man das, was man sich für immer merken sollte.» Andreas und Giorgio machen unserem Gespräch ein Ende. Sie wollen weiterspielen. Es fängt schon zu dämmern an. Bald werden wir die Kugeln mit den farbigen Ringen nicht mehr voneinander unterscheiden können. Onkel Gregor gewinnt diesmal, die silberne Kugel liegt ganz in seiner Nähe. Andreas und Giorgio werfen zu weit, sie können sie nicht erreichen.

Während ich jetzt, nach so vielen Jahren, meine Erinnerungen aufschreibe, fällt mir unser Gespräch über das Gedächtnis wieder ein. Was habe ich behalten, wieviel ist für immer vergessen, an welchen Stellen habe ich etwas hinzugedichtet, weil die Wirklichkeit von damals im Dunkeln bleibt? Wie steht es mit den unwichtigen Kleinigkeiten, die sich hartnäckig im Gedächtnis festsetzen und sogar heute noch in meinen Träumen wiederkehren? Manchmal fehlt mir wieder die Lust weiterzuschreiben. Wenn ich an die Weltkatastrophen und Gefahren, an die Trümmer und das millionenfache Leid von heute denke, kommt mir meine Geschichte unbedeutend vor. Was soll die Suche nach dem irgendwann verlorengegangenen Ich, wenn so viele Menschen hungern und frieren? Wer hat heute noch Zeit und Kraft, sich mit sich selbst zu beschäftigen? Bin ich nicht ein Narziß, der immer nur das eigene Spiegelbild sucht? Doch Gregor meint, das Schlimmste – Terror und Krieg – wäre uns vielleicht erspart geblieben, wenn wir unser Inneres besser gekannt hätten. Die Seele sei eine große Kraft, sie könne Zerstörungen anrichten und Berge versetzen.

Von allen Gästen, die an Josephines Tisch versammelt sind, fragt mich nur Onkel Casimir, wie ich mich im Quisisana fühle. «Alle reden auf mich ein», erkläre ich nach einem Augenblick des Überlegens, «vieles, was sie sagen, verstehe ich nicht. Es verwirrt mich. Ich muß darüber nachdenken.»

«Das solltest du nicht», rät mir Onkel Casimir. «Es gibt die sonderbarsten Tiere in Josephines Menagerie. Von manchen sollte man sich fernhalten. Du mußt das, was du hier erlebst, nicht so ernst nehmen!»

Onkel Casimir macht mich zu seinem Malergesellen. Von nun an bin ich oft in seinem Atelier, wasche die Pinsel aus, säubere die Paletten. Sowie das Wetter schön ist, nimmt Onkel Casimir den Aquarellkasten und große Papierbögen nach draußen mit. «Nichts ist besser als Freilicht», sagt er. Er verdünnt die Farben mit Wasser und malt ohne Vorzeichnung, am liebsten das Seeufer mit den Zweigen der Weiden, die fast bis ins Wasser hinunterhängen. Ein paarmal aquarelliert er mich, wie ich im lose niederhängenden Trägerkleid mit einer Zopffrisur auf der weißen Bank am Rondell sitze.

«Immer noch zu mager und klein», stellt er fest, obgleich ich im vergangenen Jahr ein Stück gewachsen bin, «aber hübscher geworden.» Meine weit aufgerissenen Augen gefallen ihm nicht. Er fragt, ob ich mich vor etwas fürchte. Er möchte, daß ich lächle; er erinnert mich an einen Fotografen, der immer ein heiteres Gesicht verlangte, wenn er mich mit oder ohne Familie in seinem Atelier in Bremen aufnahm. Um von mir selbst abzulenken, frage ich ihn, ob er bereit sei, mir Zeichenunterricht zu geben.

«Man könnte es versuchen», sagt er, «du hast ein gutes Auge.» Gemeinsam studieren wir die wechselnden Farben des Wassers im See, die Wolken am Morgen- und Abendhimmel und das gewittrige Licht an Föhntagen. Onkel Casimir arbeitet auch, wenn die Sonne ihm aufs Papier oder auf die Leinwand scheint. Er braucht keinen Hut zum Schutz und keine dunkle Brille für die Augen: «Ich habe im Leben so viel Sonne geschluckt, daß mir nichts mehr zustoßen kann», behauptet er. «Ich bin gesund. Ich werde uralt und überlebe die ganze Quisisana-Gesellschaft.»

9

1928
Ohne Begleitung steige ich die Freitreppe zum Backsteingebäude des Lyzeums hinauf, das der Schule in Bremen ähnlich sieht. Ich zähle die Treppenstufen, die zur Klasse 3 b führen. Meine Schritte werden schwerer, ich fange zu hinken an, als ich über den frisch gebohnerten Korridor zum Klassenzimmer gehe. Der Unterricht hat schon angefangen, ich komme zu spät. Ich mache die Tür hinter mir zu, entschuldige mich und bleibe an der Wand stehen. Dreißig Augenpaare sind auf mich gerichtet, ich fühle mich wie der heilige Sebastian unter der Drohung der Pfeile. Die kraushaarige Lehrerin, eine zierliche Person, die hochhackige Schuhe und ein modisches Kleid trägt, kommt auf mich zu und fragt, wer ich bin.

«Ich bin die Neue», sage ich.

Sie kennt meinen Namen, ist auf mein Kommen vorbereitet. Sie gibt mir die Hand. «Setz dich dorthin, Muriel. Ich bin Madame de la Tour.» Mein Platz ist neben Elsi, der Gastwirtstochter, die ich von Einkäufen in der Stadt kenne. Sie bemüht sich, mit mir wie mit auswärtiger Kundschaft ein affektiertes Hochdeutsch zu sprechen, was die anderen zum Lachen bringt. Die Mädchen hocken in ihren Bänken, hinter Büchern und Heften versteckt; sie ducken sich und starren mich von unten an. Fast alle tragen das Haar in der Mitte gescheitelt, dazu dünne Zöpfe, deren Enden durch Schleifen oder Klammern zusammengehalten werden. Auch ihre Dirndlkleider gleichen einander, sogar die Sandalen scheinen im selben Schuhgeschäft gekauft zu sein.

Der Unterricht wird in dieser Stunde in französischer Sprache abgehalten. Madame de la Tour stammt aus dem Wallis. Ich höre ihr gern zu, auch wenn ich nicht jedes Wort, das sie sagt, verstehe. Als sie merkt, daß einige meiner neuen Mitschülerinnen über meinen Akzent lachen, unterbricht sie den Unterricht und sagt auf deutsch:

«Möchte wissen, was es da zu lachen gibt. Das ist Muriel. Sie kommt aus Deutschland. Ich hoffe, ihr werdet euch gut vertragen. Sie wohnt jetzt im Quisisana bei Onkel und Tante.»

«Bist aber keine Schilfinger», sagt Elsi, meine Banknachbarin. Madame de la Tour fährt in ihrer Französischstunde mit Lafontaines Fabel *Le Corbeau et le Renard* fort, die sie den Mädchen zu erklären versucht. Keines der Mädchen scheint diese Fabel zu Hause gelesen zu haben. Mir hat Mama das Gedicht schon als Kind beigebracht, einen Teil davon kann ich noch auswendig. Ich melde mich zu Wort. Die Mädchen halten mich für eine Streberin. Elsi lacht über meinen Eifer. Madame de la Tour ruft mich nach vorn. Vor der Wandtafel muß ich die Verse aufsagen.

> *Maître Corbeau sur un arbre perché*
> *Tenait dans son bec un fromage.*
> *Maître Renard, par l'odeur alléché*
> *Lui tint à peu près ce langage...*

Etwas mit meiner französischen Aussprache scheint nicht in Ordnung zu sein. Die Mädchen betonen die erste statt die letzte Silbe, einige Konsonanten kommen rauher und härter bei ihnen heraus. Wieder lachen sie. Spreche ich zu theatralisch? Hätte ich den Text herunterleiern sollen, wie es die meisten Schulkinder tun?

Als die Glocke zur Pause ertönt, legt mir Madame de la Tour die Hand auf den Arm. «Keine Angst. Sie benehmen sich wie kleine Bestien, aber man kann sie zähmen», sagt sie. Als ich in den Hof komme, steht eine Gruppe von Mädchen aus meiner Klasse zusammen.

«Die ist nicht ganz richtig im Kopf, sonst wäre sie nicht im Quisisana», höre ich Elsi sagen. Die einzelnen Klassen spielen oder toben, voneinander getrennt, an vorbestimmten Plätzen. Eine Lehrerin führt die Aufsicht, sie sitzt auf einem Feldstuhl und strickt, ohne ein einziges Mal aufzublicken. Mich stört der Lärm, der wie eine Wolke über dem Schulhof hängt. Ich lehne mich an den Stamm einer Platane, schließe die Augen und versuche, «unsichtbar» zu spielen, aber der Zauber meiner Kindheit wirkt nicht mehr. Die Klasse schließt sich gegen mich zu einem Pulk zusammen. Im Laufschritt bewegen sich die Mädchen auf mich zu. Die Gruppe teilt sich in zwei Reihen. Mit Händen und Füßen stoßen sie mich durch die Gasse, die auf diese Weise entstanden ist. Die Mädchen prügeln mit mechanischer Regelmäßigkeit auf mich ein, eine von links, die nächste von rechts. Vielleicht könnte ich einfach weglaufen, aber ich mache nicht einmal den Versuch. Ich presse die Lippen aufeinander und gebe keinen Laut von mir. Vielleicht ist das nur eine schmerzhafte Taufe, die jeder Neuling hier durchmachen muß – eine Art Spießrutenlaufen. Eines der Mädchen stellt mir ein Bein, ich stolpere und falle hin, ohne mich mit den Armen abstützen zu können. Ich schütze meinen Kopf mit den Händen. Endlich erhebt sich die strickende Pausenaufseherin von ihrem Stühlchen, um Ordnung zu schaffen. Die Mädchen sind im Nu verschwunden. Ich stehe mühsam auf, wische mir den Staub von meinem Kleid, sehe meine Hand an, die blutet, auch an der Stirn habe ich eine Schürfwunde. Wieder habe ich das dumpfe Gefühl einer Schuld, die ich auf diese Weise abbüßen muß. Befinde ich mich auf einem Gefängnishof, will man ein Urteil an mir vollstrecken?

Ich hinke die Treppe hinauf, gehe auf die Toilette, wasche Gesicht, Arme und Beine ab. Madame de la Tour, der ich vor dem Klassenzimmer begegne, erkundigt sich, ob ich mich verletzt habe. Ich schüttle nur den Kopf. Sie will mit Onkel Gregor sprechen, den sie persönlich kennt. Offenbar ist sie einmal bei ihm in Behandlung gewesen.

Im Quisisana herrscht Frieden. Die Welt vor dem Gittertor ist mir feindlich gesinnt. Nur hinter den Parkmauern fühle ich mich geborgen. Niemand fragt mich nach meinem ersten Schultag, nicht einmal Onkel Gregor verliert darüber ein Wort. Im Quisisana wird fast nie über etwas gesprochen, was sich außerhalb der Parkmauern abspielt. Josephine ist die einzige, die die Kratzer und blauen Flecken auf meinen Oberarmen und im Gesicht bemerkt.

«Scheckig siehst du aus», sagt sie, «so als hätte Casimir seine Pinsel an dir abgewischt.» Sie lacht, ich breche in Tränen aus. Unter Schluchzen erzähle ich am Abendtisch von der Prügelei im Hof und von der hämischen Art, mit der mich die Mädchen in der Klasse behandelt haben. Nur für Madame de la Tour finde ich gute Worte. Onkel Gregor wiederholt ihren Namen. Blättert er in Gedanken in seiner Krankenkartei?

«In euren Schulen», behauptet Sascha, «werden willige Untertanen für die Ausbeutergesellschaft abgerichtet. Überall Drill, Unterdrückung, Zwang...»

«In Deutschland vielleicht», unterbricht ihn Josephine, «aber nicht hier in der Schweiz. Bitte keine Politik in meinem Haus!» Sie schickt mich ins Bett. «Du mußt lernen, dich durchzusetzen», ruft sie mir nach. «Wenn du im Leben keine schlimmeren Erfahrungen machst, kannst du dich glücklich schätzen.»

Im Türrahmen drehe ich mich um. In einem meiner seltenen Anfälle von Widerstandswillen sage ich: «Ich werde nie mehr in diese Schule gehen.»

«Bravo», ruft Josephine.

«Zivilcourage», sagt Sirius und klatscht mir Beifall.

«Der Pöbel regiert, für die Elite ist kein Platz mehr», bemerkt Giorgio.

In den nächsten Tagen bleibe ich zu Hause, schließe mich in

mein Zimmer ein, weigere mich, jemanden zu sehen. Nur Onkel Gregor darf zu mir. Er setzt sich an den Bettrand und berichtet, er habe mit Madame de la Tour gesprochen. Sie will mich in eine andere Klasse mit jüngeren Mädchen zurückversetzen. Meine bisherigen Mitschülerinnen nennt sie kleine Hysterikerinnen.

Gleich mein erster Tag in der neuen Klasse wird zu einem Erfolg. Auf hochdeutsch darf ich die Handlung von Schillers *Wilhelm Tell* nacherzählen. Ich habe das Schauspiel schon ein paarmal gelesen. Die Kinder hören aufmerksam zu, als ich die Szene mit Geßler, dem Jungen und dem Apfel schildere. Ich bekomme Beifall. Mir ist zumute, als hätte ich von den Kindern eine Art Bürgerbrief für meine neue Heimat, die Schweiz, erhalten. Ich soll auch von Bremen und den Inflationsjahren erzählen, damit sich meine Klassenkameradinnen eine Vorstellung von den schlimmen Verhältnissen in ihrem Nachbarland machen können; auch über die Arbeitslosigkeit muß ich Auskunft geben.

Noch am selben Morgen lerne ich Jeanne kennen, die wie Madame de la Tour aus der französischen Schweiz stammt. Sie gehört zu den wenigen Katholikinnen in unserer Klasse. Sie ist verschlossen und schweigsam, eine Außenseiterin wie ich. Bei der Prügelei auf dem Schulhof, die sie aus der Entfernung mit angesehen hat, ist sie zur Lehrerin, die Pausenaufsicht hatte, gelaufen, um sie zu Hilfe zu holen. Sie fragt mich, ob ich sie am Sonntag in die Dorfkirche begleiten will, die hinter dem Quisisana liegt. Sie ist festlich angezogen, trägt einen Hut wie eine erwachsene Frau, hat Gesangbuch und Bibel in den Händen. Kein einziges Mal während des Kirchgangs hebt sie die Lider auf, ab und zu bewegen sich ihre Lippen, als spreche sie lautlos Gebete. Ich will von ihr die Bedeutung der Beichte und Kommunion wissen. Ich frage, was für Strafen sie für gebeichtete Sünden erhalte.

«Nur ein paar Ave Maria und Vaterunser beten», sagt sie. Das könntest auch du schaffen, sage ich zu mir selbst und überlege, ob ich Jeanne zuliebe nicht katholisch werden sollte. Es hätte auch den Vorteil, daß mir der Priester im Beichtstuhl meine Sünden vergeben könnte.

Josephine nickt nur, als ich mich weigere, am Konfirmandenunterricht teilzunehmen. Sie ist stolz auf die liberalen Pastoren ihrer Heimatstadt Bremen und vertritt die Auffassung, daß jeder nach seiner Fasson selig werden möge. «Auch du, Muriel.» In unserer Familie ist niemand religiös. Papa und Mama haben uns nicht einmal an hohen Feiertagen in die Kirche geschickt.

Im Quisisana ist nie die Rede davon, daß Onkel Gregor jüdischer Abstammung ist. Mir kommt er wegen seines Gerechtigkeitssinns, seiner Disziplin und seiner Allwissenheit wie ein Prophet vor, doch ich denke bei diesem Wort nicht an das Alte Testament, sondern an die großen Weisen aller Religionen, von denen ich in der Schule gehört habe.

«Liebe, Freundschaft, Verstehen – das ist wichtig, nicht die Religionszugehörigkeit», sagt Josephine. «Die Hauptsache ist, daß du endlich eine Freundin gefunden hast. Diese Jeanne paßt zwar nicht ins Quisisana, aber das wäre auch zu viel verlangt.»

In Marie Luises Kurs für Fortgeschrittene bin ich die Jüngste. Noch immer gelte ich als eine ihrer Lieblingsschülerinnen, ein Naturtalent. Die Lehrerin will es nicht zulassen, daß man mich durch eine der üblichen Tanzstunden für Halbwüchsige verdirbt. Die meisten Übungen werden von Gongschlägen begleitet. Beim Ausdruckstanz setzt sich Gabrielle ans Klavier. Das einzige, was an ihrer zierlichen Figur kräftig zu sein scheint, sind ihre Hände.

«Nichts ist häßlicher als der Paartanz», erklärt Marie Luise nach einer ihrer Gymnastikstunden. «Ich habe es immer abgelehnt, mich von einem Mann führen zu lassen. Ich wähle mir meine Partner selbst. Am liebsten aber tanze ich solo.» Sie bewegt sich nur barfuß während der Übungsstunden. Wenn die Gruppe aus dem Takt gerät oder müde wird, tanzt die Meisterin vor, um die anderen mitzureißen. Mit gesenktem Kopf schreitet sie auf ihre Schülerinnen zu, tritt mit der ganzen Sohle auf, läßt den Fuß über den Ballen abrollen. Sie macht beschwörende Gesten, biegt die Finger durch, läßt Schultern und Hüften kreisen, wirft den Kopf in den Nacken, bevor sie zu einem ihrer weiten und hohen Sprünge ansetzt. Entweder sie bewegt sich wild oder schlafwandlerisch sanft, nie in mäßigem, normalem Tempo.

Onkel Gregor, der uns ab und zu beim Ausdruckstanz zusieht, hält Marie Luises Gymnastikstunde für eine neue Art von Therapie. Er schickt ihr einige seiner genesenden Patienten. Auch Josephine war einmal Marie Luises Schülerin, doch sie hat sich nie dem Rhythmus des Tanzes angepaßt. «Ich bin immer die Beste in der Turnstunde gewesen», behauptet sie. «Sport liebe ich mehr als euren Ausdruckstanz.»

Beim Umziehen in der Garderobe sehe ich, wie Marie Luise ihre Freundin Gabrielle um die Taille faßt. «Du ißt zu wenig, hast Untergewicht», sagt sie, «bald wirst du den Anstrengungen des Trainings nicht mehr gewachsen sein.» Als sie merkt, daß ich zuhöre, fügt sie für mich hinzu: «Als Gabrielle so alt war wie du, hat sie an der Ballettstange üben müssen. Man hat sie förmlich abgerichtet, ihr jede Natürlichkeit ausgetrieben. Aber ich kriege sie wieder hin. Frage der Willensstärke.» Sie runzelt die Stirn, ihr Gesicht sieht verkrampft aus, sie stampft auf den Boden wie ein Mann.

In dieser Zeit höre ich jedesmal bei Onkel Gregors wöchentlichen Kammerkonzerten im blauen Musiksalon zu. Bei Bach, Vivaldi, Scarlatti und Telemann erholt er sich von den Anstrengungen des Tages. Er sitzt am Flügel, Giorgio spielt Geige, Andreas Cello, der Bürgermeister des Orts, einer von Casimirs Freunden, ist ein Meister des Kontrabasses. Der Hausherr übernimmt auch die Rolle des Dirigenten. Die ersten Takte hat er für sich allein, dann folgen die anderen Instrumente. Sie wiederholen das Thema, das er angeschlagen hat, wandeln es spielerisch ab. Die gleiche Melodie ertönt eine Oktave tiefer oder höher. Beim Fugenthema übernimmt das Klavier den *Dux*, vom Cello erklingt wie ein dunkleres Echo der *Comes*. Die Geige darf sich inzwischen auf einem lange gehaltenen Ton ausruhen.

Josephine ist nie unter den Zuhörern. Musik tut ihren Nerven weh. Ich betrachte Giorgio, wie er mit dem Bogen auf seiner kostbaren alten Violine hin- und herstreicht. Er wendet dem Publikum sein Profil zu. Wenn er die Geige absetzt und auf den neuen Einsatz wartet, streicht er fast zärtlich über sein Instrument. Onkel Gregor braucht keine Partitur, er spielt aus dem Gedächtnis. Seine ganze Kraft sammelt sich in den Händen, sie sind das Energiezentrum seiner Gestalt. In Gedanken sehe ich die gleichen Hände, wie sie einen Patienten bei der Untersuchung abtasten. Gregor, der Ohrenmensch, hört sich selber zu, kontrolliert sein Spiel. Er besitzt das absolute Gehör, kann sogar Halb- und Vierteltöne unterscheiden.

Andreas' kurzer Bogenstrich kommt mir inniger und wärmer vor als Giorgios kalt perlende Passagen. Auf einmal hebt Andreas den Kopf und starrt zur Tür. Josephine ist eingetreten. Sie bleibt an der Wand stehen, als wolle sie sich gleich wieder entfernen. Beim Andante, dem langsamen traurigen Satz, den er so liebt, verpaßt Andreas seinen Einsatz; das Cello hat die ersten Takte solo zu spielen. Für Giorgio wäre es leicht gewesen, Andreas mit der Spitze seines Bogens anzustoßen, um ihn auf seinen Fehler aufmerksam zu machen. Er tut es nicht. Die anderen spielen auf Onkel Gregors Wink über ihn hinweg. Andreas will den versäumten Einsatz nachholen. Mit dem Zusammenspiel ist es vorbei. Bevor das Ganze in einer Dissonanz endet, hört Onkel Gregor auf zu spielen und gibt damit den anderen das Zeichen zum Abbrechen. Andreas stammelt eine Entschuldigung. Er fühle sich nicht wohl, ihm sei auf einmal schwindlig geworden. Die Zuhörer erheben sich geräuschvoll von ihren Plätzen, der Musiksalon ist von Stimmenlärm erfüllt. Onkel Gregor klappt den Deckel des Flügels zu. Er wendet den Kopf hin und her, ist unruhig wie ein Arzt, der einen Kunstfehler bei einer Operation entdeckt hat. «Schon zu Ende?» fragt Josephine, die noch immer vor der blauen Wand steht. «Abgebrochen», sagt Onkel Gregor. «Andreas hat seinen Einsatz verpaßt.»

Josephine ist dieser Fehler offenbar nicht aufgefallen, sie legt die Hand auf Andreas' Arm und sagt: «Wie kannst du nur diesen hochmusikalischen Leuten den Abend verderben, Fraise!»

Das Wasser ist noch kalt bei unserem ersten Bad im See. Nur Josephine und ich wagen uns hinein. Ungeniert hat sie sich in der Bambushütte vor mir ausgezogen. Sie geht auf den Bretterplanken hin und her, als habe sie noch Kleider an und Schuhe an den Füßen. Zum ersten Mal sehe ich eine nackte junge Frau. Mama hat sich vor mir nie unbekleidet gezeigt. Josephine kann es sich leisten, ohne Kleider zu erscheinen. Auch nackt sieht sie so aus, als sei sie angezogen, weil sie so vollkommen gewachsen ist. Onkel Casimir hat mir einmal gesagt, er könne sie nicht als Aktmodell brauchen, sie sei zu fehlerlos, das reize ihn nicht.

Josephine und ich gehen zur Holztreppe, die in den See führt. Meine Haut brennt und prickelt, sobald sie mit dem Wasser in Berührung kommt. Josephine ist abgehärtet, sie hält kaltes Wasser für gesund. Nach einigen Schwimmzügen habe auch ich mich an die Temperatur gewöhnt. Es gelingt mir sogar, neben Josephine zu bleiben. Sie lobt mich wegen meiner Fortschritte im Brust- und Rückenschwimmen. Nur Kraulen kann ich noch immer nicht. Onkel Gregor nennt Josephine und mich Wassergeschöpfe. Casimir spricht sogar von Nixen. Josephine legt sich auf den Rücken, ihre Augen spiegeln die Farbe des Himmels wider, sie wechseln zwischen grün und blau. Sie zeigt mir ein Kunststück, das ich ebensowenig nachmachen kann wie die Schwünge und Sprünge auf dem Eis. Sie taucht tief unter die Oberfläche des Wassers, das an dieser Stelle so klar ist, daß ich die kleinen Fischschwärme über den glatten, runden Steinen des Grundes erkennen kann. Sie paddelt mit den Füßen, mit den

Händen krallt sie sich am Boden fest. Wie lange sie den Atem anhalten kann!

Als sie wieder dicht neben mir auftaucht, braucht sie nicht einmal nach Luft zu ringen. «Das Wasser ist mein Element», ruft sie. «Vielleicht bin ich einmal eine Undine mit einem Fischschwanz gewesen.» Wir haben uns weit vom Ufer entfernt. Josephine übt «Toter Mann» mit mir. «Das Kreuz nicht durchhängen lassen», sagt sie, «ganz gerade liegen.» Ihre nassen Haare liegen glatt am Kopf an, sie trägt nie eine Badekappe. Ich finde, sie sieht wirklich wie eine Nixe aus. Wir schwimmen langsam zum Ufer zurück. Am Landesteg erkenne ich schon von weitem den angelnden Sirius. Josephine schickt mich in die Bambushütte, um ihren Frotteemantel zu holen.

«Ist dir nicht kalt, Nackedei?» ruft Sirius, als er mich auf dem Steg entdeckt. «Hast doch nichts zuzusetzen. Etwas Fett könnte nicht schaden.» Ich finde Josephines Bademantel, laufe zur Treppe zurück. Sie nimmt sich Zeit, in die Ärmel hineinzuschlüpfen.

Sirius zieht die Angel aus dem Wasser. «Da hätte ich ja beinahe einen wunderbaren Fischzug gemacht», sagt er.

10

1945

Gregor hatte Muriel für gesund erklärt. Mit seinem Einverständnis wurde sie nach einer letzten Untersuchung durch den Oberarzt aus der Villa «Waldfrieden» entlassen. Svea war ihr beim Umzug ins Haupthaus behilflich. Noch ein paar Wochen wollte Muriel im Quisisana bleiben, um Gregor Gesellschaft zu leisten. Sie bekam ihr altes Zimmer im Dachgeschoß wieder. Kaum etwas hatte sich darin seit ihrer Kindheit verändert. Sogar das Pult, an dem sie ihre Schularbeiten gemacht hatte, stand noch an der gleichen Stelle. Es war still im Haus. Gregor duldete kaum Personal in seinem privaten Bereich. Nur Käte und Jean-Marie hatte er behalten. Muriel fragte sich, ob sie dazu bestimmt sei, noch einmal die Rolle der Hausfrau bei ihrem Adoptivvater zu übernehmen. Nein, sie wollte und konnte Josephine nicht ersetzen. Andererseits hatte sie bis jetzt keine Zukunftspläne, und sie kannte kein Ziel, keinen Ort, an dem sie je mehr zu Hause gewesen wäre als im Quisisana. Auch die Lust, ihren Beruf wieder auszuüben und sich, dem Rate Prosperos folgend, zur Meisterfotografin ausbilden zu lassen, fehlte ihr.

Sie sah im Augenblick ihre einzige Aufgabe darin, *Diary II* weiterzuschreiben. Nicht nur Gregor, sondern sich selbst hatte sie das Versprechen gegeben, sich auch nach ihrer Entlassung aus der Klinik in ihre Erinnerungen an längst vergangene Zeiten zu vertiefen. Das Schreiben machte ihr täglich weniger

Mühe. Sie hatte keine Angst mehr vor leeren Seiten und vor dem Gekritzel, das sie früher für unleserlich hielt. Sie beschwor nicht mehr wie am Anfang der Niederschrift einzelne Szenen und Bilder, sie folgte der zeitlichen Reihenfolge, um Ordnung in ihre Gedanken zu bringen und um Gregor die Durchsicht und Deutung zu erleichtern.

So oft sie allein im Haus war, schlich sie zu Käte in die Küche. In der Wärme des Herdes und durch die vertrauten Gerüche, die aus den Pfannen und Töpfen aufstiegen, fühlte sie sich in ihre Kindheit zurückversetzt. Die Köchin kramte alte Geschichten hervor. Sie erinnerte Muriel daran, wie gern sie die Töpfe ausgeschleckt und ihr beim Gemüseputzen geholfen hatte. Käte war mit Einmachen von Marmelade beschäftigt. Die Erdbeerzeit war lange vorbei, jetzt ging es um Kirschen, Himbeeren und Blaubeeren, die in diesem Jahr besonders üppig reiften. Gegen Abend sah Muriel Gregor auf der Lindenallee hin und her gehen, in Mantel und Hut, zu dick angezogen für die Jahreszeit. Er hatte die Hände auf dem Rücken verschränkt und hielt sich schlecht wie immer, wenn er über etwas nachdachte.

Der Besucher, den er erwartet hatte, näherte sich vom Gittertor her – ein kleingewachsener Mann mit schiefen Schultern, schwarz angezogen wie bei einem Trauerfall, aber modisch korrekt, mit einer Fliege statt einer Krawatte und einer Aktenmappe aus Krokodilleder. Muriel hatte den Verleger Gravenhagen früher schon einmal von der Villa «Waldfrieden» aus flüchtig gesehen. Beim gemeinsamen Abendessen fielen ihr die Brillantringe an seinen verkrümmten Fingern auf. Offenbar war er sehr eitel, vielleicht wegen seines zwergenhaften Wuchses. Auch beim Lampenlicht setzte er seine dunkle Brille nicht ab, als wolle er ein Augenleiden verbergen. Die beiden Herren zogen sich nach Tisch ins Arbeitszimmer zurück. Muriel mühte sich damit ab, den Kamin anzuzünden. Ohne Rücksicht auf ihre Gegenwart fragte Gravenhagen, ob Gregor inzwischen mit seinem Werk, auf das die Welt so lange schon warte, weitergekommen sei. Er wollte die neuen Kapitel der «Psychologie der

Gesunden und der Kranken» mitnehmen. Er streckte beide Hände – gierig wie Krallen – nach den vollgeschriebenen Blättern aus. Muriel wollte das Arbeitszimmer verlassen, aber Gregor hielt sie am Ärmel zurück; ihre Gegenwart sollte ihn wohl vor Klagen und Vorwürfen seines Verlegers bewahren.

Leopold Gravenhagen hatte mit übereinandergeschlagenen Beinen auf einem der Ledersessel Platz genommen, Muriel fielen seine glänzenden Lackschuhe auf. Um von sich selber abzulenken, fing Gregor an, von Muriel zu sprechen.

«Sie sollten sich um meine Tochter kümmern», sagte er – seit der Adoption vermied er es, sie seine Nichte zu nennen. «Sie ist als Fotografin ausgebildet, aber fürs Schreiben, scheint mir, begabter als ich. Jede Formulierung, die definitiv sein soll, fällt mir unsagbar schwer. Bei ihr geht das alles traumhaft schnell, mühelos findet sie den richtigen Ausdruck für das, was sie sagen will.»

«Was schreibt sie denn?» wollte Gravenhagen wissen. Seine Neugier war erwacht. Er nahm sogar seine dunkle Brille ab, um Muriel genauer betrachten zu können.

«Was mir so einfällt», sagte Muriel. «Erinnerungen. Traurige Erfahrungen, glückliche Augenblicke.» Gravenhagen erkundigte sich, ob sie je Gregors Patientin gewesen sei. Er erhielt keine Antwort. Hätte Gregor geredet, wäre das ein Vertrauensbruch gewesen. Fielen die *Diaries* und deren Inhalt nicht unter das Ärztegeheimnis?

«So etwas wie Selbstanalyse durch Schreiben?» sagte Gravenhagen, «kein schlechter Gedanke. Kommt etwas dabei heraus?»

«Ich fürchte, es wird nicht mehr als eine Familienchronik», erklärte Muriel.

«Könnte man etwas davon sehen?»

Auf diese Frage hatte sie gewartet. Gravenhagen fuhr sich mit der Zunge über die ausgetrockneten Lippen, auch das sah gierig aus. Hinter seinen dunklen Brillengläsern verbargen sich große traurige Augen, die denen der ausgestopften Eule auf Gregors Bücherregal glichen. Er ließ Muriel nicht mehr aus dem Blick.

«Es lohnt sich nicht», sagte sie, «nur private Aufzeichnungen, nichts weiter.» Sie sah Gregor an, der ihr jedoch nicht zu Hilfe kam.

«So ein Verleger», behauptete er, «ist wie ein Krake. Immer will er einem etwas entreißen. Dabei habe ich so gut wie nichts Neues geschrieben. Mir fehlt statistisches Material. Ich habe noch immer nicht genug Fallstudien, um meine Thesen zu stützen.»

«Fritzi von Goes, eine Chansonsängerin, hat er auch über ihr Leben erzählen lassen», verriet Muriel. «Memoiren eines Stars aus vergangenen Tagen.»

«Nicht interessiert», sagte Gravenhagen förmlich und kalt.

Gregor war es unangenehm, daß Muriel das Gespräch auf diesen Fall gebracht hatte. «Frau von Goes hat das Quisisana vor einigen Tagen plötzlich verlassen», sagte er.

«Vielleicht hat sich die Diva nicht genügend beachtet gefühlt», meinte Gravenhagen sarkastisch.

Gregor erklärte: «Typischer Fall von Altersneurose. Übertreibung, Verlogenheit, Selbststilisierung. Aber nicht ohne Ausdruckskraft und Leidenschaft.»

«Ich nehme an, sie war nicht zum letzten Mal im Quisisana.» Gravenhagens Stimme klang immer unangenehmer. «Früher haben Sie hier allerdings bedeutende Künstler zur Behandlung gehabt. Nicht gesund, aber mit einem Leistungsvermögen, das den normal Veranlagten nicht gegeben ist. Was ist aus all denen geworden?»

«Die meisten haben den Krieg nicht überlebt.» Gregor schien keine Neigung zu haben, weiter über dieses Thema zu reden. Weil ihm bekannt war, daß Gravenhagen keinen Abend ohne ein gewisses Quantum an Alkohol auskommen konnte, ging er in den Keller, um Wein zu holen.

Der Verleger wandte sich wieder Muriel zu. «Ihr Adoptivvater und Onkel ist ein hochbedeutender Mann», sagte er. «Nicht nur die Fachwelt erwartet Wesentliches von ihm. Sein Werk könnte eine Wende in seiner Wissenschaft einleiten. Aber er weigert sich, seine Forschungen abzuschließen. Man muß manchmal kommen, um ihm Mut zu machen. Vielleicht können Sie mir dabei helfen.» Leider verstehe sie nicht viel von Psychologie, antwortete Muriel, sie sei nur Fotografin.

Als Gregor zurückkam, war Gravenhagen damit beschäftigt, die ersten Seiten des neuen Kapitels «Der unheilbare Tod» zu überfliegen. «Sie werden jetzt siebzig», sagte er, während Gregor den Wein einschenkte. «Sie sollten sich einen Nachfolger fürs Quisisana suchen und sich ganz Ihrem Werk widmen.»

«Ich wäre ja gern bereit, ihm zu helfen, das Manuskript ins reine zu schreiben, aber –»

Gregor unterbrach Muriel: «– aber zunächst hast du noch etwas anderes zu tun.»

«Die privaten Aufzeichnungen, die Familienchronik, ich bin im Bilde.» Gravenhagen zerrte die Lippen auseinander zu einem lautlosen Lachen.

Gregor, der jetzt mit ihm allein sein wollte, machte Muriel ein Zeichen. Sie verabschiedete sich und ging in ihr Zimmer. Dort fand sie *Diary II* auf dem Kinderpult Er hatte inzwischen darin gelesen. Seine Randbemerkungen bestanden zum größten Teil wieder aus Fragen, die sie bei der schwachen Beleuchtung der Tischlampe las:

Weshalb gibst Du Dir an allem, was geschieht, die Schuld? Kannst Du etwas für Derfingers Diebstahl und für den Ausgang der Sache mit der Sammelbüchse? Aus welchem Grund hast Du Dich beim Tod der Mutter so abnorm benommen? Keine Trauer, nur Starrheit, Versteinerung der Gefühle. Hast Du etwa die Tür zum Aufzugsschacht geöffnet? Ist Dir je der geheime Wunsch gekommen, die Mutter, die Dir die Wohnungstür verschlossen hat, möge bald sterben? Wolltest Du mit Deinem Papa allein sein, die Rolle der Ehefrau übernehmen? Zum folgenden Quisisana-Kapitel hatte er mehr für sich selbst Bemerkungen gemacht, die er vielleicht später noch auswerten wollte: *Hält sich lieber im Küchenkeller als im Musiksalon auf. Neugier, Herumspioniererei. Trotzdem wenig Beziehung zur Realität.*

Belastungen von außen, schlimmen Zeitereignissen kaum gewachsen. Hat sich ja später gezeigt. Bei der Prügelei in der Schule schon wieder Schuldgefühle statt Empörung. Kaum Widerstandswille. Wer sollte sie bestrafen wollen? Warum will sie immer für andere büßen? Schlägt nicht zurück, wenn ihr jemand weh getan hat. Glaubt Hohn, Spott und Schmerzen verdient zu haben. Was ihr fehlt, ist die Möglichkeit zur Beichte und Absolution. Ich bin kein Priester. Ich will die Menschen frei und selbständig machen. Ein Psychologe sollte alles tun, eines Tages überflüssig zu werden.

Kurz nach Mitternacht, nachdem Muriel Gravenhagens Schritte auf dem Kiesweg gehört hatte, schlich sie sich noch einmal die Treppe hinunter. Sie klopfte an die Tür des Arbeitszimmers, bekam aber keine Antwort. Ein brenzliger Geruch fiel ihr auf. Das erste, was sie nach ihrem Eintritt bemerkte, war die Unordnung auf dem Schreibtisch und auf dem Teppichboden. Überall lagen beschriebene Manuskriptseiten herum. Manche von ihnen waren zerknüllt und wieder glattgestrichen. Vor dem brennenden Kamin hockte Gregor. Er entflammte die Glut immer wieder, indem er ständig neue Blätter auf die zerstiebende Papierasche warf. In einer Hand hielt er den Schürhaken, in der anderen den Blasebalg. Zwischen Holzscheiten schwelten angesengte Seiten mit einer grauweißen Geisterschrift.

«Ich veranstalte ein Autodafé», rief er Muriel zu. «Das ganze Kapitel muß noch einmal geschrieben werden.» Sie kniete neben ihm nieder, um einige Blätter vor der Vernichtung zu bewahren. Gregors Gesicht rötete sich im Widerschein des Feuers, seine Augen glühten, von der Stirn rannen ihm Schweißtropfen. Doch sein Zerstörungswerk schien ihn neu zu beleben. Muriel versuchte, einige unversehrt gebliebene Textabschnitte zu entziffern. Die Sätze waren ineinander verschachtelt und lang, sie mußte sie mehrmals lesen, um ihren Sinn zu begreifen.

«Handelt es sich um das Kapitel ‹Der unheilbare Tod›?» fragte sie.

«Ich hab', was ich sagen wollte, nicht klar genug ausge-

drückt», sagte Gregor. «Ich muß es noch einmal versuchen.»
«Hat Gravenhagen das verlangt?» fragte Muriel.
«Er sagt seine Meinung nie, man muß sie ihm vom Gesicht ablesen.»
«Dieser Gravenhagen gefällt mir nicht. Kannst du nicht einen anderen Verleger finden?»
«Er ist einer der klügsten Menschen, die ich kenne», widersprach Gregor, «wenn auch nicht gerade sympathisch. Aber darauf kommt es nicht an.» Er legte den Schürhaken beiseite und wischte sich die vom Rauch tränenden Augen aus. Die Glut erlosch. Sein Gesicht wurde wieder blaß. Er hockte vor dem Kamin mit gekrümmtem Rücken und hängenden Armen. «Morgen fange ich von vorn an», sagte er.
Am nächsten Morgen kam ein Brief von Urs und Jörg aus Amerika; wie immer hatten sie gemeinsam geschrieben. Die Zwillingsbrüder, die nicht die Absicht zu haben schienen, in das zertrümmerte Europa zurückzukehren, meldeten unverblümt ihre Ansprüche im Fall von Gregors Tod an. Sie hatten sich nie mit der Adoption von Muriel abgefunden, die sie für eine Art Erbschleicherin hielten. «Weiß sie eigentlich, was für ein unerhörtes Glück sie hat, Schweizerin geworden zu sein?» hieß es in dem Brief. «Sie braucht sich nicht mitschuldig zu fühlen. Es geht sie nichts an, was aus ihrer ehemaligen Heimat wird. Niemand zwingt sie, dorthin zurückzukehren und die Folgen des verlorenen Kriegs mitzutragen. Sie ist ein Glückspilz, und das nur durch ihre Krankheit und Schwäche. Wenn Du uns fragst, wir haben sie immer für gesund genug gehalten, um ihr Schicksal als Deutsche auf sich zu nehmen.»
Zu Urs und Jörg waren Gerüchte gedrungen, dem Quisisana gehe es wirtschaftlich nicht gut, sie fürchteten, der Betrieb arbeite unrentabel, sei verschuldet. «Wenn dem wirklich so ist», schrieben sie, «sind wir nicht bereit, unser Erbe anzutreten.» Urs und Jörg gaben altmodischen Privatsanatorien von der Art des Quisisana nicht mehr viel Chancen. «Immer weniger Patienten werden sich in dem zerstörten Europa die hohen Kosten leisten

können», meinten sie. «Es gilt, neue Institutionen für die Behandlung von Nervenkranken zu entwickeln. So ein psychiatrisches Panoptikum wie das von unserem Urgroßvater gegründete gehört der Vergangenheit an. Hier in den USA werden die Sanatorien der Zukunft errichtet.»

Zum Schluß des Briefes kam noch die obligatorische Erkundigung nach dem Befinden ihres Vaters: «Wir hoffen, Du bist gesund, kannst bald in den Ruhestand gehen, um an Deinen Büchern zu schreiben. Uns geht es gut. Wir sind froh, daß wir uns in diesem noch unverbrauchten Land ein neues Leben aufgebaut haben.» Gregor las Muriel den Brief beim Frühstück vor. Dann legte er ihn beiseite, ohne ein weiteres Wort über ihn zu verlieren. Muriel, die sich durch die Bemerkungen der Zwillingsbrüder über sie verletzt fühlte, fragte, ob man eine Adoption wieder rückgängig machen könne.

«Fühlst du dich nicht wohl bei mir», fragte Gregor, «willst du nicht, daß ich dein Vater bin?»

«Ich fühle mich bei dir wohler, als du ahnst», sagte Muriel. «Ich weiß nicht einmal, ob ich an Prospero so sehr wie an dir gehangen habe. Nur wird mir manchmal deine Fürsorge zuviel. Und einmal muß ich doch erwachsen werden. Sonst ist es zu spät.»

Den ganzen Tag über fühlte sie sich entschlußlos und matt. Abends gelang es ihr nur schwer einzuschlafen. Als es endlich soweit war, hatte sie einen Traum von Chronos Saturn. Die Statue war zu Menschengröße zusammengesunken. Das bärtige Gesicht mit den schwellenden Lippen und dem lockigen Haar hatte Gregors Züge angenommen. Statt der Sandalen an den bloßen Füßen trug der Gott der Zeit die weißen Gummischuhe des Chefs. Die Tauben und Möwen vom Seeufer umkreisten ihn wie eh und je, sie ließen sich auf Kopf und Schultern nieder. Muriel versuchte, die Vögel durch Steinwürfe zu verjagen. Auf einmal packte sie die Wut. Lange genug hat dieser Chronos Saturn mich überwacht, dachte sie. Er ist daran schuld, daß ich immer wieder ins Quisisana zurückkehren muß. Immer mehr Steine und Lehmbrocken warf sie gegen die Statue, die immer noch Gregors Gesichtszüge trug. An den Stellen, an denen die Wurfgeschosse sie trafen, bröckelte der Sandstein ab. Die Wirkung befriedigte sie. Ihre Kräfte wuchsen. Sie fühlte sich stark genug, die Statue vom Sockel zu stoßen. Sie suchte nach dem Beil, das Jean-Marie im Wirtschaftsgebäude aufbewahrte, sie wollte Chronos Saturn enthaupten. Sie hätte gern Blut statt Steinstaub gesehen. Nur wer seinen Vater tötet, kann sein eigener Herr werden. Diesen Satz hatte sie in einem der Bücher aus Gregors Bibliothek gelesen.

Dann fühlte sie sich auf einmal wieder schwach und matt. Sie wollte sich von ihrem Zornesausbruch ausruhen. Doch im Traum gab es keine weiße Bank mehr am Rondell, jemand mußte sie weggeräumt haben. Auch das Brunnenbecken war nicht mehr an der Stelle, an die es gehörte. Sie hätte gern ihr schweißfeuchtes Gesicht ins kalte Wasser getaucht, um sich zu beruhigen. Ihre feindlichen Gefühle gegen Chronos Saturn waren verschwunden. Sie warf keinen Stein mehr gegen die Statue. Armer alte Mann, sagte sie vor sich hin, verzeih mir, ich habe dir weh getan. Ich wollte dich nicht verletzen oder gar töten, nur die Vögel von deinem Kopf verscheuchen. In Wirklichkeit liebe ich dich, ich kann nicht ohne dich leben. Ich werde immer tun, was du willst. Ich werde noch heute mit *Diary III* beginnen. Erst wenn ich in der Gegenwart angelangt bin, wenn ich mein Pensum geschafft habe, werde ich damit aufhören.

Weinend wachte sie auf. Sie ließ die Tränen auf ihrer Wangenhaut trocknen. Was für ein sonderbarer Traum! Sollte sie ihn Gregor erzählen? Vielleicht war es wichtig für ihn zu wissen, daß sie noch immer Todeswünsche hatte. Doch sie beschloß, erst einmal in die Vergangenheit zurückzukehren. Als es draußen hell wurde, zwängte sie sich in ihr Kinderpult. Sie überlegte sich, was sie sich als nächstes in die Erinnerung zurückrufen sollte; im selben Moment sah sie schon die Bühne vor sich, auf der die

Szene, die nun folgen sollte, sich abgespielt hatte: keinen Quisisana-Park, sondern Gebirgskulissen. Es gab nur vier Mitwirkende: Onkel Gregor, Josephine, Andreas und sie selbst – Muriel, dreizehn Jahre alt.

11

1928
Eigentlich wollten Onkel Gregor, Josephine und Andreas den Berg ohne mich besteigen. Doch am Vorabend des Ausflugs kommt Josephine auf den Gedanken, es sei besser, wenn ich sie begleite. Sie möchte die lange Wanderung nicht allein mit den Männern machen.

«Wenn drei beieinander sind, schließen sich immer zwei gegen den dritten zusammen», sagt sie beim Abendessen. «Bei vieren gibt es mehrere Kombinationen.» Sie probiert ihr Bergsteigerkostüm aus: Breecheshosen in Beige, hohe Knöpfstiefel und eine Jacke, die früher mal zu ihrem Reitdreß gehörte. «Für eine schwierige Tour müßte ich eigentlich Bergstiefel haben», sagt sie, «aber sie sind so unkleidsam, und Andreas meint, wir brauchen weder Seile noch Eispickel. Wir steigen nicht in die Wand, wir klettern nur durch einen Kamin, in dem Treteisen angebracht sind.» Josephine kümmert sich auch um meinen Anzug: Pullover und Windjacke, lange Hose, Pudelmütze, das genügt. «In deinem Alter ist Kleidung nicht so wichtig», sagt sie, «auf dem Berg kümmert sich niemand darum, ob du ein Junge bist oder ein Mädchen. Hauptsache, du machst nicht schlapp unterwegs.»

Der Tag der Bergbesteigung ist strahlend hell und klar in meinem Gedächtnis geblieben. Ich sehe alles noch heute in einer Schärfe vor mir, die mir fast unheimlich ist. Wie manche Dias aus Gregors Lichtbilderkasten, die auf eine Leinwand projiziert werden: Um sie herum ist es so dunkel, daß man kaum die Umrisse des Raums und die Gestalten der Zuhörer voneinander unterscheiden kann, aber das Bild auf der Leinwand ist so hell, daß es in den Augen weh tut. In der Frühe fahren wir mit dem Wagen bis zu einer tausend Meter hoch gelegenen Alm, wo Jean-Marie mit dem «Adler» auf unsere Rückkehr am Spätnachmittag warten soll. Wir beginnen den Aufstieg schweigend im Gänsemarsch, einer in den Spuren des anderen.

«Keine schwierige Tour», wiederholt Andreas, der als einziger einen Rucksack mit Proviant, Wolldecken und einem Seil für Notfälle bei sich hat. Tausende von Touristen haben den Berg schon bestiegen. Josephine erinnert Onkel Gregor daran, daß er sie auf der Hochzeitsreise im Engadin allein mit einem Bergführer losgeschickt hat, weil er die Strapazen von Kletterpartien scheute.

«Nun hast du deinen Bergkameraden gefunden», sagt er mit einem Blick auf Andreas. Wir lachen alle vier.

«Nicht reden», mahnt Andreas, «langsam gehen, Atem sparen.» Schon auf dem Serpentinenweg zwischen Krüppelkiefern und Felsgestein hat er die Rolle des Bergführers übernommen. Er gibt die Schrittgeschwindigkeit an. Josephine will vorausgehen, es stört sie, wenn sie in die Fußstapfen eines anderen treten muß. Sie fragt, aus welchem Grund Andreas einen Rucksack mitgenommen habe. «Weshalb schleppst du dich mit dem Zeug ab, das wir nicht brauchen? Es ist doch nur eine Tagestour.» Sie selbst hat Hände und Rücken frei. Beim Steigen läßt sie die Arme hin und her pendeln. Der Sonnenhut, den sie trägt, erweist sich als ungeeignet für eine Kletterpartie; bei jedem Windstoß muß sie ihn festhalten, damit er nicht in die Tiefe weht. Onkel Gregor trägt den einzigen Sportanzug, den er besitzt, dazu wollene Kniestrümpfe und Knöpfstiefel. Sein Pullover ist zu dünn, seine Schirmmütze würde besser zu einem Seemann passen. Wir stapfen weiter auf dem Schlangenweg, alle im gleichen Schritt. Ich gebe mir Mühe, mich den Erwachsenen anzupassen. Gregor nickt mir jedesmal, wenn er sich nach mir umdreht, aufmunternd zu. Andreas geht etwas vorgebeugt, er macht lange, gleichmäßige Schritte. Kein einziges Mal bleibt er stehen, um die Landschaft zu betrachten. Josephine geht leicht und mühelos, als wolle sie den anderen zeigen, daß sie ein Weg von so geringer Steigung nicht im mindesten anstrengt. Nach einer halben Stunde erreichen wir den ersten Bergsattel. Es geht ein Stück bergab in eine Mulde, in der sich noch Schneereste gehalten haben. Wir kommen an die Baumgrenze, die Krüppelkiefern bleiben zurück. Vor uns liegt endlos und öde, mit Steinen und Spalten im Fels, das Moränenfeld, das bis zur Gletscherzunge reicht.

Auf einer der letzten Matten mit Gras und Moos macht Andreas zum ersten Mal halt. «Die Durchquerung des Moränenfelds dauert fast eine Stunde», sagt er. Er blickt auf die Stoppuhr an seinem Handgelenk. Der Moränenrand wird auch der Gottesacker genannt; zahlreiche Bergsteiger haben sich dort schon die Beine gebrochen, einige sind in Spalten gerutscht und mußten mit Hilfe von Seilen geborgen werden. Einmal hat es sogar einen Toten gegeben. Josephine sitzt bei der Rast auf einem abgerundeten Gletscherstein, sie trinkt Zitronensaft aus Andreas' Feldflasche. Andreas nimmt keinen einzigen Schluck. Er studiert die Karte, die er in die Außentasche seines Rucksacks gesteckt hat.

Dann gibt er das Zeichen zum Aufbruch. Wieder gehen wir hintereinander in einer Reihe in Spitzkehren, es gibt nur noch die Andeutung eines Wegs zwischen den Löchern und Rissen im Fels. Das Moränenfeld scheint sich unter meinen Schritten zu verlängern. Es ist nicht sehr steil, aber es wölbt sich wie der Buckel einer Riesenschildkröte. Andreas geht jetzt als letzter – ein Hirt, der seine kleine Herde bewacht. Mehrfach ermahnt er uns, nicht an lockere Felsstücke zu stoßen, die sich in Bewegung setzen und einen Steinschlag hervorrufen könnten. Ich halte den Blick auf die gelbe Gletscherzunge gerichtet, die sich nach uns ausstreckt. Sie ist groß und breit, ihr Eis glänzt, an den Rändern hat sie eine eitrige Farbe. Onkel Gregor holt sein Fernglas, um nach Gemsen und Steinböcken Ausschau zu halten. Er gibt es mir und deutet auf eine bestimmte Stelle. Ich bin froh über die Abwechslung, ich finde den Weg über das Moränenfeld mühsam und eintönig.

Andreas ist in Hochform, seine sonst so blasse Haut bräunt sich schnell, seine Augen strahlen. Nach einer Stunde Wanderung auf der felsigen Hochfläche fängt Josephine zu nörgeln an. Sie will endlich wieder eine Aussicht in die Täler und auf die Berggipfel haben. Doch noch immer trennt uns ein Stück des Riesenschutthaufens aus zerborstenem Felsgestein vom zweiten Bergsattel, hinter dem die Kaminkletterei beginnen soll.

«So geduldig wie ihr möchte ich auch mal sein», sagt Josephine, «stur und stumm ein einziges Ziel verfolgen.» Niemand antwortet ihr. Ich bewundere Andreas, weil er sich durch sie nicht aus seiner Bergsteigerruhe bringen läßt. Endlich, nach neunzig Minuten, erreichen wir den zweiten Sattel. Andreas erlaubt wieder eine Ruhepause. Doch jetzt ist es Josephine, die zum Aufbruch drängt. Angeregt durch die Höhenluft traut sie sich jeden Gipfelsturm zu. Statt sich zur Rast niederzusetzen, trippelt sie umher wie ein ungeduldiges Pferd.

«Setz dich», sagt Andreas, ohne sie anzublicken, «du wirst deine Kräfte noch brauchen.» Vom zweiten Bergsattel aus haben wir einen freien Blick auf den Gipfel des Berges, der aus einem vierfach ausgezackten Felsmassiv und einer gewölbten Schneekuppe besteht. Die Aussicht in die tausend Meter tiefer gelegenen Täler mit ihrer dünnen Grasschicht über dem Stein und den kleinen Krüppelkiefern versetzt mich in Begeisterung. Andreas und Josephine werfen kaum einen Blick in die Tiefe. «Vom Gipfel aus ist alles noch viel schöner», sagt Josephine. Onkel Gregor blickt nach oben, der Fels steigt fast senkrecht empor.

Andreas führt uns zum Einstieg in den Kamin. Als erster probiert Onkel Gregor die Treteisen aus. Er hangelt sich ein Stück hoch. Es zeigt sich, daß er nicht schwindelfrei ist.

«Du darfst nicht hinauf- oder hinunterblicken», sagt Andreas.

Hätte Onkel Gregor sich an diesen Rat gehalten so wie wir, als wir uns jetzt hinter ihm hochziehen, dann wäre vielleicht alles gutgegangen. Doch er blickt in den Abgrund, der sich mit jedem Schritt zu vertiefen scheint. Mit der Hand prüft er die Felswand, von der kleine Steinstücke abbröckeln. Mitten auf der Kaminstrecke sagt er: «Geht allein weiter. Ich steige wieder ab und erwarte euch am zweiten Sattel.»

«Du bist ja schon fast oben», sagt Andreas, «absteigen ist jetzt ebenso schwierig wie weitersteigen.» Onkel Gregor schließt die Augen, sein Gesicht ist fahl und verzerrt, die Anzeichen von Schwindel und Erschöpfung.

«Man hätte dich anseilen müssen», sagt Josephine.

«Ich steige mit ihm ab», erkläre ich. Mein Entschluß steht fest, ich werde ihn nicht allein lassen. Auch Andreas scheint meine Entscheidung vernünftig zu finden. Vorsichtig wechseln wir die Plätze an der Wand. Onkel Gregor und ich klettern bis zum Sattel zurück. Josephine und Andreas sind schon durch zwei Dutzend Eisenstufen von uns getrennt. Sie drehen sich nicht nach uns Absteigern um, ihr Blick ist auf die Wand gerichtet. Nur einmal ruft Josephine in den Kamin hinunter. «Es geht viel leichter, als ich es mir vorgestellt habe.»

Auf dem Bergsattel suchen Onkel Gregor und ich nach einer windgeschützten Stelle. Zu spät fällt mir ein, daß ich Andreas um die Wolldecken aus dem Rucksack hätte bitten sollen. Eine Weile sehen wir schweigend zu, wie die Schatten über die Bergwände kriechen. Es ist erst kurz nach Mittag. Ich rechne mir aus, daß wir höchstens noch eine halbe Stunde Sonne haben werden. Onkel Gregor ist zu dünn angezogen, schon jetzt fröstelt er bei jeder Windbö. Wir reichen uns abwechselnd das Fernglas und beschäftigen uns mit dem Spiel Gemsenzählen. Mir gelingt es nicht, sie von den Steinböcken zu unterscheiden. Onkel Gregor erklärt mir die Kennzeichen beider Tierarten. Wir bekommen Hunger, aber der Proviant befindet sich in Andreas' Rucksack. Ich finde einige angesengte Bretter, offenbar hat eine frühere Bergsteigergruppe auf dem Sattel Feuer gemacht. Ich stecke die Bretter als Windschutz in die Spalten des Gesteins. Onkel Gregor lobt mich wegen meines handwerklichen Geschicks. Gern würde ich für ihn ein Feuer anzünden, doch ich finde kein Kleinholz und kein Papier.

Immer dichter kriechen die Schatten heran. Vom Gletscher sehe ich nur noch einen Streifen Eisschnee. Ich stelle mir Josephine und Andreas beim Aufstieg vor. Reden sie miteinander, bleiben sie stehen, um sich gegenseitig wegen ihrer Kletterleistungen zu loben? Haben sie den Gipfel schon erreicht? Irgendwie kommt es mir unheilvoll vor, daß sie sich von uns getrennt haben.

«Schlappgemacht», sagt Onkel Gregor, «nicht durchgehalten.»

Ich behaupte, auch ich würde es nicht bis ganz oben geschafft haben. Wir hocken uns dicht an die Bretterwand. Onkel Gregor fängt zu husten an, der Wind ist stärker geworden. Vom Gletscher her weht ein eisiger Hauch zu uns herüber.

«Wann werden sie wohl wieder hier sein?» frage ich.

«Kann noch eine Stunde dauern», sagt Onkel Gregor. Gerade abgeschnittene Wolken schieben sich vor die Sonne, es wird so dunkel, als nähere sich schon die Dämmerung. Doch Onkel Gregors Uhr zeigt erst halb zwei. Eine Stimmung wie vor dem Weltuntergang, finde ich. Um sich zu erwärmen, geht Onkel Gregor auf der Felsplatte auf und ab, schlägt mit den Armen um sich. Ich will ihm meinen Schal und die Wollmütze geben, doch er nimmt sie nicht an. Ich denke mir etwas aus, um Onkel Gregor abzulenken, bis Josephine und Andreas wieder bei uns sind. Komme auf den Einfall, mit ihm Ball zu spielen, damit ihm wärmer wird. In meiner Windjacke habe ich einen Tennisball gefunden. Wir laufen wie kleine Kinder auf der felsigen Fläche hin und her, um den Ball zu bekommen. Auf dem engen Raum machen wir lange Sprünge, recken uns hoch, um den Ball zu fangen. Nach fünf Minuten werfe ich ihn ins «Aus»; er springt über die Felswand in die Tausendmetertiefe. Wir stehen am Rand des Abgrunds und sehen ihm nach.

«Ich habe ganz verlernt, was es heißt, Zeit zu haben», sagt Onkel Gregor. «Ständig muß ich an meine Arbeit denken. Die psychologischen Therapien sind im Vergleich zu den medizinischen entnervend langwierig. So eine Analyse dauert manchmal Jahre. Man kann die Heilmethoden auch nicht lernen, man braucht eine bestimmte Begabung dazu.»

«Die hast du doch! Alle im Quisisana sind sich darüber einig. Sie sagen, du hast schon so vielen Menschen geholfen.»

Onkel Gregor scheint meine Worte nicht gehört zu haben, er gibt keine Antwort, hängt weiter seinen Gedanken nach. «Wenn ich wenigstens etwas zum Lesen mitgenommen hätte», sagt er. «Warten macht mich nervös.»

«Auch wenn ich bei dir bin?» frage ich gekränkt. Er legt den Arm um meine Schulter. Nach Onkel Gregors Berechnung müßten Andreas und Josephine schon seit einer halben Stunde wieder hier sein. Mir wird heiß, ich schwitze. Onkel Gregors Hand fühlt sich dagegen eiskalt an.

«Sie müssen durch den Kamin, ehe es dämmert», sagt er mit einem Blick in die Höhe. Uns fällt nichts anderes mehr ein als herumzustehen. Bei einer Windbö stürzt die Bretterwand ein, wir versuchen vergeblich, sie wieder aufzurichten. Onkel Gregor hustet immer mehr. Er versucht, mir autogenes Training beizubringen. Von dieser Entspannungsmethode habe ich schon im Quisisana gehört. «Arme und Beine werden schwer, immer schwerer», sagt Onkel Gregor mit seiner Arztstimme. Vielleicht will er sich selbst ebenso beruhigen wie mich. Ich fange an, die Sekunden zu zählen, wie manchmal vor dem Einschlafen.

Im grünen Dämmerlicht hören wir, wie aus der Höhe Andreas und Josephine nach uns rufen. Ich laufe zum Einstieg des Kamins. Ein Lichtschein geistert zwischen den Felswänden hin und her. Andreas hat sogar an eine Taschenlampe gedacht. Er entschuldigt sich, daß wir so lange haben warten müssen. «Josephine hat sich auf dem Gipfel so wohl gefühlt», sagt er, «sie wollte die Aussicht noch ein bißchen länger genießen.» Seine

Stimme kommt mir verändert vor, er ist verlegen und glücklich zugleich, wagt seinem Vater nicht in die Augen zu schauen. Josephine hält es für angebracht zu sagen, dies sei einer ihrer schönsten Tage seit ihrer Hochzeit gewesen: kein Quisisana da oben, keine verrückten Patienten, vor denen man Angst haben müsse, kein Desinfektionsgeruch, kein Gregor im Arztkittel. Sie legt ihren Arm um Andreas' Schulter. «Mit ihm könnte ich jeden Gipfel der Welt besteigen», ruft sie laut und lacht. Für mich hat sie keinen Blick.

«Ich fürchte, Onkel Gregor hat sich erkältet», sage ich in unheilverkündendem Ton, um ihre begeisterte Höhenstimmung zu dämpfen. «Wir haben die ganze Zeit über hier im Schatten auf euch gewartet. Es wurde sehr kalt. Er ist zu dünn angezogen.» Onkel Gregors Gesicht ist unnatürlich gerötet. Hat er schon Fieber?

«Wie fühlst du dich?» fragt Andreas, jetzt merke ich seiner Stimme ganz deutlich an, daß er ein schlechtes Gewissen hat.

«Etwas Schüttelfrost.» Onkel Gregor liebt es nicht, über eigene Beschwerden zu sprechen. Ein Arzt kann es sich nicht leisten, krank zu sein. Die Patienten erwarten, daß ein Klinikchef gesund und kräftig ist.

Unendlich lange dauert der Rückmarsch im Dunkeln. Josephine, noch immer berauscht von der Höhenluft, leuchtet den Weg mit der Taschenlampe ab. Wieder erzählt sie von der Gipfelbesteigung. Sie sagt, sie bedaure, daß Onkel Gregor nicht durch den Kamin gekommen ist. Er sei zwar untrainiert, aber sie habe ihm doch etwas mehr Mut und Kraft zugetraut. «Du hast versagt, das mußt du zugeben», ruft sie ihm zu, ohne zu beachten, wie mühsam er zwischen Andreas und mir über das Moränenfeld geht. «Eine Sicht war das da oben wie im Paradies, vollkommen klar bis tief in die Täler, der Himmel wolkenlos. Vor lauter Glückseligkeit habe ich Andreas geküßt, doch der keusche Joseph ist mir ausgewichen.» Sie lacht unmäßig laut, die Stille der Dunkelheit stört sie. Der Schein der Taschenlampe trifft Andreas' Gesicht. Wie immer hat er die Lider gesenkt. Er stützt seinen Vater, bewahrt ihn davor, in eine der Felsspalten abzugleiten.

«Ultraviolettes Licht», ruft Josephine, «macht mich munterer noch als Sekt. *It was rather thrilling!*» Wenn sie etwas besonders Wichtiges zu sagen hat, spricht sie gern englisch.

Ich frage Andreas, ob er den Aufstieg zum Gipfel ebenso genossen hat wie Josephine.

«Ich besteige den Berg ja nicht zum ersten Mal», sagt er nur und versinkt sogleich wieder in Schweigen. Offenbar findet Josephine in seinen Worten einen Doppelsinn, der sie kränkt. «Mit mir warst du jedenfalls zum ersten Mal oben», sagt sie, und mit einem Lächeln, das mir nicht gefällt, setzt sie hinzu: «Ich hoffe, es hat dir gefallen.»

Wir sind schon wieder auf dem Serpentinenweg zwischen Matten und Krüppelkiefern. Als wir die Almhütte erreichen, will Jean-Marie gerade die Rettungswacht alarmieren. Wir haben uns um zwei Stunden verspätet. Onkel Gregor, der fiebert und hustet, wird auf eine Pritsche gelegt. Wir trinken heißen Glühwein und essen die Reste des mitgenommenen Proviants. Auf der Rückfahrt im «Adler» liegt Onkel Gregor auf den Polstern des Fonds, Andreas und ich hocken uns vor ihm auf den Boden des Wagens. Josephine sitzt vorn neben dem Chauffeur.

Onkel Gregors Fieber steigt, der Oberarzt stellt eine Lungenentzündung bei ihm fest. Der Hausherr läßt das Krankenlager in seinem Arbeitszimmer aufschlagen, er will in der Nähe seiner Bücher und Papiere bleiben. In den ersten Tagen betreut ihn die Oberschwester persönlich. Wenn sie keine Zeit hat, versuche ich, sie zu vertreten. Ich gebe ihm Medikamente, die das Fieber senken sollen, mache ihm heiße Wickel und sorge dafür, daß er gut zugedeckt bleibt, auch wenn ihm der Schweiß von der Stirn rinnt.

Ein paarmal besucht ihn Oberarzt Schönbuch. Er stellt ihm eine Frage, die für mich seltsam klingt. «Haben Sie Kummer?» will er wissen. Was gehen ihn unsere Familienprobleme an, frage ich mich. Aber Onkel Gregor denkt nach über die Frage. «Kummer nicht», sagt er schließlich, «aber es ist nicht alles in Ordnung mit mir. Ich müßte mich selbst einmal analysieren.» Er versucht zu lachen, aber ein neuer Hustenanfall quält ihn, sein Atem rasselt, er wälzt sich auf der Couch herum, die notdürftig in ein Krankenbett verwandelt worden ist.

Nachdem er die ersten schlimmen Tage der Lungenentzündung hinter sich hat und wieder fieberfrei ist, erklärt er mir, die Lunge gehöre zu den seelisch anfälligen Organen. Tuberkulose habe oft psychische Ursachen, aber eine akute Erkrankung der Atemwege, wie er sie habe, könne auch nur die Folge einer Erkältung sein.

Josephine beklagt sich über den Desinfektionsgeruch, der aus dem Arbeitszimmer dringt. «Nun macht er auch noch aus unseren Privaträumen eine Klinik», sagt sie. Wir sind beim Abendessen allein, keiner der Gäste betritt mehr das Haus.

Andreas muß wieder ins Internat zurück, der Schulunterricht hat schon angefangen. Wie das so seine Art ist, verabschiedet er sich kaum, weder von Josephine noch von mir.

«Er erscheint und verschwindet wie ein Engel», sagt Josephine, «lautlos und ohne sich an- oder abzumelden.» Nur mit Onkel Gregor hat er vor seiner Abreise ein langes Gespräch, bei dem niemand Zeuge ist.

Josephine telefoniert von nun an abends häufig mit dem Internat. Ich gehe in mein Zimmer hinauf, um die Gespräche nicht mitzuhören. Einmal sagt sie zu mir, als ich ihr wie gewöhnlich vor dem Schlafengehen das Haar bürste, während sie sich in den drei Spiegeln des Toilettentischs von allen Seiten betrachtet:

«Armer Junge. Er liebt mich so sehr.» Aber das tun wir doch alle, hätte ich gern gesagt, doch eine innere Stimme warnt mich, solch eine Antwort zu geben. Weiß Onkel Gregor etwas von den Telefongesprächen? Warum spricht er niemals davon? Wenn es um Josephine geht, spart er mit jedem Wort. Weiß er, daß sie Geheimnisse vor ihm hat?

12

1928
Ich erinnere mich noch genau an meine erste Begegnung mit Mr. Ferner im Park bei strömendem Regen unter dem Schutzdach des Borkenhäuschens zwischen Seeufer und Rondell. Erst will ich weitergehen, weil ich den Mann im Rollstuhl für einen Patienten halte, dann fällt mir ein, daß es sich um Josephines amerikanischen Finanzberater handeln könnte. Seit einem schweren Autounfall, habe ich gehört, ist er querschnittgelähmt; jetzt hat er mit seiner jungen Pflegerin eine Europareise unternommen.

«Hallo, kleines Fräulein», ruft er mir zu. Ich drehe mich um und mache einen Knicks, wozu ich eigentlich schon zu alt bin. Dieser Mr. Ferner ist ein Sitzriese, er hat weißblondes Kräuselhaar, einen Backenbart, schwellende Lippen, eine hohe Stirn und eine weiche, witternde Nase.

«Bist du Muriel?» Ohne meine Antwort abzuwarten, streckt er mir seine große Hand entgegen.

«Mein Name ist Jim, sonst nichts, verstanden», sagt er mit dröhnender Stimme. Er fordert mich auf, seinen Rollstuhl weiter ins Innere des Schutzhäuschens zu schieben und mich ihm gegenüber auf die Holzbank zu setzen. Seine Brust in dem halb geöffneten Sporthemd wölbt sich vor, seine Oberarme sind mit keulenförmigen Muskeln bepackt. Schultern und Nacken scheinen stark genug zu sein, um schwere Lasten oder ein Kind huckepack zu tragen. Ich betrachte das wellige Faltenornament auf seiner Stirn. Er muß einmal ein schöner Mann gewesen sein, doch durch die Lähmung seiner unteren Gliedmaßen haben Oberkörper und Kopf gleichsam Übergewicht gewonnen. Er thront in seinem Rollstuhl wie ein Herrscher. Er erkundigt sich nach meinem Vater und nach dem Schicksal der Firma «Philipp Lange Sohns Witwe» in Bremen. Er spricht gut Deutsch, aber es fällt ihm schwer, das Wort «Schüsselkorb» auszusprechen, er nennt es einen Zungenbrecher. Er behauptet, während der Inflation auch Papa Ratschläge gegeben zu haben, auf welche Weise er das Vermögen seiner Frau hätte retten können. Finanzielle Fragen langweilen mich. Mr. Ferner merkt, daß ich, statt zuzuhören, die Regentropfen betrachte, die jetzt langsamer fallen und eine andere Form bekommen haben.

«Geld ist nur unwichtig für Leute, die es viele Generationen hindurch besessen haben wie ihr», sagt er, um meine Aufmerksamkeit wieder auf sich zu ziehen. «Du wirst es noch am eigenen Leib zu spüren bekommen, was sein Verlust bedeutet.» Immerhin sei es ihm gelungen, noch rechtzeitig vor der Geldentwertung ein Konto für mich in der Schweiz einzurichten und ertragreiche Papiere zu kaufen, die mir am Tag meiner Mündigkeit ausgehändigt werden sollen.

Der Regen hat aufgehört. Mr. Ferners Betreuerin, die Gladys heißt, kommt mit dem Schirm aus der Villa «Undine», um den Mann im Rollstuhl abzuholen. Ich begleite das Paar zu dem Haus, das zwischen «Waldfrieden» und «Harmonie» in der Nähe des Seeufers liegt. Auf der Veranda riecht es nach Medizin, aber auch nach Alkohol, der im Quisisana verboten ist. Mr. Ferner hat für die Dauer seines Aufenthalts die ganze Villa gemietet. «Er trinkt sonst nie vor Sonnenuntergang», behauptet Gladys, als sie meinen Blick zum Bartisch mit den Whiskyflaschen entdeckt. «Heute ist ein Ausnahmefall. Es geht ihm nicht gut an Regentagen. Er hat Kopfweh und Gliederschmerzen.»

Mr. Ferner prostet mir zu. «Nichts dem Onkel verraten», sagt er. Gladys und er haben das gleiche, jungenhaft offene Lachen, bei dem sie den Mund ungeniert weit öffnen und den Kopf in den Nacken legen. Gladys ist schlank und hochbeinig, ständig läuft sie herum, um für Mr. Ferner Medikamente, Wassergläser, Bücher und Briefe zu holen. «Ich bin ein Krüppel», sagt er, «aber kein Nervenkranker, der ins Quisisana gehört. Wenn ich keinen eisernen Willen hätte, wäre es mir nicht gelungen, den Unfall zu überstehen.» Seine Frau hat sich von ihm scheiden lassen, seine beiden halbwüchsigen Kinder kümmern sich kaum um ihn, sie sind in Schweizer Internaten untergebracht. Er will sie bald besuchen. Als er noch einmal nach der Firma in Bremen fragt, berichte ich ihm von dem kärglichen Leben, das wir im Kontorhaus nach Mamas Tod geführt haben.

«Kann ich mir vorstellen», unterbricht er mich, «habe selbst eine schwere Kindheit gehabt. Mein Vater war Immobilienhändler. Jeden Abend rechnete er Zahlen zusammen, studierte Lageskizzen von Häusern, verglich Grundstückspreise. Wir wohnten in Rapid City, einer Stadt in South Dakota, die genau so ist, wie sie heißt: schnell und flüchtig zusammengezimmert, gerade Straßen im Rastersystem, eine Kirche ohne Turm, Autofriedhöfe und Baracken mitten in Downtown. Eine Stadt, wie geschaffen zum Geldmachen, weil einem sonst nichts zu tun übrigbleibt.» Er hört zu reden auf, seine Augen treten etwas glotzend hervor, Schweißtropfen bilden sich auf seiner Stirn, er seufzt. Gladys entdeckt mit geübtem Krankenpflegerinnenblick, daß es ihm schlechtgeht, sie schenkt ihm etwas Whisky nach. Mich schickt sie fort.

Schon am nächsten Morgen treffe ich Mr. Ferner wieder. Er ist guter Laune, kommt mir im Rollstuhl zum Rondell entgegengefahren. Er braucht Bewegung und frische Luft. «Nie wieder», sagt er, «werde ich mich in ein Auto setzen. Zum Glück gibt es noch andere Fortbewegungsmittel.» Eben habe er das Geschäft seines Lebens gemacht, ein Schiff gekauft, eine Jacht, die *Eureka* heißt, das größte Boot, das hier im Hafen liegt, nicht mehr das jüngste, aber geräumig.

Am Vorabend von Josephines Geburtstag plant er ein Bordfest, zu dem er uns alle einlädt. Die Jacht kann eine große Anzahl von Passagieren aufnehmen. Josephine ist begeistert. Sie will selbst etwas zur Unterhaltung beim Bordfest beitragen. Lebende Bilder sollen dargestellt werden, Szenen aus berühmten Gemälden, das Publikum muß die Namen der Bilder und der Künstler erraten. Onkel Casimir bietet sich an, bei der Anfertigung der Kostüme und Dekorationen mitzuhelfen. Dagegen meint Marie Luise, lebende Bilder seien etwas für höhere Töchter, die nichts zu tun haben. Auch Sascha hält die Idee für ein Zeichen des Untergangs der bürgerlichen Gesellschaft. Giorgio stellt sich gern als Darsteller schöner Jünglingsfiguren zur Verfügung. Sirius, der Theaterexperte, wird mit der Auswahl der Bildmotive betraut. Er sucht vor allem solche Bilder aus, bei denen Gladys und Gabrielle zur Geltung kommen.

«Gabrielle macht diesen Schwachsinn auf keinen Fall mit», sagt Marie Luise beim Abendessen, an dem auch Mr. Ferner teilnimmt. Gladys wundert sich über diese Weisung, sie findet, daß die Frauen hierzulande weniger freundschaftlich miteinander umgehen als bei ihr zu Hause.

«Wir sind hier nicht in Amerika, meine Liebe», erklärt Josephine. «Sie müssen sich anpassen, wir haben unsere eigene Kultur – und die ist etwas älter als eure.» Gladys lacht ihr ins Gesicht. Das Gespräch droht in Streit auszuarten.

«Es ist nie gut, wenn zu viele schöne Frauen beieinander sind», sagt Sirius. Marie Luise erhebt sich vom Tisch, entschuldigt sich bei Josephine: Sie habe etwas Wichtigeres zu tun, als sich an diesem *small talk* zu beteiligen.

Sirius bittet Gabrielle, noch dazubleiben, er habe mit ihr etwas wegen seiner nächsten Komödie zu besprechen. Josephine gibt Gladys zu verstehen, sie verdanke die Einladung zum Abendessen nur ihrer Rolle als Pflegerin von Mr. Ferner. Worauf dieser verkündet, er gedenke Gladys so bald wie möglich zu heiraten.

Die *Eureka* macht ihre zweite Jungfernfahrt, die erste ist vor Jahren durch eine Kollision im Nebel mißglückt. Das Schiff ist zur Feier des Bordfests über die Toppen geflaggt und mit Lichterketten geschmückt, an Deck schaukeln bunte Lampions. Mr. Ferner hat sich mit seinem Rollstuhl an die Reling zurückgezogen. Von dort aus sieht er den Tanzenden zu, die zu Jazz-Rhythmen über die Bretterplanken schlingern und springen. Wir sind schon mitten auf dem See, der Abendwind bringt Kühlung nach einem schwülen Tag. Onkel Gregor sieht es nicht gern, daß ich an dem Bordfest teilnehme, doch da es sich um Josephines Geburtstag handelt, hat er es mir nicht ausdrücklich verboten. Ich setze mich neben Mr. Ferner auf einen Klappstuhl, will ihm Gesellschaft leisten. Gabrielle und Gladys tanzen, Mr. Ferner und ich sind Zuschauer bei der Vorstellung.

«Wenn man schon selbst ein Krüppel ist», sagt er, «möchte man den Tanzenden wenigstens zuschauen.» Ich sehe zu ihm auf, frage mich, wie groß er sein würde, wenn er sich aus seinem Rollstuhl erheben könnte. Der Klang des Saxophons begeistert ihn so sehr, daß er die Melodie mitsingt. «Der Kerl ist ein Künstler», ruft er aus, «spielt nicht vom Blatt oder aus dem Gedächtnis. Erfindet Musik für den Augenblick. Niemand zeichnet sie auf. Das nennt man improvisieren.»

Onkel Gregors Alkoholverbot gilt nur für das Quisisana, nicht für das Schiff. Mr. Ferner, der Whisky trinkt, wendet sein Gesicht dem Wasser zu. Die Dämmerung ist nur kurz, schon schimmert der See in metallischem Glanz. In der Abendstille gleiten, nur spärlich beleuchtet, Fischkutter an uns vorüber. Vor uns lärmen und stampfen die Tänzer. Trommelwirbel und Paukenschläge erfüllen die Luft. Niemand außer Mr. Ferner beachtet mich. Ich lehne mich gegen die Reling, um nicht von den immer heftiger kreisenden Tanzpaaren weggestoßen zu werden. Die meisten Frauen haben eng anliegende Röcke an, die kaum die Knie bedecken. Nur Josephine hat sich für das Sommerfest am Vorabend ihres Geburtstags ein altmodisches Abendkleid mit langem Rock und Volants machen lassen, die mich an Schwanengefieder erinnern. Ich sehe Wälder von Frauenbeinen in hochhackigen Schuhen, sie steppen – eine

Kunst, die ich niemals erlernen werde. Die Arme der Frauen sind bis zu den Schultern nackt, die Ellbogen werden bei den scharfen Rucken und Tanzschritten abgeknickt. Manche Mädchen tragen enge Hosen und Smokingjacken, sie haben kurzgeschnittenes Haar und Herrenhüte, machen männliche Schritte und Bewegungen nach. Die Paare halten sich eng umschlungen, sie erinnern mich an Schiffbrüchige, die sich gegenseitig vor dem Untergang retten wollen. Gleich darauf jedoch lösen sie sich voneinander und brechen in unnatürliches Gelächter aus. Wenn Mr. Ferner in das Lachen einstimmt, klingt es wie das Gebrüll eines Löwen. Das Bordfest kommt mir auf einmal unheimlich vor. Wo wird die Fahrt der *Eureka* enden? Das Schiff scheint zu schwanken, obgleich kein Windhauch Wellen aufwirft.

Vergeblich suche ich nach Marie Luise. Ich würde sie gern fragen, ob sie dieses Geschüttel und Gewackel, diesen jähen Wechsel zwischen Schieben und Riesenschritten noch als Tanz gelten läßt. Endlich entdecke ich sie neben Gladys in Abendhosen und einer Jacke mit chinesischem Drachenmuster. Ihr Haar hängt wie immer ungekämmt in kurzen Strähnen und Locken auf die Schultern nieder. Gladys ist modisch gekleidet, mit verrutschter Taille und schiefem Rocksaum, ihre Windstoßfrisur ist durcheinandergeraten. Sirius hat sich Gabrielle als Partnerin ausgesucht. Führt mit ihr einen selbst ausgedachten Barbarentanz auf, der nicht zur Musik paßt. Plötzlich steht Marie Luise neben ihnen.

«Laß uns hinuntergehen», sagt sie zu Gabrielle. «Ich kann das Gehopse nicht länger ertragen.» Zwischen ihr und ihrer Freundin Gabrielle scheint ein Streit ausgebrochen zu sein. Sirius will den Indianertanz fortsetzen. «Heute gehört sie mir», ruft er Marie Luise zu.

Mr. Ferner trommelt, hingerissen von der Jazzmusik, mit den Fäusten auf die Lehnen seines Rollstuhls: «Das ist Amerika, die Neue Welt!» Er schlägt mir auf die Schulter. «Wir sind da drüben freier und schöpferischer als ihr, kleben beim Tanzen nicht mehr am Partner fest, kreisen um uns selbst, bis wir in Trance verfallen, wie die Neger es bei ihren Zeremonien und Festen tun. Ich gäbe viel dafür, wenn ich noch ein einziges Mal mit den Schultern rütteln und mit den Hüften wackeln könnte.»

Zu Josephines Ehren soll es um Mitternacht ein großes Feuerwerk an Bord geben. Mr. Ferner läßt mich einen Schluck Whisky trinken; er schmeckt abscheulich nach Medizin, treibt mir aber einen angenehmen Schauer durch den Körper.

«Um Mitternacht spiele ich den lieben Gott», erklärt Mr. Ferner, «erschaffe neue Sterne, Kometen, ganze Planetensysteme. Die Welt, in der wir leben, ist zum Untergang verurteilt. Aber der Nachthimmel über der *Eureka* wird sich in eine Lichtblumenwiese verwandeln.»

«Wenn wir nicht vorher Schiffbruch erleiden», sagt Sirius, der gerade mit Gabrielle vorbeitanzt. «Mir ist so apokalyptisch zumute.» Er macht einen Sprung, bei dem er die Beine wie ein Frosch anzieht. Gabrielle ist damit beschäftigt, den Träger ihres Kleides, der sich gelöst hat und ihre linke Brust freigibt, wieder zusammenzuknüpfen. Gut, daß Marie Luise das nicht sieht, denke ich.

«Weshalb machst du nicht mit?» fragt Mr. Ferner mich in einer Pause.

«Weil mich keiner auffordert», sage ich. «Ich bin ein Mauerblümchen.» Dies Wort hat er noch nie gehört, es gefällt ihm so gut, daß er in Lachen ausbricht.

«Du bist eine erblühende Lilie», ruft er, stolz auf seinen Vergleich, «kein Mauerblümchen.» Er klatscht in die Hände, um die Band zum Weiterspielen zu ermuntern. Doch die Kapelle befindet sich bereits unten im Salon, wo Josephine sie braucht.

«Tanze, solange du tanzen kannst», rät Mr. Ferner mir. «Eines Tages ist es zu spät dazu.» Der Whiskygenuß scheint ihn zugleich schwermütig und wütend gemacht zu haben.

«Affentanz», ruft er auf einmal laut, «einer klammert sich an den anderen und macht ihn nach. Was für Grimassen sie schneiden, wie sie sich verrenken, wie sie die Füße anziehen, als sei ihnen der Boden zu heiß geworden, wie sie auf der Stelle trippeln und mit den Absätzen den Rhythmus der Musik betonen. Sie sind vom Fieber geschüttelt. Ohne zu tanzen, können sie nicht mehr leben. Dabei sind sie schon hundemüde.» Er streichelt mir übers Haar. «Armes Kind», sagt er, «warte nur, auch zu dir kommt der Prinz, der aus dem Aschenbrödel eine Königin macht, dir den goldenen Schuh anzieht, der dir paßt. Schöne Märchen habt ihr Deutschen, damit können wir nicht konkurrieren.»

Im Salon, in den ich hinunterklettere, spielt die Kapelle einen Slowfox. Sirius, unmusikalisch und unbegabt für jede Art von Tanz, bewegt sich allein in der Mitte des Raumes. Gabrielle tanzt jetzt gleichfalls solo, sie stellt sich auf die Spitzen ihrer Ballettschuhe, die sie trotz Marie Luises Verbot trägt, dreht eine Pirouette und nähert sich mit einigen gespreizten Sprüngen dem Vorhang vor dem Podium, auf dem die lebenden Bilder gezeigt werden sollen.

Die *Eureka* macht immer schnellere Fahrt, der Wind hat aufgefrischt. Wo ist unser Ziel, frage ich mich, wohin steuern wir?

Josephine tanzt meistens mit Giorgio. Männer wie ihn mag sie deshalb gern, erklärt sie allen, die es nicht hören wollen, weil sie Abstand halten, geistreich und zartfühlend sind, ohne an die Frauen Ansprüche zu stellen. Sascha fordert Gabrielle zu einem Walzer linksherum auf. «Dieses dekadente amerikanische Gehopse lerne ich nie», behauptet er, als die Kapelle danach eine Rumba spielt.

«Was wird denn zur Zeit bei euch in Moskau getanzt», will Josephine wissen, «das gleiche wie in der Zarenzeit?»

«Wir tanzen nicht», sagt Sascha, «wir haben Wichtigeres zu tun.»

«Das Schlimmste an eurer Revolution ist ihr tierischer Ernst», erklärt Sirius, «ihr könnt nicht über euch selbst lachen. Wißt nicht, was Ironie bedeutet.» Einige Paare sind in die Hocke gegangen, sie probieren die schwierige Figur eines neuen Tanzes aus Südamerika aus.

Auf einmal fängt die *Eureka* zu schaukeln an, auf der eben noch glatten Wasserfläche haben sich Wellen gebildet, die an der Bordwand hochschlagen. Einige Passagiere hören zu tanzen auf.

«Hier kommt man sich wie in einem Zuchthaus für die oberen Zehntausend vor», sagt Sascha, «zwar kann man essen und trinken, soviel man will, auch das Tanzen ist nicht verboten. Aber fliehen kann man nicht. Und man begegnet immer denselben Leidensgenossen. Lebenslänglich muß man mit ihnen zusammenbleiben.»

Ich verstehe nicht, was er meint. Würde gern mein Leben an Bord eines Schiffs verbringen, statt in die Schule zu gehen und bei Josephine im Quisisana den Pagen zu spielen.

Jetzt entdecke ich Onkel Gregor auf der untersten Stufe des Niedergangs, der vom Deck zum Salon hinunterführt. Er zerrt einen Mann hinter sich her, anscheinend einen Patienten, der in der weißen Jacke eines Kellners trotz Verbots bei dem Fest Dienst tut. Ich glaube, den Mann schon einmal gesehen zu haben, kann mich jedoch nicht mehr an die näheren Umstände erinnern. Onkel Gregor ruft Svea, die mit offenem Haar ohne Schwesternhaube mit Casimir tanzt. Er bittet sie, den falschen Kellner in eine Kabine einzuschließen, so daß er kein Unheil anrichten kann, bis er nach der Landung ins «Waldeck» zurückgebracht wird.

Vor dem Podium im Salon hängt ein Vorhang, der nach einem Gongschlag aufgezogen wird. Sogleich breitet sich Stille aus. Auf dem ersten Lebenden Bild stellt Josephine die Muttergottes auf dem Gemälde eines Renaissancemalers dar, als Jesuskind dient eine Puppe. Ich spiele den Johannesknaben, der sich ans Knie der Madonna schmiegt. Vater Joseph hinter uns wird von Onkel Casimir dargestellt.

«Michelangelos *Heilige Familie*», rät Marie Luise, nachdem

sie die runde Umrahmung des Bildes entdeckt hat. Als Preis bekommt sie eine Flasche von Mr. Ferners Champagner, der erst nach Mitternacht geöffnet werden soll.

Das zweite Bild ist laut Josephine «die schwierigste Nuß, die es zu knacken gibt». Drei männliche Figuren in verschiedener Kostümierung vor einer Höhle mit Felsstufen: ein junger Mann, einer in mittleren Jahren und ein Greis. Der Jüngling, der etwas auszumessen scheint, wird von Giorgio verkörpert. Der Orientale in mittleren Jahren, der den Kopf mit einem Turban halb verhüllt hat und ein rotes Obergewand trägt, wird von Sirius dargestellt. Sascha mimt den Alten mit dem dunklen Tuch um Schultern und Kopf, er hat sich einen Bart angeklebt. Casimirs Bühnenbild, fast ein Kunstwerk, bekommt einen Sonderapplaus.

Josephine behält mit ihrer Vermutung recht. «*Die drei Weisen aus dem Morgenland*», rät Gabrielle nach längerem ratlosem Schweigen.

«Nicht übel», sagt Onkel Casimir, «nicht nur warm, sogar heiß.» Er will den Namen des Malers wissen, aber Gabrielle schüttelt den Kopf. Onkel Gregor, der sich im Hintergrund hält, weiß die Lösung: Giorgiones *Drei Philosophen*.

Die Damen sind gerade dabei, hinter geschlossenem Vorhang Schleiergewänder und Blumengirlanden für Botticellis *Frühling* zu drapieren, da wird die *Eureka* von einem Stoß erschüttert. Die Kronleuchter im Salon klirren, Sektgläser fallen von den Tischen, das Licht geht aus. Die Passagiere drängen sich um die beiden Niedergänge, die viel zu eng für eine so große Anzahl von Personen sind.

«Ruhe!» ruft Mr. Ferner in der Rolle des Kapitäns vom Deck her. «Es ist ja nichts passiert.» Doch die Gäste stoßen sich gegenseitig weg, um schneller an Deck zu kommen. Gabrielle und Gladys, die Botticellis Grazien darstellen sollen, stürzen halb bekleidet zu den Türen des Salons, ihre Schleiergewänder und das offene Haar flattern.

«Reizend», stellt Sirius fest, der seine Ruhe bewahrt hat.

Josephine nimmt sich Zeit, ihr Abendkleid wieder anzuziehen. Jemand hat die Kerzen in den Leuchtern angezündet, im Salon breitet sich flackerndes Licht aus. Josephine geht langsam zur Treppe. Die an Deck Drängenden machen ihr Platz.

«Falscher Alarm», meldet Mr. Ferner. Eine der Mitternachtsraketen hat bei einer Probe am Heck einen Fehlstart gehabt, sie ist nach hinten losgegangen und hat dem Feuerwehrmann, den wir mitgenommen haben, die Finger verbrannt. Josephine will das Programm der Lebenden Bilder zu Ende bringen. Doch weder Zuschauer noch Mitspieler haben Lust dazu. Dem Fehlstart der Rakete folgt ein Kurzschluß in der Hauptleitung. Die Passagiere stehen im Dunkeln an Deck. Das Wasser des Sees glänzt im Widerschein des aufgehenden Vollmonds, der eine bläuliche Dämmerung erzeugt und sogar Schatten wirft.

«Wo bleibt das Licht?» ruft Sascha, der neben mir an der Reling steht, «Aufklärung wäre für manche hier gut.» Er hält mir einen Vortrag über die Klassen-Arroganz der bürgerlichen Gesellschaft, die sich bei den Lebenden Bildern wieder einmal gezeigt habe. Jeder könne da mitmachen, Talent sei unerheblich, nur auf die schöne Erscheinung, den Schein, komme es an.

Die meisten Gäste haben sich im Salon um das Kerzenlicht versammelt. Ich bleibe allein an der Reling zurück und betrachte den Mond und seinen Widerschein auf den Wellen. Ich kann jede Einzelheit der Aufbauten und die Maste, an denen die Drähte mit Flaggen und Glühbirnen befestigt sind, erkennen. Auf einmal entdecke ich eine Gestalt, die vom Heck heranschleicht, ihr scharf umrissener Schatten zeichnet sich ab von der weißen Fläche der Kommandobrücke. Erst halte ich den Mann für einen Matrosen, der über das Seil des abgesperrten Hecks mit den Feuerwerkskörpern gesprungen ist, um auf das Promenadendeck zu gelangen. Dann wird mir klar, daß der Mann die Dunkelheit ausnutzt, um sich an mich heranzumachen. Er duckt sich, wie zum Sprung. Auf einmal weiß ich, wen ich vor mir habe. Es ist der irre Ulli, der bei der Hochzeit von Gregor und Josephine über die Lindenallee ins anfahrende Auto gelaufen ist.

Ich hatte ihn längst vergessen, doch jetzt kehrt die Erinnerung an die Angst vor dem gespensterhaften Wesen zurück. Hat Svea, die angetrunken ist, vergessen, Onkel Gregors Weisung zu folgen und ihn in die Kabine einzuschließen? Ulli trägt noch seinen Kellneranzug, der inzwischen fleckig und zerknittert ist, das erkenne ich im Licht des Vollmonds. Wie alt er geworden ist, denke ich, er wird mir nichts tun. Erst jetzt bemerke ich, daß seine Hose offensteht, ein Hemdzipfel ist sichtbar. Mit ausgestrecktem Zeigefinger deutet er auf den Hosenschlitz, lenkt meinen Blick auf sein aufrecht stehendes Glied. Dieses Ding, das er mit der Hand hin und her bewegt, hat für mich etwas Künstliches. In seiner Größe und Dicke paßt es nicht zu dem mageren kleinen Mann. Aus irgendeinem Grund erinnert es mich an eine Pappnase, gern würde ich darüber lachen wie über einen Faschingsscherz, aber meine Angst ist zu groß. Am liebsten würde ich weglaufen, bleibe jedoch an die Stelle gebannt, an der ich stehe. Ullis Gesicht ist schweißnaß.

«Schau, was ich hier habe.» Seine Stimme klingt so, als bringe er einem Kind etwas zum Geburtstag mit. «Siehst du so etwas zum ersten Mal? Alle Männer haben das.» Sonst spricht Ulli Schweizer Dialekt, doch jetzt bemüht er sich, hochdeutsch zu reden, als sei es ihm wichtig, daß ich jedes seiner Worte verstehe. Auf einmal stöhnt er auf und bedeckt sein Glied mit beiden Händen. Sein Gesicht, das sonst verkrampft und zugespitzt aussieht, zeigt einen Ausdruck von Entspannung.

«Geh weg, du!» rufe ich. «Laß dich ja nicht noch einmal blicken!» Er springt geduckt über die Kette und verschwindet hinter den Kabinenaufbauten im gleichen Augenblick, in dem die Festbeleuchtung wieder erstrahlt. Erst jetzt fange ich zu schreien an, und trotz des Lärms im Salon hört es einer.

Onkel Gregor steht neben mir. Ich kann nicht sprechen, deute nur mit dem ausgestreckten Arm in die Richtung des Hecks, wo Ulli sich versteckt hält. Onkel Gregor schlüpft unter der Kette durch, er fängt den Patienten vom «Waldeck» ein, der da irgendwo im Dunklen kauert. Ulli leistet keinen Widerstand, als er in die Kabine hinuntergeführt wird. Diesmal dreht Onkel Gregor selbst den Schlüssel im Schloß herum. Gleich darauf kommt er zu mir zurück.

«Was hat er getan?» fragt er, «du mußt es mir sagen.»

Noch immer versagt meine Stimme. Eigentlich hat er mir nichts getan, denke ich, er hat mich nicht angerührt, es ist nichts geschehen. Auf einmal gelingt es mir wieder, einen ganzen Satz zu sagen, ohne ins Stottern zu geraten: «Ich habe etwas gesehen, das ich nie wieder vergessen kann.» Onkel Gregor versteht sofort, was ich meine.

«Ich habe ja gleich gesagt, Kinder wie du gehören nicht an Bord der *Eureka*.» Onkel Gregor erinnert mich an seine Warnung. Ich breche in Tränen aus. Wie recht er hat! Von solchen Gefahren ahnte ich nichts. Wir blicken beide auf die Wasserfläche mit den sich bewegenden Glanzlichtern. Ich entdecke keine anderen Schiffe mit Positionslichtern mehr. Nur der Kiel unseres Schiffes durchschneidet das Wasser. Was in dieser Nacht geschieht, zählt nicht, sage ich mir, um nicht mehr an den Zwischenfall mit Ulli denken zu müssen.

«Was du eben erlebt hast», sagt Onkel Gregor – schon der Ton seiner Stimme beruhigt mich, solange er in meiner Nähe ist, kann dir nichts geschehen, rede ich mir ein –, «kommt häufiger vor, als man meint. Du wirst darüber hinwegkommen. Dieser Ulli ist schwer krank. Ich nehme ihn immer wieder ins Quisisana auf, weil er behauptet, draußen nicht weiterleben zu können. Eigentlich gehört er in eine geschlossene Anstalt. Er ist schon ein paarmal ausgebrochen. Wir behandeln ihn unentgeltlich. Aber wenn er junge Mädchen wie dich so sehr erschreckt, daß sie es ihr Leben lang nicht mehr vergessen, ist kein Platz mehr für ihn im Quisisana.»

Allmählich beruhige ich mich, betrachte wieder die Lichtstraßen, die der Mond auf dem Wasser einzeichnet. Die Nacht ist so friedlich und still. Onkel Gregor erklärt mir die Sternbilder am Himmel und verliert kein Wort mehr über den Zwischenfall.

Die Bordbeleuchtung geht wieder an. Plötzlich befinden sich

alle Passagiere an Deck. Sie versammeln sich, um Josephine Glück zum Geburtstag zu wünschen. Champagner wird ausgeschenkt. Mr. Ferner, dessen Rollstuhl wieder an der Reling steht, blickt auf seine Armbanduhr.

«Noch drei Minuten», sagt er. Punkt Mitternacht sollen die ersten Raketen des Feuerwerks explodieren. Ich zähle die Sekunden, erinnere mich, schon einmal das gleiche in der Silvesternacht gemacht zu haben, als ich zum ersten Mal aufbleiben durfte, um den Beginn des neuen Jahres mitzuerleben. Ich höre ein Zischen, aber keinen Knall. Diesmal erschüttert kein Stoß das Schiff. Die große Rakete zündet erst etwa hundert Meter über der *Eureka* am Nachthimmel. Vor Entzücken über den Lichtblumenstrauß vergessen die Gäste fast, auf Josephines Wohl anzustoßen. Immer neue Dolden entfalten sich, bunte Blüten regnen vom Himmel nieder. Das Feuerwerk überstrahlt den Glanz des Vollmonds. Die Lichtkaskaden, die an Deck niederfallen und verglühen, blenden mich, ich muß die Augen schließen. Josephine steht auf dem Sockel von einem der Fahnenmaste, ihre Gestalt ist bengalisch beleuchtet, rosa und grün. Der Auftritt gleicht dem einer Akrobatin in einer Zirkusmanege. Sie bewegt sich nicht, sie verbeugt sich nicht, sie hält still für den Bordfotografen, der mit Blitzlicht Bilder von der Königin des Festes macht. Sie lächelt, ihre Augen leuchten, ihr Gesicht ist wie immer jung und faltenlos. Das Haar trägt sie offen, sie weiß, daß ihr das besser steht als jede Frisur, weil es ihr Gesicht weicher und voller macht. Mir fällt auf, daß nicht Onkel Gregor die Geburtstagsrede hält, sondern Mr. Ferner, der zur Feier des Festtags amerikanisch spricht, so daß ich kein Wort verstehe.

Die Bordkapelle fängt wieder zu spielen an, einen neu in Mode gekommenen Gruppentanz, dessen Name mir unbekannt ist. Diesmal werde auch ich in den Wirbel hineingezogen. Man tanzt nicht mehr paarweise, sondern in Ketten und Knäueln. Ich bin froh, endlich nicht mehr allein zu sein. Es wird improvisiert, die vorgeschriebenen Figuren verwandeln sich in Spiralen, die sich auseinanderziehen und wieder verengen. Ich bin glücklich bei der kreisenden Bewegung. Bin nicht mehr ich, glaube mich aufzulösen in der warmen, erregten, stampfenden Menge. Ich friere nicht, ich schwitze nicht, mir ist einfach wohl zumute.

Wie ist die Position der *Eureka?* Schon lange habe ich kein Seeufer mehr gesehen. Jetzt merke ich, daß das Schiff sich in eine bestimmte Richtung bewegt. Mr. Ferner in seinem Rollstuhl scheint die schlingernden Bewegungen der Jacht zu genießen. Gewiß bestimmt er den Kurs der *Eureka* und den Zeitpunkt, an dem das Schiff nach seiner nächtlichen Kreuzfahrt wieder am Jachthafen neben dem Quisisana-Park landen soll.

«Merkst du, wie der Globus sich unter deinen Füßen wegdreht?» fragt Sirius, der auf einmal neben mir steht. «Die Erde ist in ständiger Bewegung. Wäre die Schwerkraft nicht, wir fielen alle ins Nichts.» Es kommt wieder Wind auf, ich habe Angst, daß er sich in Sturm verwandelt, ehe die *Eureka* im Hafen ist.

Die meisten Passagiere sind müde, das Fest dauert nun schon viele Stunden lang, an den Tischen an Deck finde ich immer mehr Paare, die nicht mehr mittanzen. Sie umarmen und küssen sich, einige haben Streit miteinander. Der Himmel ist noch immer vom Mondlicht überschwemmt, aber es wird kühl, Wolkenbänke steigen von Süden auf. Der Wind jagt sie über die Himmelskuppel. Die Musik wird leiser, sie wiederholt sich. Es wird eine Polonaise getanzt, die Schlange krümmt sich in mehreren Windungen über das Deck. Zum ersten Mal höre ich die Schiffsmaschine stampfen. Der Eingang des Ruderhauses, das Mr. Ferner als Kommandobrücke bezeichnet, ist offen. Josephine, die einen ihrer verrückten Einfälle hat, bittet Mr. Ferner um Erlaubnis, in der ersten Stunde ihres neuen Lebensjahres das Schiff steuern zu dürfen. Onkel Gregor ist dagegen, er hält sie für nicht mehr nüchtern genug. Auf dem See bäumen sich die ersten Wellen auf, doch jetzt in der zweiten Hälfte der Nacht sind keine anderen Boote unterwegs. Was kann schon passieren, denke ich, wenn Josephine den Platz des Steuermanns übernimmt und den Kompaß im Auge behält?

Selbst wenn die *Eureka* vom Kurs abkommt, werden wir nicht viel davon merken.

«Sie lenkt uns alle ohnedies», sagt Mr. Ferner, «weshalb soll sie nicht auch auf der *Eureka* den Kapitän spielen?»

Der Matrose, der die Jacht bis jetzt gesteuert hat, warnt vor dem Wetterwechsel, aber auf Mr. Ferners Weisung zieht er sich zurück. Ich sehe Josephine am Steuer stehen. Sie scheint das Ruder nicht fest in den Händen zu halten; denn die *Eureka* macht ein paar Schlenker, einmal scheint sie sich sogar beinahe um sich selbst zu drehen. Die Passagiere erheben keinen Einspruch, sie amüsieren sich über Josephines Steuerkünste. Nur der Matrose, der ihren falschen Manövern aus einer gewissen Entfernung zusieht, sagt, die Jacht sei schon immer ein Unglücksschiff gewesen.

Der Mond ist auf einmal ausgelöscht, die Sterne verschwinden hinter den Wolkenbänken. Der Himmel hängt tief, die Wellen, die an der Bordwand hochschlagen, wachsen ihm entgegen. Eine Sturmbö schlägt Josephine das Steuer aus der Hand, trotzdem will sie ihren Platz nicht wieder dem Matrosen übergeben. Sie vergißt, den Kompaß zu kontrollieren. Die Jacht fängt zu schwanken an. Einige Brecher schlagen wie auf offenem Meer über dem Heck zusammen. Das Schiff legt sich auf die Seite. Haben wir ein Leck? Die Bordbeleuchtung geht wieder aus. Fast alle Passagiere drängen sich in vollkommener Finsternis an Deck zusammen. Im Salon unten brennen noch einige Kerzen im Silberleuchter, der bei einer neuen Bö umfällt. Sogleich entzünden sich die Papierlampions, die Reste des kalten Buffets, die Papierdecken auf den Tischen. Der Widerschein des Feuers wird an Deck sichtbar, durch die beiden Treppenaufgänge steigen die Flammen in einem Sog in die Höhe.

«Ist noch jemand unten?» höre ich Mr. Ferner rufen, der auch in der Gefahr die Rolle des Kapitäns weiterspielt. Josephine, Onkel Gregor, Mr. Ferner und ich klammern uns an die Reling. Der Matrose hat wieder das Steuer übernommen, doch die Jacht folgt der Lenkung des Ruders nicht mehr. Auf einmal rieche ich die Nähe des Ufers, das man nicht sieht. Sind wir bereits dicht am Landesteg? Am Jachthafen, wo man den Vorfall beobachtet hat, setzen sie schon Boote aus, die uns zu Hilfe kommen sollen. Die *Eureka* treibt steuerlos zwischen Wellenbergen und -tälern.

«Keine Angst», sagt Onkel Gregor, «wir sind nicht in Gefahr.» Man kann schon die Positionslampen der Rettungsboote erkennen. Auf keinen Fall werden wir den hilflosen Mr. Ferner allein an Bord lassen. Gladys beugt sich über den Rollstuhl und redet auf ihn ein. Ich beobachte die Flammen. Gibt es Schöneres als sie? Ständig verändern sie ihre Farben und Formen. Sie sind lebendiger als das Wasser mit seinen Wellen. Kurz bevor die beschädigte Jacht von einem Schleppkahn in den Hafen geholt wird, fällt mir der irre Ulli in seiner verschlossenen Kabine ein. Für ihn gibt es keine Rettung mehr. Später erliegt er seinen Brandwunden.

«Darwin hatte recht: Auf der Strecke bleibt immer der Schwächste», behauptet Sirius bei der Nachricht von Ullis Tod.

Ich verstehe nicht, was er meint, und frage Onkel Gregor, ob es stimmt, daß dieser Darwin recht hat.

«Es wird wohl so sein – leider», antwortet er.

13

1945
Seit einiger Zeit pflegte Gregor schon im Morgengrauen aufzustehen, um sich an den Schreibtisch zu setzen und zu arbeiten. Zu Muriel sagte er, es seien seine besten Stunden. Er hoffte, auf diese Weise sein Opus magnum, wie Gravenhagen es nannte, doch noch vollenden zu können. Niemand störte ihn in der Stunde vor Sonnenaufgang. Nur Muriel wagte es einmal, Gregors Gedanken über «Die Psychologie der Gesunden und der Kranken» zu unterbrechen. Ohne anzuklopfen, im Morgenrock, mit wirrem Haar und vor Entsetzen geweiteten Augen stürzte sie frühmorgens in sein Arbeitszimmer. Bevor er fragen konnte, was sie wollte, rief sie mit einer krähenden – von Josephine übernommenen – Stimme, die ihr selbst fremd war: «Ich habe schrecklich geträumt. Ich muß es dir sagen. Es war unerträglich.»

«Beruhige dich, setz dich», sagte Gregor nach einem Blick in ihr Gesicht, «wir wollen darüber reden.» Sie ließen sich in den Ledersesseln nieder. Muriel war froh, nicht auf dem Armesünderschemel vor dem Schreibtisch hocken zu müssen, hinter dem Gregor wie ein Richter über Gut und Böse auf seinem Drehstuhl thronte.

«Ein Blutbad», fing sie an. «Erst hast du Josephine, dann habe ich dich ermordet. Ich tat es mit dem Küchenmesser, das Käte zum Brotschneiden nimmt. Das Blut spritzte wie damals, als

Jean-Marie dem Huhn den Kopf abschlug. Du bist zusammengesackt, ohne noch einen Laut von dir zu geben. Josephine war schon tot. Sie lag auf den Fliesen der Küche, gerade ausgestreckt, auf dem Rücken, mit weit geöffneten starren Augen, die mir schöner denn je vorkamen. Im Herd prasselte Feuer, draußen war es kalt; Winter, Schnee, Eisblumen an den Fenstern.» Sie konnte nicht weiterreden. Ein Sturzbach von Tränen ergoß sich über ihr Gesicht.

«Ich habe schon lange darauf gewartet, daß so etwas kommt», sagte Gregor. «Wenn man so lange miteinander lebt wie wir, ist ein Haßausbruch mit Tötungsabsicht nahezu selbstverständlich, sogar gut.»

«Gut?» wiederholte Muriel schluchzend. «Aber ich habe dich doch ermordet.»

«Das ist nichts Ungewöhnliches», sagte Gregor, «eine Art Vatermord. Jeder Psychologe kennt dergleichen. Ein Zeichen der Genesung – man nennt das ‹die Ablösung›.»

«Aber ich will mich nicht lösen, im Gegenteil. Was wäre ich denn ohne dich?»

«Du selbst, endlich!» Er nahm ihre Hand, sie spürte die zarte Haut mit dem Geflecht der Adern, das mit dem Alter immer mehr hervortrat. In einem jähen Umschwung der Gefühle, aus Freude, daß er noch lebte, hätte sie Gregor am liebsten umarmt. «Dein Traum hat eine positive Bedeutung», sagte er, «auch für mich. Ich fühle mich ja nicht schuldlos an allem, was hier geschehen ist.»

Der Arzt als Patient, dachte Muriel, was für ein Rollentausch! Sie fühlte sich auf einmal erleichtert. Sie dachte einen Augenblick nach, dann sagte sie: «Wenn das so ist, dann schreibe ich nur noch unter einer Bedingung weiter.»

Gregor stand auf, er ging ans Fenster, durch dessen Scheiben die ersten Sonnenstrahlen drangen. «Ich lasse mir zwar sonst von meinen Patienten keine Belehrungen erteilen», sagte er kühl, «aber du bist fast wieder gesund. Also nenne mir deine Bedingung.»

«Du sollst das, was ich noch schreiben werde, erst dann lesen, wenn ich einmal weg bin von hier. Ich möchte nicht mit dir darüber reden, auch nicht mehr deine Randbemerkungen lesen.»

«Du meinst, weil ich befangen, beteiligt bin?» Gregor sah sie aufmerksam an. «Das wäre kein Grund. Du hast von uns beiden das bessere Gedächtnis. Ich habe mit dem Älterwerden vieles verdrängt. Ich dachte, du hilfst mir dabei, es wiederzufinden – durch deine Niederschrift, die Schilderung der Vorgänge aus deiner Sicht.»

Muriel stand auf, sie dachte schon nicht mehr an den Traum vom Doppelmord und wollte gehen, um Gregor nicht länger zu stören. Da fragte er unvermittelt, wieder ferngerückt und kühl, im Tonfall des Arztes:

«Und der zweite Traum?»

«Welcher zweite?»

«Du hast doch noch etwas anderes geträumt, was dich verwirrt hat. Ich bin, nehme ich an, nicht dein einziges Opfer gewesen.» Er mußte es ihr von den Augen abgelesen haben. Sie konnte ihm nichts verschweigen.

«Diesmal», sagte sie, an der Tür stehenbleibend, «war kein Blut dabei. Es ging um Prospero. Er lag in seiner Sträflingskleidung auf seiner Pritsche. Draußen in den Lagerstraßen explodierten Bomben. Feuer war ausgebrochen. Ein Luftangriff. Er schlief, schien von dem Höllenlärm nichts zu bemerken. Erst erkannte ich ihn wegen des kahlgeschorenen Kopfes kaum wieder. Ich dachte sogar, er ist tot. Dann schlug er die Augen auf, die mir gleich vertraut waren, oft genug hatte ich sie fotografiert. ‹Warum denkst du immer nur an dich?› fragte er. ‹Weshalb schreibst du nicht *meine* Lebensgeschichte auf. Ich werde bald sterben wie alle anderen hier. Du willst nur leben, wo es gesund ist, du bist ein Quisisana-Geschöpf. Das habe ich immer gewußt!›»

«Auch dieser Traum betrifft mich mit», sagte Gregor. «Schließlich habe ich dich aufgefordert, nicht mehr an ihn, sondern an dich zu denken.»

«Und warum?»

«Weil du lebst. Du wirst weiterleben, er ist tot.» Nach diesen Worten entstand zwischen ihnen eine Stille, die Gregor mit einem Blick auf seine Armbanduhr unterbrach. «Übrigens habe ich deine letzten Aufzeichnungen gelesen.» Seine Stimme klang wieder unpersönlich, fast geschäftsmäßig. Er hatte keine Zeit mehr, sein Dienst begann. Er gab ihr das zweite Tagebuch zurück.

«Bleib ruhig hier sitzen», sagte er, «nimm dir Zeit. Wir sehen uns später.» Sie wurde Zeuge der üblichen Verwandlung vom Stubengelehrten in den Anstaltsarzt: Hände waschen, Schuhe wechseln, den weißen Kittel anziehen. Muriel hätte sich am liebsten noch einmal in ihr Bett zurückgezogen, um sich von den Anstrengungen ihrer Träume auszuruhen. Aber sie hielt sich an seine Weisung, setzte sich in den Sessel zurück und schlug in dem Band die Seiten mit seinen Bemerkungen auf.

Wir könnten das schriftliche Zwiegespräch ohne Schaden für Dich abbrechen, Du hast die Sprache wiedergefunden. Daß Du trotzdem weiterschreibst, ist ein gutes Zeichen. Deine Art, Dich auszudrücken, ist anders geworden, freier, flüssiger. Dein Stil hat sich verändert. Manches liest sich, als hätte es ein anderer geschrieben, einer, der das Geschilderte nicht selbst miterlebt und erlitten hat. Ein Beobachter, der die Dinge von außen sieht, ohne Gemütserregung, Haß oder Zorn. Dann wieder rücken die Ereignisse ganz nah. Nur Du, Muriel, kannst sie so berichten. Manchmal versuchst Du immer noch, Dich zu verbergen, am liebsten würdest Du von der Szene verschwinden. Dann wieder setzt Du Dich bewußt in Szene. Ich bewundere Dein Gedächtnis. Vieles von dem, was Du schreibst, habe auch ich miterlebt, aus einer anderen Perspektive, doch seit vielen Jahren vergessen. In meinem Beruf würde man sich selbst vernichten, wenn man nicht gerade das könnte, was man den Patienten austreiben will: verdrängen. Du wunderst Dich über meine Fähigkeit zu schweigen, mich zurückzuziehen, keine Auftritte zu inszenieren, wie

Josephine es getan hat. Auch das gehört mit zu meinem Beruf. De profundis, aus der Tiefe möchte ich wirken. Viele meiner Kollegen würden die therapeutische Schreibmethode schlecht und gegen die Regeln unserer Wissenschaft finden. Ich bin Dir diesen Versuch schuldig, nicht nur, weil wir miteinander verwandt sind, weil ich Dich liebhabe, so wie Du bist. Gewiß hast Du manches hinzugedichtet, wenn Dein Gedächtnis versagte, aber das, was Du erfindest, sagt fast ebensoviel über Dich aus wie die wiederhergestellte Wirklichkeit.

Wie falsch die Einführung ins Leben durch die Schule des Quisisana war, ist mir jetzt erst klargeworden – meine Schuld. Ich hätte Dich von unseren schwierigen Gästen fernhalten müssen. Sie haben Dich, das empfindliche Kind, ausgenutzt, genau wie Josephine. Auch ich habe Dich viel zu früh zu Hilfeleistungen herangezogen. Äußerlich hat es Dir an nichts gefehlt. Seelisch bist Du ständig überfordert worden. Josephine konnte Dir nie zum Mutter-Ersatz werden, dazu war sie zu sehr mit sich selbst beschäftigt. Alle sind ihrem Zauber verfallen, nicht nur Du und ich, nicht nur Andreas und unsere Gäste. Einmal nennst Du sie eine Fee, daran ist etwas Wahres: Sie hat nie ganz zu uns Menschen gehört.

Nach dem Frühstück sah Muriel eine Gruppe von Patientinnen in Gärtnerschürzen, die in den Gemüsebeeten hinter der Küche arbeiteten. Sie bewegten sich langsam, gleichmäßig, in zwei Reihen hintereinander. Sie stellten die Körbe mit den geernteten Erbsen, Bohnen und Karotten an den Weg. Alle trugen die gleichen geblümten Kopftücher, die ihr Haar unsichtbar machten und ihre meist runden bleichen Gesichter einander ähnlich erscheinen ließen. Zu Josephines Zeiten wäre es verboten gewesen, im Garten des Haupthauses, den sie für die Familie und ihre Gäste reserviert hatte, Patientinnen zu dulden, die – auch wenn sie noch so friedlich, ja, schläfrig aussahen – jeden Augenblick aufeinander losgehen und sich die Kehle zuzudrücken versuchen konnten – Messer und Sicheln waren aus ihrer Nähe entfernt worden. Gregor jedoch hatte nichts dagegen, er wünschte sogar, daß die Familienmitglieder sich um die Kranken kümmerten und sie behandelten, als seien sie ihresgleichen.

«Wir sind nicht so verschieden von ihnen, wie wir uns einzubilden pflegen», hatte er einmal gesagt, «wir gehören alle zur gleichen anfälligen Spezies.» Svea beaufsichtigte die Frauen unmerklich, sie machte mit bei der Arbeit, bückte sich und pflückte wie die anderen. Die Köchin Käte dagegen stand mit verschränkten Armen im Eingang zu ihrem Reich und überwachte mißtrauisch die «Weiber», deren Hilfe sie nicht erbeten hatte und doch nicht entbehren konnte.

«Ich gehöre aufs Altenteil wie Jean-Marie», sagte sie. Sie litt unter Rückenschmerzen, hatte steife Beine und konnte sich kaum mehr bücken. Es fiel ihr schwer, mit ihren verkrümmten Fingern Gemüse zu putzen oder das Brot zu schneiden, wie sie es zu Muriels Kindheitstagen getan hatte. Aber ihre holländischen Holzpantinen trug sie noch immer, obgleich weiche Hausschuhe bequemer gewesen wären.

Muriel machte mit, sie trug die Körbe in die Küche, half beim Gemüseputzen. Mit den Frauen, die sich wie auf Kommando im gleichen Augenblick bückten und wieder streckten, wechselte sie kein Wort. Auf dem Küchentisch sah sie ein Brotmesser liegen, es sah genau so aus wie das in ihrem mörderischen Traum, mit dem sie Gregor bedroht und niedergestochen hatte, eine Waffe, die keine der im Garten arbeitenden Frauen entdecken durfte. Muriel versteckte das Messer zwischen Löffeln und Gabeln in der Besteckschublade, als sei es das einzige im Haus.

Zum Dank für die Hilfe hatte sich Svea für die Frauen eine Überraschung ausgedacht: ein Picknick auf dem Rasen zwischen den Villen «Waldfrieden» und «Undine». Eines von Josephines alten Damasttischtüchern wurde im Gras ausgebreitet, die Speisen trugen die Patientinnen aus den beiden Villen auf. Die Frauen saßen im Gras, aßen mit übertriebenem Eifer, sprachen aber nicht miteinander, als habe es ihnen jemand verboten.

Keine von ihnen lachte. Es war ein wolkenloser Sommertag. Die meisten hatten sich einen Platz im Schatten gesucht.

Nachdem sie die Teller zusammengeräumt und weggetragen hatten, legten Svea und Muriel das Tischtuch, das ins Haupthaus gehörte, zusammen. Die Patientinnen mußten nach dem Essen zwei Stunden ruhen. Svea hatte frei. Sie band ihre Haube ab, streckte sich und schlug vor, die Mittagsruhe in Muriels altem Baumhaus zwischen den Ästen der Eiche zu halten, in die der Blitz einmal eingeschlagen hatte. Sveas Schwesternschürze bekam ein paar Schmutzflecke, als sie über eine alte Hühnerleiter in das Baumgeäst kletterte.

«Gut, daß es die Oberschwester nicht sieht», sagte Muriel.

«Soll sie doch schimpfen!» Svea hielt ihr Gesicht in die Sonne und strich ihr Haar mit den Fingern glatt. «Bald hat sie mir nichts mehr zu sagen. Ich habe gekündigt. Ich werde frei sein, meinen eigenen Weg gehen, endlich!»

Muriel erschrak. Svea hatte sie auf ihrer ersten Reise von Bremen ins Quisisana begleitet, als junges Kindermädchen; jetzt war sie eine Frau in der Mitte ihres Lebens. Natürlich verstand Muriel Sveas Wunsch, dem Regiment der Oberschwester zu entrinnen und zu Hause in Lappland Sommertage ohne Finsternis zu verbringen, aber sie fragte dennoch: «Gefällt es dir nicht mehr im Quisisana?» Sie dachte an Gregor, um den es immer stiller, immer leerer werden würde.

«Ich will dort oben am Polarkreis leben, wo mich die Strahlen der Atombomben nicht erreichen werden», erklärte Svea.

«Was meinst du damit?» fragte Muriel. Sie konnte mit dieser Erklärung nichts anfangen. Einen Augenblick lang dachte sie, Svea mache sich über die phantastischen Einfälle der paranoischen Patienten im «Waldeck» lustig.

«Hast du noch nichts vom Abwurf der Atombomben auf die japanischen Städte gehört?» fragte Svea verwundert. «Das Radio berichtet von früh bis abends darüber, die Zeitungen sind voll davon. Es muß das Schrecklichste sein, was je geschehen ist – von Menschenhand, meine ich. Hunderttausende sind tot,

Millionen von den unheimlichen Strahlen verbrannt. Dabei sollte der Krieg doch zu Ende sein. Die Strahlen von Hiroshima werden rund um die Erde ziehen.»

Auf einmal glaubte Muriel aus dem morschen Baumhaus durch das zu schwer beladene Geäst zu Boden zu stürzen: «Was sagst du? Was ist geschehen?» Svea wiederholte es, Muriel schlug die Hände vors Gesicht. «Ich erzähle Gregor von meinen mörderischen Träumen, und er meint, das sei ganz natürlich», sagte sie. «Er verschweigt mir, daß in der Welt draußen gerade Hunderttausende durch den Atomblitz getötet worden sind.»

«Für die Patienten herrscht totale Nachrichtensperre», sagte Svea, «aber ich ahnte nicht, daß auch du nichts weißt.»

Für Gregor bin ich also doch noch eine Patientin, dachte Muriel. Er hat nicht aufgehört, mich von der Außenwelt abzuschirmen, er will mich auf immer hier behalten wie ein entmündigtes Wesen, für das das Leben jenseits der Quisisana-Mauern nicht mehr existiert. Der Heilungsprozeß darf nicht durch solche Nachrichten aus der Welt des Krieges gestört werden. Hätte Svea es mir nicht verraten, würde ich womöglich bis zur letzten Minute nicht erfahren, daß die Welt unterzugehen droht.

«Du hast recht», sagte sie zu Svea, «wir müssen hier so bald wie möglich fort. Gregor hat mir meine Personalpapiere zurückgegeben, als ich aus dem ‹Waldfrieden› wieder ins Haupthaus übergesiedelt bin. Ich bin genau so frei wie du.»

Muriel wollte an nichts anderes mehr denken als an den Weg, der aus dem Quisisana herausführen könnte. Doch am Abend sah alles schon wieder anders aus. Das Versprechen fiel ihr ein, das sie sich und Gregor gegeben hatte. Sie holte das *Diary* aus dem Arbeitszimmer, stieg in ihre Dachkammer hinauf und zwängte sich in das Kinderpult. Diesmal brauchte sie fast eine halbe Stunde, ehe es ihr gelang, sich aus der Gegenwart in den düsteren Herbst des Jahres 1928 mit der Jagd auf Niederwild im Forst hinter dem Quisisana-Park zurückzuversetzen.

14

1928

«Heimgekehrt, der verlorene Sohn», ruft Onkel Gregor aus, als er Andreas, der mit seinem Gepäck an der Haustür steht, in die Arme schließt. Josephine erscheint nicht, um ihn zu begrüßen, obgleich sie unsere Stimmen hören muß, denn die Tür zu ihrem Damenzimmer, wo sie eine Patience legt, ist nur angelehnt. Onkel Gregor nimmt Andreas mit in sein Arbeitszimmer, ich folge den beiden, ohne dazu aufgefordert worden zu sein.

«Laß dich anschauen», sagt Onkel Gregor. «Wie geht es? Etwas blaß siehst du aus. Mußt dich erst einmal ausruhen. War es so schwer, das Abitur?» Andreas schüttelt den Kopf und läßt sich in einen der Sessel in der Sitzecke fallen. Er kann es noch nicht glauben, daß er nicht mehr ins Internat zurückzukehren braucht.

Andreas kommt mir verändert vor, kleiner geworden, bedrückt. Als er seine Baskenmütze abnimmt, entdecke ich, daß sein Haar nicht mehr so hell wie früher ist. Onkel Gregor fragt nicht nach den Einzelheiten der bestandenen Prüfung. Er will nur wissen, wann Andreas mit dem Studium beginnen will, und gibt sich gleich selbst die Antwort: «Im Wintersemester – aber wo?» Nachdem er gerade erst behauptet hat, Andreas brauche Erholung und Ruhe, will er ihn schon wieder von zu Hause wegschicken. Hat er es so eilig, weil Andreas einmal sein Nachfolger im Quisisana werden soll? Wir schweigen eine

Weile. Dann sagt Andreas, über den Studienort habe er sich noch keine Gedanken gemacht. Ein Schulfreund hat ihn zu einer Reise nach Kalifornien eingeladen. Er möchte gern etwas von der Welt sehen, ehe er wieder arbeiten muß.

«Wenn du es aber wünschst, fange ich gleich mit dem Studium an», setzt er hinzu, «vielleicht in Genf, der Ort ist mir nicht so wichtig.»

Doch nun ist es Onkel Gregor, der darauf besteht, er solle erst nach Kalifornien reisen: «Wer weiß, ob du später noch Zeit dazu hast. Das Studium dauert lang, auf ein Semester mehr oder weniger kommt es nicht an.» Andreas meint, sein Vater setze zu große Hoffnungen in ihn, er sei nicht begabt genug, um eine leitende Stellung im Quisisana einzunehmen. Schon jetzt sei ihm klar: die Verantwortung für einen so großen Betrieb könne er nicht tragen.

«Unsinn!» Onkel Gregor geht im Zimmer auf und ab, er hat die Hände auf dem Rücken verschränkt wie immer, wenn er über etwas nachdenkt. «Du wirst ein viel besserer Praktiker werden als ich.» Ich merke ihm an, daß er sich jetzt schon auf die Zeiten freut, in denen er sich ganz seiner Gelehrtenarbeit am Schreibtisch widmen kann, weil Andreas ihn in der Klinik abgelöst hat. Andreas fragt, wie es dem Vater geht, ob er die Folgen der Lungenentzündung nach dem Bergausflug gut überstanden habe. Onkel Gregor nickt.

«Nur etwas müde», sagt er, «den ganzen Tag Routinekram, Analysen, Diagnosegespräche, Behandlungen, Entziehungskuren. Abends bringe ich nicht mehr viel zustande. Alles bleibt Stückwerk.» Andreas widerspricht. Überall, wo er hinkomme, gelte er nur als Sohn seines Vaters etwas, die Angehörigen der Patienten sprächen von sensationellen Heilerfolgen bei scheinbar aussichtslosen Fällen.

Auf dem Schreibtisch liegt zwischen Büchern und Fachliteratur ein Bildband über Ägypten. Im Herbst, sagt Onkel Gregor, wolle er, wenn irgend möglich, zu einem Ärztekongreß nach Kairo fahren. Er gibt uns den Band, wir blättern darin und betrachten die Bilder der Pyramiden, der Stufentempel, Sphinxe, Totentempel, der Pylone und Grabkammern. Ich bin erstaunt über die überlebensgroßen Menschen- und Tierfiguren, die Wächter in der Wüste. Andreas fragt nach dem Grab des jungen Königs Tut-ench-Amun, das man erst kürzlich, mit Goldschätzen vollgestopft, gefunden hat.

«Er starb schon mit achtzehn Jahren, aber der Tod bedeutet für sie nicht etwas so Endgültiges wie für uns», erklärt Onkel Gregor. «Das, was wir Tod nennen, ist für sie eine Art Vorhof zu einem zweiten endgültigen Sterben. In diesem Vorhof geht es manchmal sogar heiter zu: Feste werden gefeiert, Götterhochzeiten finden statt. Den Toten geht es gut, solange die Lebenden ihre Pflicht erfüllen und für sie sorgen. Sie bekommen zu essen und zu trinken, ihre Sarkophage sind so gestellt, daß die mumifizierten Toten das Licht der untergehenden Sonne im Westen sehen können. Die Grabkammern sind gut belüftet, sie haben Scheintüren ins Freie.» Er erzählt uns etwas über Seelenwanderung und Wiedergeburt. Wer sich mit der Psychologie anderer Offenbarungsreligionen beschäftige, sagt er, komme nicht ohne Kenntnis orientalischer Mythen aus.

Wie schön, wenn der Tod nur eine Durchgangsstation zum ewigen Leben wäre, denke ich. Andreas sagt, er würde den Vater gern nach Ägypten begleiten, für Kalifornien bliebe später immer noch Zeit. Schon in den nächsten Tagen wird er sich, wie sein Vater es sich wünscht, zum Studium in Genf anmelden. Ich laufe die Treppe hinauf, um Josephine die Nachricht von Andreas' Heimkehr zu überbringen.

«Weshalb sich der Junge niemals vorher anmeldet», möchte sie wissen. Keine Spur von Freude ist ihr anzumerken. Sie schickt mich ins Eßzimmer, um noch ein Gedeck für Andreas aufzulegen. Während des Abendessens wechselt sie kaum ein Wort mit ihm. Erst als die Rede auf das Bordfest der *Eureka* kommt, fragt sie: «Warum bist du nicht gekommen? Es ist zwar zum Schluß ein Unfall passiert, aber wir haben ihn heil überstanden. Übrigens», setzt sie leicht gekränkt hinzu, «habe ich an diesem Tag

auch Geburtstag gehabt.» Andreas entschuldigt sich. Gerade am Tag des Bordfestes habe er seine mündliche Prüfung gemacht.
«Das hat hier keiner gewußt», sagt Onkel Gregor. «Warum hast du es nicht geschrieben?»
«Andreas bleibt diesmal nicht lange hier», mische ich mich ein, «er wird in Genf studieren.»
«Schule, Studium, Beruf», ruft Josephine erbittert, «alles geht vor. Das kenne ich zur Genüge.» Ihre Worte scheinen mehr an Onkel Gregor als an Andreas gerichtet zu sein. Selbst an diesem Abend verschwindet der Hausherr nach dem Essen für zwei Stunden in seinem Arbeitszimmer, wo er jetzt sogar manchmal schläft, um Josephine bei seinem späten Zubettgehen nicht zu stören.
Andreas ist müde von der Reise, er will sich früh zurückziehen. «Er gefällt mir nicht», sagt Onkel Gregor, nachdem Andreas gegangen ist, «er sieht abgespannt aus, überarbeitet.»
Josephine, die nichts davon gemerkt zu haben scheint, ruft ärgerlich: «Nun auch noch Andreas! Ich bin hier nur von Kranken umgeben. Möchte wissen, womit ich das verdient habe! Komme mir wie die einzige Gesunde unter lauter Patienten vor.»
«Du lebst in einem Nervensanatorium, vergiß das nicht», sagt Onkel Gregor, als er aufsteht, um ins Arbeitszimmer hinunterzugehen, «wir stehen im Dienst der Kranken.»

Wochenlang haben sich alle im Haus mit den Vorbereitungen für die Jagd auf Niederwild beschäftigt. Diese Jagden finden im Sumpfgebiet des städtischen Forstes statt, der sich dem Quisisana-Wald anschließt. Nach altem Brauch werden sie im Herbst abgehalten, wenn auch Damwild, Rehe, Hirsche und Wildschweine im Hochwald geschossen werden dürfen. Der Förster gibt Josephine und ihren Gästen Erklärungen über die Nistplätze der Vögel, über die Gewohnheiten der Feldhasen und der Füchse. In diesem Jahr soll die Jagd schon im Oktober stattfinden. Josephine kann Novembernebel, Nieselregen und kahles

Geäst nicht leiden. Die Bäume sollen noch belaubt sein, wenn sie und Orplid durch die Waldschneisen reiten. Andreas verabscheut jede Art von Jagd, er will zu Hause bleiben.

«Ich töte kein Tier», sagt er.

«Komm mir zuliebe mit.» Josephine redet ihm gut zu. Sie streichelt ihm übers Haar, er errötet. «Du brauchst ja nicht selbst zu schießen.»

Andreas hilft Josephine, ein Puzzle mit dem Bild von einer Jagd auf Niederwild zu legen. Dann geht er hinauf in seine Kammer und zeigt sich nicht mehr.

«Wie empfindlich der Junge ist!» Josephine seufzt. «Über alles macht er sich Sorgen und Gedanken. Diese Jagd wäre eine gute Abwechslung für ihn. Er könnte zeigen, daß er ein Mann ist.»

«Wieso denn?» frage ich.

«Ich will sehen, ob er ebenso gut reiten kann wie ich», sagt Josephine. «Wenn er schon nicht schießen will...» Sie macht ihm noch einen Besuch in seinem Zimmer. Er dauert unverhältnismäßig lange. Ob es ihr gelingen wird, ihn zu überreden? frage ich mich. Ich habe das Puzzle fast zu Ende gelegt, als sie wieder erscheint.

«Natürlich macht er mit», ruft sie mir zu. Es wäre auch das erste Mal gewesen, daß sie ihren Willen nicht durchsetzt, denke ich.

«Hat sie dich herumgekriegt?» frage ich Andreas am nächsten Morgen.

«Du weißt so gut wie ich, daß man ihr nichts abschlagen kann», sagt er. «Sie ist so wunderbar. Manchmal beneide ich meinen Vater.»

«Findest du, daß er sich nicht genug um sie kümmert?» frage ich.

«Dafür sind andere da», meint Andreas.

«Zum Beispiel du, was?» sage ich. Für eine so freche Bemerkung hätten Urs und Jörg mich verprügelt. Aber Andreas sagt nur traurig: «Du weißt nicht, was du da sagst.» Er zeigt sich den ganzen Tag nicht mehr.

«Man muß ihn aufmuntern», meint Josephine. «Ihm fehlt es an Energie. Er sagt, er habe manchmal keine Lust mehr zu leben.»

Onkel Gregor, der gerade in ihrem Zimmer ist und in einer Zeitschrift blättert, blickt auf: «Hat er das wirklich gesagt?»

«Nicht zu mir», erklärt Josephine, die nichts von meiner Anwesenheit merkt. «Wenn wir zusammen sind, hat er seine schönsten Stunden. Kaum bin ich weg, sinkt er in sich zusammen. Er wartet, daß ich wiederkomme. Manchmal glaube ich, er lebt nur für mich.»

Onkel Gregor bittet sie, sich zurückzuhalten. Andreas sei noch nicht erwachsen, empfindlich, labil. Mit einem Jungen wie ihm könne man sich keine Spiele und keine Koketterie erlauben.

«Ich weiß schon, was ich zu tun habe.» Josephine verläßt das Zimmer. «Deine Ratschläge brauche ich nicht. Du solltest dich freuen, daß dein Sohn und ich uns gern mögen.»

Gegen Abend finde ich Andreas in meinem Baumversteck, er rührt sich nicht. Es dämmert. Er hockt da, mit gebeugtem Kopf und gekrümmtem Rücken – das ist die einzige Ähnlichkeit, die ich mit seinem Vater feststelle. Ich klettere die Leiter hinauf bis zu dem zwischen den toten Ästen zusammengezimmerten Bretterboden und der Holzbank, die ich für mich gemacht habe. Ich habe dort oben viele Stunden verbracht, still und traurig, das Alleinsein tut mir gut nach dem vielen Gerede und den Streitgesprächen der Gäste im Quisisana, die ich nur halb verstehe.

«Andreas!» Er fährt zusammen, dreht den Kopf herum, entdeckt mich zwischen den Zweigen mit dem sich schon herbstlich färbenden Laub. «Was machst du da oben? Wir haben dich vermißt.»

Er blickt mich aus großen erschrockenen Augen an. «Ich mußte allein sein, Muriel. Ich habe über etwas nachgedacht.»

«Wie lange bist du denn schon hier?»

«Keine Ahnung. Kein Zeitgefühl. Vielleicht mehrere Stunden. Ich wollte den anderen aus den Augen verschwinden. Auch ihr.»

Mir ist klar, daß er mit «auch ihr» Josephine meint. Aber als er die Sprossen der Leiter hinuntersteigt und mit mir durch den dunklen Park geht, dessen Wege er ebenso gut wie ich kennt, sagt er leise, mehr zu sich selbst als zu mir gewandt, etwas, das ich nur halb begreife.

«Manche Tage kann man nur schwer überstehen. Man fragt sich, ob es nicht besser wäre, gar nicht da zu sein.» Meint er «nicht geboren» oder «unsichtbar»? Ich nehme mir vor, ihn das zu fragen, aber nicht jetzt. Er kommt mir wie ein Schlafwandler vor, den man nicht wecken soll, weil das gefährlich sein könnte.

Am nächsten Tag erklärt sich Andreas bereit, das Halali zu blasen, wie es dem ältesten Sohn der Familie seit Generationen zusteht. Die schwarzweiß gesprenkelte Hundemeute gleicht der auf dem Puzzle mit der englischen Jagdszene, das Josephine in ihrem Zimmer gelegt hat. Josephine braucht lange, um ihren roten Rock, die schwarzen Reithosen, Stiefel und Mütze vor dem Spiegel anzuprobieren. Onkel Gregor, der die Jagd ebenso wie Andreas ablehnt, will von einem Hochstand aus mit mir zusammen das Abschießen der Wildenten und Fasanen verfolgen. Sirius, Giorgio und Sascha beteiligen sich an der Jagd, obgleich sie wenig geübte Reiter sind und die ihnen zugeteilten Pferde kaum kennen. Marie Luise, Gabrielle und Gladys gelten als gute und kühne Reiterinnen. «Unsere Amazonen», nennt Sirius sie. Alle drei tragen den gleichen Reiteranzug. Auch Onkel Casimir ist mit von der Partie, er hat früher sogar Turniere mitgeritten.

Auf Josephines Bitte zieht sich Andreas genau wie sie an: rote Jacke, schwarze Hose, Reitstiefel und Schirmmütze. «Man soll uns für Geschwister halten», sagt sie. Erst will Andreas die Treibjagd mit Onkel Gregor und mir zusammen vom Hochstand aus verfolgen. Doch Josephine behauptet, er habe ihr versprochen, mitzumachen und wenigstens zum Schein eine Waffe mitzunehmen. Jean-Marie hat ihm seine alte Jagdflinte geliehen und ihn in ihrem Gebrauch unterrichtet.

Die Reiter sind schon im Unterholz, als Onkel Gregor und ich den Hochstand erreichen. Onkel Gregor erklärt mir die Bedeutung der verschiedenen Hornsignale. Sie haben eine lange Tradition, stammen aus der Zeit der Parforcejagden an Fürstenhöfen. Wir gehen durch welkes Laub. Jean-Marie läßt einen Jagdhund von der Leine, der nun in Zickzacksprüngen den Hochwald durchquert. Wir folgen ihm, er zeigt den Jägern die Fährte, die von den anderen Hunden und Pferden aufgenommen wird.

Onkel Gregor trägt die gleiche Windjacke wie auf dem Bergausflug, auch ich bin ähnlich angezogen. «Schlachtenbummler» werden wir von den anderen spöttisch genannt. Ich warte darauf, daß auch Andreas am Hochstand erscheint. Jean-Marie geht noch einmal zurück, weil er etwas zu Hause vergessen hat, er will nachkommen zum Forst, wo die Jagd stattfindet.

Das erste, was ich vom Hochstand aus höre, ist heiseres, hysterisches Hundegebell. Von den Reitern sehe ich nichts trotz ihrer leuchtend roten Jacken. Endlich fallen die ersten Schüsse. Sie klingen nicht viel anders als Peitschenknallen. Ein Entenleib fällt dicht an mir vorbei, plumpst ins Dickicht. Jetzt entdecke ich die Reiter im Unterholz, sie haben sich um den Weiher herum verteilt, bilden einen Halbkreis um die Nistplätze. Josephine, Giorgio und Sirius sind von ihren Pferden abgestiegen. Sie schießen von festen Standplätzen aus um die Wette. Josephine gilt als Meisterschützin. So oft sie ihr Jagdgewehr entsichert, anlegt und abdrückt, trifft sie eine Ente oder einen Fasan; die Hunde apportieren das Wild dann aus dem Riedgras.

Onkel Gregor und ich sehen Josephine vom Hochstand aus durch das Fernglas zu. Sie hat Orplid locker an einen Baumstamm gebunden. Sirius und Sascha reiten auf Stuten, die Ackergäulen gleichen, aber den Vorteil haben, nicht wild zu galoppieren und die ungeübten Reiter abzuwerfen. Josephine, die sich von Giorgio begleiten läßt, steigt wieder auf.

«Sieht sie nicht wie Diana aus?» fragt Onkel Gregor. «Nur der Aktäon fehlt.» Ich frage, wer Aktäon ist.

«Ein Jäger», sagt er. «Er schaut der keuschen Göttin der Jagd

beim Bade zu und wird zur Strafe in einen Hirsch verwandelt.»
«In einen Hirsch?» wiederhole ich erstaunt. Ich stelle mir die allmähliche Verwandlung eines Menschen in ein Tier vor. Der junge Mann, aus dem das Riesengeweih hervorbricht, während seine Haut sich mit Fell überzieht, hat Andreas' Züge. Wo bleibt er, wo hält er sich auf? Ist er absichtlich zurückgeblieben, um nicht mit ansehen zu müssen, wie wehrlose Tiere abgeschlachtet werden? Marie Luise, Gladys und Gabrielle sprengen vom gegenüberliegenden Seeufer durch das Schilf heran, als sie Onkel Gregor und mich auf dem Hochstand entdecken. Dicht unter dem Holzgerüst reiten sie vorbei auf den Hochwald zu. Enten streichen in Schwärmen aus dem Schilf auf. Fasanenmännchen versuchen, sich durch schnelles Laufen über die Sandwege zwischen dem Heidekraut zu retten. Doch sie werden ebenso wie die Kaninchen und Hasen geschossen, die durch das hohe Gras hoppeln.

Giorgio sammelt die Strecke ein und breitet sie, zu einem Stilleben geordnet, vor den Hufen Orplids aus. Josephine will noch den Fuchs bekommen, der nachts in den Hühnerstall einbricht und sich die Küken holt. Eine Weile lauert sie mit Giorgio vor dem Bau, aber er zeigt sich nicht. Die Jagd wird abgeblasen. Das tote Wild liegt jetzt auf dem Pferdewagen, der es zum Forsthaus bringen soll, wo das Jagdessen stattfinden wird. Die Pferde gehen mit nickenden Köpfen im Schritt durch das Unterholz auf ihr Ziel zu. Marie Luise, Gladys und Gabrielle traben voraus.

«Habt ihr Andreas gesehen?» ruft Onkel Gregor, als er die Sprossen der Leiter des Hochstands hinuntersteigt, hinter den Vorbeireitenden her. Die Antwort ist: nein. Onkel Gregor und ich wandern allein durch den Hochwald auf das Forsthaus zu. Wir haben beide einen schlechten Orientierungssinn. Bald verirren wir uns. Noch immer streichen Enten dicht über die Baumwipfel. Hätte ich eine Waffe, dann würde ich in Versuchung kommen, einen der Vögel aus der Luft herunterzuholen. Ich gestehe Onkel Gregor meine Schießgelüste.

«Fast alle Menschen haben gelegentlich den Drang zu töten», sagt er.

Der Hochwald, durch den wir gehen, sieht dem Waldstück, das wir vor der Jagd durchqueren mußten, zum Verwechseln ähnlich. Bewegen wir uns im Kreis? Ich suche die Sonne hinter der dünnen Wolkenschicht. Das Forsthaus, unser Ziel, soll im Süden liegen. Ich entdecke eine leuchtende Stelle am Himmel, dort wo sich die Sonne befindet. Jetzt gehen wir in südlicher Richtung. Wie lange sind wir schon unterwegs? Wir kommen durch eine Lichtung mit leuchtendem Herbstlaub, die ich wiederzuerkennen glaube. Wenn Andreas bei uns wäre, hätten wir uns nicht verirrt, denke ich, er findet jeden Weg auch ohne Kompaß und Sonnenstand. Zwischen den Fichten des Hochwaldes fängt es an neblig zu werden. Regentropfen benetzen die roten und gelben Blätter der Laubbäume. Onkel Gregor stellt den Kragen seiner Windjacke hoch. Ich muß an unsere Bergwanderung denken und habe Angst, daß er wieder krank werden könnte.

«He, hallo», rufe ich in die Stille des Hochwalds mit dem geraden Gitter der Stämme. «He, hallo», kommt das Echo. Wir müssen lachen. Auch das Gelächter wird von der Nebelwand zurückgeworfen.

«Man erkennt die eigene Stimme kaum wieder, wenn sie von außen kommt», sagt Onkel Gregor, «es ist nützlich, sich einmal so zu hören, wie es die anderen tun.»

Eine Viertelstunde später stehen wir vor dem Forsthaus. Ich finde die Szene, wie ich sie mir vorgestellt habe: eine Jagdgesellschaft vor loderndem Kamin. Die jungen Männer und Frauen lehnen und hocken in lockeren Gruppen hemdsärmelig oder in zotteligen Jacken in der holzgetäfelten Stube. Josephines Bluse hat einen Riß, durch den man einen bräunlichen Flecken auf ihrer Haut erkennt – Tierblut. Sie hat mitgeholfen beim Ausweiden des Wildes, das jetzt in der Küche des Jagdhauses in großen Töpfen und Pfannen schmort. Bei Glühwein wartet die Jagdgesellschaft auf die Mahlzeit. Zur Feier des Tages darf auch ich etwas trinken. Onkel Gregor bestellt für sich eine Karaffe mit heißem Zitronensaft.

Von zwei Bauernmädchen wird das Essen aufgetragen: gespickte Hasenrücken, Wildenten mit Maronen in Weißweinsauce, Fasanen mit Kraut und Preiselbeeren angerichtet. Die Männer vertilgen große Portionen. Ich kann kaum einen Bissen herunterwürgen. Die Gier der Jäger ist so groß, daß ihnen Fett und Saucensaft über die Lippen zum Kinn herunterrinnen. Sirius, der Feinschmecker, lobt die Wildsaucen. «Lauftiere setzen kein Fett an», erklärt Giorgio.

Marie Luise schnuppert mit geweiteten Nasenflügeln. «Alles hier riecht nach Herbst, Nebel und Feuchtigkeit», sagt sie.

Nach dem Essen erzählen sich die Männer, vom Rotwein erhitzt, Witze, über die sie unmäßig lachen. Wie auf alten Bildern und Stichen sitzen Männer und Frauen getrennt in der Jagdstube. Die Frauen stricken und unterhalten sich über das Hauspersonal, über Kinderkrankheiten und Küchenrezepte. Die Jäger spielen Karten, sie geraten in Streit. Ist ein Falschspieler unter ihnen?

«Wie schön, wenn die Welt nur aus Frauen bestünde», sagt Marie Luise, aufgeschreckt durch den Lärm aus der Männerecke. «Ein einziger mannbarer Knabe würde genügen, um die Menschheit vor dem Aussterben zu bewahren. Ein junger Mann wie Andreas.» Das Stichwort ist gefallen. Auf einmal wird es still. Weshalb hat keiner außer Onkel Gregor und mir Andreas bisher vermißt, frage ich mich. Die Männer geben ihr Kartenspiel auf. Onkel Gregor, der inzwischen zu Hause angerufen hat, kommt ins Jagdzimmer zurück und erklärt: «Daheim ist er auch nicht.» Die Jäger ziehen Mäntel und Jacken an, ergreifen Stöcke und Taschenlampen, um den Wald zu durchsuchen. Schweigend verläßt der kleine Zug das Forsthaus. Sascha übernimmt das Kommando, er schickt die Suchenden, jeweils zu zweit, in verschiedene Richtungen.

Der Nebel hat sich gelichtet, es ist dunkel geworden. Ich gehe mit Onkel Gregor, uns fehlt Andreas' starke Taschenlampe. Niemand hat geglaubt, daß die Jagd bis in die Dunkelheit dauern würde. Der Gehilfe vom Forsthaus steckt Fackeln an den Zaun, die flackern, obgleich die Luft ganz still ist. Dort wo der Hochwald in Buchengehölz übergeht und es kein Echo mehr gibt, fangen alle an, nach Andreas zu rufen, erst einzeln, dann im Chor. Der ganze Wald ist von diesen Andreas-Rufen erfüllt. Da keine Antwort kommt, verstummen allmählich die Stimmen. Das Schweigen und die Finsternis vertiefen sich. Onkel Gregor und ich verlieren wieder die Richtung. Auf einmal taucht im Widerschein einer der Stallaternen, die Giorgio mitgenommen hat, ein Apfelschimmel zwischen den Fichtenstämmen auf, ein gesatteltes Pferd, an dessen Hals bei jeder Bewegung die dünn behaarte, graurosa Haut aufschimmert. Der Wallach streckt den Kopf vor und wiehert.

«Phil!» ruft Josephine. Sie hat Andreas' Pferd erkannt. Es läßt sich den Hals klopfen, gibt aber das Wiehern nicht auf, berührt Josephines Gesicht mit der langen Oberlippe.

«Kommt mit!» Josephine packt das Pferd am Zügel. «Es ist etwas passiert. Ein Unfall. Wir müssen Andreas suchen.» Heimlich schließe ich mich Josephine und Onkel Gregor an, die sich von Phil in den Hochwald zurückführen lassen. Das Pferd läuft schnell, es wittert mit vorgestrecktem Kopf und geblähten Nüstern. Josephine hält es fest am Zügel. Die anderen Mitglieder der Jagdgesellschaft sind zurückgeblieben. Unter Marie Luises Führung streben sie durch den Forst der Parkmauer des Quisisana zu, wo sie Jean-Marie treffen, der ebenfalls vergeblich nach Andreas sucht.

«Auf Phil kann man sich verlassen», ruft Josephine uns zu, «ihm müssen wir folgen.» Onkel Gregor und sie haben noch immer nicht bemerkt, daß ich ihnen nachgegangen bin.

Auf einmal scheint Phil die Richtung verloren zu haben. Er bleibt schnaubend stehen, dreht den Kopf herum. Josephine verspürt einen Zügelruck, dann setzt sich das Pferd wieder in Bewegung. An der Fichtenschonung, dicht vor der Parkmauer, senkt Phil langsam Hals und Kopf. Er schnuppert am Waldboden herum. Im gleichen Augenblick entdecke ich die zwischen den welken Herbstblättern liegende Gestalt. Ich erkenne Andreas' helles Haar trotz der Dunkelheit, er hat die Reitermütze, die der Josephines gleicht, verloren. Ist er gestürzt, blutet er? Er bewegt sich nicht. Ist er bewußtlos? Ich stolpere über die alte Jagdflinte, die Jean-Marie ihm ausgeliehen hat.

«Ein Unfall. Man muß sofort einen Arzt holen», sagt Josephine. Sie will auf Phil zurück durch den Park zum Haupthaus reiten. Sie klammert sich an den Gedanken, daß es sich um einen Sturz vom Pferd handelt. Andreas liegt auf dem Rücken ausgestreckt, beide Beine angewinkelt, die glasigen Augen sind in den Himmel gerichtet. Ich entdecke es beim Schein seiner Taschenlampe, die er auch diesmal nicht vergessen hat. Sie liegt neben ihm, ein paar Meter von der Jagdflinte entfernt.

«Nichts anrühren», sagt Onkel Gregor. Er kniet neben Andreas, um den Puls zu fühlen. Dann hält er sein Ohr an Andreas' Brust. «Zu spät», sagt er, «er ist tot.»

Ich erschrecke nicht einmal, als das Wort fällt. Aus irgendeinem Grund habe ich gewußt, daß er tot ist, noch bevor ich die Blutlache entdeckte.

«Ein Unfall, nicht wahr?» fragt Josephine. Sie, die ich noch nie weinen gesehen habe, bricht in Tränen aus: «Der arme Junge.»

Auf einmal steht Jean-Marie neben uns. Er untersucht trotz Onkel Gregors Verbot, von dem er nicht weiß, seine Jagdflinte. Er prüft die Anzahl der Patronen und riecht am Lauf des Gewehrs. «Hieraus ist geschossen worden», erklärt er.

«Aber Andreas konnte doch gar nicht mit Waffen umgehen», sagt Josephine, «das hat er mir selbst gesagt.» Jean-Marie berichtet, Andreas habe ihn gefragt, ob man sich mit solch einem Gewehr umbringen könne. Phil ist nervös, stampft mit den Hufen auf, läßt sich kaum besänftigen, obgleich ihm Josephine Hals und Mähne streichelt. Sie hat Jean-Maries Erklärung nicht gehört. Sie ist wie von Sinnen. Immer noch ruft sie «Andreas»,

als könne der Tote ihr Antwort geben. Wieder sagt sie, sie werde einen Arzt holen. Traut sie Onkel Gregors Urteil nicht? Ich wundere mich, wie ruhig ich bin, gelähmt, erstarrt, ich kann keinen Fuß vor den anderen setzen. Aber meine Stimme gehorcht mir noch. Ich bin es, die sagt:
«Vielleicht hat er Selbstmord gemacht.»
«Wie kommst du darauf?» fragt Gregor ohne jede Gemütsbewegung, mit seiner Arztstimme. «Hat er mit dir darüber gesprochen? Sag, was du weißt, Muriel. Es ist wichtig.»
Ich erinnere mich an unser Gespräch im Baumversteck: «Er hat gesagt: ‹Manchmal frage ich mich, ob es nicht besser wäre, gar nicht da zu sein.›»
Josephine bricht noch einmal in Schluchzen aus. Sie nähert sich Onkel Gregor, hebt die Hand. Einen Augenblick sieht es so aus, als wolle sie ihn schlagen. «Um die eigenen Kinder kümmerst du dich nicht, nur um die Patienten», ruft sie laut. «Wozu bist du Nervenarzt?» Onkel Gregor versucht, sie am Arm festzuhalten, um sie zu beruhigen. Mir fällt auf, wie still er ist. Er sagt kein Wort zu seiner Verteidigung. Seine Trauer, denke ich, muß so tief innen sitzen, daß sie nicht ausbrechen kann. Ich habe Angst, daß Josephine zusammenbricht, als zwei Pfleger mit einer Bahre aus dem Quisisana-Park kommen. Onkel Gregor folgt den Krankenträgern. Ich stütze Josephine. Es gelingt mir, sie durch den Park bis ins Haupthaus zu bringen.
«Ich bin schuld», sagt sie zu den anderen Frauen, die im Musiksalon auf sie warten, mit einer gebrochenen Stimme, wie ich sie noch nie bei ihr gehört habe. «Ich habe dieser Familie nur Unglück gebracht. Andreas hat mich geliebt. Aber eines sollt ihr wissen: Wir sind nie ein Paar gewesen.»
«Ich begreife nicht, wie man sich töten kann, wenn man so jung ist wie er», höre ich Marie Luises Stimme.
«Er hat alles genau vorbereitet», meint Gabrielle, «er wartete nur auf eine Gelegenheit.»
«Kannst du mir sagen, warum?» fragt Gladys. Die Frauen schweigen. Josephine schickt mich ins Bett. Ehe Onkel Gregor

nicht wieder im Haus ist, will ich mich in ihrem Ankleidezimmer auf das Sofa legen, um in ihrer Nähe zu sein.

Ich kann nicht einschlafen. Ich versuche, mir Andreas' Gesicht vorzustellen, aber es gelingt mir schon jetzt nicht mehr. Immer wieder verwischen sich seine Züge. Nur die leuchtenden Augen sind von ihm übriggeblieben. Bald werden auch sie nur noch eine Gallertmasse sein, von Würmern zerfressen, nie mehr wird ein Glanz von ihnen ausgehen.

«Er ist tot», sage ich vor mich hin, «ich werde ihn nicht wiedersehen, nie.» Auf einmal befallen auch mich Schuldgefühle. Weshalb er und nicht ich? Er wäre wichtiger für das Quisisana gewesen. Mich hat man hier nur aufgenommen, ich zähle kaum zur Familie. Andreas sollte Onkel Gregors Nachfolger werden.

Josephine hat ein starkes Schlafmittel genommen. Aus ihrem Zimmer dringt kein Laut mehr. Sie wacht auch nicht auf, als gegen Morgen die Haustürklingel läutet. Ich springe auf. Barfuß, im Nachthemd, laufe ich die Treppe hinunter.

Onkel Gregor hat seine Schlüssel vergessen. Ich öffne die Tür. Er steht vor mir, vollkommen durchnäßt, es regnet in Strömen. Das Haar hängt ihm in einzelnen Strähnen ins Gesicht, seine Brille ist beschlagen, er erkennt mich kaum.

«Josephine schläft», sage ich. Meine Frage, wo er die ganze Nacht gewesen sei, beantwortet er nicht. Er geht in sein Zimmer, und ich höre, wie er hinter sich zuschließt.

Niemand kümmert sich um mich in den nächsten Tagen. Ich gehe durch den Park zu den Patientenhäusern, obgleich mir das verboten ist. Der Klinikbetrieb zieht mich auf einmal magisch an, ich habe es darauf angelegt, Kranken zu begegnen. Als ich Svea auf dem Rhododendronweg treffe, nähern sich vom Seeufer her drei schwarz gekleidete Frauen. Für mich sehen sie wie Klageweiber aus.

«Depressive», erklärt Svea, «ungefährlich. Aber man weicht ihnen besser aus.» Die Frauen kommen direkt auf uns zu. Sie gehen sehr langsam, scheinen durch uns hindurchzublicken.

«Keine Angst», sagt Svea, «sie finden ihren Weg, sie gehen sicher wie Schlafwandler.» Die drei Frauen sehen sich ähnlich wie Schwestern. Sie schielen, ihre Münder stehen halb offen und sind schiefgezogen. Das einzige, was sich in diesen Gesichtern bewegt, sind die Nasenflügel. Wittern sie den Tod? Folgen sie seiner Spur? Svea macht «schscht», als wolle sie Vögel verscheuchen. Doch die drei kehren nicht um, sie fassen sich an den Händen und setzen ihren Weg fort, ohne auf uns zu achten.

«Werden sie je wieder gesund werden?» frage ich. Die schwarzen Gestalten sind stehengeblieben, sie wenden die Köpfe um, als hätten sie die Richtung verloren. Haben sie meine Frage etwa gehört?

«Eine tückische Krankheit», sagt Svea, «sie kommt und geht in Schüben. Eines Tages ist sie scheinbar vorbei, aber sie wird wiederkehren. Sie leiden kaum, sie haben keine Gefühle mehr.»

Auf dem Rückweg ins Haupthaus begegne ich Giorgio, bei dessen Anblick ich in Tränen ausbreche. Auch er, ich weiß es, hat Andreas geliebt. «Sei nicht traurig, Kleines», sagt er. «Wir Überlebenden wissen nicht, was uns die Zukunft bringt. Vielleicht hat er mehr vorausgeahnt als wir. Selbstmord», erklärt er, «was für ein häßliches Wort. Freitod sollte es heißen. Weil es der einzige Akt der Freiheit ist, der dem Menschen bleibt.»

Über Andreas wird in den ersten Tagen nach der Beerdigung auf dem Dorffriedhof, an der wir alle teilnehmen, nicht gesprochen. Es scheint ein verbotenes Thema zu sein. Als ich einmal die Regel durchbreche, nur weil ich den Namen wieder hören will, wenden sich mir alle Gesichter am Eßtisch vorwurfsvoll zu, so daß ich mich am liebsten entschuldigen würde. Nur Onkel Gregor nimmt mich in Schutz.

«Weshalb reden wir nicht von ihm?» sagt er. «Muriel hat recht. Er sollte unter uns weiterleben. Aber das kann er nicht, wenn wir seinen Namen verschweigen.»

15

1928
Josephines Gäste verlassen das Trauerhaus. Marie Luise und Gabrielle gehen auf Wintertournee. Mr. Ferner und Gladys machen eine Reise durch die Staaten, wo er seine Geschäfte ordnen muß und sie heiraten wollen. Sirius verbringt die Saison wie jedes Jahr in Berlin, eine Uraufführung seines neuesten im Quisisana geschriebenen Theaterstücks steht dort bevor. Sogar Casimir hat sich davongemacht, er will in der kalten Jahreszeit lieber in einem Bauernhaus in der Provence sein. Sascha ist nach Rußland zurückgekehrt, in seinen Moskauer Stadtsowjet. Giorgio besucht eine Kunst- und Architekturhochschule in Rom, wo er viele Freunde, besonders unter den Aristokraten, hat, die den Führer der italienischen Faschisten, Mussolini, verehren.

Das gemeinsame Abendessen fällt jetzt meistens aus. Josephine nimmt ihre Mahlzeiten in ihrem Zimmer ein. Im Quisisana verbreitet sich das Gerücht, Onkel Gregor plane, den Klinikbetrieb aufzugeben, um sich ganz seinen Studien zu widmen. Es heißt, er suche einen neuen Leiter für das Sanatorium. Oberarzt Schönbuch kommt hierfür nicht in Frage, weil er als mäßiger Analytiker gilt. Die Patienten vermissen bei ihm Gregors Charisma.

Onkel Gregor überrascht uns mit dem Plan, allein für längere Zeit zu verreisen, um sich von dem Schock, den er durch Andreas' Tod erlitten hat, zu erholen. Er will nach Ägypten, obgleich der Ärztekongreß in Kairo, von dem er Andreas und mir erzählt hat, längst vorbei ist. Bis Weihnachten wird er in Luxor, wo meine Eltern einmal einen Winter verbracht haben, um dem Bremer Klima zu entrinnen, im Hotel «Winterpalast» wohnen. Für die Zeit seiner Abwesenheit hat er einen Stellvertreter gefunden – Professor Bartolo. Am Vorabend der Abreise lädt Josephine ihn und seine Frau zum Essen ein. Es gibt Putensteaks. Der Professor ist ein gewaltiger Esser, er verschlingt die Hälfte aller aufgetischten Speisen. Er wiegt fast zwei Zentner, hat fettige Haut, stets speichelfeuchte Lippen und kugelrunde Augen, die sich hervorwölben, wenn er gierig ißt und trinkt. Seine Frau, ein Bauernmädchen aus Graubünden, lächelt versonnen vor sich hin, sie scheint in einer anderen Welt als wir zu leben. In Wirklichkeit ist sie so gut wie taub, was sie durch ihr Lächeln zu verbergen versucht. Sie nimmt nur ein paar Bissen zu sich, als wolle sie Bartolos Freßgier durch Enthaltsamkeit wiedergutmachen.

Der Professor hält viel von Naturheilkunde für Nervenkranke. Die neuen Medikamente bezeichnet er als Gifte. Die Patienten würden nur betäubt, nicht geheilt. Onkel Gregor teilt seine Meinung nicht ganz, aber er schweigt. «Sich nur nicht vom Trübsinn der Patienten anstecken lassen», sagt der Professor, «immun bleiben – wie ich. Viel essen und schlafen. Ich brauche zehn Stunden Ruhe. Einen Schutzwall, eine Fettschicht, wie sie sich Tiere vorm Winterschlaf zulegen, eine seelische Hornhaut.» Josephine schickt mich ins Bett, sie will nicht, daß ich länger Bartolos Sprüchen zuhöre.

Schon bald erhalten wir einen Brief Onkel Gregors aus Luxor, der sich wie ein Reisetagebuch liest. Fühlt er sich einsam oder braucht er die Notizen für eine spätere Auswertung? Josephine liest mir seine Aufzeichnungen abends in ihrem Damenzimmer vor; sie scheint erleichtert zu sein, heute weder eine Patience noch ein Puzzle legen zu müssen.

«Der Nil im Abendlicht», heißt es in Gregors Brief, «breit und still wie ein See, im Westen feuerflüssig, im Osten perlmutterfarben, an grünen Oasenufern Frauen mit Wasserkrügen auf dem Kopf. Maultiere, die an Wasserlöchern im Kreis herumgehen, Männer in Beduinentracht auf Kamelen. Manche winken unserem Raddampfer zu. Der Nil am Abend, noch breiter und stiller als am Tag, fast ohne Strömung, ausufernd, Felsen und Wüstenriffe umarmend, mütterlich. Noch immer lastende Tageshitze. Das Surren der Ventilatoren an Deck übertönt das Motorengeräusch. Niemand sagt ein Wort. Das feierliche Schweigen im Augenblick des Sonnenuntergangs. Die karminrote Scheibe versinkt in einem Tal zwischen zwei sargförmigen Felsbergen. An manchen Stellen reicht die Wüste bis ans Palmenufer, sie kriecht immer weiter auf den Fluß zu.» Josephine, die der Bericht zu langweilen scheint, läßt einige Passagen aus. «Ich hätte nicht gedacht, daß er sich so poetisch ausdrücken kann. Für einen Gelehrten ungewöhnlich.»

«Lies weiter», bitte ich sie.

«Die Memnonkolosse bewachen das Tal der Könige. Ich habe sie mir nicht so verwittert vorgestellt, sie sind augenlos, haben abgeschlagene Gesichter, scheinen nur aus gewaltigen Knien zu bestehen, auf denen die Handflächen ruhen. Ihre Beine gleichen Säulenstümpfen aus dem Felsgestein der Berge im Hintergrund. Miles, der junge Archäologe, der mich begleitet, gibt mir Unterricht in ägyptischer Geschichte und Mythologie. Horus, der falkenäugige Sonnengott, Sohn von Isis und Osiris, der von seinem Bruder Seth zerstückelt und ertränkt worden ist, aber mit Isis' Hilfe wieder von den Toten auferstehen konnte, ist mir näher als Apoll und Dionysos. Hier muß man mit Jahrtausenden rechnen lernen, den Ägyptern gegenüber sind die Griechen noch jung. Die Toten hier haben kaum Ähnlichkeit mit den Schatten der Griechen, die nach dem Blut der Lebenden dürsten. Es geht ihnen besser als vielen Lebenden, sie leiden nicht an Hunger oder Schmerzen, sie kennen keine Sorgen. Der Tod ist kein Gerippe, kein grinsender Sensenmann. In der trockenen Wüste verwesen die Leichen nicht, sie trocknen zu Mumien aus, bleiben ewig jung. Ich habe Miles gefragt, ob die alten Ägypter den Freitod gekannt haben. Er sagt, erstaunt über die Frage, er glaube das nicht. Sie hätten ihr kurzes irdisches Dasein genossen und nicht daran gedacht, es freiwillig zu beenden.»

Josephine muß gähnen, sie hat keine Lust mehr, mir das Ende des langen Briefs vorzulesen. Ich glaube zu wissen, aus welchem Grund sich Onkel Gregor mit den Totenriten der Ägypter beschäftigt. Er denkt an Andreas, der im gleichen Altar wie Tutench-Amun gestorben ist, aber wieder einmal nennt er nicht seinen Namen.

Kurz vor Weihnachten meldet Papa überraschend seinen Besuch im Quisisana an. Weiß er, daß Onkel Gregor, mit dem er sich nicht viel zu sagen hat, verreist ist? Josephine ist bekannt, daß er inzwischen wieder geheiratet hat. Mir ist es aus irgendeinem Grunde verschwiegen worden. Papa will uns seine zweite Frau vorstellen und mich mit dem Gedanken vertraut machen, daß ich nun eine Stiefmutter habe. Josephine kennt Emma, die aus irgendeinem Grund in der Bremer Familie «Moritz» genannt wird, von früher her, sie ist entfernt mit uns verwandt, es handelt sich um eine von Josephines zahlreichen Cousinen zweiten Grades.

«Hübsch ist sie nicht gerade», sagt Josephine, um mich auf die Begegnung vorzubereiten, «aber sie soll enorm tüchtig sein. Eine Perle. Sie wird deinen Papa ganz schön in Atem halten. Er neigt zur Trägheit, wie du weißt. Vielleicht hat er die richtige Wahl getroffen.»

«Ich brauche keine Stiefmutter. Ich habe ja dich.» Ich umarme Josephine.

«Du hast recht», sagt sie, «wir beide gehören zusammen.» Ich habe nicht die geringste Lust, «Moritz» kennenzulernen. Vielleicht kommt sie oder Papa gar auf den Gedanken, ich hätte durch die Heirat wieder ein Heim in Bremen und solle das Quisisana verlassen, um eine normale Jugend wie die Mädchen aus meiner ehemaligen Schulklasse zu haben.

«Übrigens hat sie Vermögen», sagt Josephine. «Sie wird der Firma wieder auf die Beine helfen. Sie wohnen jetzt nicht mehr am Schüsselkorb, sondern in einer Villa in Oberneuland, die sie von ihren Eltern geerbt hat.» Ich will die Namen aus der Bremer Umgebung nicht hören. Sie erinnern mich an die Enge, an die ärmliche Zeit, die ich mit Papa im Kontorhaus verbracht habe, an Derfinger, den Nachhilfelehrer und Dieb, an den Tod meiner Mutter, der ich viel Kummer gemacht habe.

Ist es Einbildung, daß an Papas Sohlen, als er die Treppe im Haupthaus des Quisisana hinaufsteigt, der Geruch aus dem Kontorhaus am Schüsselkorb haftet, den ich als Kind so gern gehabt habe? In dieser Umgebung mag ich das nicht. Moritz dagegen riecht nach Kernseife, sie trägt ein Kleid mit gestärkten weißen Manschetten. Was zu ihrem rosa Gesicht nicht paßt, sind die Sommersprossen, von denen ihre Haut übersät ist, und das Kräuselhaar, das sich nicht zu einer der üblichen Bremer Frisuren der Blonden glattstreichen läßt, es ist schwer zu ordnen, am Hinterkopf hat sie einen Wirbel. An ihrem stechenden Blick aus den graugrünen Augen merke ich, daß ihr die Einrichtung des Haupthauses ebensowenig gefällt wie der Park mit der Lindenallee und der Sandsteinstatue am Rondell.

«Man muß sich erst daran gewöhnen», sagt sie zu Josephine, die sie als Cousine mit einem flüchtigen Kuß auf die Stirn begrüßt. «Es stehen zu viele Möbel herum, an den Wänden hängen zu viele Bilder. Schwer sauberzuhalten, solch ein Haus. Wie läßt du den Läufer auf den Treppenstufen reinigen? Wer klopft dir die Teppiche?»

«Ich kümmere mich nicht um den Haushalt.» Josephine lacht. «Wenn du so etwas wissen willst, mußt du schon die Mädchen fragen.» Wir sitzen im Damenzimmer, Josephine klingelt, um Tee zu bestellen. Für Papa sind die Sessel zu zierlich, er hat zugenommen, seitdem wir uns nicht mehr gesehen haben.

«Das geht nicht so weiter», sagt Moritz, die meinen Blick bemerkt hat, «er macht eine Fastenkur, wenn wir wieder zu

Hause sind. Daß er sie einhält, dafür werde ich sorgen.»
Josephine legt den Arm um mich.

«Wie gefällt dir deine neue Tochter?» fragt sie.

Moritz zupft mit den Zähnen an ihrer Unterlippe, sie versucht, das widerspenstige Kraushaar glattzustreichen – ein Zeichen von Verlegenheit? «Ich hoffe, wir werden uns gut vertragen», sagt sie. Das klingt, als wolle sie mich nach Bremen mitnehmen und Mutterstelle an mir vertreten.

«Sie ist gewachsen», sagt Papa, «sie sieht blühend aus. Schon eine richtige junge Dame.»

«Wir geben sie nicht mehr her», sagt Josephine, «wir brauchen sie hier nötiger denn je. Nach dem, was neulich geschehen ist...» Wieder spricht sie den Namen Andreas nicht aus. Papa und Moritz wissen Bescheid. Zum Kondolieren ist es zu spät. Wie sollen sie sich verhalten?

«Gregor ist in Ägypten», sagt Josephine, «um ein bißchen für sich zu sein. Es ist nicht leicht für ihn, darüber hinwegzukommen, daß er seinen Lieblingssohn verloren hat, der sein Nachfolger werden sollte.» Schweigend trinken wir unseren Tee, Josephine bietet mürbe Plätzchen an, Moritz fragt, ob ich mich für Medizin und Psychiatrie interessiere.

«Bist du schon auf den Gedanken gekommen, diese Fächer später zu studieren?» will sie wissen.

«Auf keinen Fall», sage ich, «mir fehlt jede Begabung dafür.»

«Muriel und ich», erklärt Josephine, «wir sind mehr für alles Gesunde.» Das Gespräch zieht sich in die Länge, es droht quälend zu werden. Papa schlägt vor, im Garten eine Partie Krocket zu spielen, wie wir es früher beim Haus am Wall getan haben.

«Vergiß nicht», sagt Moritz, sie verschränkt die Hände und senkt den Kopf, «dies ist ein Trauerhaus.» Doch Josephine findet Papas Einfall gut:

«Hier interessieren sich alle nur für Tennis und Boccia. Krocket gilt als Kinderspiel», sagt sie. «Mir macht es Spaß. Es erinnert mich an meine Jungmädchenzeit in Bremen.» Ich baue die Eisentore auf dem Rasen auf und verteile die Schläger. Papa ist uns weit voraus, er scheint in Krocket besondere Übung zu haben. Ich frage mich, aus welchem Grund er trotz seiner Kraft sein Leben lang unsportlich gewesen ist und es seinen Söhnen überlassen hat, zu reiten, zu segeln, Polo zu spielen. Er bewegt sich auch jetzt täppisch und ungeschickt, aber sein Schlag ist gut. Diesmal scheint es Josephine gleichgültig zu sein, ob sie gewinnt oder verliert. Absichtlich bleibt sie mit Moritz zurück, sie tauschen Erinnerungen an Bremen aus. Papa und ich sind über die ganze Rasenfläche von ihnen getrennt.

«Du schreibst so selten», sagt er, «geht es dir gut? Hast du dich über nichts zu beklagen?» Dann verrät er mir Moritz' Plan. Da Melchior und Balthasar bald ihren Militärdienst ableisten müssen und er seine Tage wie immer im Kontor verbringt, fühlt sie sich einsam in dem geräumigen Haus in Oberneuland. Sie weiß nicht, was sie den ganzen Tag anfangen soll. Zum Tee lädt sie sich manchmal ihre Freundinnen ein, sie sprechen über die schlechten Zeiten und die Gefahren, die Wirtschaftskrisen und Arbeitslosigkeit mit sich bringen. Wenn Papa müde von der Arbeit heimkommt, fragt sie ihn, ob die Konjunktur, die zur Zeit das Geschäft ein bißchen belebt, noch lange anhalten wird.

«Mit anderen Worten, ich soll ihr die Langeweile vertreiben», unterbreche ich ihn. «Das ist nichts für mich. Ich brauche Abwechslung und Bewegung. Ich werde auf jeden Fall hier bleiben. Mama hat es auch gewünscht.»

Papa schlägt die Holzkugel durch das Doppeltor an den Stab, er hat die Partie gewonnen. Josephine und Moritz geben auf, ich gehe als zweite durchs Ziel.

«Moritz ist tüchtig und geradeheraus. Anständig und gerecht», erklärt Papa. «Du hast keine Ahnung, wie verwahrlost ich war, ehe sie mich wieder zum Menschen gemacht hat. Ich lebte im Haus wie ein Tier in seinem Bau. Nur ganz selten ging ich aus. Einladungen sagte ich ab. Ich war ein richtiger Sonderling. Das hat dem Geschäft geschadet.» Ich stelle mir Papa im Kontorhaus vor. Er liegt auf seiner Couch. Das Gesicht mit einer

Zeitung bedeckt, hält er eine Art Winterschlaf. Seit ich fort bin, hat er sich einen Backenbart zugelegt, damit er sich nicht mehr so oft zu rasieren braucht. Wer so wenig Umgang hat wie er, verlernt allmählich die Sprache. Wir haben uns immer gut verstanden, Papa und ich. Hätte er mich nicht ins Quisisana geschickt, wäre es nicht zu dieser zweiten Ehe gekommen. Er zuckt zusammen, wenn Moritz etwas sagt. Sie behandelt ihn schlecht, von oben herab, will ihn erziehen. An mir hätte sie noch mehr auszusetzen.

«Findest du nicht», sagt sie zu Josephine, «daß das Kind bei euch ein wenig verwildert ist. Wie ich höre, will sie sich nicht einmal konfirmieren lassen. Was hätte ihre Mutter dazu gesagt?»

«Auf jeden Fall fühlt sie sich frei», sagt Josephine, «das ist für sie sehr wichtig.»

«Wir haben auch einen Garten, wo sie machen könnte, was sie will.» Moritz' Stimme klingt gekränkt. «Natürlich kann er sich nicht mit eurem Park vergleichen. Du kennst ja die Bremer Villen und Gärten in dieser Gegend. Sie sind nicht besonders phantasievoll angelegt.»

Papa und Moritz machen nur einen kurzen Besuch. Als wir uns am Bahnhof verabschieden, sagt meine neue Stiefmutter so leise, daß es Josephine, die mit Papa spricht, nicht hört:

«Ich hoffe, du wirst deinen Entschluß, hier zu bleiben, nicht bereuen. Irgend etwas an eurem Quisisana gefällt mir nicht. Josephine denkt nur an sich, so ist sie immer gewesen. Dein Onkel hat zu viel mit seinen Patienten zu tun, um sich viel um dich kümmern zu können. Ich fürchte, es wird nicht bei dem einen Unglück bleiben, das euch jetzt heimgesucht hat. Gib auf dich acht. Mein Haus steht dir immer offen. Wenn du es dir einmal anders überlegst, werden wir dich mit offenen Armen empfangen.» Tatsächlich deutet sie eine Umarmung an, als der Zug der Kleinbahn einfährt, sie küßt mich flüchtig und zwinkert mir zu wie einem guten Kameraden. Mütterliche Gefühle hat sie mir gegenüber ebensowenig wie Josephine, denke ich.

Ich würde gern bei Onkel Gregor in Ägypten sein und mit ihm Weihnachten feiern. Eigentlich wollte er am Heiligen Abend wieder bei uns sein, aber er ist krank geworden, hat eine Infektion erwischt, die es nur im Orient gibt, muß im Bett liegen und sich vom Hotelarzt – «ein Kapitel für sich» – behandeln lassen. Wenn das Fieber nicht bald heruntergeht, will er ins deutsche Krankenhaus nach Kairo übersiedeln. Das Leben als Patient im «Winterpalast» langweilt ihn, er kann die mit Hieroglyphen bedruckte Tapete seines Zimmers nicht mehr ertragen. Es ist ihm unmöglich, seine Studien fortzusetzen, die Infektion hat auch die Augen angegriffen, er soll möglichst wenig lesen.

«Wie schön, wenn ihr wenigstens bei mir wärt», schreibt er.

Doch Josephine denkt nicht daran, das Quisisana zu verlassen. Sie hat sich mit Professor Bartolo angefreundet, der stets vergnügt und guter Dinge ist, was sich auf die Patienten überträgt. Ein Praktiker ohne den Ehrgeiz eines Forschers und Gelehrten. Er wendet andere Heilmethoden an als Onkel Gregor. Die Kranken mögen ihn gern. Nur Oberarzt Schönbuch kann ihn nicht leiden. Er hält ihn für einen Scharlatan, er sehnt den Tag herbei, an dem der Klinikchef wieder zurückkehrt. Am liebsten würde er nach Ägypten reisen, um Onkel Gregor nach Hause zu holen. Vielleicht hat der Chef sich tatsächlich irgendwo angesteckt, aber es kann auch sein, daß seine Krankheit seelische Gründe hat wie damals nach der Bergwanderung. Wir haben ihn mit seinem Kummer allein gelassen.

«Mir hilft auch keiner», sagt Josephine, als der Oberarzt uns einmal zum Abendessen besucht. «Ich habe Andreas geliebt, als sei er mein eigenes Kind. Zum Glück habe ich noch Muriel. Gut, daß sie nicht zu ihrem Vater nach Bremen zurückgekehrt ist. Ich hätte das nie verwunden. Diese Moritz mag ja eine tüchtige Hausfrau sein und etwas von Geschäften verstehen, aber ich hätte ihr Muriel auf keinen Fall überlassen.»

Wir verbringen den Heiligen Abend mit Svea und dem Oberarzt zusammen, still, ohne Lieder und Weihnachtsbaum.

Josephine hat mir ein Fahrrad geschenkt, mit ihm werde ich im nächsten Frühjahr in die Stadt und zur Schule fahren. Auch Josephine will wieder radeln. «Das verlernt man nicht», behauptet sie. Der alte «Adler» steht unbenutzt in der Garage; Josephine kann sich nicht entschließen, ihn zu verkaufen.

Am ersten Weihnachtstag hören wir Schlittengeklingel. Über Nacht hat es geschneit. Ohne unser Wissen hat Jean-Marie die Pferde angespannt und ist zum Bahnhof gefahren. Dick eingehüllt in Pelzdecken sitzt Onkel Gregor auf der Polsterbank des Pferdeschlittens und winkt uns zu.

«Wieder gesund?» fragt Josephine, die immer Angst vor Infektionskrankheiten hat, als erstes. «Warum hast du dich nicht angemeldet?»

«Es sollte eine Überraschung sein», sagt er. «Wenn ihr wüßtet, wie froh ich bin, wieder daheim zu sein. Wüste und Schnee haben manches gemeinsam. Aber von der gesunden trockenen Luft habe ich wenig gemerkt, nur die Hitze hat mich gequält. Ich gehöre nun einmal ins Quisisana. Sein Klima bekommt mir gut. Ich leide nicht unter Föhn wie andere Leute. Ich brauche die Feuchtigkeit des Sees, um mich wohl zu fühlen.»

Noch im Treppenhaus fragt Onkel Gregor, ob im Quisisana inzwischen alles gutgegangen sei. Er ist früher zurückgekehrt, als seine Ärzte es ihm erlaubten. Er will nach dem Rechten sehen, er traut seinem Stellvertreter Bartolo nicht.

16

1929
Es stellt sich heraus, daß Bartolo ein falscher Professor ist, sogar sein Doktordiplom wird angezweifelt. Onkel Gregor will ihn so bald wie möglich fortschicken. Oberarzt Schönbuch triumphiert. Nur Josephine verteidigt ihn. «Er macht kurzen Prozeß mit den Patienten, mit denen du dir so viel Mühe gibst», sagt sie zu Onkel Gregor. «Ein Mann der Tat. Entläßt Drückeberger, die immer wiederkehren, aber in Wirklichkeit so gesund sind wie du und ich.» Sie hat von Anfang an Interesse an den okkulten Experimenten gezeigt, die Bartolo veranstaltet, und setzt es durch, daß der falsche Professor im Musiksalon eine Abschiedsvorstellung geben darf – eine Sitzung, in der er Geister beschwören will. Wir ziehen den Mahagonitisch auseinander, so daß zwölf Personen an ihm Platz finden.

Die Séance findet bei Kerzenlicht statt; ich habe die Aufgabe, die Lichter anzuzünden. Auf dem Podium, zwischen Harfe und Flügel, sitzen wir auf den unbequemen Stühlen, die sonst für die Zuhörer bei Onkel Gregors Kammerkonzerten bestimmt sind: Josephine am Kopf des Tisches, ich als die Jüngste ihr gegenüber am anderen Ende. Onkel Gregor und der Oberarzt nehmen den falschen Professor von beiden Seiten in die Zange, um ihn besser beobachten zu können. An den Längsseiten sitzen die Gäste, die vor kurzem zurückgekehrt sind: Marie Luise, Gabrielle, Sascha, der schon wieder Winterurlaub hat, Giorgio, außerdem Mr.

Ferner und Gladys, die inzwischen geheiratet haben, und Casimir, dem es in seinem Bauernhaus in der Provence zu einsam und kalt geworden ist. Vor Beginn erklären alle, daß sie eigentlich nur als Beobachter bei dem Experiment zugegen sein wollen. Verspätet kommt noch ein weiterer Gast: Sirius findet sich zur gemeinsamen Geisterstunde ein. Er will es sich nicht nehmen lassen, diesem Bartolo auf die Schliche zu kommen. Er würde der dreizehnte am Tisch sein. Bartolo verbietet ihm, an der Séance teilzunehmen.

«Dieser Herr, ich kenne ihn nicht, ist nicht angemeldet», sagt er. «Er sendet Vibrationen aus, die mich bei meinen Versenkungsübungen stören.»

«Empfindliche Diva», flüstert Casimir, der neben mir Platz genommen hat. Sirius setzt sich mit hoch übereinandergeschlagenen Beinen an einen Seitentisch, um das Experiment aus einer gewissen Entfernung beobachten zu können.

«Solch ein Dreizehnter wie ich», flüstert er Josephine zu, «ist schlimmer als eine böse Fee.» Bartolo verbirgt sein Gesicht in den Händen, um sich zu konzentrieren. Ich bin die einzige in der Runde, die an Gedankenübertragung glaubt. Mir fällt ein, daß Onkel Gregor mir allerdings einmal gesagt hat, gewisse Erfahrungen bei der Analyse könne auch er sich nur durch eine Art von Telepathie erklären, zum Beispiel die Übertragung von Traumbefehlen.

«Alles streng wissenschaftlich», verkündet Bartolo. «Die Herren können sich davon überzeugen.» Der Mahagonitisch hat nur vier schmale Stützen, man kann ihn verlängern, indem man die Seitenteile herauszieht. Bartolo läßt die Holzflächen von Onkel Gregor und Oberarzt Schönbuch untersuchen. Er selbst findet die Tischplatte nicht leicht genug, um in Bewegung geraten und «davonlaufen» zu können. Endlich scheint es loszugehen. Wir müssen die Hände so auf den Tisch legen, daß sich die kleinen Finger berühren: Sie sollen den seelischen Strom zwischen uns weiterleiten. Auf diese Weise bilden wir eine Kette. Keiner darf auf den Tisch drücken, nur die Fingerkuppen sollen die Holzfläche unter sich spüren. Mr. Ferner, der zu meiner Linken sitzt, kommt mir starr und verkrampft vor, er scheint sich in seinem Rollstuhl nur mühsam aufrecht zu halten. Sein kleiner Finger, an dem er einen Siegelring trägt, zittert ein wenig. Ich senke die Lider. Nach einer Weile glaube ich einen wärmenden Strom zu spüren, der von meinem Tischnachbarn auf mich übergeht. Aus der Ferne höre ich Bartolos Stimme. Er wiederholt die gleichen einschläfernden Worte, die ich von meinen mißglückten Übungen im autogenen Training kenne. Diesmal jedoch werden meine Glieder wirklich schwer, meine Lider klappen zu, mein Kopf sinkt auf die Brust, ich spüre Beine und Füße nicht mehr.

«Nicht einschlafen!» Casimir versetzt mir einen kleinen Stoß. Ich nicke, doch gleich darauf versinke ich in einen tranceähnlichen Zustand, der sich auf einige andere Mitglieder der Runde zu übertragen scheint. Mr. Ferners Kopf sinkt auf die Schulter. Gladys und Gabrielle, die eben noch leise gekichert haben, sitzen mit halb geschlossenen Augen und geöffneten Lippen da, als träumten sie im Wachen.

«Das Lachen wird Ihnen schon noch vergehen, meine Damen!» hat Bartolo sie zurechtgewiesen. Er ermahnt uns, die magische Kette, die durch die Berührung der Finger entstanden ist, nicht zu unterbrechen. Er bittet noch einmal um äußerste Ruhe und Konzentration. Sirius, dem die Vorbereitungen zu dem Experiment zu lange dauern, klopft mit dem Fingerknöchel auf seinen Katzentisch. Ich blicke erschrocken auf und bemerke, daß Bartolo mir seine Augen zuwendet. Kinder und Halbwüchsige sind fast immer gute Medien, hat er zuvor gesagt. Sogleich fühle ich mich erregt, bekomme schweißnasse Hände. Ganz aus der Nähe höre ich Bartolos Stimme:

«Muriel, ich schicke dir jetzt auf telepathischem Wege ein paar Zahlen, die ich hier auf ein Blatt Papier schreibe, damit sich alle davon überzeugen können, daß es mit rechten Dingen zugeht.» Auf einen Notizblock schreibt er mehrere Zahlen. Zur

Kontrolle übergibt er Onkel Gregor das Blatt. «Wollen sehen, wie hoch die Trefferquote der Kleinen ist.»

Trotz meiner geschlossenen Lider nehme ich das Kerzenlicht im Musiksalon noch wahr. In einer Art Bilderrahmen erkenne ich die Zahlen, die Bartolo mir sendet, sie scheinen aus kleinen Lichtpunkten zusammengesetzt zu sein.

«Sieben», sage ich.

«Stimmt!» bestätigt der Professor.

«Kunststück», meint Josephine. «Die Glückszahl, darauf wäre auch ich gekommen.»

Die nächste Zahl soll zweistellig sein. Eine Pause entsteht, ich höre, wie ich «dreiunddreißig» sage.

«Wieder richtig!» Diesmal ist es Onkel Gregor, der spricht.

«Und nun dreistellig», sagt Bartolo, nachdem er die Übereinstimmung der Zahlen noch einmal geprüft hat. Am Tisch herrscht vollkommene Stille. Ich fühle mich schwindlig, erschöpft. Will schon sagen, ich weiß nicht. Dann wiederhole ich, was mir eine Stimme, die wie die eines kleinen Kindes klingt, zuflüstert: «Vierhundertfünfundzwanzig». Bartolo deutet auf seinen Notizzettel. Onkel Gregor und Schönbuch nicken. Josephine unterbricht die magische Kette der sich berührenden Hände, indem sie Beifall klatscht.

«Hände auf den Tisch», befiehlt Bartolo, der seiner Sache immer sicherer wird. Wir fangen von vorn an. Auf einmal bin ich wieder hellwach, ich bekomme einen Wutanfall: Eine Gemeinheit ist das, was er mit mir treibt, denke ich. Im Musiksalon wiederholt sich ein Laut, der mich an das Tropfen eines Wasserhahns erinnert; regelmäßig kehrt er wieder, leise, überdeutlich.

«Hörst du es auch?» frage ich Onkel Casimir.

«Es regnet. Wasser fällt auf Blech, das ist alles», sagt er. Das Tropfen wird plötzlich abgelöst von einem Knacken, hinzu kommt ein Ticken, ein hölzernes Ächzen. Ich hebe meine Hände auf und merke, daß sie zittern.

«Die Kette, die Kette!» Bartolos Stimme hat einen fast

flehenden Ton. Meine Finger berühren wieder die von Casimir und Mr. Ferner. Ich erschrecke vor einem gewaltigen Krachen. Metall und Holz stoßen zusammen. Alle am Tisch blicken im gleichen Augenblick auf. Erst jetzt bemerke ich, daß Mr. Ferner an meiner Seite im Rollstuhl vornübergefallen ist. «Herzanfall?» Bartolo ist verärgert über die Störung. Ein Rad des Fahrzeugs hat sich gelöst, der Rollstuhl steht schief, läßt sich nicht mehr von der Stelle bewegen. Mr. Ferner richtet sich aus eigener Kraft wieder auf, er legt die Hände auf den Tisch. «Weitermachen!» fordert er.

Bartolo und Onkel Gregor unterhalten sich über den Zwischenfall. Onkel Gregor empfiehlt Mr. Ferner, den Raum zu verlassen. Bartolo erklärt, der Betroffene müsse entscheiden, ob er gehen oder bleiben wolle. Mr. Ferner behauptet, ihm gehe es gut, und bleibt neben mir sitzen.

Unbemerkt hat Sirius seinen Beobachtungsposten verlassen, er drängt sich zwischen Mr. Ferner und mich, so daß seine kleinen Finger auf dem Tisch uns beide berühren. Ich bekomme einen leisen Schlag, als hätte ich eine schadhafte elektrische Leitung berührt.

«Durchhalten», flüstert Sirius mir zu, «keine Bewegung, kein Wort.» Die Spannung, die von ihm auf mich übergeht, löst sich in dem Augenblick, in dem das Knacken und Knirschen wieder ertönt. Das Geräusch ist inzwischen härter geworden. Ein Pochen – so klopft das Schicksal an die Tür: kurz lang lang, dreimal kurz, dreimal lang – oder sind es Buchstaben des Morsealphabets?

Von nun an überstürzen sich die Ereignisse, es fällt mir schwer, die Eindrücke in richtiger Reihenfolge wiederzugeben. Der Buddha aus Bremen fällt vom Regal, obgleich niemand ihn angestoßen hat. Aus dem Klopfen ist ein Poltern geworden, ein Geräusch, als schleppe jemand schwere Möbel über den Fußboden. Der Musiksalon hallt von Gerumpel und Ächzen wider. Alle im Raum hören es. Josephine hält sich mit abgespreizten Ellbogen die Ohren zu, sie unterbricht die Kette der Hände, die nun auch nicht mehr nötig zu sein scheint für das Experiment, das sich von selbst weiterentwickelt.

Bartolo erhebt sich vom Stuhl. Er breitet die Arme aus. «Halt», ruft er, als habe er Angst, daß der Versuch zu schnell zu Ende gehen könnte. Er redet seinen herbeigerufenen Poltergeistern wie ungezogenen Schulkindern zu: «Einer nach dem anderen! Verständlicher bitte! Hintereinander klopfen!» Zwischen den Serien von Lauten entstehen kürzere oder längere Pausen. «Er ist da», sagt Bartolo. Seine Stimme klingt erschöpft, aber erleichtert, als habe er eine große Leistung vollbracht. Im Widerschein der Kerzen sieht sein Gesicht verjüngt und geglättet aus.

«Mitzählen, Muriel!» ruft er. «Buchstaben abzählen. Von A bis Z, von eins bis sechsundzwanzig. Schnell und genau! Keine Fehler machen!» Ich brauche einige Zeit, um die Klopftöne, die mich noch immer an das Morsealphabet erinnern, zu ordnen. Bartolo will nur die Buchstaben von mir wissen, die er dann erstaunlich sicher und schnell aneinanderreiht.

«Wer ist da?» fragt er. «Name?» Zweimal klopfen bedeutet B, fünfmal E, einmal A.

In der letzten Klopfserie zähle ich zwanzig Töne, also ein T. BEAT. Für mich, die ich diesen Schweizer Vornamen zum ersten Mal höre, bedeutet diese Buchstabenreihung nicht viel. Auch die anderen scheinen keine Vorstellung mit dem Wort zu verbinden. Nur Onkel Gregor erschrickt so heftig, daß er von seinem Platz aufspringt. Steif und aufrecht steht er da, dann verläßt er ohne ein Wort mit schleppenden Schritten den Raum. Eine der Frauen bekommt einen Weinkrampf, ich kann nicht erkennen, wer es ist. Bartolo hat Wichtigeres zu tun, als auf die schwachen Nerven seiner Tischrunde Rücksicht zu nehmen. Er stellt den Unsichtbaren, der sich Beat nennt.

«Was willst du?» fragt er. Er erhält keine Antwort, das Klopfen hat aufgehört. Im Musiksalon entsteht eine ungemütliche Stille Ich ertappe mich dabei, wie ich mit der Hand auf die Tischplatte klopfe.

Sirius ergreift mein Handgelenk, sein Klammergriff schmerzt. «Hab ich dich endlich, Schwindlerin!» ruft er. «Du bist mit diesem Professor im Bunde. Du machst den Betrug mit.» Niemand stimmt ihm zu. Er läßt meine Hand wieder los, ich reibe das Gelenk. Auf einmal fängt es wieder zu klopfen an, stürmisch, ungleichmäßig, es ist mir unmöglich, die Buchstaben mitzuzählen. Bartolo tut es selbst. Erstaunlich schnell bekommt er fünf Worte heraus, die zunächst keinen Sinn ergeben: AUS DEM WALD. WELKES LAUB.

Mir fällt der Tag der Niederwildjagd ein, ich muß an Andreas denken. Seitdem er tot ist, bemühe ich mich vergeblich, mir seine Gesichtszüge und seine Gestalt ins Gedächtnis zurückzurufen. Jetzt glaube ich, ihn vor mir zu sehen, auf dem Falben Phil im Herbstwald, sehr bleich, das Haar fast weiß, mit roten Augen wie von einem Kaninchen. Er trägt den Jagdanzug, den ihm Josephine geliehen hat: rote Jacke, eng geschneiderte schwarze Hose, eine bunt bestickte Weste. Bartolo bemerkt meine weit aufgerissenen Augen. Entdeckt er, daß ich etwas sehe, was den anderen verborgen bleibt?

«Was wird kommen?» fragt er ins Leere. Sein Verhör mit dem Unsichtbaren folgt offenbar einem festen Ritual. Diesmal warten wir vergeblich auf das Klopfen. «Vielleicht haben die Geister ein anderes Abc als wir», sagt Casimir. Sirius schlägt mit der Faust auf den Tisch. «Schluß damit!» ruft er mit schneidender Stimme. «Aus und vorbei.» Er klatscht in die Hände, als wolle er die letzten Spuren der Klopfgeister vertreiben. Dann geht er zur Tür und knipst den Lichtschalter an. Josephine pustet die Kerzen in den Silberleuchtern aus. Bartolo schlägt die Hände vors Gesicht. Beim Schein der Deckenlampe zucken wir alle mit den Lidern. Einige stehen auf und strecken sich, als hätten sie sich seit Stunden nicht mehr bewegt, andere stützen die Ellbogen auf den Tisch.

Die Runde löst sich auf, die Tür des Musiksalons klappt auf und zu. Einer nach dem anderen verläßt den Raum, ohne sich zu verabschieden. Es riecht nach abgebranntem Feuerwerk – versengt. Ich muß husten. Josephine öffnet beide Fenster, um die Nachtluft einzulassen.

«Mief wie in meiner Gymnastikstunde», sagt Marie Luise. Beide lachen.

«Du hast deine Rolle als Medium gut gespielt.» Onkel Casimir lobt mich, ich glaube Spott aus seiner Stimme herauszuhören. Meint auch er, ich hätte mich vorher mit Bartolo verabredet? Gladys und Gabrielle versuchen, das Rad des Rollstuhls zu reparieren – es gelingt. Mr. Ferner kann den Raum verlassen. Ich wundere mich, wie bald die Ordnung im Musiksalon wiederhergestellt ist. Gemeinsam schieben wir den Ausziehtisch wieder zusammen. Josephine fragt, warum Onkel Gregor den Raum verlassen hat. Wir machen uns auf die Suche nach ihm, können ihn jedoch nirgends finden. Macht er einen nächtlichen Parkspaziergang, um seine Nerven zu beruhigen?

Am Morgen darauf, als ich ihm im Treppenhaus begegne, erklärt er mir, Andreas sei als kleines Kind Beat genannt worden; es war sein zweiter Vorname, den weder Josephine noch ich kannten. Seine Mutter, Onkel Gregors erste Frau, von der nie die Rede ist, hat dem Jungen den Namen gegeben. Nach der Geistersitzung packt Bartolo in aller Heimlichkeit seine Sachen zusammen, einen Tag später verläßt er mit seiner Frau das Quisisana. Sein Name wird im Haupthaus nicht mehr genannt. Alle tun, als habe Onkel Gregor nie einen Stellvertreter gehabt.

Zu meinem Geburtstag habe ich einige Mädchen aus dem Lyzeum eingeladen, unter ihnen Jeanne, die ich in letzter Zeit wenig gesehen habe. Madame de la Tour, die gleichfalls zu meinen Gästen gehört, arrangiert im Musiksalon Pfänderspiele. Sie schlägt vor *Die Reise nach Jerusalem* zu spielen. Sie erklärt den Mädchen, die das Spiel nicht kennen, die Regeln. Die Stühle werden in zwei Reihen, Rückenlehne an Rückenlehne, aufgestellt, einer weniger, als Personen mitwirken. Madame de la Tour legt eine Grammophonplatte auf: Ravels *Bolero*, eines von

Mamas Lieblingsstücken. In hinkendem Schleppschritt gehen die Mädchen im Rhythmus der Musik um die Stuhlreihen herum, keine sagt ein Wort. Madame de la Tour steht am Grammophon und bricht die Musik an einer beliebigen Stelle ab. Wir stürzen uns auf die Stühle, lachen das Mädchen aus, das keinen Platz findet und ausscheiden muß. Dann wird wieder ein Stuhl weggenommen. Das Ganze hat etwas von einem Ritual. Der kleine Zug, der sich um die Stuhlreihe herum bewegt, scheint auf ein unbekanntes Ziel zuzustreben. Manche Mädchen sind hektisch aufgeregt, andere bewegen sich wie Schlafwandlerinnen, mit halb geschlossenen Augen umkreisen sie die Stühle und hören auf den *Bolero,* wobei sie sich dem immer schnelleren Rhythmus des Tanzes anpassen.

Die Ausgeschiedenen sitzen wie Mauerblümchen auf Hokkern an der Fensterwand, sie machen mißmutige Gesichter, als gehe es sie nichts mehr an, wer das Spiel gewinnt. Madame de la Tour bemerkt ihre schlechte Laune und macht der Qual ein Ende, indem sie in immer kürzeren Abständen den Tonarm von der Grammophonplatte nimmt und Stühle wegstellt. Zum Schluß entsteht ein lärmender Wirbel. Die «Überlebenden» streiten sich um die Plätze, indem sie die Stuhllehnen ergreifen, noch ehe die Musik abbricht. Es kommt zu einem wütenden Endkampf. Ich kann nur mit Mühe eine Prügelei zwischen den letzten, die noch im Wettbewerb stehen, verhindern. Ich selbst finde es besser, rechtzeitig auszuscheiden. Erschöpft und atemlos, als sei ich, wer weiß wie lange, gelaufen, lehne ich an der Wand und erlebe mit, wie Jeanne Siegerin wird. Sie thront auf dem letzten übriggebliebenen Stuhl und lächelt verlegen vor sich hin. Sie ist nicht daran gewöhnt, im Mittelpunkt einer Gesellschaft zu stehen oder zu sitzen. Die anderen Mädchen behaupten, ich hätte meiner Freundin absichtlich den Sieg überlassen.

Von der Dorfkirche her höre ich das Vesperläuten. Jeanne verabschiedet sich; sie hat es eilig, in die Kirche zu gehen.

Die anderen Mädchen ziehen ihre Mäntel an und laufen ins Freie hinaus. Im Park, auf dem Rasen vor dem Rondell, gibt es im Dunkeln noch eine Schneeballschlacht. Die Mädchen wälzen sich auf dem Boden herum, als seien sie noch kleine Schulkinder. Die Schneebälle treffen auch Chronos Saturn; sie zerplatzen an seiner Steinhaut, einer klebt an seinem linken Auge fest. Ich beleuchte die Statue mit Andreas' Taschenlampe, die ich als mein Erbe betrachte. Der einäugige Gott der Zeit sieht komisch aus. Alle müssen über ihn lachen.

In letzter Zeit leidet Josephine immer häufiger an Migräneanfällen. Föhn liegt in der Luft. Statt im Bett zu bleiben wie früher, setzt sie sich vor den dreigeteilten Spiegel im Ankleidezimmer und starrt sich ins Gesicht. Einmal finde ich sie dort im Unterkleid, fröstelnd, mit zusammengezogenen Schultern. Sie beschäftigt sich mit ihrem Haar, legt es in immer neue Frisuren, die sie sogleich wieder zerstört. Sie wirft Kamm und Bürste weg und verwirrt die Strähnen mit den Fingern, sie reißt sich ein Büschel Haar aus und betrachtet es angewidert wie etwas, das nie zu ihr gehört hat.

«Das Haar geht mir aus», sagt sie, «ich werde alt.» Sie hält ihr Gesicht dicht an das Spiegelglas. Um die Augen entdeckt sie die ersten Krähenfüße, um die Mundwinkel Falten. Ihr Gesicht ist heute besonders blaß, die Haut durchsichtig, auch ich sehe einige feingezogene Linien um Augen und Mund.

«Wenn du wüßtest, welch schreckliche Angst ich vor dem Altwerden habe», sagt Josephine zu mir, «ich möchte ewig jung bleiben.» Sie tastet ihre Wangen ab, findet sie ausgehöhlt, ihre Haut über den Backenknochen ist leicht gerötet.

«Vielleicht habe ich die Schwindsucht, das liegt in unserer Familie», behauptet sie. «Ich fühle mich fiebrig.» Sie legt die Hand auf meine Schulter und zieht mich an sich: «Um Himmels willen, sag Gregor nichts. Sonst sperrt er mich noch in eines seiner Häuser ein. Um nichts in der Welt will ich seine Patientin werden.»

Auf einmal ergreift sie den silbernen Leuchter auf dem Spiegeltisch, hält ihn hoch über den Kopf, betrachtet sich einen

Augenblick mit ihrer Leuchterkrone. Dann holt sie aus und wirft ihn mit voller Wucht in den Spiegel. Ich höre das Scherbenklirren und den Aufprall des Leuchters auf dem Parkett. Das Glas ist in geometrische Figuren auseinandergeplatzt, Bruchstücke wie in einem Kaleidoskop. Der obere Teil des Spiegels ist nicht herausgebrochen. Josephine versucht, mit dem versilberten Rücken ihrer Haarbürste auch noch die obere Spiegelhälfte zu zertrümmern. Ein neuer Scherbenregen erlöst sie aus ihrer Spannung: Klirren ist das schönste Geräusch, das es für sie gibt. Eis, Glas, Kristall, durchsichtig, farblos, kalt. Ich starre auf den stumpfen Hintergrund der Spiegelfläche.

«Tot!» höre ich Josephine sagen. «Nie wieder wird er mein Bild zurückwerfen. Ich habe ihn für immer zerstört.» Sie fängt zu schluchzen an; an ihrem Hals treten die Sehnen hervor. «Mit bloßen Fäusten hätte ich ins Glas schlagen sollen», sagt sie, «Blut macht still.»

Auf einmal steht Onkel Gregor im Türrahmen. Er hat das Klirren des Glases und den Aufprall des Leuchters in seinem Arbeitszimmer unten gehört. Er gibt Josephine ein Beruhigungsmittel; sie leistet keinen Widerstand.

Am Tag darauf läßt Onkel Gregor den Glaser kommen. Jemand sei aus Versehen in den Spiegel gerannt, habe ihn mit einem Durchgang verwechselt, erklärt er dem Handwerker.

«Muß schlechte Augen gehabt haben», sagt der Mann. Er ist mit seiner Arbeit nicht recht zufrieden. Der neue Spiegel reflektiert das Licht nicht halb so vorteilhaft wie der alte, er ist auch nur aus Glas, nicht aus Kristall.

17

1929
Zum ersten Mal seit Andreas' Tod zeigt Onkel Gregor sich wieder in der Öffentlichkeit. Er nimmt an einer Psychologentagung im Seehotel teil. Ich darf ihn begleiten, weil ich mit den Lichtbildern Bescheid weiß, die er dem Auditorium zeigen will. Josephine kommt zu unserer Verwunderung mit, obgleich sie sonst alle Kongresse meidet. Hat sie gehört, daß am Abend des ersten Vortragstages im großen Festsaal des Hotels ein Ball stattfinden soll? Es ist Karnevalszeit. Onkel Gregor hat nichts gegen ihre Teilnahme einzuwenden. Zwar ist das Trauerjahr noch nicht vorbei, aber er findet, daß sie in letzter Zeit zu einsam gewesen ist. Abwechslung wird ihr guttun.

Ich sitze mit im Kongreßsaal, um Onkel Gregors Vortrag zu hören, während Josephine ihre Balltoilette vorbereitet. Onkel Gregor spricht zu leise, die Zuhörer in den hinteren Reihen können ihn kaum verstehen. Eine Stimme ruft mehrmals «lauter!». Ich merke, wie er zusammenzuckt. Neben mir sitzt Oberarzt Schönbuch. Er ist nicht mit allem einverstanden, was sein Chef sagt, schüttelt manchmal sogar den Kopf. Zuhören ist nicht meine Stärke. Ich probiere mehrere Methoden aus, um mich zur Aufmerksamkeit zu zwingen. Onkel Gregors Satzbau ist verwickelt, seine Schachtelkonstruktionen verlangen Konzentration. Ich kann ihn am besten verstehen, wenn er Beispiele aus seiner Praxis erzählt.

Ich betrachte im dämmrigen Tagungsraum die anderen Zuhörer – Frauen mit weit aufgerissenen Augen und fahlen Gesichtern, alte Männer, Fachleute, Arztkollegen mit Bärten und Seherblick, einige scheinen wachend zu träumen. Onkel Gregor referiert Ergebnisse von Traumexperimenten, die er mit Patienten gemacht hat. Zur Illustration seiner Rede erscheinen an der Projektionswand vergrößerte Gesichter von Menschen, die schlafen und träumen. Er beschreibt gewisse äußere Reize, die den Träumer erregen: Kitzeln an der Nase mit einer Vogelfeder wird vom Schlafenden als Folterung empfunden. Das Licht einer Kerze, die man ihm vor die geschlossenen Augen hält, verwandelt sich im Traum zu alles verzehrendem Feuer. Ein leichter Fingerdruck gegen die Stirn wird zum heftigen Schlag. Die Traumphantasie dramatisiert.

Onkel Gregor hält sich nur kurz bei diesen mechanischen Sinnesreizen auf. Dann vergleicht er die vom Träumer geschauten Bilder mit mythischen Urmotiven, die seit der Antike unverändert im Repertoire der Menschheitsgeschichte und in der Einzelseele erhalten geblieben sind. Im Saal wird es unruhig. Oberarzt Schönbuch murmelt etwas von der Lehre der Dunkelmänner, vor denen Onkel Gregor sich hüten müsse. Er selbst bezeichnet sich mir gegenüber als Traummechaniker mit Patentschlüsseln für alle Türen des Innern. Onkel Gregor berichtet vom Traum einer Patientin, in dem ein Butt, ein Biß ins Bein und eine blutende Wunde eine Rolle spielen.

«Typisch für die Probleme einer Jungverheirateten», erklärt er, «latenter Trauminhalt – das Märchen vom Fischer un sine Fru.»

Onkel Gregor beschreibt noch andere Patiententräume. Die meisten sind kurz, manche Sinnbilder kehren so oft in ihnen wieder, daß sogar ich sie im Gedächtnis behalten kann. Von meinen eigenen Traumreisen, die ich fast in jeder Nacht unternehme, habe ich ihm nur selten erzählt; er findet Kinderträume unergiebig für seine Analyse. Einige Zuhörer aus den hinteren Reihen verlassen geräuschvoll den Kongreßsaal, bevor der

Vortrag zu Ende ist. Die Diskussion, die folgen soll, wird auf den nächsten Morgen verschoben. Die meisten Kongreßteilnahmer sind in Gedanken schon mit dem sogenannten Traumball beschäftigt, der am Abend stattfinden soll.

Er beginnt punkt neun Uhr. Onkel Gregors Kollegen und ihre Damen haben sich nur zum Teil kostümiert, fast alle tragen Masken vor den Gesichtern und einen Kopfschmuck. Einige Arztkollegen haben Freundinnen mitgebracht. Die meisten Ehefrauen haben es sich mit der Verkleidung leichtgemacht: türkische Schleier, Pumphosen oder lange Seidenroben und Turbane. Die Freundinnen dagegen sind nach Ansicht der Gattinnen so gut wie nackt, nur Brüste und Schoß durch glitzernde Stoffetzen bedeckt. Einige Männer erscheinen in seltsamen Kostümen. Es gibt Schlachter mit offener Brust, gestreiften Kitteln, Hackbeilen und Messern, Turnierritter in Rüstungen mit heruntergeklapptem Visier. Ein Professor, den ich vom Vortragssaal her wiedererkenne, tritt als römischer Kaiser mit Toga, Sandalen und Lorbeerkranz auf. Oberarzt Schönbuch erscheint als Butt aus dem Runge-Märchen: das Gesicht mit Schuppen bemalt, schiefmäulig, glotzäugig, auf dem Rücken eine Flosse aus Stanniolpapier, an Armen und Beinen Seitenflossen. Den Fischschwanz, der ihn beim Tanzen stört, hat er sich über den Arm gehängt. Josephine hat sich nicht verkleidet. Sie kommt im Abendkleid, über dem sie den Hermelinmantel ihrer Mutter trägt. Immer wieder tanzen ein weißer und ein schwarzer Domino an mir vorbei. Beide tragen spitze Hüte, sie halten sich an den Händen und trennen sich nicht voneinander.

Auf der Empore des Saals spielt die Musikkapelle. Einige Schlager kenne ich vom Bordfest auf der *Eureka*. Ich höre zwei Instrumente heraus, deren Klang mich in Erregung versetzt: Trompete und Saxophon. Ich stehe neben Onkel Gregor unter den Bögen des Wandelgangs und beobachte die Tanzpaare. Der Butt fordert Josephine auf, sie lehnt ab, sie ekelt sich vor echten und falschen Fischen; beim Angeln am Landesteg ist sie nie dabei.

«Wenn ich von der Jury wäre», sagt Onkel Gregor zu seinem Oberarzt, «würde ich Ihnen den Preis für die beste Maske verleihen.» Er gibt Josephine einen Wink, damit sie die Einladung zum Tanz doch annimmt, er will seinen Oberarzt auf keinen Fall kränken. Der Butt und Josephine verschwinden im Gedränge der Tanzenden.

«Wie unverhüllt sie ihre Begierden zeigen», höre ich Onkel Gregor zu einem seiner Kollegen sagen, der gleichfalls ohne Kostüm erschienen ist. «Jede Traumzensur fehlt. Als Diebe und Mörder, Kinderschänder, Mutter- und Vatertöter sind sie gekommen, als wahnsinnige Imperatoren, wilde Tiere. Die Frauen, ihre Opfer, haben sich schon ausgezogen, um sich fressen zu lassen.»

Der Kollege, mit dem Onkel Gregor spricht, hat enzianblaue Augen, ein braungebranntes Bergsteigergesicht und Sporthosen – ein blonder Hüne. Außer mir scheint ihn jeder im Saal zu kennen. «Alfred Grau», stellt Onkel Gregor ihn vor. Grau lacht breit und bäuerlich, während er die Tanzpaare betrachtet. Die Musik geht vom Foxtrott in einen Charleston über. Aus dem kleinen Orchester, in dem auch Farbige mitspielen, höre ich einige Soloinstrumente und eine exotische Melodie heraus. Der Butt zieht Josephine an sich, im nächsten Augenblick stößt er sie wieder von sich. Schweigend sehen wir vom Wandelgang dem Negertanz zu. Ich stampfe im Takt mit dem Fuß auf, bewege mich in den Schultern, ich fühle mich frei und glücklich wie bei der Polonaise auf dem Bordfest der *Eureka*.

«Charleston tanze ich nie wieder», sagt Josephine, die sich von ihrem Butt losgerissen hat und zu uns zurückkommt. «Bei uns in Bremen galt er als vulgär.»

Auf einmal steht Grau vor mir. Mit einer ungeschickten Verbeugung fordert er mich zum Tanz auf. Hat Onkel Gregor ihm einen Wink gegeben? Der Riese umfängt das Kind; er führt mich sicher, spreizt aber die Finger ab, als müsse er ein zerbrechliches Spielzeug anfassen. Die Mörder, Diebe und Kinderschänder hören zu tanzen auf, sie machen uns Platz und stellen sich in einem Halbkreis um das ungleiche Paar auf. «Durchhalten», ruft Grau mir zu, als er merkt, daß ich außer Atem gerate. Er tritt mir auf den Fuß, erst jetzt fällt mir auf, daß er statt der Abendschuhe Stiefel trägt. In der Eile habe er nichts Passendes gefunden, sagt er. Mir wird schwindlig, als er mich weiter herumwirbelt. Scham, Schwindel, Erregung – ein Rausch, wie ich ihn zum ersten Mal erlebe. Noch nie sind mir Augen von einem so unverschleierten Blau wie die seinigen begegnet. Der Charleston wird von einem Schimmy abgelöst. Die Füße schieben und scharren auf dem Parkett, die Tänzer halten die Schultern schief und drängen sich dicht aneinander.

«Das ist nichts für uns», sagt Alfred Grau. Er bringt mich zu Onkel Gregor zurück, der gerade einen Tanz, zu dem er von einer seiner Schülerinnen aufgefordert wird, ablehnt, indem er auf seinen Trauerflor weist. Obgleich er so viel von der Gebärdensprache seiner Patienten versteht, ist er selbst ein schlechter Tänzer. Die Kapelle spielt eine Rumba in rasantem Tempo. Ich fordere Alfred Grau auf. «Damenwahl», behaupte ich. Er schafft uns Platz unter den Tänzern, er findet immer neue Figuren, klatscht in die Hände, um mich zu Solo-Einlagen anzustacheln. Auf einmal bekomme ich Seitenstiche, ich bleibe stehen, muß nach Luft ringen.

«Genug?» fragt er. Sein athletischer Körperbau bewahrt ihn vor Kurzatmigkeit, er sieht für mich so ausgeruht wie am Anfang unseres Dauertanzes aus. Diesmal führt er mich nicht zu Onkel Gregor zurück, er fordert mich auf, mich auf einen Hocker vor einer der Theken zu setzen, an denen Champagner ausgeschenkt wird. Ich habe Durst und leere das Glas, das er mir anbietet, in einem einzigen Zug. Er sieht zu, wie sich meine Kehle beim Schlucken bewegt und mein Gesicht sich verzieht.

Der Säulengang des Festsaals hat sich mit Herren gefüllt, die dort umherwandeln und miteinander diskutieren statt weiterzutanzen. Der Hocker, auf dem Grau mir gegenübersitzt, ist zu klein und niedrig für seine Gestalt. Die Kapelle spielt jetzt einen Tango, seine Doppelschritte und verschlungenen Figuren, unterbrochen vom jähen Kopf- und Schulterrucken, erfordern fast akrobatisches Geschick. Grau gerät in Tanzwut, er schleppt mich, obgleich ich müde bin, wieder auf die Parkettfläche, führt mich hart und ungeschmeidig. Die meisten Figuren kennen weder er noch ich, beinahe wären wir hingefallen.

Ich bin stolz darauf, von Onkel Gregors Kollegen, die mich als Mitglied der Familie kennen, mit dem blonden Hünen gesehen zu werden. Die Kapelle holt Atem, dann folgt ein Trommelwirbel und ein Tusch, als nähere sich die atemberaubende Spitzennummer in einem Zirkus. Das Kronleuchterlicht geht aus, wir stehen uns im Dunkeln gegenüber. Mitternacht, Demaskierung! Grau und ich gehen, als das Licht wieder aufzuckt, von der Tanzfläche. Staunend sehe ich zu, wie Männer und Frauen ihre Masken absetzen, ihre Schleier lüften und ihre wahren Gesichter zeigen. Was für eine Verwandlung! Sie sind mit einem Mal wieder sie selbst. Die lange Starre, in der ihre Gesichter verharrt haben, löst sich in Gelächter auf. Erst jetzt fällt mir ein, daß die meisten von ihnen während der Tänze geschwiegen haben, vielleicht, um sich nicht durch ihre Stimmen zu verraten. Ah- und Oh-Rufe werden laut. Onkel Gregors Kollegen und ihre Damen tun so, als sähen sie sich zum ersten Mal. Andere spielen «Wiedererkennen». Sie umarmen und küssen einander, heucheln Freude oder Schrecken. Das Maskenspiel ist vorbei. Im matten Deckenlicht des Festsaals kommt mir das Ganze fahl und öde vor – wir sind erwacht, kein Traumball mehr, nichts als Alltagswirklichkeit.

«Gut, wenn man von vornherein nichts zu verbergen hat wie wir», sagt Grau, «dann erspart man sich die Entlarvung.» Er fragt nach meinem Vornamen.

«Muriel», sage ich. Er tut, als habe er diesen englischen Namen noch nie gehört.

Ein kühler Luftzug weht durch den Säulengang. Ich drehe mich um und entdecke im Rahmen der Saaltür einen mittelgroßen Herrn im Straßenanzug mit wohlgestutztem Bart und fahler Gesichtsfarbe. Er ist viel älter als Onkel Gregor und Grau, sieht eher wie ein Geschäftsmann als wie ein Hotelgast aus in seinem Reiseanzug, eine Aktenmappe und den Hut in der Hand. Für mich hat er ein gutes, wenn auch etwas zerstreutes Onkel-Doktor-Gesicht, sieht aber nicht halb so imponierend aus wie Alfred Grau. Er wirkt überanstrengt, als hätte er viele Stunden hintereinander gearbeitet. Seine Bewegungen sind dennoch sicher und genau. Zielstrebig, mit festen kleinen Schritten betritt er den Festsaal, steuert auf Onkel Gregor zu, der ihn schon von weitem mit einer Verbeugung begrüßt.

«Was ist denn hier los?» fragt er. «Fasching, Karneval? Ich denke, ich komme zu einem Kongreß.»

«Die Arbeit geht morgen früh weiter», sagt Onkel Gregor. «Das soll ein Traumball sein. Gehört sozusagen zum Tagungsprogramm.»

«Traumball?» wiederholt der alte Herr. Sein Lächeln wirkt abwesend. Aus seiner Hosentasche zieht er einen Pingpongball, läßt ihn auf den Boden aufspringen, steckt ihn wieder ein.

«Er nimmt alles buchstäblich», erklärt Onkel Gregor mir. «Ein Ball ist für ihn ein Ball, mit dem man spielen kann.» Ich wage nicht zu fragen, wer der verspätete Kongreßteilnehmer ist. Weshalb haben fast alle bei seinem Eintritt zu tanzen aufgehört, um sich nur noch flüsternd zu unterhalten?

«Das ist Traugott Leyd», sagt Grau unbekümmert laut. Diesen Namen habe ich im Quisisana schon häufig gehört. Leyd ist der Begründer einer Schule, aus der alle Kongreßteilnehmer hervorgegangen sind. Seit Jahren läßt er sich kaum mehr irgendwo blicken, auch Onkel Gregor hat er lange Zeit nicht mehr besucht.

Leyd gibt keine Erklärung für seine Verspätung ab. Morgen wird er das Versäumte nachholen und sein Referat halten. Viel Neues habe er ohnedies nicht beizutragen, ihm fehle die Vortragspraxis, seit Jahren halte er sich von allen Veranstaltungen fern. Er lehne es ab, immer das gleiche zu wiederholen. Inzwischen hat er Josephine gesehen. Das Wort, das er bei ihrem

Anblick sagt, versetzt meinem Herzen einen kleinen Stoß. Eifersucht? Es heißt: «blendend». Ich werde es Josephine, die es nicht gehört hat, gelegentlich verraten. Traugott Leyd hat Onkel Gregor gebeten, ihm in die Hotelhalle zu folgen, er habe etwas mit ihm zu besprechen. Vorher sagt er noch ein paar Worte über Josephine, die ich zufällig wieder mit anhöre:

«Schwerarbeiter wie wir dürften eigentlich nicht heiraten. Jedenfalls nicht eine so schöne Frau.» Grau läßt mich im Stich, er folgt den beiden in die Halle. Von der Garderobe aus sehe ich zu, wie Leyd die Aktentasche öffnet. Auf einem Abstelltisch breitet er Akten aus, als wolle er hier eine Arbeitssitzung abhalten. Er deutet auf einige Stellen in den Papieren. Onkel Gregor muß die Blätter dicht vor die Augen halten, um den Text entziffern zu können, denn die Beleuchtung in diesem Winkel der Halle ist schlecht. Nach einer Weile schiebt Leyd die Akten in die Tasche zurück.

«Schluß», sagt er. Er habe heute zwei Termine gehabt und Stunden um Stunden geredet – Schweigepatienten! Onkel Gregor und Grau begleiten ihn zur Rezeption, vor Erschöpfung scheint er hin und her zu schwanken. Onkel Gregor, der mich an der Garderobe entdeckt hat, sagt, es sei höchste Zeit für mich schlafen zu gehen.

«Was dagegen, wenn ich noch bleibe?» fragt Josephine, die auf einmal neben uns steht.

«Lassen wir sie!» erklärt Traugott Leyd. «Wir alten Männer gehen zu Bett. Junge Frauen dürfen bis in den Morgen tanzen.» Von allen Seiten stürzen Männer auf Josephine zu, als sie wieder den Festsaal betritt, in dem jetzt noch lautere und schrillere Jazzmusik ertönt. Ich will hinaufgehen, doch im gleichen Augenblick kommt Oberarzt Schönbuch, der sich inzwischen die aufgemalten Schuppen aus dem Gesicht gewischt und Flossen und Schwanz abgestreift hat, die Treppenstufen herunter und stellt sich neben mich. Vom ersten Treppenabsatz aus sehe ich Onkel Gregor, Traugott Leyd und Alfred Grau auf Ledersesseln in der Hotelhalle sitzen. Offenbar haben sie, trotz ihres Wunsches, sich zur Ruhe zu begeben, zu dieser späten Stunde noch Wichtiges zu besprechen.

«Vater, Sohn und Heiliger Geist – die Dreieinigkeit», meint der Oberarzt. Er lacht, als habe er einen guten Witz gemacht.

Ich gehe die Treppe mit ihm wieder hinunter und zum Fahrstuhl, um in den zweiten Stock zu fahren, wo mein Zimmer liegt. Die drei Männer beugen die Köpfe über ihre Akten. Die Klänge der Jazzband scheinen sie bei ihrer Unterredung nicht zu stören. Da der Fahrstuhl irgendwo steckengeblieben ist, verbringe ich noch ein paar weitere Minuten in der Hotelhalle.

«Du willst doch nicht etwa lauschen», weist mich der Oberarzt zurecht, der auf der Suche nach Josephine in den Festsaal zurückstrebt. Ich schüttle den Kopf. Was kann ich dafür, wenn die drei auf einmal so laut reden, daß ich fast jedes Wort verstehe? Traugott Leyd bittet Onkel Gregor, ein Ferngespräch nach Wien anzumelden, wo er eine Patientin schwerkrank zurücklassen mußte.

«Es geht um Leben und Tod», sagt er. Ich horche auf, bin wieder hellwach, entschlossen, dem Gespräch der Männer weiter zuzuhören.

«Wenn sie die Nacht übersteht, ist die Gefahr so gut wie vorüber», sagt Traugott Leyd. «Ich muß Klarheit haben.» Onkel Gregor erhebt sich mühsam aus seinem Sessel. Das Telefon in seinem Zimmer funktioniert nicht wie so manches in dem einst herrschaftlichen Hotel. Er muß das Ferngespräch von der Rezeption aus führen. Weil er sehr leise spricht, kann ich kein Wort verstehen. Traugott Leyd und Alfred Grau blicken zu ihm hinüber. Es dauert eine Weile, bis er den Hörer einhängt. Er kommt zu den Ledersesseln in der Halle zurück. Im Saal toben die Tanzenden, das Fest ist nach Mitternacht immer lauter und hemmungsloser geworden.

«Zu spät», höre ich Onkel Gregor sagen, «sie ist tot.» Ich trete einen Schritt vor, um ihn besser verstehen zu können. Hat er wirklich «tot» gesagt? In meinen Ohren ist wieder das Rauschen, das mich am Lauschen hindert, wenn ich aufgeregt bin.

«Suizid?» höre ich Grau, der am lautesten spricht, fragen.
«Leben sollte auf jeden Fall gerettet werden», sagt Traugott Leyd, «wir sind Ärzte, Naturwissenschaftler.» Dabei sieht er Onkel Gregor fast feindlich an. Offenbar sind sie sich über den Selbstmord nicht einig.
Onkel Gregor denkt da mehr als Philosoph: «Es gibt Menschen, die man nicht daran hindern soll, auf ihren Tod zuzugehen, wenn es keine andere Wahl für sie gibt.» Er wiederholt, was er mir einmal für einen Artikel in die Schreibmaschine diktiert hat. Ich stelle mir vor, wie Traugott Leyds Patientin jetzt irgendwo regungslos daliegt, vielleicht schon in der Leichenhalle – vergiftet. Auf einmal steht Schönbuch wieder neben mir am Aufzug, er drückt auf den Knopf, aber der Fahrstuhl kommt nicht. Er fragt mich, was es beim «Dreierkonsilium» inzwischen gegeben habe.
«Eine von Traugott Leyds Patientinnen hat sich umgebracht», sage ich, «vielleicht hätte er es verhindern können, wäre er bei ihr geblieben. Sie hat Selbstmord begangen, und wir tanzen.»
«Kleine Mädchen wie du sollten längst im Bett sein, statt hier herumzustehen und zu lauschen.» Schönbuch ergreift meine Hand, wir gehen nebeneinander die Treppe hinauf. Noch einmal blicke ich über das Geländer in die Halle hinunter.
«Wie gern würde der Meister sich jetzt zurückziehen», sagt der Oberarzt. «Er ist ein guter Schläfer. Die Fähigkeit, sich durch Schlafen zu regenerieren, ist einer der Schlüssel zu seinem Erfolg.» Mir fällt ein, daß Onkel Gregor mir einmal gesagt hat, gute Schläfer seien schlechte Träumer.
«Übungssache», meint der Oberarzt, dem ich das sage, «Gedächtnistraining. Man kann sich zu Träumen zwingen. Spätestens gegen Morgen trudle auch ich durch seichtes Traumwasser, gehe auf Fischfang aus, mache fette Beute.»
Josephine kommt von oben die Treppe herunter. Sie hat sich noch einmal zurechtgemacht, ihre Frisur gerichtet. Schönbuch fordert sie zum nächsten Tanz auf. Während das Dreierkonsilium noch in der Hotelhalle tagt, scheint der Traumball sich in

Auflösung zu befinden. Die Kapelle will sich mit einem letzten Tanz verabschieden. Doch der Beifall spornt die Musiker an weiterzumachen. Es gibt kaum noch feste Tanzpaare, ständig werden die Partner gewechselt. Einige Frauen tanzen allein in der Hotelhalle, in die ich hinunterblicke, sie drehen sich langsam um sich selber. Andere Tänzer bilden Ketten und Schlangen, halten sich an den Händen fest wie bei einer Polonaise. Liebespaare suchen nach einem Platz, wo sie sich ungestört umarmen können. Im Winter sind die Türen zum Park abgeschlossen. Trotz der Kälte streben die Paare durch die Drehtür des Haupteingangs ins Freie.

Auf dem Weg zu seinem Hotelzimmer kommt Traugott Leyd an mir vorbei. Ich habe nicht bemerkt, daß das Dreierkonsilium sich aufgelöst hat. Onkel Gregor und Grau sind noch einmal in den Festsaal zurückgekehrt, vielleicht um Josephine zu suchen.

«Du bist also Muriel», sagt der Meister. Es bleiben die einzigen Worte, die ich je von ihm zu hören bekomme. Ich habe ihn nie wiedergesehen.

Ich schlafe, als Gregor und Josephine aus dem Festsaal heraufkommen. Am Morgen darauf frühstücke ich mit Josephine. Onkel Gregor befindet sich schon wieder auf dem Kongreß. Traugott Leyd soll sein Referat halten. Die Traumtänzer sind trotz ihrer Müdigkeit zeitig aufgestanden, um den Vortrag nicht zu versäumen. Doch der berühmte Gast hat sich entschuldigen lassen. Wegen des Todesfalls seiner Patientin hat er den Frühzug nach Wien zurück genommen.

18

1929
Alljährlich macht Josephine eine Frühjahrsfahrt nach Zürich, wo sie sich im Modehaus «Goncourt» ihre neue Garderobe auswählt. Diesmal darf ich sie begleiten. Ich bin aus meinen Kinderkleidern herausgewachsen. Von jetzt an soll ich Kostüme, Blusen und Röcke im modischen Schnitt tragen. Wir sitzen dicht nebeneinander im Fond des alten «Adler», unterhalten uns in Familiensprache, damit der Chauffeur, ein Aushilfsfahrer, der Unterhaltung nicht folgen kann. Ständig brechen wir in backfischhaftes Gekicher aus, üben uns in langen Satzschlangen, die durch die Silbenvermehrung entstehen. Wir reden so schnell, daß wir uns verhaspeln, streiten uns über die Bedeutung einiger Wörter. Schließlich geht Josephine unvermittelt wieder ins Hochdeutsch über. Sie legt den Arm um meine Schulter.

«Mager», stellt sie fest. «Salzfässer unter den Schlüsselbeinen. Aber der Busen wächst.» Ich trage ein zu kurz gewordenes Wollkleid, das über der Brust spannt und meine spitzen Knie freigibt.

«Heute bekommst du dein erstes Schneiderkostüm», verspricht mir Josephine. «Wir lassen uns beide von Kopf bis Fuß neu einkleiden. ‹Goncourt› wird einen guten Umsatz machen.» Sie hat sich dazu entschlossen, tagsüber nur noch kurze Röcke zu tragen, wie alle es tun. Obgleich Sirius meint, sie habe die schönsten Beine der Welt, zeigt sie nicht gern ihre Knie. «Komische Mode», meint sie, «man muß erst wieder richtig gehen und stehen lernen. Die meisten Frauen wissen nicht, daß sie häßliche Beine haben. Was man zu lange verborgen gehalten hat, das verkümmert mit der Zeit.» Sie betrachtet meine eckigen Knie und die sich rundenden Waden. «Wird schon werden, Kleines.» Ich bewundere das glattpolierte Oval ihrer Kniescheiben unter den glänzenden Seidenstrümpfen. «Kurze Röcke meinetwegen», sagt sie, «aber auf keinen Fall einen Bubikopf.» Schon mehrfach hat sie mich an das Versprechen erinnert, das sie ihrer Mutter gegeben hat – niemals ihr Haar abzuschneiden.

Im Rückspiegel des Wagens bemerke ich zufällig den Blick des Aushilfsfahrers. Der Mann hat blaue Augen, doch sie sind nicht halb so leuchtend wie die von Alfred Grau. Ein Dutzendgesicht mit einem gleichmäßigen, blendend weißen Gebiß grinst mich im Rückspiegel an. Mir wird klar, daß der Chauffeur mich in seinem Rückspiegel ebenso genau beobachten kann wie ich ihn. Jetzt verstellt er den Spiegel, hat Josephine im Blick; sie rückt enger mit mir zusammen und streichelt über mein Haar.

«Seidig, aber dünn», meint sie. «Wir werden dir eine neue Frisur machen lassen. Windstoß statt Ponys. Abwechslung muß sein.»

Wir fahren durch eine Hügellandschaft. Josephine wird auf einmal unruhig, mehrmals greift sie sich ins Haar, als wolle sie sich ihre Frisur richten. Sie trägt weder Mütze noch Hut. Der Aushilfsfahrer schiebt die Trennscheibe im Wagen zurück, um eine Frage nach der Fahrtroute zu stellen. Er vergißt, sie wieder zu schließen, so daß er jedes Wort, das zwischen uns gewechselt wird, mithören kann.

Die Straße geht jetzt geradeaus, er braucht nicht auf entgegenkommende Autos aufzupassen. Noch einmal dreht er den Kopf nach uns zurück und mischt sich in unsere Unterhaltung ein.

«Bubikopf würde der gnädigen Frau gut stehen», sagt er, «kann ich mir vorstellen. Chic.»

Josephine verbittet sich die Einmischung nicht, im Gegenteil, sie scheint sich geschmeichelt zu fühlen. «So, glauben Sie?» Sie dreht den Kopf ins Profil, dann blickt sie wieder in den Rückspiegel des Wagens. Der Fahrer schaut nach vorn, ein Pferdewagen kommt uns entgegen. Kurz danach müssen wir vor einer Bahnschranke halten, zwei Züge fahren aneinander vorbei.

«Etwas Musik gefällig?» Auf dem Vordersitz steht ein Radiogerät, der Chauffeur hat es selbst in seiner Freizeit gebastelt, wie er behauptet. Ohne auf Josephines Erlaubnis zu warten, stellt er es an. Nach einem Sender, der um diese Zeit Unterhaltungsmusik bringt, braucht er nicht lange zu suchen. Ich erkenne die Tanz- und Schlagermelodien von Mr. Ferners Bordfest und vom Traumball wieder. Der Fahrer ist gerade dabei, uns die technischen Einzelheiten seines Geräts mit dem Miniaturlautsprecher in der Wagenecke zu erklären, als Josephine mit etwas krähender Stimme, wie immer, wenn sie verärgert ist, sagt:

«Bitte stellen Sie das Ding ab. Musik tut mir weh, ich bekomme Migräne davon.» Der Aushilfsfahrer stellt das Radio ab, er sagt nichts mehr, scheint gekränkt zu sein. Auf einer sich verengenden Landstraße rasen wir zwischen Pappelreihen auf eine Brücke zu. Ich betrachte die Rückenmuskeln des Fahrers, die sich unter seinem Sporthemd abzeichnen, und die bloßen Arme mit den rotblonden Härchen. Er trägt weder eine Uniform noch eine Schirmmütze wie Jean-Marie.

Josephine streckt ihren Kopf bis zur Trennscheibe vor, damit der Fahrer sie trotz des Motorengeräuschs verstehen kann. «Wie heißen Sie eigentlich?» fragt sie. «Ich kenne nicht mal Ihren Namen. Jean-Marie hat mir nur gesagt, Sie seien ein alter Bekannter von ihm, ein zuverlässiger Fahrer.»

«Schlatter, Hans», sagt der junge Mann am Steuer, als sei er in der Schule vom Lehrer aufgerufen worden. Der Name paßt zu seinem Gesicht, finde ich. Schlatter holt, offenbar, um sich als schneidiger Fahrer zu erweisen, das Äußerste aus dem altersschwachen Wagen heraus. Die Bäume der Chaussee schießen auf uns zu, um hinter uns umzuknicken, als habe sie jemand gefällt. Schlatter öffnet ein Fenster. Ich atme die frische Luft mit den

Wiesen- und Waldgerüchen ein. Josephines Frisur gerät durch den Fahrtwind in Unordnung.

«Schließen Sie das Fenster», sagt sie. Schlatter drosselt das Tempo und kurbelt das Wagenfenster hoch, ohne sich zu beeilen. Wieder ist es Josephine, die ihn ins Gespräch zieht. Sie tut es auf die gleiche oberflächliche Weise wie im Quisisana mit neuen Gästen: Wo er herkomme, was er treibe, wenn er nicht gerade den Aushilfschauffeur spiele... Wieder müssen wir vor einer Schranke halten. Güterzüge fahren rangierend aneinander vorbei. Schlatter dreht sich zu uns um, sein Gesicht liegt im Schatten. Mir fällt auf, wie tief seine Augen eingeschnitten sind. Er hat dichte Brauen, die über der Nasenwurzel fast zusammengewachsen sind, seine Nasenlöcher sind groß und behaart.

«Ich bin Mechaniker», sagt er.

«Und im Nebenberuf?» will Josephine wissen, als sei es für sie selbstverständlich, daß «Mechaniker» als Beruf für ihn nicht genügt. «Lassen Sie mich raten: Bastler, Erfinder? Ich bin sicher, Sie sind technisch begabt.»

«Das ist nötig für einen Mechaniker», erklärt Schlatter. Seine Stimme klingt ein wenig verstimmt, offenbar läßt er sich nicht gern von Damen, die er im Auto herumfahren muß, nach seinem Privatleben ausfragen.

«Sie fahren ausgezeichnet, sicher und schnell. Man braucht bei Ihnen keine Angst zu haben.»

Schlatter läßt den Motor wieder an, die Schranken haben sich geöffnet, Der Wagen setzt sich in Bewegung. Erst nach einer Weile, als wir schon wieder auf vollen Touren sind, antwortet der Aushilfsfahrer, nicht ohne Eitelkeit: «In meiner Freizeit bin ich Rennfahrer.» Josephine hat sich aufgerichtet und nimmt nun fast den ganzen Fond ein, meine Gegenwart scheint sie vergessen zu haben.

«Rennfahrer?» wiederholt sie laut, um das Motorengeräusch zu übertönen. «Etwas Ähnliches habe ich mir gedacht.» Dann behauptet sie, eine Leserin von Motor- und Sportzeitschriften zu sein, obwohl ich dergleichen im Quisisana noch nie gesehen habe.

«Was ist Ihre Höchstgeschwindigkeit?» will sie wissen. Sie versucht, sich fachmännisch auszudrücken, doch es gelingt ihr nicht, was ich an seinem spöttischen Lächeln im Spiegel bemerke. «Haben Sie schon Preise gewonnen, Rekorde gebrochen, internationale Rennen mitgemacht?» Sie glaubt, seinen Namen schon in der Zeitung gelesen zu haben. Er sagt, er habe sich für seinen Nebenberuf einen zweiten Namen zugelegt, der besser im Gedächtnis bleibt, weil er gut klingt und italienisch ist: Benedetti. Einer seiner mütterlichen Vorfahren habe so geheißen.

«Benedetti», wiederholt Josephine mit unverständlicher Begeisterung. «Gran Corso di Monaco», sagt sie aufs Geratewohl.

Benedetti nickt und lächelt beinahe gönnerhaft. Nicht zum ersten Mal findet eine Dame der Gesellschaft ihn wegen seiner Rennfahrerkünste interessant. Wieder fährt er Höchstgeschwindigkeit, quält dabei den alten Automotor.

«Ich bin noch lange nicht gut genug», sagt er nach einer Weile, «mir fehlt es an Training und an einem Mäzen, der Schlatter-Benedetti finanziert.» Josephines Gesicht scheint sich zu verjüngen. Ich bemerke, auf welch sonderbare Weise Schlatter und sie sich im Rückspiegel anblicken. Auf einmal fühle ich mich schlecht. Schon öfter ist mir bei längeren Autofahrten übel geworden, doch ich mag Schlatter nicht bitten anzuhalten. Josephine sagt, ich sehe käsig aus. Sie bittet den Chauffeur, an den Straßenrand zu fahren. Ich steige aus, aber es gelingt mir nicht, mich zu erbrechen. Ich beeile mich, wieder zum «Adler» zurückzukehren. Das weitere Gespräch zwischen Schlatter und Josephine will ich mir nicht entgehen lassen.

Inzwischen hat sich herausgestellt, daß Schlatter Deutscher ist, er arbeitet bei einer Tankstelle mit Reparaturwerkstatt in der Nähe der Grenze. Aus irgendeinem Grund zeigt sich Josephine über diese Mitteilung verstimmt; offenbar will sie in ihm keinen

Landsmann sehen. Sie habe in die Schweiz geheiratet, sagt sie, stamme aber aus Bremen. Nur noch selten komme sie dorthin zurück.

«Jeder sollte wissen, wo er hingehört», sagt Schlatter mit einer Stimme, die mir nicht gefällt. «Unsere Heimat muß uns heilig sein.» Jetzt habe ich den Ausdruck für seine Sprechweise gefunden – salbungsvoll. So könnte ein Pfarrer auf der Kanzel predigen. Josephine nimmt die Unterhaltung wieder auf. Sie sagt, daß sie sich im Quisisana wohler fühle in diesen unsicheren Zeiten.

«Quisisana» wiederholt Schlatter in einem Ton, der fast höhnisch klingt. Diesmal dreht er sich nicht nach uns um. «Da wird Geld gemacht, da rollt der Rubel. Nur die Reichen können sich solch einen Luxusaufenthalt leisten.»

«Um die Finanzen kümmere ich mich nicht», erklärt Josephine.

«Gregor Schilfinger.» Schlatter will zeigen, daß er Bescheid weiß. «Das Sanatorium kann man empfehlen. Jüdischer Betrieb. Der Professor berühmt.»

Von Juden habe ich bisher nicht viel gehört, in Bremen hat man das Wort kaum ausgesprochen. Wenn sie alle so gütig, gelehrt und tüchtig sind wie Onkel Gregor, denke ich, müssen die Juden ein besonders begabtes Volk sein. Leute wie dieser Schlatter-Benedetti, die Geldgeber für ihren Rennsport suchen, sind wohl neidisch auf sie.

«Mal was vom Nationalsozialismus gehört?» fragt Schlatter. Weder Josephine noch ich antworten. Im Quisisana ist das Thema «Politik» tabu. Durch den Briefwechsel mit meinem Vater weiß ich, daß Deutschland unter einer schweren Wirtschaftskrise leidet, die Zahl der Arbeitslosen steigt ständig; viele von ihnen treten der Partei bei, der auch Giorgio nahesteht. Ich kann mir Schlatter gut in einer braunen Uniform mit Hakenkreuz am Ärmel vorstellen. Er fährt schweigend weiter, das Spiel mit den Blicken zwischen Josephine und ihm im Rückspiegel scheint beendet zu sein.

«Wie steht's mit dem kleinen Fräulein?» fragt Schlatter. «Sie hat nicht in die Schweiz geheiratet. Gehört zu uns. Wir Deutschen müssen zusammenhalten.» Er stellt den Rückspiegel wieder so, daß ich sein Gesicht sehen kann, er blinzelt mir zu. Langsam, genußvoll fährt er eine Kurve aus.

«Alles wird besser werden, wenn erst der richtige Mann am Ruder ist. Er bringt die Arbeitslosen von der Straße, er wird mit der Wirtschaftskrise fertig werden. Er hebt den Versailler Schandvertrag auf. Der Rennsport» – Schlatter kommt wieder auf sein Lieblingsthema zurück – «wird, wenn er erst dran ist, ganz groß geschrieben. Staatszuschüsse stehen bereit, unbemittelte, aber begabte Nachwuchstalente sind dann nicht mehr auf Mäzene angewiesen.»

Ich merke, wie Josephine zusammenzuckt. Schlatter genießt den kleinen Triumph über sie. Seine Hände umklammern das Lenkrad fester.

«Ohne Finanzierung kommt heute keiner mehr weiter in unserem Beruf», fährt er fort. Josephine schweigt, sie preßt die Lippen aufeinander und schließt die Augen bis auf einen Spalt, als müsse sie über etwas nachdenken.

Wir durchfahren die Vorstädte von Zürich und sehen den See glänzen. Die ganze Zeit über haben die beiden kein Wort mehr miteinander gewechselt. Schlatter schaltet gerade ruckartig von einem Gang in den anderen, um das Tempo zu drosseln, und beim Aufheulen des Motors sagt Josephine, soweit es im Bereich ihrer Möglichkeiten liege, werde sie sich gern «beteiligen», vorausgesetzt, daß er damit einverstanden sei. Ihre Stimme klingt dabei fast demütig.

Mir fällt die Umständlichkeit des Satzbaus auf. Schlatter scheint Josephines Rede nicht gehört zu haben. Er gibt keine Antwort. Oder will er in meiner Gegenwart nichts sagen? Auf einmal glaube ich das Geräusch zu hören, mit dem eine Falle zuschnappt. Josephine, das Opfer, merkt es nicht, sie ist nicht daran gewöhnt, daß jemand sie zappeln läßt. Sie kennt nicht die Wunden, die einem auf diese Weise beigebracht werden. Mir wird wieder übel, doch zum Glück ist die Fahrt zu Ende. Schlatter kennt sich in der Stadt aus, er weiß, wo das «Bellevue» liegt, in dem er selbst nach einem Rennen schon einmal abgestiegen sei, wie er sagt. Er findet auch den Weg zu «Goncourt», wo er uns absetzt. Um die Mittagszeit soll er wieder vor der Tür stehen. Inzwischen wird er den Wagen, dessen Motorengeräusch ihm nicht recht gefällt, in einer Werkstatt nachsehen und volltanken lassen.

Ich schaue zu, wie Josephine vor dem Wandspiegel der Umkleidekabine die neuesten Kreationen der Saison anprobiert. Sie wechselt die Modelle so schnell wie ein Mannequin während der Vorführung, keines gefällt ihr. In ihrer Spitzenwäsche präsentiert sie sich besonders vorteilhaft. Trotz der leichten Bekleidung scheint sie nicht zu frieren. Ich dagegen stehe schiefschultrig im Hemd mit den nicht mehr ganz sauberen Trägern da. Ich friere und schwitze zugleich, auf meinem Gesicht zeigen sich rote Flecken.

«Ungeschicktes Alter», sagt die Verkäuferin, «schwierig zu kleiden.» Sie bringt Kostüme, die mir nicht passen. Ich habe noch eine Kindergröße, die Röcke sind mir zu lang, die Ärmel zu weit. Schließlich wählt Josephine für mich einen dunkelblauen Faltenrock und ein Jackett mit vergoldeten Knöpfen. Es gleicht der Uniform eines Internatszöglings. Für sich selbst erwirbt sie eine Kollektion von Morgen-, Nachmittags- und Abendkleidern mit den dazu passenden Hüten, Handschuhen, Schuhen und Gürteln. Handtaschen lehnt sie ab, sie nimmt nie welche mit, sondern verstaut Geld, Paß und Kosmetika in einer Rocktasche.

Noch immer stehe ich im Unterkleid vor dem Wandspiegel. Josephine meint, ich solle die neuen Sachen anbehalten. Sie selbst schlüpft wieder in ihr Reisekleid. Schlatter wartet schon vor dem Laden. Josephine erklärt ihm, weshalb wir bei unseren Einkaufsfahrten jedesmal in der Stadt übernachten: eine Rückfahrt am gleichen Tag wäre zu anstrengend. Sie hat durch einen Telefonanruf vom «Goncourt» aus auch für Schlatter im «Bellevue» im gleichen Stockwerk, in dem wir wohnen, ein Zimmer bestellt. Ich bekomme den Raum neben Josephines Suite. Ich höre, wie sie den Schlüssel zur Verbindungstür herumdreht. Über den Korridor laufe ich zu ihr. Schlatter trägt sein Köfferchen in das ihm zugewiesene Kabinett zwischen Aufzug und Toilette.

«Was willst du denn?» fragt Josephine ziemlich unfreundlich, als ich bei ihr eintrete. «In der nächsten Stunde möchte ich nicht gestört werden.» Wir essen zu dritt im Restaurant mit Seeblick. Schlatters Manieren lassen zu wünschen übrig, doch Josephine scheint es nicht zu bemerken. Sie wird von einigen Gästen, die an anderen Tischen sitzen, gegrüßt. Wir reden nur wenig miteinander. Gegen Ende des Mittagessens fängt Schlatter an, mit seinen Rallyes zu prahlen. Er zählt einige europäische Rennstrecken von Weltruf auf, die französischen Namen spricht er falsch aus. Josephine, die bei mir jeden Sprachfehler tadelt, scheint es nicht zu stören.

Sie nickt ihm zu, sagt überrascht: «Da sind Sie überall schon gewesen?» Sie ißt nur sehr wenig, Schlatter dagegen entwickelt einen Riesenappetit, er beklagt sich über die Unaufmerksamkeit der Kellner, die uns angeblich schlecht bedienen. Er trinkt nur Mineralwasser, weil er später noch einmal fahren muß. Alkohol sei gesundheitsschädlich, sagt er, er müsse darauf achten, in Form zu bleiben. Dabei lacht er etwas zu laut und zeigt sein Gebiß, das mir auf einmal künstlich vorkommt. Zugleich läßt er seine Augen aufleuchten und schaut Josephine strahlend und herausfordernd an, als wolle er sie zwingen, den Blick vor ihm zu senken.

Immer wieder streicht er sich die Haare aus dem Gesicht. Er dreht sich in das Profil, das er für das vorteilhafte hält, das linke – das rechte ist durch eine Narbe über der Wange entstellt. Erst in diesem Augenblick wird mir klar, daß ich ihn nicht leiden kann. Mit Absicht lasse ich meine Serviette fallen, um ihn zu zwingen, sie aufzuheben, doch er tut es nicht. Er hält sein Glas gegen das Licht, behauptet, es sei am Rand schmutzig, bestellt ein neues, was der Kellner ärgerlich zur Kenntnis nimmt.

Im Gegensatz zu Schlatter trinkt Josephine ziemlich viel von dem Rotwein, der in einer Karaffe serviert wird, sie hat die Bordeaux-Sorte gewählt, die sie auch im Quisisana bevorzugt, wenn Onkel Gregor, der Alkoholgegner, nicht zu Hause ist. Sie wird gesprächig, sie lacht in einem mir unbekannten Ton, spricht von ihrer Hochzeitsreise ins Engadin, wo sie mit einem Führer die Berge besteigen mußte, weil ihr Ehemann es vorzog, selbst auf dieser Reise zu lesen und zu studieren. Sie erwähnt auch die Bergwanderung mit Andreas und mir. Sie schwärmt von den Minuten auf dem gleißenden Berggipfel und bedauert, daß ich die große Aussicht von da oben nicht habe genießen können, weil ich mit meinem Onkel am Bergsattel zurückbleiben mußte.

Für den Abend hat Josephine vom Quisisana aus für uns beide Opernkarten reservieren lassen. Wir sehen Mozarts *Zauberflöte*. Schlatter will inzwischen einen Freund besuchen. Ich bin froh, mit Josephine wieder allein zu sein. Schon die Ouvertüre bezaubert mich. Als der Vorhang aufgeht, vergesse ich die Menschen im Zuschauerraum. Die Königin der Nacht, die auf einem unsichtbaren Sockel in Himmelsnähe zwischen Sternen und Mondsichel thront, erinnert mich an Josephine. In Sarastro, dem Priesterkönig, glaube ich Onkel Gregor wiederzuerkennen. Als er die Arie «In diesen heil'gen Hallen» singt, kommt mir sogar seine Baßstimme ähnlich vor. Die Handlung der Oper ist schwer zu verstehen. Ich begreife weder die Rolle der drei Knaben noch die der drei Damen. Ich weiß nur, daß ich selbst gern Pamina sein würde. In den heiligen Hallen des Weisheitstempels würde ich an der Seite des geliebten Tamino Ruhe und Geborgenheit finden und die Prüfung durch Feuer und Wasser bestehen.

Josephine zeigt sich in einem ihrer neu erstandenen Abendkleider. Sie mag die Königin der Nacht nicht, ihre Koloraturen findet sie kalt und kokett. In der Pause trifft sie im Foyer Bekannte, zwei jüngere Ehepaare, die einmal im Quisisana zu Gast gewesen sind. Sie verabredet sich mit ihnen für einen Imbiß nach der Vorstellung im Opernrestaurant. Ich muß allein ins Hotel zurück, finde das «Bellevue», ohne Umwege zu machen. Das Hotel liegt am Seeufer in der Nähe der Hauptstraße, es ist gut beleuchtet, hat einen Vorgarten, in dem Kandelaber aufgestellt sind. Ich verlange an der Rezeption meinen Schlüssel. Im Zimmer mache ich kein Licht. Ich ziehe mich im Dunkeln aus. Da ich mein Nachthemd vergessen habe, muß ich im Unterkleid schlafen.

Mitten in der Nacht wache ich auf vom Geräusch eines Schlüssels, mit dem jemand die Nachbartür öffnet. Josephine kommt ins Hotel zurück. Jetzt erst kann ich Ruhe finden. Träume von der Königin der Nacht verfolgen mich, es blitzt und donnert am Bühnenhimmel. Ich fahre auf, bin sogleich hellwach. Im Nebenzimmer brennt Licht, ich bemerke es am Widerschein in meiner Fensterscheibe. Barfuß schleiche ich mich zur Verbindungstür, drücke lautlos die Klinke nieder. Es ist immer noch abgeschlossen. Ich gehe zum Fenster, öffne es, lehne mich hinaus und stelle fest, daß aus Josephines Zimmer kein Lichtschimmer mehr durch die zugezogenen Vorhänge dringt. Im gleichen Augenblick höre ich Schlatters Lachen. Er sagt ein paar Worte, die ich nicht verstehe – ungeniert laut. Offenbar weiß er nicht, daß die Wände hier hellhörig sind und ich nebenan bin. Sein Lachen gefällt mir besser als seine Stimme, die so klingt, als habe er einen Kurs für Laienschauspieler mitgemacht. Erst mit Verspätung fällt mir ein, wie unpassend dieses Lachen ist, weil es im Dunkeln ertönt. Gleich darauf wird es drüben still. Das Schweigen in der Finsternis gefällt mir noch weniger als das Reden und Lachen. Still wie nach einem Mord, fällt mir ein. Ich gehe wieder ins Bett, verkrieche mich unter die Decke und weine. Josephine tut mir leid. Ich fühle mich aus ihrem Leben für immer verbannt. Bisher habe ich geglaubt, nicht nur ihr Page zu sein, sondern ein Wächteramt zu besitzen. Jetzt kann ich nichts mehr für sie tun.

Ich frage mich, ob ich sie am nächsten Morgen wecken soll, indem ich an die Verbindungstür klopfe. Die Stille im Nebenzimmer kommt mir nicht geheuer vor. Ist Josephine wieder allein? Hat sich Schlatter über den Korridor in das Kabinett zwischen Fahrstuhl und Toilette zurückgeschlichen? Ich stelle mir seine Schuhe vor seiner Zimmertür vor – scheinheilige Zeugen, die beweisen sollen, daß er die ganze Nacht im eigenen Bett verbracht hat. Vielleicht, fällt mir ein, hat er eine Kleinigkeit, die ihn verraten könnte, in Josephines Zimmer zurückgelassen, einen Manschettenknopf, einen Zigarettenstummel – irgendeine Spur, die einem Untersuchungsrichter bei der Aufklärung eines Kriminalfalls weiterhelfen würde. Aber es ist ja kein Mord geschehen. Für das, was sich da drüben abgespielt hat, gibt es keine Strafe.

Ich beschließe, die ganze Nacht wach zu bleiben, aber morgens um neun schlafe ich so fest, daß Josephine mich wecken muß. Sie steht vor meinem Bett in ihrem Kimono, den ihr Onkel Gregor aus Japan mitgebracht hat. Die Vorhänge hat sie schon aufgezogen. Fahles Frühjahrslicht dringt ins Zimmer. Das Haar hängt über ihrer linken Schulter, zu einem unordentlichen Zopf zusammengeflochten. Die Verbindungstür steht offen.

«Aufstehen, Kleines!» Sie rüttelt mich an der Schulter. «Wir müssen nach Hause.» Hat sich ihre Stimme nicht verändert? Vielleicht, denke ich, noch schlaftrunken, ist gar nichts geschehen, und ich habe Schlatters Lachen nur im Traum gehört.

Eine Stunde später verlassen wir die Stadt. Ich betrachte Schlatters Hände auf dem Lenkrad: Die Finger sind kurz, die Nägel platt, Härchen wachsen auf der großporigen Haut. Auf einem Hügel haben wir eine Panne. Wir müssen anhalten. Schlatter hat Übung mit dem Auswechseln von Reifen. Als wir wieder starten, setzt sich Josephine neben ihn auf den Beifahrersitz. Ich habe den Wagenfond für mich allein. Josephine redet von Benedetti, dem Rennfahrer, Schlatters zweitem Ich. Sie hat schon einmal als Zuschauerin an einem Avusrennen teilgenommen. Nichts erregender als das tierische Gebrüll der Motoren, wenn die Wagen vorüberrasen. Erst in der Ferne ebbt es ab, um schon bei der nächsten Runde wieder anzuschwellen.

«*Rather thrilling*», ruft Josephine. Ich frage mich, ob dieser Schlatter Englisch versteht. Josephine will Einzelheiten über die Finanzierung internationaler Rennen wissen. Schlatter berichtet von den Sorgen der Amateure ohne Eigenkapital. Er verabscheut jede Art von Firmenwerbung, die ihm das nötige Geld einbringen würde. Was ihm bisher gelungen ist, sagt er nicht ohne Stolz, habe er aus eigener Kraft geschafft. Über dem Sporthemd trägt er heute eine Leinenjacke. Sein Hals geht fast ohne Übergang in den Kopf über, der Haaransatz sieht unregelmäßig aus. Er hat einen Stiernacken.

Mir fällt ein, was Sascha aus den bolschewistischen Revolutionsjahren erzählt hat: Die Angehörigen der damals herrschenden Klasse erkannte man bei der Flucht nicht nur an der unverhornten Haut ihrer Fingerkuppen, sondern vor allem an ihren Vogelhälsen, die sich ständig hin- und herdrehten. Angehörigen der Arbeiterklasse dagegen sah man an, daß sie und ihre Vorfahren ihr Leben lang schwere Lasten geschleppt hatten; ihre Rücken waren breit, muskelbepackt, ihre Hälse kurz; sie hatten tiefliegende Augen, die von starken Brauen geschützt waren. Sie gingen immer etwas gebeugt, in Schutzhaltung, so als befürchteten sie, plötzlich geschlagen zu werden.

Schlatter-Benedetti hat die Last seiner Ahnen abgeschüttelt. Er streckt und reckt sich, ahmt Josephines hochmütigen Blick aus hängenden Lidern nach. Das Blau seiner Iris ist voller dunkler Pünktchen und Flecken. Am stärksten entwickelt ist seine untere Gesichtspartie, vorgestülpte Lippen, kantiges Kinn. Ich sehe ihn vor mir, wie er in seinem Rennwagen sitzt, mit Schutzhelm und Brille, blind und taub für alles, was um ihn herum geschieht, wie er das Asphaltband der Straße fixiert, ein Bündel geballter Energie. Er verschmilzt mit seinem Wagen, in dem er mehr liegt als sitzt, beide vereinigen sich zu einem Geschoß, das mehr fliegt als fährt. Die Trennscheibe zwischen Fond und Vordersitzen des «Adler» bleibt halb offen. Wagt Josephine nicht, sie zu schließen?

«Heuchelei und Finassieren sind nicht meine Sache», erklärt

Schlatter unvermittelt. «Ich sage, was ich denke.» Casimir hat mir einmal erklärt, Leute, die viel lügen, gebrauchen oft solche Redewendungen. Aus einem mir unverständlichen Grund scheint Schlatter auf einmal schlechter Laune zu sein. Die Unterhaltung geht nur schleppend weiter. Auf manche von Josephines herausfordernden Fragen antwortet er nicht. Josephine fragt ihn nach seiner Lebensgeschichte; ihr ist viel daran gelegen, das Gespräch zwischen ihnen wieder in Gang zu bringen. Leute aus dem Volk, hat Casimir gesagt, haben fast immer die gleiche Biographie, die sie jedem, den sie zufällig treffen, erzählen. Angaben, die auch in einem Paß stehen könnten: Geburtsdatum, Farbe der Augen, Körpergröße, besondere Kennzeichen.

Schlatters Vater war Lokomotivführer, ein angesehener Beruf in der Rangfolge der Eisenbahner. Die Mutter scheint wesentlich leichteren Geblüts zu sein, sie stammt aus Kreisen des fahrenden Volks. Der Vater hat sie als Seiltänzerin bei einer Zirkusvorstellung kennengelernt. Von ihr hat der Sohn die Abenteuerlust geerbt.

«Geld hat es nie gegeben in meiner Kinderstube», sagt Schlatter. Schon früh mußte er durch Botengänge zum Unterhalt der Familie beitragen. Er legt Wert auf die Feststellung, daß er immer ein guter Schüler gewesen ist.

Josephine lacht: «Das war ich nicht, mir haben sie meistens Privatunterricht oder Nachhilfestunden geben lassen.» Seine Liebe zum Auto hat Schlatter in einem Sportklub entdeckt, in dem er eigentlich segeln lernen wollte. Mehrere Segelkameraden besaßen damals schon schnelle Sportwagen, die er dann lenken durfte.

«Glücklicher Zufall für einen geborenen Rennfahrer», meint Josephine.

«Verheiratet oder verlobt war ich nie», sagt Schlatter, er dreht seinen Kopf ins Profil, als wolle er die Wirkung seiner Worte auf Josephine prüfen. Bis jetzt hat er in einer Männerwelt gelebt, obgleich er, wie er behauptet, verschiedene Damen der Gesellschaft kennt, Verehrerinnen. Die Kameraden vom Segelklub, mit denen er in seiner Freizeit Schiffs- und Automotoren repariert hat, seien jetzt fast alle arbeitslos. Wieder ist das Stichwort gefallen, das ich seit meinen Gesprächen mit Derfinger in Bremen immer wieder höre: Arbeitslosigkeit. Er wendet mir den Kopf zu und fragt, ob ich denn keine Angehörigen mehr in Deutschland habe.

«Einen Vater und zwei Brüder, meine Mutter ist tot», sage ich.

«Drei Männer im besten Alter also», stellt Schlatter fest. Erkundigt sich nach dem Beruf des Vaters, fragt, wie er politisch eingestellt sei. Ich weiß nicht, was ich antworten soll. «Wir in Bremen», sagt Josephine an meiner Stelle, «sind liberal.»

«Eines Tages wird man sagen: Die Liberalen sind an unserem Unglück schuld», behauptet Schlatter. Er wechselt den Gang, fährt auf der Straße, die zur Grenze führt, bis vors Gittertor des Quisisana-Parks. Dort hält er an, obgleich Josephine ihn bittet, über die Lindenallee zum Eingang des Haupthauses vorzufahren, um ihr beim Ausladen der Einkäufe behilflich zu sein.

«Bis hierher und nicht weiter», sagt er, «ich betrete niemals fremdes Gebiet.» Jean-Marie muß ihm die Schachteln und Pakete unserer Einkäufe abnehmen.

19

1929

Noch nie habe ich einen so üppigen Frühling erlebt. Alle Blüten scheinen in einer einzigen Nacht aufgebrochen zu sein; sie haben das junge Blättergrün zurückgedrängt und prunken in Weiß, Rosa, Gelb und Violett. Der Park ist in eine betäubende Duftwolke gehüllt. Josephine verbringt jetzt täglich viele Stunden im Freien, zeigt sich in ihrer Gärtnerschürze, in der Onkel Casimir sie vor Jahren gemalt hat. Sie schneidet Blumen, stutzt Sträucher, hilft im Gemüsegarten, sogar in der Küche.

«Seit ein paar Wochen habe ich keine Migräne mehr», sagt sie. Onkel Casimir fordert uns beide auf, ihm auf der weißen Bank für ein Mutter-und-Kind-Bild Modell zu sitzen.

Mitte Mai treffen unsere Sommergäste wieder ein. Sascha ist es noch einmal gelungen, nach einem internationalen Kongreß der Komintern in Paris einen Erholungsaufenthalt in der Schweiz bewilligt zu bekommen. Giorgio befindet sich auf der Durchreise nach Italien, er will nur eine Woche im Quisisana bleiben, doch daraus soll dann mehr als ein Monat werden. Marie Luise und Gabrielle haben ihre sommerlichen Gymnastikstunden aufgenommen. Zweimal wöchentlich essen sie im Haupthaus mit uns zu Abend. Mr. Ferner und Gladys wohnen wie üblich in der Villa «Undine». Sirius, der sich gleichfalls unter den Gästen befindet, hat eine «schöpferische Pause». Er angelt am Landesteg, ohne einen einzigen Fisch an den Köder zu bekommen.

Josephine steckt uns alle mit ihrem Übermut an. Sie schickt die Stubenhocker, auch Onkel Gregor, ins Freie. Jeden schönen Tag bis zur Neige zu genießen, ist schon immer ihre Devise gewesen.

Schlatter bleibt seinem Grundsatz treu, den Quisisana-Park als fremdes Gebiet zu betrachten. Macht Josephine jetzt deshalb häufiger als früher zu Fuß oder mit dem Fahrrad Besorgungen in der Stadt? Seit einer Weile spielt sie kein Tennis mehr. Sie reitet nur noch selten aus. Der alte «Adler» steht unbenutzt in der Garage neben dem Wirtschaftsgebäude. Jean-Marie hat kaum mehr etwas als Chauffeur zu tun, um so mehr mit dem Garten.

«Radfahren verlernt man ebensowenig wie Schwimmen», behauptet Josephine, aber nur selten fordert sie mich auf, sie bei ihren Stadtfahrten zu begleiten.

Mehrmals gerate ich in Versuchung, Onkel Gregor, den ich für ahnungslos halte, etwas über den Zwischenfall, den ich das «Zürcher Abenteuer» nenne, anzudeuten. Doch ich halte mich zurück, weil ich weiß, daß ich ohnedies als Spionin und Denunziantin gelte.

Eines Morgens beim gemeinsamen Frühstück verrät mir Josephine, daß sie ein Kind erwartet. Ein Irrtum ist nicht möglich, mehrere Ärzte haben sie untersucht.

«Weiß Onkel Gregor Bescheid?» frage ich, wobei ich nicht nur an das Kind, das sie erwartet, sondern auch an das «Zürcher Abenteuer» denke. Sie blickt mich aus strahlenden Augen an, ich muß die Lider senken.

«Aber natürlich», sagt sie vollkommen unbefangen. «Wir haben darüber gesprochen.»

«Und was hat er gesagt?»

«Er freut sich ebensosehr wie ich», erklärt sie, ohne auch nur einen Augenblick zu zögern. Am Abend darf ich ihn in seinem Arbeitszimmer besuchen und ihm wieder einmal beim Abtippen von Manuskripten helfen, deren Inhalt ich nicht verstehe. Als wir eine Pause machen, frage ich ihn, ob er sich ebenso wie

Josephine freut, daß sie ein Kind erwartet. Er schiebt seine Brille hoch und blickt mich an.

«Du bist kein Kind mehr, Muriel», sagt er. «Mit dir kann man reden. Ich werde es jedenfalls tun. Du warst mit ihr in Zürich. Du hast den Mann, der sich Schlatter-Benedetti nennt, kennengelernt. Ich werde das bei nächster Gelegenheit nachholen.» Ich verstehe seine Gelassenheit nicht. Beinahe hätte ich gesagt: Aber sie passen doch überhaupt nicht zueinander. Er merkt meine Verwirrung und fährt, als müsse er mich beruhigen, fort: «Ich weiß über alles Bescheid. Josephine hat ganz offen geredet.»

«Und wie denkst du darüber, wie stehst du dazu? Werdet ihr euch scheiden lassen?» frage ich.

«Auf keinen Fall», sagt er. Er erhebt sich vom Schreibtischstuhl und läßt sich mir gegenüber in einem der Ledersessel nieder. «Eine Ehe ist nicht so schnell aufzulösen. Sie ist nicht nur ein Vertrag zwischen zwei Menschen auf Lebenszeit, sondern eine Bindung, die mehr auszuhalten vermag als jedes Abenteuer oder Liebesverhältnis. Etwas Magie ist dabei, auch in einer Zeit wie dieser. Ich gebe Josephine nicht die Schuld, eher mir selbst. Ich habe mich ihr gegenüber oft nicht richtig verhalten.»

«Wird das Kind deinen Namen tragen?» frage ich ungeschickt.

«Auf jeden Fall», sagt er, «erkenne ich es an, in gewisser Weise mit Recht. Es gehört auch mir. Es wird in unserer Ehe geboren. Ich werde für es sorgen.» Und etwas leiser setzt er hinzu: «Es wird hier leben und unter meinem Schutz stehen, wenn es vielleicht schon längst keinen anderen Mann mehr für Josephine gibt.»

«Er heißt Schlatter», sage ich, «manchmal nennt er sich Benedetti. Ich kann ihn nicht besonders leiden.» Was Onkel Gregor von dem – gleichfalls magischen – Dreieck zwischen Josephine, ihm und Schlatter gesagt hat, begreife ich nicht, aber ich bewundere seine Großmut. Er selbst hat mich ziemlich früh über alle geschlechtlichen Dinge aufgeklärt, weil er das richtig findet. Ich weiß auch, daß er nicht zu Wutausbrüchen neigt und vieles, was ihm weh tut, für sich behält. Was er äußert, klingt nicht etwa feige oder schwach, sondern stark und überlegen. In diesem Augenblick ist er für mich wieder der Zauberer vom Quisisana, den man nicht mit dem gleichen Maß messen kann wie andere Menschen.

«Wenn du wüßtest, wie wohl ich mich fühle – zum Bäumeausreißen!» sagt Josephine bei unserem nächsten Gartenspaziergang, «keine Übelkeit morgens, keine Schwindelgefühle. Der Doktor sagt, ich kann tun, was ich will. Er hat mir auch das Schwimmen nicht verboten. Ich soll täglich mehrere Stunden spazierengehen, sogar radfahren und reiten darf ich noch eine Weile.»

Immer häufiger finde ich sie vor ihrem Spiegel im Ankleidezimmer. Sie dreht sich hin und her und fragt, ob man ihr schon etwas ansieht. «Geschenkt bekommt man nichts im Leben», sagt sie, «meine alten Maße erhalte ich nachher nie wieder.»

Es ist ihr Einfall, in diesem Sommer zwischen Rondell und Seeufer auf einer leicht ansteigenden Rasenfläche mit Felshintergrund ein Naturtheater zu bauen – arenaartig, mit halbkreisförmig angeordneten Sitzen. Ober- und Unterbühne sollen durch Treppen aus flachen Steinen miteinander verbunden werden. Am Bau des Theaters beteiligen sich alle Gäste. Jean-Marie pflanzt auf der Oberbühne Bäume und Büsche. Das Theaterstück, das als Eröffnungsvorstellung dienen soll, wird gleichfalls von Josephine vorgeschlagen. Es ist Shakespeares *Sommernachtstraum*. Nicht gerade sehr originell, findet Sirius. Vielleicht hätte er lieber eine seiner eigenen Komödien auf der Waldbühne gesehen. Dennoch erklärt er sich bereit, die Regie zu übernehmen. Es wird fast täglich geprobt, den ganzen Juli über. Onkel Casimir entwirft die Kostüme. Trotz ihres Zustandes besteht Josephine darauf, Titania, die Elfenkönigin, zu spielen.

«Wer weiß, ob ich mich später je wieder auf einer Bühne sehen lassen kann», meint sie. Inzwischen ist allen im Quisisana bekannt, daß sie ein Kind erwartet. Sie hört nicht auf, über die Veränderungen ihrer Figur zu sprechen. Aber sie fühle sich genau so fit wie die anderen, erklärt sie Sirius, dem Regisseur, er brauche keine Rücksicht auf sie zu nehmen. Zum Titania-Kostüm wählt sie das weiße Schwanenkleid vom Bordfest der *Eureka,* das sie mit Pailletten und Silberlitzen besticken läßt. Das Haar will sie offen tragen, als Kopfschmuck soll das Diadem der Großfürstin aus ihrer Familie mütterlicherseits dienen, das sie sonst nur an hohen Festtagen zeigt.

Sirius will den Zettel spielen, er läßt sich von Onkel Casimir den Eselskopf modellieren, den er in der Liebesszene mit Titania aufsetzen muß. Mr. Ferner verkleidet sich für die Handwerkerszene als «Wand», indem er seinen Rollstuhl mit Packpapier in einen Kasten verwandeln läßt. Gladys und Gabrielle, zum Verwechseln ähnlich in ihren Kostümen, sind die durch den Wald irrenden Verliebten Hermia und Helena. Giorgio spielt den Lysander. Sascha, der natürlich lieber als Handwerker aufgetreten wäre, muß die Rolle des zweiten Liebhabers übernehmen. Ihm gefällt weder die Hochzeitszeremonie noch das Elfenreich. Nur das Zwischenspiel mit den Handwerkern ist ihm ein Beweis, daß Shakespeare sich auch mit dem Volk ausgekannt hat. Den Elfenkönig Oberon soll Onkel Gregor spielen. Zwar hält er viel von der therapeutischen Wirkung des Laienspiels für genesende Patienten, findet jedoch kaum Zeit, seine Rolle auswendig zu lernen. Wegen der Besetzung des Pucks gibt es Streit zwischen Sirius und Marie Luise, die gern den Kobold gespielt hätte. Sirius jedoch hat sie zur Choreographin für die Elfentänze und den Hochzeitszug bestimmt.

Schon immer hat er sich gewünscht, den Puck von einem Kind verkörpert zu sehen. «Kobolde sind klein von Gestalt und kindlich in ihrer Lust an Streichen und Schabernack», behauptet er, «aber sie können auch Unheil stiften.» Endlich einigen sich die beiden: Sie wollen es mit mir versuchen. Ich bin begeistert von dieser Wahl, mache die kühnsten Sprünge von der Oberbühne auf den Rasen, spreche die Verse, wie Sirius findet, mit besonderer Inbrunst, ohne in das falsche Pathos mancher Laienspieler zu verfallen.

«Vielleicht ist Muriel jetzt noch den Erdgeistern nahe», sagt Sirius, «schon ein Jahr später würde es ihr womöglich an Unbefangenheit fehlen.» Er probiert mit mir allein, die Gebärden und Sprünge läßt er mich selbst erfinden, auch meine Sprechweise korrigiert er nicht.

«Tolldreist mußt du sein», sagt er. Doch schon während der Proben verliert er die Lust an den Verwirr-und Verwandlungsspielen. Seine schöpferische Pause ist vorbei, er wendet sich wieder eigenen Plänen zu, hat allerhand auszusetzen an unserem Naturtheater. Immer häufiger erzählt er mir von Berlin. «Du müßtest mal mitkommen, um zu sehen, was für ein rasantes Tempo sie dort haben. Schmiß, Schärfe, ätzender Witz – da herrscht der Stil unserer Zeit. In den Revuetheatern Amüsierbetrieb, vor den Türen Prügeleien und Schlachten zwischen SA und Kommunisten, im Vorraum herumlungernde Bettler und Arbeitslose, die sich wärmen wollen – eine tolle Szenerie, Mischung aus Illusion und Wirklichkeit.»

Onkel Gregor in der Maske des Oberon widerspricht ihm: «Dahin kommt sie immer noch früh genug.»

«Muriel sieht täglich mehr wie ein Kobold aus», behauptet Josephine. «Wenn sie mir auf der Bühne den Zaubersaft in die Augen träufelt, erschrecke ich vor ihrem fratzenhaften Gesicht. So etwas hat es in unserer Familie noch nie gegeben.»

Das Publikum auf den Rasenplätzen besteht aus Gästen, Pflegepersonal, genesenden Patienten und einigen Bekannten aus der Stadt. Wolkenreicher Hochsommertag, föhnig und schwül, so still, wie es manchmal vor dem Ausbruch eines Gewitters ist: kein Vogelzwitschern, kein Grillenzirpen, kein Fröschequaken. Der Anfang verzögert sich, die Zuschauer werden ungeduldig, die Stimmung ist gereizt. Die Vorbereitungen zum Hochzeitszug gefallen Marie Luise noch immer nicht. Auch sonst kommt es zu Mißverständnissen zwischen Ober- und Unterbühne. Der *Som-*

mernachtstraum, hat Sirius erklärt, sei ein schwer zu inszenierendes Stück wegen seiner verschiedenen Handlungsebenen und der zahlreichen Personen. Für eine Laienaufführung würde ein anderer Regisseur als er gebraucht. Er ermahnt uns noch einmal, für die Dauer der Vorstellung unsere Person zu vergessen und in der uns zugeteilten Rolle aufzugehen.

Ich trage ein Blätterkostüm: Auf das eng anliegende Kleid aus Sackleinwand haben die Krankenschwestern Laub von verschiedenen Bäumen des Parks genäht, meine Kopfbedeckung besteht aus einem Kranz mit Blättern der Lindenallee. Sirius hat es sich nicht nehmen lassen, mich persönlich zu schminken. Als Zeichen meiner Geistermacht haben sie mir am linken Arm einen fledermausartigen Flügel angebracht, der sich aufbläht, wenn ich mich bewege. Die Farben des Kostüms: braun, grau und grün, erdähnlich und unauffällig, wie ich es liebe. Das Händeklatschen des Publikums und Füßescharren auf dem Holzgerüst der Treppe, das zur Eile mahnt, klingt fast drohend.

«Anfangen!» ruft Josephine. Sie geht ungeduldig, mit kleinen Schritten, die ihren Paillettenrock flimmern lassen, auf und ab. Endlich ertönt der Gong. Auf der Unterbühne nimmt die Hofgesellschaft ihre Plätze ein, das Spiel kann beginnen. Ich kenne meinen Text, ich werde keines meiner Stichwörter versäumen, die mich aus meinem Versteck hinter den Wacholdersträuchern auf die Bühne rufen. Doch immer dann, wenn ich keinen Auftritt habe, glaube ich mich wirklich in Puck, den Erdgeist, zu verwandeln. Ich lehne mich an einen Baumstamm und glaube mit ihm zu verschmelzen. Mein Blätterkleid wächst aus den Zweigen und Ästen hervor. Marie Luises Gymnastikunterricht verhilft mir zu hohen Sprüngen, beim Hinfallen, Herumkugeln, Radschlagen und bei den Purzelbäumen bekomme ich Beifall. Mit einem Gebrüll, das tierisch klingt, breche ich aus meinem Laubversteck hervor.

Trotz seines Zeitmangels beherrscht Onkel Gregor seine Rolle als Oberon besser als die meisten anderen Spieler. Ich bin sein Helfer und Diener, er flüstert mir seine Weisungen ins Ohr. Nie, kommt es mir vor, bin ich ihm so nahe gewesen, hat er so viel Wärme ausgestrahlt, wenn wir allein miteinander waren. Das Laienspiel, dessen zahlreiche Fehler und Pannen ich kaum bemerke, wird zu meiner großen Stunde. Als Josephine einmal den Faden verliert und stockt, komme ich ihr mit ihrem Text, den ich zum Teil auswendig kenne, zu Hilfe.

Dämmert es schon oder verfinstert sich der Himmel zu einem Wolkenbruch? Wird das Gewitter, das die Schwüle des Tages lindert, an uns vorüberziehen oder sich über der Bühne des Naturtheaters entladen, noch ehe der Hochzeitszug mit den Fackeln sich in Bewegung gesetzt hat und ich meinen heitertraurigen Monolog an das Publikum gesprochen habe? Das Wetterleuchten im Süden beunruhigt mich. Meinen großen Auftritt will ich mir nicht verderben lassen. Ich spreche mit einer Stimme, die mir fremd ist:

Jetzo hungrig brüllt der Leu,
Und der Wolf heult an den Mond.
Jetzo schnarcht auf seiner Spreu
Pflüger, der sich müd gefront.

Der erste Donnerschlag übertönt die Verse. Haut und Haare scheinen sich elektrisch aufzuladen, ich schmettere meine Worte auf die Unterbühne nieder. Die meisten Zuschauer springen bei dem ersten Regentropfen auf, um zu den Häusern oder in die Schutzhütte zu flüchten. Die Blitze verbreiten einen brenzligen Geruch. Hat es irgendwo im Park eingeschlagen? Die Fackeln verlöschen im Regen, es wird finster. Die Zuschauer suchen mit Taschenlampen den Weg durch den Park. Auch die Schauspieler flüchten. Sie können nicht schnell genug den Schauplatz verlassen, einige verheddern sich in ihren Kostümen, Gladys und Gabrielle treten einander gegenseitig auf die Schleppen, der Seidenstoff reißt. Zettels Eselskopf rollt über Felsen und Heidekraut auf die Unterbühne. Die Handwerker rennen ihm nach und lachen. Auch die Elfen haben ihre Rollen vergessen, sie schlagen ihre Schleiergewänder über den Kopf, um sich vor dem Guß und den Hagelkörnern zu schützen.

«Das Spiel ist aus», höre ich Sirius rufen, «jetzt heißt es: Rette sich, wer kann!» Als letzte verlassen Titania und Oberon die Bühne, langsam, scheinbar unbekümmert um Gewitter und Regen. Der König hilft ihr beim Huntersteigen der Stufen. Sie sind ein Paar, vereint wie Theseus und Hippolyta, die den Hochzeitszug anführen. Ich bleibe trotz dem Durcheinander des überstürzten Aufbruchs allein auf der Oberbühne zurück, so sehr bin ich in meiner Puck-Rolle befangen. Regen hat mich noch nie gestört. Vor Gewitter habe ich auch keine Angst; einen Augenblick bilde ich mir sogar ein, es sei auf meinen Wink und Wunsch ausgebrochen, und fühle mich dadurch noch mehr in die Geisterwelt versetzt. Die Flucht der Erwachsenen sieht komisch aus, sie scheint zu beweisen, daß es niemandem ganz ernst war mit der Zuschauer- und Mitspielerrolle. Aus welchem Grund schließe ich mich ihnen nicht an? Für wen breite ich meinen Fledermausflügel aus und spreche in Sturm und Regen die ersten Verse meines Epilogs?

> *Wenn wir Schatten euch beleidigt,*
> *Oh, so glaubt, und wohl verteidigt*
> *Sind wir dann:*
> *Ihr alle schier*
> *Habet nur geträumet hier.*

Ich bleibe stecken, auf einmal fange ich zu frieren an, der Fledermausflügel hängt kläglich herunter, die Blätterkrone hat sich aufgelöst. Ich fühle mich von aller Welt verlassen. Wie ein gerupfter Vogel schleiche ich mich von der Bühne ins Gebüsch. Was ist aus meinem großen Auftritt geworden? Er ist ins Wasser gefallen – aus und vorbei.

«Dieses Blätterkostüm steht dir nicht», sagt Josephine, deren Elfenköniginnengewand mit dem Paillettenrock fast trocken geblieben ist. «Du siehst darin komisch aus, es macht dich dick.»

Ich finde keine Antwort, so verwirrt und erschrocken bin ich.

«Hab immer gewußt, daß in der Kleinen ein Naturtalent steckt», erklärt Sirius in der Schutzhütte, wohin sich die Schauspieler vor dem Unwetter geflüchtet haben. «Leider gibt es kein Rollenfach für sie, das müßte erst noch erfunden werden: komische Junge!» Das Getrommel der Regentropfen macht mich nervös, am liebsten würde ich weglaufen. Doch das Gewitter zieht schon wieder ab; vom Weiher im hinteren Teil des Parks steigt noch immer spätsommerliche Schwüle auf. Die Grillen fangen zu zirpen an, auch die Vögel zwitschern wieder.

Als ich, geduscht und umgezogen, im Speisezimmer erscheine, entdeckt Josephine noch einen Schlammflecken in meinem Gesicht. «Du bist und bleibst unser Puck», sagt sie, als wolle sie ihre Bemerkung über das Blätterkostüm wiedergutmachen. Die Tischrunde lacht. Die Luft in dem abgeschlossenen Raum mit den Kerzenleuchtern kommt mir beklemmend vor. Ich gehöre ins Freie; die Tiere des Waldes stehen mir näher als die Menschen.

Einmal in der Woche vor der Klavierstunde esse ich in einem Café eine Kleinigkeit, weil ich später noch Gymnastikunterricht habe. Als ich eine Pastete bestelle, entdecke ich im Spiegel über der Theke Schlatter. Ich erkenne ihn gleich, obwohl er mir den Rücken zukehrt. Er trägt keine Kopfbedeckung, sein helles Haar ist straff gescheitelt. Auch er hat mich bei einem Blick in den Spiegel bemerkt. Er dreht sich um, zwinkert mir ohne eine Spur von Verlegenheit zu. Noch immer lehnt er mit aufgestützten Ellbogen an der Theke.

«Wie geht's denn der kleinen Dame?» fragt er. Ich gebe keine Antwort. Er ergreift meinen Ärmel, beugt sich zu mir vor: «Laß dich anschauen. Nicht übel. Wieder ein halbes Jahr älter geworden. Bald muß man ja ‹Sie› zu dir sagen.» Sein Gesicht ist etwas blasser als bei unserer ersten Begegnung. Er fordert mich auf, mit ihm ein Eis zu essen, bestellt einen Fürst-Pückler-Becher mit Früchten. Während ich das Eis löffle, betrachtet er mich unangenehm genau, sieht zu, wie ich den Mund öffne und mit der Zungenspitze das Eis vom Löffel ablecke.

«Schmeckt's?» fragt er. Ich nicke, ohne Antwort zu geben, überlege, wie ich das Lokal verlassen kann, ohne mich bei ihm zu bedanken.

«Du bist noch im Schleckalter», sagt er. «Wenn du erst mal das Küssen gelernt hast, läßt du jedes Eis stehen und lutschst keinen Bonbon mehr.» Ich lasse den halb geleerten Eisbecher stehen, wische mir den Mund ab.

«Hat's nicht geschmeckt? Tut mir leid.» Seine Stimme klingt ölig, sie verdirbt mir den Appetit. Ich stehe auf, stoße gegen die Tischplatte, der Fürst-Pückler-Becher wäre beinahe umgefallen.

«Muß gehen», sage ich. Schlatter lacht, er schlägt mit der Faust auf den Tisch.

«Möchte wetten, Klavierstunde», sagt er. «Typisch höhere Tochter. Daran ändern auch schlechte Zeiten nichts. Gehört zur Ausbildung wie Nähen und Kochen fürs spätere Kinderkriegen.» Er senkt den Kopf und fügt mit einem mich erschreckenden Unterton hinzu: »Wann werdet ihr endlich merken, was die Stunde geschlagen hat, und mit dem Geklimper aufhören?» Er umklammert mein Handgelenk, nimmt mir die Schulmappe weg und stellt sie auf einen Stuhl. Unter seinem Polohemd, dessen Kragen offensteht, entdecke ich einige Brusthaare, im Gegensatz zu seiner blonden Mähne auf dem Kopf sind sie gekräuselt und dunkel.

«Lange habt ihr nicht mehr Zeit mit euren eingebildeten Kranken», sagt er, «es kommen harte Zeiten. Auch kleine Mädchen wie du müssen dann etwas Nützliches tun, das dem Staat und nicht nur ihnen selber dient: Arbeitsdienst, Pflichtjahr... Mal was davon gehört?» Ich schüttle den Kopf, stelle mir darunter etwas Ähnliches wie das Militär für die Jungen vor. Schlatter schlägt mir so kräftig auf die Schulter, daß ich zusammenfahre. «Heute wird es nichts mit der Klavierstunde für die höhere Tochter», sagt er.

«Es ist nur Gymnastik», widerspreche ich.

Er weiß etwas Besseres: «Wie wäre es, wenn wir zusammen ins Kino gehen?»

Bis jetzt habe ich nur wenige Filme gesehen, weil Onkel Gregor das stundenlange Sitzen im abgedunkelten Zuschauerraum vor der flimmernden Leinwand für schädlich hält. Das «Eldorado» befindet sich ein paar Häuser neben dem Café. Im Hof unter dem Torbogen habe ich mein Fahrrad abgestellt. Schlatter hilft mir, das Schloß am Hinterrad anzubringen. Seit einigen Tagen ist der Sattel locker, auch mit den Pedalen stimmt etwas nicht, außerdem ist zu wenig Luft in den Reifen. Schlatter bringt das wieder in Ordnung unter der Bedingung, daß ich mit ihm *Edelweiß für Anita* ansehe. Er löst die Karten am Schalter. Auf dem Plakat lese ich, daß der Film nicht jugendfrei ist.

Einige Minuten warten wir im Vestibül, wo Schlatter schon wieder ein Eis mit Schokoladenüberzug für mich kaufen will. Dann läßt man mich anstandslos in den Saal. Vielleicht, weil ich in Begleitung eines Erziehungsberechtigten bin. Könnte Schlatter mein Vater sein? Er wählt Plätze in einer der hinteren Reihen. Noch läuft das Vorprogramm, ein Film über die Welt des ewigen Eises. Schlatter benutzt die Gelegenheit, um mir weiter politischen Unterricht zu erteilen.

«Eines haben wir beide gemeinsam», sagt er, «unser Deutschtum. Das kann uns keiner nehmen.» Im Zuschauerraum wird gezischt. In der Pause spielt die bunt beleuchtete Kino-Orgel einen Schlager. Schlatter ist immer noch bei unserem gemeinsamen Deutschtum.

«Darauf solltest du stolz sein, kleine Dame. Es kommen große Zeiten. Unser Volk wird sich aus tiefer Erniedrigung aufrichten.» Seine Ausdrucksweise kommt mir gestelzt vor. Es ist, als lese er seine Worte aus einem Buch vor. Endlich wage ich ihn zu unterbrechen, um zu sagen, daß ich mich nicht für Politik interessiere. Der Vorhang öffnet sich. Der Film *Edelweiß für Anita* beginnt. Anita ist eine Bergbauerntochter, ihr Liebhaber ein Bergführer, der ihr Edelweiß aus der Gletscherzone mitgebracht hat. Nachts steigt er durchs Fenster in ihre Schlafkammer ein, überreicht ihr den Edelweißstrauß, der in der Nacht auf dem Nachttisch unbeachtet dahinwelkt. Der Bergführer streichelt mit der rechten Hand Anitas dicke blonde Zöpfe, während er sich mit der Linken umständlich die Riemen seiner Bergstiefel löst. Hemd und Hose behält er an, als er sich zu Anita legt. Auf einmal spüre ich Schlatters Hand auf meiner Brust. Ich versuche, von ihm abzurücken, stoße aus Versehen an meinen Nachbarn zur Linken, muß mich entschuldigen.

«Nicht so zickig, kleine Dame», zischt mir Schlatter ins Ohr. Noch einmal drückt er meinen Busen. Noch nie hat es jemand gewagt, meine Brüste zu berühren.

«Fühlt sich nicht übel an», sagt er, «verspricht gut zu werden. Abwarten.» Ich muß an die Hexe aus Hänsel und Gretel denken, die ihre Opfer im Käfig prüft, ob sie schon fett genug sind.

«Noch ein Jährchen, und wir sind wirklich eine kleine Dame», sagt Schlatter, «an der alles dran ist, was man so braucht.» Eine Weile starrt er auf die Leinwand, wo Anita und der Bergführer sich lieben. Noch einmal versucht er, mich anzurühren, diesmal nicht mit der Hand, sondern mit dem Knie. Ich spüre das Leder seines Schaftstiefels. Er legt seine Pranke auf meinen Oberschenkel und macht sich an meinen Strumpfbändern zu schaffen. Der Mann aus dem Bremer Sammelbüro fällt mir ein.

«Sofort lassen Sie mich los», rufe ich so laut, daß sich die Zuschauer in der Reihe vor uns umdrehen. «Sonst sage ich es meiner Tante.» Schlatter steht auf, mitten in der Vorstellung verlassen wir den Saal.

«Auf nach Berlin», ruft Josephine, als sich die Sommergäste Ende September verabschieden. Sie will ihren Plan endlich wahrmachen und ein paar Wochen mitfahren.

«Wer weiß, ob ich später noch einmal zu solchen Vergnügungen komme», sagt sie. Körperlich geht es ihr nach wie vor gut, die Ärzte haben nichts einzuwenden gegen einen Ausflug in die Metropole. Nur Onkel Gregor warnt vor Überanstrengung durch abendliche Unternehmungen. Diesmal fahren alle nach

Berlin, auch Sascha, der von dort aus wieder zurück nach Moskau will. Marie Luise und Gabrielle bereiten ein neues Gastspiel vor. Mr. Ferner nimmt das Angebot von Casimir an, ihn und Gladys in seinem Bildertransportwagen mitzunehmen. Sirius fliegt mit dem neuesten Sportmodell, das in einer Fabrik in Seenähe hergestellt wird. Auch Giorgio hat etwas in Berlin zu erledigen, worüber er keine Auskunft gibt. Wahrscheinlich etwas Politisches; er scheint ein Verbindungsmann zwischen italienischen und deutschen Parteikreisen zu sein.

Josephine möchte auch in der Hauptstadt nicht auf ihren Pagen verzichten. «Etwas Berliner Luft könnte Muriel nicht schaden», sagt sie. Doch ich will Onkel Gregor nicht allein lassen. Er braucht mich bei der Arbeit. «Berlin erlebst du noch immer früh genug», hat er gesagt. Wir beide bleiben allein im herbstlichen Park zurück. Abends sitzen wir uns an den Schmalseiten des Eßtischs weit entfernt voneinander gegenüber.

Von Tag zu Tag lerne ich besser Schreibmaschine schreiben, ich werde nicht nur zu einer echten Hilfskraft, ich treibe Onkel Gregor, der zum Zögern neigt, zur Eile an. Immer wieder verbessert er einen Satz, kein Manuskriptblatt will er aus der Hand geben, bevor er es wieder und wieder durchgelesen hat. Manche Seiten muß ich ein halbes dutzendmal abschreiben, ehe er sie gutheißt.

Schon nach einer Woche liest mir Onkel Gregor den ersten Brief aus Berlin vor, nicht etwa von Josephine, sondern von Sirius. In Berlin gibt es für ihn keine schöpferischen Pausen. Jeden Abend zeigen Kinos, Revuetheater und Schauspielhäuser neue Sensationen: witzig, flüchtig, geistreich, frivol. Folgt ein Lob der Berliner Luft, die wie Sekt wirke, was ich nun oft genug gehört habe. Man braucht nur wenige Stunden Schlaf. Die Damen erholen sich zusehends, sie gleichen nicht mehr welkenden Treibhausgewächsen wie manchmal im Quisisana. Onkel Gregor gibt mir den Brief, weil ich Sirius' Schrift mit den selbsterfundenen stenographischen Kürzeln besser entziffern kann als er.

«Der Mensch eine Maschine mit Stromversorgung», lese ich vor, «in naher Zukunft wird er mit ausgetauschten Organen leben können – Augen, Nieren, Leber, Gebärmutter, Herz. Nur das Gehirn ist unersetzlich, ein paar Pfund weicher grauweißer Masse, wiegt weniger als andere lebenswichtige Organe. Oft gepriesen als Meisterwerk der Schöpfung mit seinen ungezählten Zellen, von denen täglich welche absterben, ohne erneuert zu werden, die übriggebliebenen müssen ihre Arbeit mit übernehmen. Stammhirnrinde, Traum- und Schlafzentrum, Phantasie, Logik, Sexualität, alles lokalisiert. Die Zentrale, winzig, aber mächtig, sendet ständig Befehle an Nerven und Muskeln aus. Bei Beschädigung Verbindung unterbrochen. Bewegungen nicht mehr koordiniert. Körper streikt, besonders Extremitäten...»

«Sirius sollte nicht so viele halbgare Gedanken von sich geben», unterbricht mich Onkel Gregor, «in Wirklichkeit ist alles viel komplizierter.» Der Brief hat noch einen Nachsatz, der mich betrifft: «Muriel sollte schleunigst herkommen, Ganglienzellen elektrisieren lassen, durch Reizung fruchtbar machen. Die Jahre, die wir zur Zeit erleben, kommen nie wieder. Naturwissenschaft, Physik, Medizin, Psychologie, Kunst, alles in Hochblüte. Dabei keinerlei finanzielles Polster, auf dem der Mensch sich zur Ruhe betten kann, täglich neue Bankzusammenbrüche. Das hält munter, macht die Geister wach.»

Die nächste Nachricht ist eine Postkarte von Josephine. Sie meldet prächtiges Herbstwetter, klare Luft, Ozongeruch aus märkischen Kiefernwäldern. Sie macht Spaziergänge am Wannsee und im Grunewald, hat die Pfaueninsel und Potsdam besucht, ist im Kahn durch das Kanallabyrinth des Spreewaldes gefahren. Jeden Abend Kino oder Theater. Nachher sitzt man dann noch mit alten und neuen Freunden in Lokalen zusammen. Gesundheitlich geht es ihr gut. Gregor braucht sich keine Sorgen zu machen. Sie bekommt genügend Schlaf. Mehr geht auf die Postkarte nicht, jedenfalls nicht mit ihrer großen Schrift.

Wir führen unser gewohntes Leben weiter, ohne daß eine neue Botschaft aus der großen Welt uns erreicht. Inzwischen ist Sirius' jüngstes Theaterstück uraufgeführt worden, eine Gesellschaftskomödie mit tieferer Bedeutung. Mr. Ferner schickt uns die ersten Kritiken. Der Autor selbst ist mit der Inszenierung nicht einverstanden – zu revuehaft, oberflächlich. Der Regisseur hat sich nicht genug Zeit genommen für die Proben. In Berlin jagt eine Sensation die andere, es finden zu viele Premieren statt, man will zu viel Neues auf einmal bieten. In Sirius' Stück sprechen die Personen mit zweierlei Stimmen: Die erste redet *small talk*, verlogenes Salongeplapper, die zweite, die ein anderer Schauspieler hinter den Kulissen spricht, verrät die wahren Gedanken der Hauptdarsteller. Marie Luise und Gabrielle berichten über die Proben zu ihrem Gastspiel in einem Privattheater des Westens.

Er brauche weder Tapetenwechsel noch Luftveränderung, sagt Onkel Gregor, er bleibt an dem Ort, an den er gehört. «Meine Arbeit nimmt mir niemand ab», sagt er. Er nutzt Josephines Abwesenheit aus, um täglich einige Stunden länger schreiben zu können. Ab und zu fragt er mich, ob ich das, was ich für ihn abschreibe, auch verstehe. Es ist ihm wichtig, ihm liegt daran, voraussetzungslos zu schreiben, so daß es jeder Laie und sogar ein Jugendlicher wie ich begreifen kann. «Man soll mich ohne Fachwörterbuch lesen können», sagt er, «ich bemühe mich um eine einfache Sprache. Klare Gedanken kann man auch klar ausdrücken.» Doch ich finde seinen Stil schwierig. Das einzige, was ich mühelos begreife, sind Beispiele und Krankengeschichten aus seiner Praxis.

Sascha, der kaum Verbindung mit Josephine und ihrer Clique hat, schreibt kurz vor seiner Abreise nach Moskau einen Abschiedsbrief. Für ihn ist das Wiedersehen mit der verelendeten Stadt ein beklemmendes Erlebnis: überall Arbeitslose, Hausierer, Invaliden. Kinder betteln um Brot, alte Leute schlürfen einen Teller Suppe, den ihnen jemand aus dem Fenster gereicht hat. Im Tiergarten lagern die Obdachlosen. Auf den Boulevards und Alleen marschieren Kolonnen der SA, singen judenfeindliche Marschlieder. Eine Regierung löst die andere ab. Die Nazis gewinnen ständig an Macht, haben bereits viel zu viele Mandate im Reichstag. Die Beamtengehälter werden gekürzt, die Beiträge zur Arbeitslosenversicherung steigen. Man sieht neue große Bankpleiten voraus.

«Und was machen *unsere* Leute dagegen?» heißt es weiter. «Rotfront prügelt sich mit Nazis. Die SPD ist ein ziemlich kümmerlicher Verein, obgleich sie einige gute Leute in der Regierung haben. Hitler gewinnt mit seiner Propaganda immer mehr Anhänger unter dem Bürgertum wie unter den Arbeitslosen.» Ein junger SA-Mann hat zu Sascha auf einer Bank im Tiergarten gesagt: «‹Arbeit hab ich nicht. Nazis oder Kommunisten... Wohin gehörst du? hab ich mich neulich gefragt. Es ist mir ziemlich schnuppe. Ich bin dann zu denen von der SA gegangen, weil die besser gesungen haben und sauberer gekleidet sind. Das erste, was ich von ihnen umsonst gekriegt habe, war ein Paar Schaftstiefel. Jetzt weiß ich wieder, wer ich bin. Ein Mann ohne Stiefel ist doch nur ein halber Mann...›»

Marie Luises Gastspiel ist diesmal kein Erfolg. «Diese Stadt besteht aus lauter Verrückten», schreibt sie, «die Hälfte ihrer Bewohner, die sich jeden Abend zu grauenhafter Musik halb tottanzen, wären besser im Quisisana aufgehoben.» Über Josephine berichtet sie: «Immer und überall steht sie im Mittelpunkt. Wo immer sie sich zeigt, drehen sich alle nach ihr um, obgleich sie keine Modetorheiten mitmacht. Sie kann auch ihre Schwangerschaft nicht mehr verbergen, doch das macht ihr kaum etwas aus. Im Quisisana haben wir sie nie so strahlender Laune gesehen wie hier. Sie unterhält Freunde und Fremde bis tief in die Nacht hinein mit ihren Geschichten. Hat nicht die geringsten Schwierigkeiten, sich dem Berliner Stil anzupassen.»

Gladys, die vom Geheimnis des Quisisana nichts zu wissen scheint, erzählt in einem Brief, sie habe Josephine in Begleitung eines jungen Rennfahrers getroffen, der in der Berliner Damenwelt zur Zeit sehr beliebt sei, eine neue Figur der Sportszene, er nehme nächstens an einem Avusrennen teil.

Ich höre zu lesen auf, blicke Onkel Gregor an. Wir wissen

beide, daß es sich nur um Schlatter-Benedetti handeln kann. Ich versuche, ihn mir mit Sturzhelm und Brille beim Training vorzustellen. In welchem Wagen wird er diesmal starten? Ich wundere mich, daß Josephine sich ihm in ihrem Zustand zeigt. Findet sie sich gegenüber seinen anderen Verehrerinnen nicht schwerfällig und häßlich, oder ist sie ihrer Sache so sicher, daß sie auf Rivalinnen keine Rücksicht zu nehmen braucht?

Das Avusrennen findet im November statt. Trotz aller Warnungen hat sich Josephine auf der Zuschauertribüne am Start- und Zielpunkt eingefunden. Schlatter-Benedetti fährt einen neuen Alfa-Romeo. Er liegt auf einem der ersten Plätze, immer wieder hört man seinen Namen durch den Lautsprecher des Sportreporters. Doch in der vorletzten Runde wird sein Wagen aus der Bahn geschleudert. Das neue Modell, heißt es später, sei nicht ausreichend erprobt gewesen. Der Fahrer ist zehn Meter durch die Luft geflogen und dann am Rand der Asphaltbahn liegengeblieben. Er wird bewußtlos vom Platz getragen. Josephine verliert noch am Abend des Unfalls ihr Kind – ein Mädchen. Das Baby kommt tot zur Welt, wie wir von Gabrielle erfahren. Körperlich geht es ihr bald wieder gut. Aber sie hat einen seelischen Schock erlitten. Sobald sie reisefähig ist, wird sie nach Hause zurückkehren.

20

1930

«Glaub nur nicht, daß ich jetzt ein Fall für ‹Salve Regina› bin», ruft Josephine Onkel Gregor zu, als sie mit ihren kleinen festen Schritten, genauso aufrecht wie früher, die Treppe des Haupthauses hinaufsteigt. «In ein paar Tagen habe ich mich hier wieder eingewöhnt. Das Leben im Quisisana ist ähnlich wie Schwimmen und Radfahren – man verlernt es nie.» Sie lacht selbst über diesen Scherz, den wir alle kennen. Onkel Gregor hat seinen Ärzteblick, als er sie begrüßt. «Ich tue dir nicht den Gefallen, deine Patientin zu werden», sagt Josephine. Nach der langen Reise ruht sie sich ein paar Stunden aus, dann will sie mit uns allein zu Abend essen. «Alles wie immer», sagt sie, «aber bitte heute keine Gäste.»

Wir sitzen zu dritt am Eßtisch. Josephine erzählt von Berlin, als habe sie dort nur sorglose Tage und amüsante Nächte verlebt. Sirius' Theaterstück hat ihr nicht gefallen. «Lebensfremd», meint sie, «diese zwei Stimmen, mit denen die Personen reden. So etwas tut ja kein Mensch: seine Gedanken offenbaren. Als ob wir ohne Lügen leben könnten!» Sirius' Standpunkt findet sie exzentrisch und unnatürlich. Übrigens will er gleich nach Neujahr im Quisisana einen Besuch machen, um sich von Onkel Gregor wegen bestimmter Störungen untersuchen zu lassen.

Am Heiligen Abend muß ich Josephine in einer der Villen, wo

Onkel Gregor als Anstaltschef zusammen mit dem Pflegepersonal und den genesenden Patienten feiert, vertreten. Josephine schickt als Gruß für die Angestellten eine gerade erst aufgegangene Blüte der «Königin der Nacht» aus dem Wintergarten. «Ein Stern», steht auf der Begleitkarte in ihrer wie gestochenen Handschrift, «wenn auch nicht der von Bethlehem.»

Kurz nach Silvester kehren Mr. Ferner und Gladys ins Quisisana zurück, wo sie ein Grundstück für ein eigenes Haus am Rande des Parks erworben haben, obgleich laut dem Schilfingerschen Familientestament kein Stück Boden veräußert werden darf. Ein Architekt aus dem Bauhaus hat die Villa entworfen; ihr flaches Dach paßt ebensowenig zu den von Efeu und wildem Wein umrankten Giebeln und Fachwerkbauten der Klinikhäuser wie seine weiße Farbe. Mr. Ferners neues Heim ist ein Bungalow mit mehreren Innenhöfen, in denen alte Parkbäume stehen. Das Haus heißt «Villa Josephine». Die Herrin des Quisisana soll es beim Richtfest taufen.

Ein paar Tage später bin ich gerade auf der Treppe, als es an der Haustür läutet. Ich warte darauf, daß der Besucher die tagsüber meist offene Tür selbst öffnet – nichts dergleichen geschieht. Die Schelle schrillt zum zweiten Mal. Ich gehe zum Treppenhausfenster, öffne es und rufe: «Wer ist da?»

Die Äste der Blutbuche versperren die Sicht. Niemand scheint meine Frage gehört zu haben. Zögernd gehe ich die Treppe hinunter. Josephine liegt oben im Damenzimmer, sie blättert in Sportzeitschriften, die jetzt überall offen herumliegen. Außer ihr und mir ist niemand zu Hause. Onkel Gregor befindet sich auf Visite, Käte macht Besorgungen in der Stadt. Einen Augenblick glaube ich, Schlatter stehe vor der Tür. Will er die Gelegenheit ausnutzen? Weiß er, daß Josephine um diese Stunde allein ist? Auf jeden Fall ist es ein Fremder, der sich mit den Sitten des Quisisana nicht auskennt, sonst würde er nicht die halb eingerostete Klingel in Bewegung setzen, die kaum jemand mehr gebraucht. Ich öffne die Haustür: Sirius! Auf der obersten Stufe der Freitreppe ist er stehengeblieben. Auf dem kahlen Kugelkopf trägt er einen steifen Hut, im übrigen ist er kostümiert wie zu einer seiner Komödien: schwarzer Gehrock, geblümte Weste, weißes Hemd, Plastronkrawatte, Lackschuhe. Mit zeremonieller Höflichkeit nimmt er den Hut ab. Er starrt mich aus farblosen Augen an. Erst in diesem Augenblick entdecke ich die Pistole in seiner Hand. Sie sieht klein und ungefährlich aus – ein Spielzeug mit Platzpatronen. Mit eunuchenhaft hoher Stimme ruft er: «Aus dem Weg, Muriel! Laß mich durch! Hab was zu erledigen.» Und bevor ich fragen kann, was er will, sagt er beiläufig, leise, aber doch bedrohlich: «Muß deine Tante erschießen.»

Ich nehme seine Worte nicht ernst, denke, er wolle mir eine Theaterszene vorspielen, er kommt mir vor wie eine von ihm selbst erfundene Figur. Redet in der gekünstelten Sprache, an der ihn jedermann gleich erkennt. Doch eine Vorahnung sagt mir, daß die Sanftmut, mit der er mich wegschiebt, um ins Treppenhaus zu kommen, unecht ist. Stille vor dem Sturm. Dieser Sirius ist keine Bühnenfigur, denke ich. Über Nacht hat er sich aus einem Stammgast des Haupthauses in einen unberechenbaren Patienten verwandelt, der ins «Waldeck» gehört. Ich habe es mit einem Kranken zu tun, der mit verstellter Stimme spricht.

Ich bin jetzt fest entschlossen, ihn nicht zu Josephine hinaufzulassen. Habe mir etwas ausgedacht, um ihn zu überlisten. Mit meiner hellen Lügnerstimme sage ich, er solle in die Küche hinuntergehen, Josephine sei mit Einmachen beschäftigt. Unwahrscheinliche Behauptung, denn jedermann, auch Sirius, weiß, daß sie sich so gut wie nie um den Haushalt kümmert. Dennoch geht Sirius die ersten Stufen der Kellertreppe hinunter. Dann dreht er sich um, als sei ihm etwas eingefallen, und steigt krummbeinig und lautlos wie ein Raubtier die Treppe wieder hinauf. «Du bist schon immer eine verdammte Lügnerin gewesen», sagt er zu mir.

Ich muß versuchen, Josephine vor ihm zu warnen. Ich bin schneller als er, will an ihm vorbeilaufen. Aber er ergreift meinen

Arm, es gelingt mir nicht, mich aus seinem Klammergriff zu lösen.

«Bleib, wo du bist», ruft er mit einer Stimme, die ich noch nie bei ihm gehört habe. «Misch dich nicht ein. Laß mich mit der Frau Tante allein.» Dieses «Frau Tante» kommt mir unheilvoll vor, zynisch, drohend, verächtlich. Schon ist er oben, er öffnet die Tür zum Damenzimmer, schließt sie hinter sich. Ich kann nicht hören, was sich im Zimmer abspielt, obgleich ich an der Tür lausche und die Hand auf der Klinke habe. Es fällt kein Schuß, es ertönt kein Schrei. Ich höre kein Wort, das die beiden wechseln. Ich stelle mir vor, wie sie sich gegenüberstehen, wie Sirius die kleine Pistole auf Josephine richtet, wie sie sich auf ihrer Couch als Ziel anbietet. Ich überlege mir, wie ich ihr zu Hilfe kommen kann, doch jeder Laut und jede Bewegung können die stumme Szene in blutigen Ernst verwandeln. Solche Pistolen, die so harmlos aussehen, gehen manchmal gegen den Willen ihres Besitzers von selbst los und töten, es sind Automaten. Der Mensch braucht kaum Kraft, um sie in Bewegung zu versetzen, ein Griff, ein Knopfdruck genügen, um den Tod aus seinem Gefängnis zu entlassen – jetzt ist er frei, sein Geschoß durchschlägt alles, was dem Metall und der Zündkraft der Explosion nicht widerstehen kann.

Es muß etwas geschehen, um die Lautlosigkeit da drinnen zu beenden. Ich bemühe mich, die Tür zu öffnen, ohne ein Geräusch zu machen, darin habe ich Übung. Ich sehe, was ich erwartet habe: Josephine in ihrem Negligé auf dem Sofa, drei Meter von ihr entfernt der Schütze mit steif ausgestrecktem Arm, unfähig, auf den Abzugshebel der Waffe zu drücken. Oder hat er es bereits vergeblich versucht? Ist die Pistole vielleicht gar nicht geladen? Als Josephine mich entdeckt, findet sie Kraft aufzustehen und auf Sirius zuzugehen. Er läßt den Arm sinken, sie nimmt ihm die Waffe ab. Sie redet ihm zu wie einem Kind, das sich ein gefährliches Spielzeug angeeignet hat.

Stellungswechsel – wie auf der Bühne! Jetzt ist es Sirius, der auf dem Sofa zusammensackt, seine Schultern zucken, er bricht in Schluchzen aus, bekommt einen Weinkrampf. Josephine bittet mich, Onkel Gregor zu holen.

«Sag ihm, wir haben hier einen Patienten», erklärt sie vollkommen ruhig. Ihr Gesicht ist blaß, doch an seinem Ausdruck hat sich nicht das geringste verändert. Wieder einmal bewundere ich ihre Kaltblütigkeit. Immerhin ist sie eben erst einem Anschlag auf ihr Leben entronnen. Jetzt steht sie aufrecht da, dreht das Mordinstrument in der Hand hin und her, gewiß hat sie es vorher gesichert.

Noch in derselben Stunde wird Sirius ins «Waldeck» eingeliefert. Auf einmal zeigt er sich apathisch, leistet keinen Widerstand. «Fortgeschrittene Paralyse» heißt die Diagnose. Ich muß im Lexikon nachsehen, was das Wort bedeutet. Nach den ersten Untersuchungen erklärt Sirius, der wieder sprechen kann, aus welchem Grund er die Pistole gegen Josephine gerichtet hat. Seine Aussage wird schriftlich festgehalten, Onkel Gregor zeigt mir später das Protokoll: «Ich wollte sie erschießen, weil sie eine der schönsten Frauen ist, die ich je gesehen habe. Schönheit muß zerstört, alles Vollkommene vernichtet werden. Ich wollte Josephine in ihr hochmütiges Gesicht schießen. Ich habe vor mir gesehen, wie dieses Gesicht auseinanderplatzt und sich in eine blutige Kraterwunde verwandelt. Doch als ich sie auf dem Sofa sitzen sah, hat mich die Kraft verlassen.»

Im Lexikon finde ich zur Erklärung der Krankheit nur wenige Worte: «*Paralyse (griechisch), die progressive Paralyse ist eine Form der Syphilis: Die Erreger dringen in das Gehirn ein und bewirken dort zunächst Entzündungs-, später Zersetzungsvorgänge an den Ganglienzellen.*»

Josephine starrt zum Terrassenfenster hinaus, ohne ein Wort zu sagen. Sie zeigt weder Lust, eine Patience noch ein Puzzle zu legen. Hat sie doch einen Schock erlitten? Auch ihr erster Ehemann (von dessen Existenz ich bisher nichts wußte) ist Paralytiker gewesen, auch er hat sie während einer Schwangerschaft mit einer Pistole bedroht, worauf sie ihr Kind verloren hat. Um sich von ihrem Schock zu erholen, war sie ins Quisisana gekommen, wo sie Onkel Gregor, den seit kurzem verwitweten Anstaltschef, kennengelernt hatte.

«Ich erlebe immer wieder das gleiche», sagt sie, «jemand richtet eine Pistole auf mich, um mich zu töten, drückt aber nicht ab. Vielleicht gelingt es beim dritten Mal.» Ich wundere mich, daß sie mich ins Vertrauen zieht. Ihre Stimme klingt ruhig, zum ersten Mal frage ich mich, ob Josephine, die immer heiter, lebenslustig und lachbereit ist, mit der Möglichkeit rechnet, früh eines unnatürlichen Todes zu sterben.

Bald nach seinem Tobsuchtsanfall wird Sirius auf eigenen Wunsch in eine Berliner Klinik verlegt. Er stirbt wenige Wochen später an Herzversagen.

Nach diesem Erlebnis schreibe ich einen Brief an meinen Vater. Was ich Papa zu sagen habe, war schon lange fällig, aber erst jetzt entschließe ich mich, ihm das, was ich für die Wahrheit halte, mitzuteilen. Das Quisisana-Paradies verwandelt sich in meinem Brief in eine Hölle. Ich berichte alle Zwischenfälle, die ich bisher verschwiegen habe: Andreas' Selbstmord, Josephines Verhältnis zu Schlatter, ihre Fehlgeburt, meine verschiedenen Begegnungen mit Onkel Gregors Patienten und Gästen, das Schiffsunglück der *Eureka*, Sirius' Pistolen-Überfall und seinen Tod.

Drei Tage trage ich den Brief in meiner Schulmappe mit, dann zerreiße ich ihn, statt ihn abzuschicken. Es sind Föhntage mit lastender Luft. Josephine leidet wieder unter Migräne. Trotzdem fällt mir auf, wieviel ruhiger sie nach ihren beiden Schockerlebnissen geworden ist. Sie kann jetzt tagelang, wenn es draußen stürmt und schneit, in ihrem Zimmer bleiben und dem Unwetter zuschauen. Einmal begegne ich ihr auf dem Schulweg in der Stadt. Sie sieht mich nicht, sie geht auf die Grenze zu, wo sie gewiß keine Besorgungen zu machen hat. Heimlich folge ich ihr. Hintereinander, in einem Abstand von zwanzig Metern, gehen wir die Hauptstraße entlang, die zur Landesgrenze führt. Ich bleibe stehen, als ich entdecke, daß Josephine für die Zöllner und Grenzbeamten keine Fremde zu sein scheint. Die Schranken öffnen sich, sie wird begrüßt, braucht keinen Paß vorzuzeigen. Sie hat kein Gepäck bei sich, nicht einmal eine Handtasche. Sie zeigt dem Zöllner ihre leeren Hände und lacht. Mir fällt ein, daß Schlatter, der sich von den Folgen seines Unfalls erholt hat, jetzt in einer Neubausiedlung in der Nähe der Grenze wohnt, im deutschen Teil der Doppelstadt. Jean-Marie hat es Käte erzählt. Ob die Grenzbeamten ahnen, wohin Josephine, die sie als Herrin des Quisisana kennen, zu so früher Stunde unterwegs ist?

Onkel Gregor soll wieder an einem Kongreß im Seehotel teilnehmen. Ich helfe ihm bei den Tagungsvorbereitungen. Er will mit zwei Apparaten gleichzeitig Lichtbilder von seinen Patienten zeigen – zum Vergleich. Sein Thema heißt: «Der Manierismus der Geisteskranken.» Ihm kommt es für die Stellung seiner Diagnosen auf Mienenspiel und Gebärden der Kranken an. Im Quisisana kann er täglich neue Beobachtungen über das körperliche Verhalten der Patienten machen: wie sie gehen, auf welche Weise sie sich durch zeremonielle Förmlichkeit andere Menschen vom Leib halten, wie gedrechselt und umständlich ihre Sprache ist, wie sie sich verbeugen, die Füße aufsetzen, mit welchen Arm- und Beinbewegungen sie sich während ihrer Badekuren an- und ausziehen. Ich ordne die Diapositive in zwei schmale Holzkästchen.

Der alte «Adler» tut noch immer seinen Dienst. Josephine will sich nicht von ihm trennen. Der Wagen soll Onkel Gregor und mich über die Grenze ins Seehotel, das im deutschen Teil der Stadt liegt, bringen. Jean-Marie ist krank geschrieben, in letzter Zeit leidet er an Gelenkrheumatismus. Schon wieder ein Aushilfsfahrer, denke ich, als ich mit Onkel Gregor in den Fond des Autos steige. Ich wundere mich, daß die Trennscheibe diesmal offensteht. Gleich nach der Abfahrt beginnt Onkel Gregor, der sonst vor seinen Vorträgen stets sehr schweigsam ist, ein Gespräch mit dem Chauffeur. Ich blicke auf und entdecke

Schlatter am Steuer. Träume ich? Es ist doch unmöglich, daß die beiden sich kennen und treffen. Schlatter dreht sich am Steuer um, er scheint unser unverhofftes Wiedersehen zu genießen.

«Na, kleine Dame? Wieder ein bißchen erwachsener geworden?» Ich gebe keine Antwort, am liebsten würde ich ihm ins Gesicht schlagen. Wie kann er es wagen, dem Ehemann seiner Geliebten seine Dienste anzubieten? Auch Onkel Gregors Verhalten begreife ich nicht. Gehört es zu seinen Geheimmethoden, seine Gegner auf seine Seite zu ziehen und auf diese Weise ungefährlich zu machen? Will er Schlatter und Josephine auseinanderbringen? Später, im Seehotel, frage ich ihn, wie er die Bekanntschaft dieses Mannes gemacht hat. Er sagt, es sei immer gut, seine Feinde oder diejenigen, die sich dafür halten, persönlich zu kennen. Eifersucht sei eine menschliche Regung, die man sich als Arzt und Analytiker abgewöhnen müsse. Man solle versuchen, sich selbst zu prüfen, um zu lernen, was man falsch gemacht habe und wie es zu dem jetzigen Zustand, unter dem er natürlich leide, gekommen sei. Gewiß fühle er sich diesem Schlatter überlegen, aber geistige Überlegenheit genüge nicht, um menschliche Situationen zu meistern. Es sei hochmütig, arrogant und töricht, dergleichen zu glauben.

Kaum haben wir die Grenzformalitäten hinter uns, da beginnt Schlatter, den Kopf ins Profil gedreht, eine seiner politischen Diskussionen. Dieses Thema wird im Quisisana auf Josephines Wunsch noch immer gemieden. Schlatter fragt Onkel Gregor, ob er sich klarmache, was sich in Deutschland zur Zeit abspiele, wie groß Not und Elend dort seien und wie sehr man einen Wechsel in der politischen Führung herbeiwünschen müsse. Das kleine Fräulein solle das ruhig mit anhören, sie sei eine Deutsche, genau wie er. Schlatter trägt «Räuberzivil», keine richtige Uniform, aber eine braungelbe Lederjacke und Schaftstiefel, dieselben, die er in dem Café anhatte.

«Die Radikalen», erklärt er, «treten die Herrschaft an. Sie sind bereit, sich die Beute der Bürgerlichen und der Juden zu teilen. Wir haben einen Führer, der mehr als die Irrenärzte von der Psychologie der Massen versteht. Ihr Gebiet, Professor! Sie sollten sich ruhig mehr damit auseinandersetzen.» Der Ton, in dem er spricht, beweist mir, daß er inzwischen Bücher gelesen und bei den Versammlungsabenden der Partei Reden gehalten hat. Onkel Gregor schweigt eine Weile, dann gibt er fast kleinlaut zu, daß er nicht genug von Massenpsychologie verstehe, er habe immer nur Einzelbehandlungen durchgeführt. Gewiß ein Fehler, er hätte mehr mit Gruppen arbeiten sollen. «Was nützt die Heilung einzelner, wenn es um psychische Kollektivkrankheiten geht, die viel größeren Schaden anrichten können», sagt er.

«Zerreden, zersetzen, analysieren», erklärt Schlatter, als wir vor einer Bahnschranke warten müssen, «damit wird es in Zukunft vorbei sein. Es zählt nur die Tat, keine Diskussionen, wie sie die Professoren lieben, besonders die Juden.» Onkel Gregor zuckt nicht zusammen, offenbar führt er nicht zum ersten Mal mit Schlatter solche Gespräche.

«Ich habe nichts gegen Sie, im Gegenteil», erklärt Schlatter gönnerhaft, «Sie sind mir sympathisch. Sie haben das Glück, einen Schweizer Paß zu besitzen. Ihnen wird wegen Ihrer jüdischen Herkunft nichts geschehen. Sollte es dennoch Schwierigkeiten geben, wenden Sie sich einfach an mich, ich werde Sie immer schützen.»

«Schützen – Sie ihn?» unterbreche ich.

«Halt den Mund, kleine Dame, davon verstehst du nichts. Das sind Männergespräche.» Schlatter stellt den Motor wieder an. Wir sind spät dran, stelle ich auf der Autouhr fest. Schlatter fährt jetzt schneller, doch er setzt seine Belehrungen fort.

«An Ihrer Stelle, Professor, würde ich nicht mehr so oft im Ausland Vorträge halten. Am besten, Sie bleiben, wo Sie sind. Überall breitet sich der Antisemitismus aus. Wenn Sie wüßten, wie die SA-Männer in meinem Sturm die Juden nennen.» Ich wundere mich über Schlatters forschen Ton. Onkel Gregor scheint ihm seine Warnungen nicht übelzunehmen. Er sagt nur, eine Zeit, in der er nicht mehr zu internationalen Kongressen fahren könne, um Austausch mit Kollegen zu haben, sei für ihn unvorstellbar. Wissenschaft kenne keine Landesgrenzen, sie mache vor keiner Sprachbarriere halt. Forschungen und Erkenntnisse müßten der ganzen Welt zugute kommen.

Der Portier des Seehotels öffnet den Wagenschlag. Onkel Gregor gibt dem alten Mann, den er seit vielen Jahren kennt, die Hand. Schlatter hält mich am Ärmel zurück.

«Gut auf ihn aufpassen, kleine Dame», flüstert er mir zu.

In den Kongreßsaal kommen nur Hotelgäste und Teilnehmer der Tagung mit Eintrittskarten, dafür sorgen die Hotelpagen. Im Haus und im Park gibt es kein Gesindel, wie es sich jetzt überall herumtreibt. Die Tagung läuft nach Plan ab. Onkel Gregor und ich essen jeder für sich in unseren Zimmern zu Abend. Onkel Gregor konzentriert sich auf seinen Vortrag. Der Saal ist abgedunkelt wegen der Vorführung der Diapositive. Wir haben auch Aufnahmen mitgebracht, die der Oberarzt mit einer Schmalfilmkamera gemacht hat, um das Material zu ergänzen. Auf der Leinwand erscheinen die Bilder in vielfacher Vergrößerung, so daß die Menschen auf ihnen zum Teil nur noch schattenhaft wirken.

Ich kann die Zuhörer nicht betrachten, weil es dunkel ist. Ich bin zu nervös, muß achtgeben auf das Zeichen zum Wechseln des Bildes. Trotzdem drehe ich mich ab und zu um, als drohe aus den hinteren Reihen durch das Publikum, das aus der Stadt gekommen ist, Gefahr. Onkel Gregor hantiert mit dem Zeigestock, er deutet auf verschiedene Stellen der Leinwand, um Lichtbilder und Filmaufnahmen zu erläutern. Wegen seiner Kurzsichtigkeit fällt es ihm schwer, die Bilder aus der Nähe zu unterscheiden. Ein paar Mal irrt er sich und erklärt ein Bild, das noch gar nicht auf der Projektionswand erschienen ist. Ich zucke zusammen, als jemand wegen der Verwechslung lacht, andere schließen sich an. Sitzen wirklich nur Fachkollegen im Saal, oder haben sich einige der Radaubrüder, vor denen Schlatter mich gewarnt hat, eingeschlichen, die es darauf abgesehen haben, die Veranstaltung zu stören? Einige Minuten lang versagt das Licht.

Das Bild auf der Leinwand wird unsichtbar. Im Saal entsteht Unruhe, einige Zuhörer verlassen den Raum.

Nach seinem Referat, das wegen der Bild-Interpretationen länger als sonst gedauert hat, ist Onkel Gregor so erschöpft, daß er am gemeinsamen Abendessen mit den Kollegen nicht teilnehmen kann. Ich muß ihn entschuldigen. An der Rezeption läßt er sich seinen Mantel und Hut geben. Trotz der immer noch winterlichen Kälte will er ein wenig in den Anlagen spazierengehen, um wieder zur Ruhe zu kommen. Ich will ihn begleiten, aber er schickt mich ins Bett. Ich blicke zum Fenster hinaus: Dunkle sternlose Winternacht, man kann kaum die Bäume vom Nachthimmel unterscheiden. Ich habe ein unbehagliches Gefühl, wenn ich an Onkel Gregor denke, der sich im Dunkeln schlecht zurechtfindet, weil er keinen guten Orientierungssinn hat. Ich ziehe mich wieder an, stecke Andreas' Taschenlampe in die Manteltasche und gehe die Treppe hinunter. Der Nachtportier nickt mir zu, öffnet mir die Tür, ohne ein Wort zu sagen. Es dauert nicht lange, bis ich Onkel Gregors Gestalt entdecke. Er trägt einen breitrandigen Hut, den er auch im Sommer benutzt. Die Handschuhe scheint er vergessen zu haben, er versenkt die Hände tief in den Manteltaschen. Geht gebückt, mit langen Schritten wie immer, wenn er in Gedanken ist und nicht auf seine Umwelt achtet. Ich folge seinen Fußspuren im Schnee, husche von Strauch zu Strauch, bemühe mich, lautlos zu gehen; auf keinen Fall soll er mich bemerken. Es ist sehr still im Hotelpark, irgendwie feierlich, vielleicht wegen der vielen immergrünen Bäume, die sich dunkel von der Schneefläche abheben. Seit einer Weile geht Onkel Gregor am Seeufer entlang. Da die Eisfläche mit Schnee bedeckt ist, kann man nur schwer unterscheiden, wo das Land in Wasser übergeht.

Auf einmal höre ich Stimmen, Gelächter und Lärm. Erst denke ich, daß sich halbwüchsige Jungen dort eine Schneeballschlacht liefern. Dann merke ich, daß sich den See entlang Schritte nähern. Es sind junge Burschen, die sich auf Onkel Gregor zubewegen. Vergeblich geben sie sich Mühe, sich lautlos zu nähern, einer verrät die anderen, indem er ausgleitet, hinfällt und einen Fluch ausstößt. Onkel Gregor bleibt stehen. Das Geräusch des Sturzes hat ihn aus seinen Gedanken gerissen. Er wendet den Kopf herum, will dem hingefallenen Burschen zu Hilfe kommen. Es ist an der Zeit, die Taschenlampe anzumachen. Doch die Kerle werden noch angriffslustiger, als der Lichtschein sie trifft. Sie ergreifen nicht die Flucht, sie stürzen sich auf den einsamen Nachtspaziergänger am Ufer. Mich scheinen sie nicht zu bemerken. Der junge Mann, der eben noch hilflos am Boden lag, ist aufgestanden. Er tut so, als habe Onkel Gregor, der ihm nur helfen wollte, ihn hingeworfen. Steht dicht vor ihm, hebt seine Hand und schlägt ihn ins Gesicht. Schon unter dem ersten Faustschlag zersplittert Onkel Gregors Brille. Ich rufe um Hilfe. Einer der Jungen legt mir die Hand auf den Mund.

«Du hältst dich da raus», sagt er. Er riecht nach Alkohol. Trägt einen braunen Uniformmantel, Schaftstiefel und eine Hakenkreuzbinde am Arm, am Koppel eine Ledertasche, in der eine Pistole steckt. Vor Pistolen habe ich Angst, seitdem Sirius Josephine bedroht hat. Ich versuche keine neuen Hilfsmanöver. Wende mich ab, um nicht mit ansehen zu müssen, wie Onkel Gregor am Boden liegt und die Burschen ihn mit ihren Schaftstiefeln treten. Trotz meiner Erstarrung fällt mir auf, daß Schlatter die gleichen Stiefel wie die betrunkenen Männer trägt. Handelt es sich etwa um Angehörige seines SA-Sturms, die den Überfall vorher geplant haben? Spielt dieser Schlatter eine Doppelrolle, indem er vorgibt, Onkel Gregor zu schützen, und dabei andere die schmutzige Arbeit verrichten läßt?

«Laß dich hier nicht noch einmal blicken, du Judensau!» ruft der Bursche, der die Brille zersplittert hat. Er versetzt Onkel Gregor noch einen Tritt. Dann laufen die Männer davon, als habe sie jemand zurückgepfiffen. Weiter weg formieren sie sich zu einer Gruppe, in Zweierreihen marschieren sie am Seeufer entlang, dabei singen sie eines ihrer Hetzlieder. Onkel Gregor rührt sich nicht, er liegt als schwarzes Häufchen im Schnee. Ich

leuchte ihn mit der Taschenlampe ab, helfe ihm auf die Beine.
«Es ist nichts passiert», sagt er, «nur noch einen Augenblick.»
Er macht ein paar Schritte, hinkt, er blutet an der Stirn und am Kinn. Ohne Brille kann er kaum etwas sehen. Ich führe ihn am Arm zum Hotel zurück, ich beleuchte den Weg, so daß wir nicht ins Dickicht der Büsche geraten. An der Rezeption steht der Nachtportier. Er ist bestürzt, stellt jedoch keine Fragen, verspricht, einen Arzt zu holen, und begleitet uns zum Fahrstuhl. In seinem Zimmer sucht Onkel Gregor seine Ersatzbrille, er duldet meine Hilfe nicht. Trotzdem finde ich die Brille in einem Seitenfach der Aktentasche. Er beachtet mich nicht, er bedankt sich nicht. In meiner Gegenwart fängt er an sich auszuziehen, als sei er allein. Die Stirnwunde blutet noch. Er untersucht vor dem Spiegel seinen Kiefer, er hat einen Zahn verloren. Der Arzt tritt ein, ohne anzuklopfen, gibt Gregor eine Spritze, schickt mich aus dem Zimmer.

Am nächsten Morgen, zur vereinbarten Zeit, fährt Schlatter mit dem «Adler» vor dem Seehotel vor. «Was ist denn mit Ihnen, Professor?» fragt er. Es klingt ehrlich bestürzt. «Sie hinken ja. Sind Sie hingefallen?» Er stellt den Motor an, drosselt das Tempo, um Onkel Gregor, der im Fond mehr liegt als sitzt, keine unnötigen Schmerzen zu bereiten. Ich sitze neben Schlatter auf dem Beifahrersitz. In allen Einzelheiten will er den Vorgang des nächtlichen Überfalls wissen.

«Ich habe den Professor gewarnt», sagt er nur, «hier in Grenznähe treiben sie es am schlimmsten.» Er schweigt eine Weile, dann setzt er hinzu: «In meinem Sturm käme so was nie vor. Ich weiß, wie man für Ruhe und Ordnung sorgt. Rabauken bestrafe ich hart und gerecht.» Wir fahren sehr langsam durch die Lindenallee. Vor dem Haupthaus hält Schlatter. Er betritt das Grundstück des Quisisana – zum ersten Mal?

Es ist niemand zu Hause. Josephine läuft Schlittschuh, das Hauspersonal ist beim Einkaufen. Statt sich hinzulegen, geht Onkel Gregor gleich in sein Arbeitszimmer. Schlatter sitzt noch immer vor der Haustür im Wagen. Wartet er etwa auf eine Begegnung mit Josephine? Ihr gegenüber behauptet Onkel Gregor, er sei im dunklen Hotelpark gestürzt und habe auf dem Eis seine Brille zerbrochen. Mich hat er zu striktem Schweigen verpflichtet.

«Es taut», sagt Josephine beim Abendessen, «die Kälteperiode geht ihrem Ende zu.»

Am Tag darauf kommt sie in mein Zimmer. Will mich zur Rede stellen. Von irgend jemand – von Schlatter? – hat sie von dem Überfall auf Onkel Gregor im Park des Seehotels gehört.

«Du warst doch dabei. Weshalb hast du mir nichts gesagt?»
«Er hat es mir verboten.»

«Du siehst, ich habe es trotzdem erfahren. Ich erwarte, daß du mir alles genau erzählst.» Ich schweige verstockt, weiß nicht, ob ich an mein Versprechen noch gebunden bin. Josephine setzt sich auf den Korbstuhl, schlägt die Beine übereinander. Es sieht nicht so aus, als wolle sie bald wieder gehen. Stockend fange ich an, von den Burschen am Seeufer zu berichten, sage, sie seien offensichtlich betrunken gewesen.

«Waren sie uniformiert?» fragt Josephine. Ich nicke. Die nächtliche Szene steht mir wieder deutlich vor Augen. Ich berichte, wie sie sich auf Onkel Gregor gestürzt und ihm ins Gesicht geschlagen haben, wie sie ihn auf den Boden warfen und mit Stiefeln traten.

«Ist das alles?» fragt Josephine. Ich nicke. «Hat niemand ‹Judensau› geschrien?» Sie sieht mich scharf an. Diesmal soll sie mich nicht als Lügnerin beschimpfen, sie soll wissen, daß ich in ernsten Fällen auch die Wahrheit sagen kann.

«Doch. Das Wort ist gefallen. Ich habe es deutlich gehört.»

Josephine erhebt sich vom Korbstuhl, auf einmal hat sie es eilig, sie steht schon an der Tür. Am Nachmittag begegne ich ihr auf der Lindenallee. Sie will einen Spaziergang in die Stadt machen. «Bin bald zurück», sagt sie, «aber wartet nicht mit dem Essen auf mich.»

Ich benutze ihre Abwesenheit, um in ihr Ankleidezimmer zu

gehen und ihren Kleiderschrank zu durchsuchen. Vor dem Spiegeltisch probiere ich ihre Hüte und Kappen auf. Mein Kopf ist kleiner als der Josephines. Die Hüte rutschen mir in die Stirn, manche reichen bis zu den Ohren. Ich komme mir vor wie ein weiblicher Clown, muß über meinen Anblick im Spiegel lachen. Als die Kerzen in den Leuchtern niedergebrannt sind – die Uhr zeigt auf elf –, schlafe ich im Sitzen ein. Kurz nach Mitternacht kommt sie zurück. Ich sitze noch immer vor dem Spiegeltisch, die Hüte und Kappen habe ich in den Kleiderschrank zurückgelegt. Ich fahre zusammen, als die Zimmertür sich öffnet, und sehe im Spiegel Josephine.

Sie geht nicht aufrecht, wie ich es bei ihr gewöhnt bin, sie krümmt sich zusammen, als verbeiße sie einen Schmerz. Dann sehe ich, daß ihre linke Wange geschwollen ist, unter dem Auge zeichnet sich ein blauer Fleck ab, am unteren Lid hat sie eine Platzwunde. Ihren Augen sehe ich an, daß sie geweint hat. Sie läßt sich auf dem Hocker nieder, steif und starr sitzt sie da. Ihre Haltung kommt mir unnatürlich vor, so als könne sie jeden Augenblick zusammenbrechen. Mit dem Taschentuch tupft sie sich das Gesicht ab.

«Ich war bei Schlatter, um ihn zur Rede zu stellen wegen des Überfalls», sagt sie. «Ich glaube, er hat etwas damit zu tun. Er leugnet es zwar. Es gab Streit. Er hat mich geschlagen.» Ich knie mich hin und lege mein Gesicht in ihren Schoß. In ihren Kleidern ist noch der Geruch nach Leder, Rasierwasser, Zigarettenrauch – der Schlatter-Benedetti-Geruch.

«Wenn ich eine Pistole gehabt hätte», sagt Josephine, «hätte ich ihn niedergeschossen.» Ich richte mich auf und sehe sie an. «Schrecklich siehst du aus», sage ich.

«Das geht vorüber. In ein paar Tagen ist nichts mehr zu sehen. Hol mir Wasser und essigsaure Tonerde aus dem Badezimmer. Ich mache mir einen Umschlag und gehe ins Bett.» Ich helfe ihr beim Ausziehen.

«Morgen bin ich krank», sagt Josephine. «Ein Migräneanfall. Keine Besuche.»

«Ist es jetzt aus zwischen euch?» wage ich zu fragen.

«Laß mich allein, ich will versuchen zu schlafen», sagt sie. Bevor ich das Schlafzimmer verlasse, bittet sie mich, ihr Papier, Tinte und Federhalter ans Bett zu bringen. Gleich morgen früh will sie einen Brief schreiben, der unaufschiebbar ist.

Nach dem Frühstück gibt sie mir einen verschlossenen Umschlag ohne Adresse. «Mit der Post kann ich das nicht schicken», sagt sie, «willst du mein Bote sein?» Ich nicke, ich frage nicht, wer der Empfänger ist, ich will nur wissen, wo er wohnt.

«Husstraße 14 b», sagt sie.

Ich stecke den Brief in meine Schulmappe, mache mich gleich auf den Weg. Der Zöllner an der Grenze kennt mich, ich brauche mich nicht auszuweisen, die Schranken öffnen sich.

«Muß nur etwas abgeben», sage ich, «in einer halben Stunde bin ich zurück.» Josephines Brief brennt in meiner Mappe. Zwischen der Grenze und Schlatters Neubauwohnung sind Baracken errichtet, die Scheinwerfer der Baustelle strahlen sogar am hellen Tag. Auf beiden Seiten der Grenze sehen sich die Kioske und Cafés zum Verwechseln ähnlich. Die Straßen diesseits und jenseits gleichen sich wie Spiegelbilder. Nur am Geruch unterscheiden sie sich. Kochen die Deutschen mit anderem Fett, verwenden sie andere Putzmittel, fahren ihre Autos mit einem Benzin, dessen Geruch mir unbekannt ist? Die Passanten sind ärmlicher gekleidet, haben blassere Gesichter. Zwischen den Siedlungsbauten hat man einen Kinderspielplatz mit Turngeräten eingerichtet, er ist leer, die Rasenfläche um ihn herum ist zertrampelt. Vor dem Haus Husstraße 14 b sehe ich Schlatters Wagen, den er wegen seiner Farbe Laubfrosch nennt.

In seiner Wohnung im zweiten Stockwerk brennt das Deckenlicht. Er scheint zu Hause zu sein. Ich frage mich, ob er allein ist. Er hat die Vorhänge nicht zugezogen. Die Haustürklingel klingt grell, gleich darauf kommt das Summen des Öffners. Die Wohnungstür ist nur angelehnt, trotzdem läute ich noch einmal.

«Nur immer herein», ruft Schlatter. Als ich zögere, kommt er an die Tür. Er trägt einen Overall wie ein Arbeiter, dazu Turnschuhe.

«Sieh einer an», sagt er, «die kleine Dame. Es ist noch früh am Tag. Habe die Handwerker im Haus. Wir tapezieren das Wohnzimmer neu.» Im Flur riecht es nach Farbe und Terpentin. Das Wohnzimmer ist ausgeräumt, die Möbel sind auf dem Flur aufeinandergestapelt, dazwischen steht eine Leiter. Zwei Anstreicher in weißen Kitteln entfernen die fleckige Blumentapete von der Wand.

«Leider habe ich nur zwei Zimmer und Küche», sagt Schlatter. «Wenn jetzt Besuch kommt, muß ich mit ihm ins Schlafzimmer gehen.» Das breite Bett ist noch ungemacht, sein Rahmen besteht aus glänzend lackiertem Holz, wie ich es von den Auslagen der Möbelgeschäfte in der Hauptstraße her kenne. Außer dem Bett befindet sich nur noch ein Kleiderschrank im Raum, ein kleiner Rundtisch mit Spitzendecke und zwei unbequeme Stühle. Auf dem Regal, dem Bett gegenüber, entdecke ich ein halbes Dutzend Silberpokale, an der Wand hängen Ehrenurkunden für den erfolgreichen Rennfahrer. Er entschuldigt sich wegen der Unordnung. «Verfüge leider über kein Personal, das sich darum kümmert.»

Er schlägt die Steppdecke zurück und setzt sich auf die Bettkante, mir bietet er einen der unbequemen Stühle an. Als ich ihm Josephines Brief übergeben will, zieht er mich an sich und umklammert meine Handgelenke. Er zwickt mich in den Oberarm, als wolle er die Festigkeit des Fleisches fühlen. Ich versuche, mich loszumachen. Der Stuhl, auf den ich mich zurücksetzen will, fällt um. Schlatter macht sich nicht einmal die Mühe, ihn aufzuheben. Seine Hand tastet sich vom Oberarm über die Schulter zu meiner Brust. Er umspannt sie mit einem Griff, der zeigt, wie gewohnt ihm diese Berührung ist.

Ich will zur Tür gehen, die er hinter uns geschlossen hat. Als er mir folgt, drehe ich mich um und schlage ihm mit der flachen Hand zweimal ins Gesicht. Er wehrt sich nicht, scheint mehr erstaunt als empört zu sein. Es tut mir gut zu sehen, wie seine

Wange sich rötet, ungleichmäßige Flecken kriegt. «Du kleines Biest», sagt er, indem er mich gegen die Tür preßt, «vor dir muß man sich ja in acht nehmen. Wenn du im Bett auch so temperamentvoll bist...» Es kommt zu einem kurzen Ringkampf, der damit endet, daß er mich auf die Bettkante niederzwingt. Diesmal gelingt es mir nicht, mich von ihm zu befreien.

«Nehme an, du hast noch keinen Mann gehabt», sagt er, «hätte große Lust, der erste zu sein. Möchte wetten, es gefällt dir.» Er zerrt mir die Jacke von den Schultern. Es gelingt mir, Josephines Brief aus der Tasche zu holen. Ich halte ihn Schlatter hin. Sofort läßt er mich los. Offenbar erkennt er das blaue Briefpapier.

«Das soll ich Ihnen von meiner Tante geben», sage ich. Er will den Brief auf das Regal zu seinen Sportpreisen legen und sich wieder mir zuwenden. «Lesen Sie ihn gleich», sage ich, «es ist wichtig.» Ich habe mein Ziel erreicht. Ihm ist die Stimmung verdorben.

Er reißt den Umschlag auf, entfaltet das Blatt und liest den Text mit gerunzelter Stirn. Dabei bewegt er die Lippen, als sei Josephines Schrift schwer zu entziffern. Sein Gesicht verfinstert sich, er schiebt die Unterlippe vor, seine Augen ziehen sich zusammen, die Schlagader an seinem Hals zuckt. Im nächsten Augenblick wird er mich schlagen, denke ich. Die Handwerker im Nebenzimmer verhandeln laut miteinander. Ich könnte sie zu Hilfe rufen, wenn Schlatter einen Wutanfall kriegt. Mir würde es nicht so gehen wie Josephine. Er starrt mich an, fragt, ob ich den Brief gelesen habe. Ich schüttle den Kopf. Da zerreißt er das Blatt Papier vor meinen Augen in kleine Fetzen. Er scheint viel Kraft dazu zu brauchen, er gerät ins Schwitzen, er stöhnt vor Anstrengung. Seine Hände sehen aus, als wolle er jemandem die Kehle zudrücken.

«Dumme Gans. Was bildet die sich ein!» sagt er. «Sie ist nicht die erste von der feinen Sorte. Kann sie alle bekommen, habe sie alle gehabt. Nach einer Weile werden sie frech, stellen Forderungen, wollen besser behandelt werden, die feinen Damen.» Er wirft die Papierschnitzel in einen Aschenbecher, den Umschlag läßt er unbeschädigt, vielleicht kann er ihn noch einmal gebrauchen.

«Zu feige, um selbst zu kommen, schickt die Nichte. Du kannst ihr ausrichten, den Schlatter wird man so schnell nicht los. Der hat noch eine Rechnung mit ihr zu begleichen. Ist noch nicht fertig mit ihr.»

Ich öffne die Tür. Im Wohnzimmer sind die Maler mit dem Streichen der Decke beschäftigt. Ich bin schon im Treppenhaus, da höre ich, wie Schlatter sie anbrüllt. Er scheint über die Leiter gestolpert zu sein.

Auf unbekannten Wegen ist eine Botschaft von Sascha durch alle Postkontrollen bis ins Quisisana gelangt. Schon im vergangenen Sommer hat er mit einem Stock Schlingen in den Sand am Rondell gezeichnet und gesagt, eine von denen würden sie ihm um den Hals legen. Es ist beinahe so gekommen. Er ist zwar noch am Leben, aber verbannt.

Onkel Gregor liest uns die Zeilen am Abendtisch vor. Ein Datum fehlt, ebenso eine Ortsangabe:

«Meine Lieben! Es besteht nur schwache Hoffnung, daß diese Zeilen Euch je erreichen. Mit jedem Tag, den ich hier in der Nähe des Kältepols verbringe, rückt das Quisisana ein Stück weiter weg, aber das Bild wird dadurch nicht unschärfer. Ich sehe Park und Häuser wie durch ein umgedrehtes Fernglas, winzig, aber scharf. Ein entlassener Häftling nimmt dieses Lebenszeichen morgen nach Leningrad mit. Wir arbeiten zwischen Lena und Jenissei in einem Goldbergwerk. Dreiviertel Jahre lang ist der Boden hier bis in große Tiefen gefroren. Acht Monate führen wir einen Kampf ums Überleben. Gestern habe ich in einem Sumpfloch, wo der Schnee weggetaut ist, eine Art Christrose gefunden. Ich lege sie diesem Brief bei, vielleicht kann Josephine sie in ihr Album mit den gepreßten Alpenpflanzen kleben.

Seitdem ich täglich schwere körperliche Arbeit verrichte, ist eine Veränderung mit mir vorgegangen. Ich bin ganz ruhig

geworden. Ohne mich zu bewegen und ohne zu sprechen, hocke ich stundenlang auf meiner Pritsche. Manchmal kann ich überhaupt nicht mehr denken. Vielleicht ist Sibirien der passende Aufenthalt, wenn man so oft im Quisisana gewesen ist wie ich.»
Onkel Gregor faltet die Seite zusammen.

«Wir sollten Saschas Botschaft wie eine Flaschenpost aufbewahren», sagt er, «eine zweite bekommen wir wohl nicht.»

21

1930
Auch in diesem Frühjahr soll ich Josephine auf ihrer Einkaufsfahrt nach Zürich begleiten. Da Jean-Marie nur noch als Gärtner tätig ist, wollen wir mit der Bahn fahren, um bei «Goncourt» unsere Garderobe zu erneuern. Am Vorabend der Reise erklärt Josephine jedoch, wieder den alten «Adler» benutzen zu wollen. Sie brauche ein Auto für die Stadtfahrten. Onkel Gregor befindet sich auf einer Vortragsreise, er will, wenn möglich, in Zürich mit uns zusammentreffen. Der «Adler» soll vor der Fahrt noch einmal überholt werden. Das dauert, was bei dem alten Vehikel kein Wunder ist, länger als vorgesehen. Josephine und ich schnallen unsere Köfferchen auf den Gepäckträgern unserer Fahrräder fest und fahren auf der Hauptstraße zur Tankstelle. Dort erlebe ich eine Überraschung, die ich ungeheuerlich finde: Am Steuer des bereitstehenden Wagens sitzt Schlatter-Benedetti. Er begrüßt mich mit einem spöttischen Lächeln und seinem gewohnten Spruch: «Na, kleine Dame, wie geht es?» als sei nichts zwischen uns vorgefallen. Josephine, die meinen Schreck bemerkt, trinkt vor der Abfahrt noch eine Tasse Kaffee mit mir in dem Lokal neben der Tankstelle.

«Du bist mit Recht empört», sagt sie. «Aber Gregor selbst hat mir den Rat zur Versöhnung gegeben. Die Sache mit dem Überfall im Park hat sich aufgeklärt. Schlatter konnte beweisen, daß er nicht das geringste damit zu tun hatte.» Ich schweige, verstehe nicht, daß man sich einem Mann, der einen geschlagen hat, noch einmal anvertrauen kann.

Sie legt die Hand auf meinen Arm, um mich zu beruhigen. «Zwischen Schlatter und mir gibt es seit dem Unfall auf der Avus keine näheren Beziehungen mehr», behauptet sie, «wir haben versucht, Freunde zu bleiben. Onkel Gregor hat den Vermittler gespielt. Dein Onkel benimmt sich eben anders als gewöhnliche Ehemänner. Er ist der große Friedensstifter. Er beschämt mich durch ein Verständnis, das ein normaler Mann nie aufbringen würde. Seine Methode, man muß es zugeben, ist nicht ohne Erfolg. Sogar Schlatter ist ihm wohlgesinnt, trotz der verschiedenen politischen Ansichten. Er hält ihn für den einzigen guten Juden, den er kennt. Verrückt, aber wahr!»

«Weiß Onkel Gregor, daß wir mit Schlatter fahren?» frage ich. Ich würde mich am liebsten weigern mitzukommen, aber ich kann Josephine auch nicht allein lassen. Noch nie habe ich so deutlich gespürt, daß wir beide zusammengehören.

«Er ist davon überzeugt, daß Schlatter ein ausgezeichneter Fahrer ist», sagt Josephine. «An dem Unfall auf der Avus war nicht er, sondern ein Fehler der Lenkung schuld. Er vertraut uns Schlatter an, um dessen Selbstbewußtsein zu stärken. Er vergißt eben nie, daß er Arzt ist und Neurotiker von ihrem Schock heilen will.» Noch einmal mache ich einen Versuch zurückzubleiben. Ich behaupte, mich nicht wohl zu fühlen, ich wolle kein Grund für Störungen sein. Josephine erinnert mich daran, daß ich ihr versprochen habe, sie überall hin zu begleiten, um sie zu beschützen.

«Die kleine Dame hat etwas gegen mich», sagt Schlatter, als er die Wagentür öffnet. Diesmal habe ich den Fond für mich allein. Josephine sitzt vorn auf dem Beifahrersitz. Schlatter gibt ihr Fahrunterricht. Er erklärt ihr Kupplung und Gangschaltung. Er sagt, mit einem Motor müsse man wie mit einem empfindlichen Lebewesen umgehen. Wir befinden uns bereits auf freiem Feld. Bäume, Telegrafenmasten und Bauernhäuser gleiten vorbei, in die Schräge verzerrt, um sich hinter uns wieder aufzurichten.

«Er holt das Letzte aus der alten Klapperkiste heraus», höre ich Josephine sagen, «ich würde mich nicht wundern, wenn wir jetzt hundert Kilometer Stundengeschwindigkeit fahren.»

Von meinem Platz aus kann ich den Tachometer nicht sehen. Ich weiß, daß Josephine Geschwindigkeit über alles liebt. Spazierengehen langweilt sie, sie reitet lieber, fährt Rad, läuft Schlittschuh oder schwimmt mit mir um die Wette. Ich lege mich in den Fond zurück und schließe die Augen. Auf einmal kommt es mir vor, als stünden wir mitten in der Geschwindigkeit still, eingebettet in das gleichmäßige Motorengeräusch. Dann wieder bewegen wir uns, gefangen in der Kammer des Wageninnern, in rasendem Tempo auf den Horizont zu. Hält dieser Schlatter unsere altersschwache Familienkutsche für einen seiner Rennwagen? Will er Josephine durch seine Fahrkünste imponieren?

Auch ich verfalle dem Rausch der Geschwindigkeit: nur fort von dem Ort, an dem ich mich gerade befinde. Das Leben gleicht einer Flucht. Wir sind unterwegs mit unbekanntem Ziel, das Quisisana haben wir schon seit vielen Stunden hinter uns gelassen. Josephine hat den Einfall, sich selbst ans Lenkrad zu setzen und unter Schlatters Anweisungen ein Stück zu fahren, solange die Strecke noch leer ist. Die beiden wechseln die Plätze, ohne den Wagen zu verlassen. Es kommt mir vor wie eine unerlaubte Intimität. Josephine macht etwas mit dem Anlasser falsch, der Motor stirbt ab. Schlatter muß ihr helfen, ihn wieder in Gang zu bringen. Sie fährt unkonzentriert, er korrigiert ihren Fahrstil. Die beiden scheinen vergessen zu haben, daß ich im Wagenfond sitze. Ein paar Mal weist er Josephine zurecht. Sie ist nervös, das Fahren strengt sie an. Als die Straße in sanften Schleifen abwärts geht, soll sich Schlatter wieder ans Steuer setzen. Auf die gleiche Weise wie vorhin tauschen sie die Plätze. Schlatter beschleunigt schnell, obgleich ihnen jetzt auf der Straße verschiedene Lastwagen entgegenkommen. Überholen läßt er sich nie. Josephine stellt das Radio an, das Schlatter immer bei sich hat, wenn er längere Strecken fährt. Die Musik übertönt die Gespräche zwischen den beiden. Vielleicht soll ich kein Wort verstehen, das zwischen Fahrer und Beifahrerin gewechselt wird.

Ein Meer von Streichern wogt auf und ab, dumpfe Paukenschläge und schmetternde Fanfarenklänge drängen sich dazwischen. Ich glaube, in der Brandung der Musik zu ertrinken. Ich lehne mich zurück in den weichen Polstersitz. Es dauert eine Weile, bis ich erkenne, daß es sich um Wagner-Musik handelt. Den ganzen *Ring* habe ich schon einmal ohne Onkel Gregors Wissen im Zürcher Opernhaus gehört. Seitdem schwelge ich in den Klängen, die er im Quisisana nicht hören will und auch seinen Patienten verboten hat. Ich kenne fast alle Leitmotive und singe sie vor mich hin, wenn ich weiß, daß Onkel Gregor nicht in der Nähe ist.

Mit der Geschwindigkeit der Fahrt verstärkt sich für mich die Macht des «Walkürenritts», ich glaube, auf einen Abgrund zuzurasen. Vernichtung, Auflösung ins Nichts, Selbstzerstörung. Schlatter und Josephine haben ihr Ziel erreicht. Ich fühle mich ausgelöscht, so gut wie nicht mehr vorhanden. Sie können so tun, als seien sie miteinander allein.

Schlatter öffnet das Wagenfenster, um frische Luft hereinzulassen. Josephine reißt sich die Autokappe vom Kopf. Ihr Haar flattert im Fahrtwind. Wie ein Schleier hängt es vor Schlatters Gesicht. Er greift mit der Hand hinein und schiebt es zurück. Ob sie nicht wisse, wie gefährlich das sei, wenn er schnell fahre, fragt er, es nehme ihm die Sicht, mache ihn blind. Wieder ist die Chaussee so leer wie eine Rennstrecke während der Trainingsstunden. Noch einmal muß Schlatter Josephine bitten, auf ihr Haar aufzupassen. Weshalb setzt sie die Kappe nicht wieder auf, frage ich mich. Sie muß doch merken, daß die umherflatternden Strähnen ihn beim Fahren stören? Josephine legt ihre Hand auf das Lenkrad, als wolle sie Schlatter beim Steuern helfen.

«Ich will spüren, wie der Motor vibriert», sagt sie. Schlatter dreht sein Gesicht ins Profil. Ich betrachte das zurückgestrichene Pomadenhaar, das tiefliegende Auge, die starken Brauen, die vorspringende Mund- und Kinnpartie. Er bewegt die Lippen, doch ich höre kein Wort von dem, was er sagt. Liebesgeflüster oder Fahrunterricht? Schlatter hat mir einmal gesagt, daß er Wagner-Musik über alles liebt. Er findet sie heroisch wie die neue Zeit, der er entgegenfährt. Sie paßt gut zu der nationalen Wiedergeburt, die er voraussieht. Eigentlich ist er unmusikalisch, kann einen Walzer kaum von einem Tango unterscheiden. Für ihn zählt nur die Wirkung der Klänge auf die Sinne. «Bei diesen Tönen könnte ich mich ins Schlachtgetümmel stürzen», sagt er.

Ich habe die Augen weit aufgerissen, starre zur Wagendecke empor. Ich verfolge den Prozeß der Auflösung ins Nichts: weiß nicht mehr, wo ich bin, kann den Ort nicht bestimmen, an dem wir uns befinden. Eben noch im Dorf mit den Fachwerkgiebeln, im nächsten Augenblick auf der Pappelchaussee, jetzt im Wald mit den noch kahlen und wirren Ästen, die das Wagendach streifen. Hier und jetzt, sage ich vor mich hin, *hic et nunc*. Ein Ausspruch von Madame de la Tour, den sie bei jeder Gelegenheit wiederholt. Die Musik, die mit jedem kompliziert zusammengesetzten Akkord und jedem chromatischen Trugschluß neue Kraft gewinnt, verdüstert sich auf einmal, das warnende Leitmotiv wiederholt sich, die Tonfolge soll den Untergang des Nibelungengeschlechts voraussagen. Mir wird übel, ein Brechreiz steckt in meiner Kehle. Doch um nichts in der Welt werde ich Schlatter diesmal bitten anzuhalten. Ich wische mir den Schweiß von der Stirn. Die Musik verebbt. Der Walkürenritt ist vorbei. Um so lauter dröhnt jetzt der Motor des Wagens. Hat Schlatter ihn überfordert? «Man sollte die alte Mühle verschrotten», höre ich ihn sagen. Das Motorengeräusch scheint auch ihm nicht zu gefallen. Er legt den Kopf schief und horcht mit halbgeöffnetem Mund. «An der nächsten Tankstelle lasse ich noch mal nachsehen. Selbst auf die Steuerung kann man sich nicht mehr verlassen.»

Er nimmt die Kurven von außen nach innen, kunstgerecht. Man merkt, daß er gewohnt ist, Rennen zu fahren. Noch immer hat uns kein Wagen überholt, kein Fahrzeug kommt uns mehr entgegen. Einsamkeit und Stille begleiten uns. Wir durchfahren einige fast ausgestorbene Dörfer. Es geht an Fabriken vorbei. Wir bleiben in der Ebene. Der noch bevorstehende Rest der Fahrt scheint Schlatter zu langweilen. Eine Weile geht es an einem schmalen Fluß entlang, dessen Name mir unbekannt ist.

Kurz vor der Brücke, die wir überqueren müssen, fängt der Wagen plötzlich zu bocken an. Josephine, die den Weg von den früheren Fahrten her kennt, will, daß Schlatter mehr Gas gibt. Gleich hinter der Brücke komme der Bahnübergang, und sie habe keine Lust, wieder vor der Schranke zu warten. Schlatter muß jetzt links einbiegen, aber er kann es nicht, das Lenkrad läßt sich nicht mehr drehen, es hat sich festgeklemmt. Der Rennfahrer stößt einen Fluch aus. Weshalb muß gerade ihm so etwas passieren? «Achtung, nach links!» ruft Josephine, die die blockierte Lenkung nicht bemerkt zu haben scheint und Schlatter als Fahrer trotz des Unfalls auf der Avus für den Herrn und Meister aller Autos, also auch des alten «Adler», hält. Er ist es nicht, denn er bremst zu spät und zu heftig, das bleibt sogar mir in der Erinnerung zurück. Offenbar hat er noch einen Versuch gemacht, das Lenkrad mit Gewalt nach links zu reißen. Der Wagen fährt schräg über die leere Straße, er rast auf die Böschung zu, scheint einen Augenblick in der Luft zu schweben, dann schlägt er irgendwo auf, ich höre das Wasser des Flusses rauschen. Eine Riesenfaust hebt mich aus meinem Sitz.

Stimmen rufen aus großer Ferne meinen Vornamen. Woher wissen sie, daß ich so heiße? Ich bin entschlossen, auf keinen Fall zu antworten. Ich merke, daß ich nicht sprechen kann, mein Mund ist zugeklebt, in meiner Kehle steckt ein Klumpen, ich könnte nur würgen und husten. Wieder rufen Stimmen «Muriel». Ich wundere mich, die Katastrophe, an die ich mich kaum mehr erinnere, überlebt zu haben. Schlatters Name fällt mir nicht mehr ein. Hat nicht jemand neben ihm auf dem Beifahrersitz gesessen?

Auf einmal höre ich Onkel Gregors Stimme. Wie kommt er an

mein Krankenbett in einem fremden Spital, das am Zürichsee liegt, wie ich später erfahre. Warum versucht er, mit meiner Hilfe den Augenblick des Unfalls zu rekonstruieren, der sich für mich entweder zerdehnt oder zeitrafferisch verkürzt? Ich bin noch kaum bei Sinnen, schon verhört er mich wie der Untersuchungsrichter bei einem Kriminalfall. Er fragt mich mit einer scharfen Stimme, die ich nicht an ihm kenne, welche Einzelheiten noch in meinem Gedächtnis geblieben seien. Ich schließe die Lider, räuspere mich, spucke Blut, das jedoch, wie sich herausstellt, nicht aus der Lunge, sondern von Zahnfleisch und Mundhöhle stammt. Ich glaube auf einmal alles wieder genau zu wissen, doch aus irgendeinem Grund soll es mein Geheimnis bleiben. Ich höre den Fluß wieder rauschen, ich sehe den Wagen über die Böschung springen, spüre, wie er ins Wasser stürzt. Auch der Name Schlatter ist wieder da. Ich stelle mir vor, wie er als verstümmelte Leiche in einer Blutlache liegt, wieder ans Flußufer herangeschwemmt wird, eines seiner Beine ist abgerissen, ich entdecke es im Gras in einem zerfetzten Schaftstiefel.

«Typischer Fall von Verdrängung», höre ich Onkel Gregor sagen, als ich immer noch schweige. Nach einem stechenden Schmerz in der Ellbogenbeuge versinke ich wieder in Bewußtlosigkeit. Als ich erwache, ist es draußen dunkel. Das fremde Krankenhaus erkenne ich am Desinfektionsgeruch. Eine Nachtschwester mit geschwungener Flügelhaube wacht an meinem Bett – eine Nonne. Ich richte mich auf, schlage die Hände vors Gesicht. Überdeutlich wie im Bühnenrampenlicht habe ich soeben Josephine vor mir gesehen, wie der Fahrtwind ihr Haar ergreift und Schlatter ins Gesicht weht. Ich bin davon überzeugt, daß dieser Schwall dunklen Haars, aus dem Wasser wie von einem Regenguß tropft, die Ursache des Unfalls gewesen ist. Ich würde es vor jedem Gericht beschwören, obgleich mir klar ist, daß auch ein Fluß bei der Katastrophe eine Rolle gespielt hat. Josephine, sage ich mir, ist ertrunken. Seltsamerweise erleichtert mich dieser Gedanke, statt mich in Tränen ausbrechen zu lassen.

Aus dem Wasser ist sie gekommen, ins Wasser muß sie zurück, denke ich. Dann bin ich auf einmal wieder hellwach.

«Wie geht es den anderen, die mit im Auto gewesen sind?» frage ich die Nonne.

«Der Fahrer lebt», sagt sie. Sie steht auf und verläßt das Zimmer. Offenbar darf oder will sie keine weiteren Auskünfte geben.

Josephine ist tot. Ich wundere mich, ähnlich wie beim Unfall meiner Mutter kaum ein Echo, weder Erregung noch Verzweiflung oder Schmerz zu empfinden. Erst als ich an das Wasser, in das sie versunken ist, denke, fange ich zu schluchzen an.

«Sie ist tot», sage ich halblaut vor mich hin, «er hat sie getötet.» Niemand hört mich, ich bin allein. Man wird mich nicht noch einmal ausfragen – ein Unfall, bei dem die Schuldfrage höchstens für die Versicherung eine Rolle spielt.

Es ist wieder Morgen, jemand hat die Vorhänge aufgezogen, das Fenster halb geöffnet. Diesmal bin ich es, die ein Verhör mit Onkel Gregor anstellt, der an meinem Krankenbett steht. «Wie ist das alles gekommen?» frage ich. Er erklärt mir geduldig, sogar etwas umständlich, daß Josephine sich nicht aus dem Wageninneren retten konnte, weil sich ihr Kleid und ihr Haar in der verklemmten Tür verfangen hatte. Ich dagegen sei durch die hintere Tür über die Böschung geflogen und im Ufergras gelandet. Schlatter sei aus dem Wagen ins Wasser gekommen und an die Oberfläche geschwommen. Hätte er als geübter Sportsmann seine Beifahrerin nicht retten können? Was von dem alten «Adler» noch übriggeblieben sei, habe man mit einem Hebekran aus dem Flußbett heraufgezogen. Zur Zeit werde das Wrack auf Spuren untersucht.

Der Gedanke, daß Josephines Körper und Gesicht durch Glassplitter verstümmelt sein könnten, erscheint mir schrecklicher als die Tatsache ihres Todes. Ich habe mir nur ein paar Rippen gebrochen. Die Schürfwunden an Armen und Beinen verheilen schnell.

«Sie saß auf dem Beifahrersitz, du warst im Fond», sagt Onkel

Gregor. Klingt seine Stimme vorwurfsvoll? Gewiß wäre es weniger schlimm für ihn gewesen, mich zu verlieren als Josephine. Ich bestehe darauf, Josephine, die unten im Leichenkeller des Krankenhauses liegt, noch einmal zu sehen. Die gebrochenen Rippen hindern mich nicht daran, mit dem Fahrstuhl hinunterzufahren. Sie liegt aufgebahrt im fahlen Deckenlicht zwischen Blumen. Man hat ihr ein weites weißes Hemd angezogen. Eine Haarsträhne verbirgt die klaffende Stirnwunde. Ihr Gesicht kommt mir geschminkt und gepudert vor, verjüngt, faltenlos, mit einem etwas spöttischen Ausdruck um die Mundwinkel, der zu bedeuten scheint: Jetzt endlich könnt ihr mit mir tun, was ihr wollt, ich kann mich nicht mehr wehren.

«Sie hat sich nie geschminkt», ist alles, was ich bei ihrem Anblick sage, «nur als sie die Titania im *Sommernachtstraum* spielte.»

«Jung und schön», sagt die Nonne, die unten Wache hält, «kaum über dreißig.» Dann setzt sie mit veränderter Stimme hinzu: «Sie ist erlöst, sie geht in den ewigen Frieden ein. Die Toten bleiben jung.»

An meinen Rücktransport ins Quisisana habe ich keine Erinnerung mehr. Am Vorabend der Beisetzung auf dem Dorffriedhof bekam ich hohes Fieber, ich brauchte nicht mit zur Beerdigung hinter dem Quisisana-Gelände. Ich fühle mich sehr allein, niemand im Haus hat Zeit, mir einen Krankenbesuch zu machen. Ich bekomme nichts zu essen, denn die Köchin Käte nimmt an der Feier auf dem Friedhof teil. Auch viele Patienten, Freunde und Gäste des Hauses sind gekommen. Es dauert lange, bis jeder Teilnehmer sein Schäufelchen Erde ins Grab geworfen hat. Erst gegen Abend erscheint Onkel Gregor an meinem Krankenbett. Er fragt, wie es mir geht. Von Josephine spricht er nicht. Auch über die Beerdigung wird kein Wort zwischen uns gewechselt. Ein paar Tage später, als ich kein Fieber mehr habe, fragt er, wie lange ich noch im Bett liegen wolle. Ich bin gekränkt über diese Bemerkung, die mir zu beweisen scheint, daß er mich für eine eingebildete Kranke hält. Ich beschließe, in Hungerstreik zu treten, schicke das Mädchen mit dem Essen in die Küche zurück. Ich schlafe viel. Wenn ich Durst habe, trinke ich Leitungswasser.

Onkel Gregor besucht mich wieder. «Wenn du fasten willst, tu es», sagt er, «du wirst bald wieder damit aufhören.» Nachdem er gegangen ist, spüre ich auf einmal, wie hungrig ich bin. Ich läute nach dem Mädchen. Nach dem Essen versinke ich in einen Erschöpfungszustand, aber ich kann nicht schlafen.

Am nächsten Tag kommt Onkel Gregor früh, noch vor seiner Visite. «Du wirst sofort aufstehen», sagt er. «Du bist nicht krank. Du wirst essen und trinken wie jedermann. Du wirst jeden Morgen aufstehen. Du wirst weiterleben. Wir alle müssen es.»

22

nach 1930
Ich bin aufgestanden, ich habe weitergelebt. Onkel Gregor meldete mich in dem Internat in Graubünden an, in dem auch seine Söhne gewesen waren. Mr. Ferner bezahlte den Aufenthalt von dem Guthaben auf dem Sperrkonto, über das ich erst, wenn ich mündig sein würde, verfügen sollte. Von der Schulzeit in den Bergen ist mir wenig im Gedächtnis geblieben. Meine Erinnerung läßt mich im Stich. Manchmal kommt es mir so vor, als sei mein Leben mit dem Josephines zu Ende gegangen. Ich bin eine mittelmäßige Schülerin, still, nicht sehr beliebt bei den Kameradinnen. Ich habe keine Freundin. Häufiger als die anderen bin ich krank, einmal bekomme ich eine Lungenentzündung. Onkel Gregor besucht mich. Wir haben uns nicht viel zu sagen. Er erzählt mir, daß Urs und Jörg jetzt in Amerika studieren, sie wollen Chirurgen werden, für ein Sanatorium für Nervenkranke eignen sie sich nicht. Sie tun schon heute so, als gehe das Quisisana sie überhaupt nichts an. Aus Deutschland kommen immer weniger Patienten. Onkel Gregor entläßt ein Drittel seines Personals. Nur Svea und die Oberschwester bleiben bei ihm. Er ist viel allein. Mit Josephines ehemaligen Gästen hat er die Verbindung verloren. Ich frage ihn, ob sein großes Werk nun abgeschlossen sei.

«Noch immer nicht», sagt er, «vielleicht bringe ich es nie zu Ende.» Er muß noch viele Fälle aus seiner Praxis analysieren, um seine neuen Methoden und seine Theorien vor der Fachwelt rechtfertigen zu können. Ob ich keine Freundinnen habe, möchte er wissen. Er wundert sich, daß ich mich so wenig an andere Mädchen anschließe.

«Sie langweilen mich», sage ich, «vielleicht bin ich zu viel mit Erwachsenen zusammengewesen.» Bei den meisten Bergtouren mache ich nicht mit. Im Traum sehe ich manchmal noch Onkel Gregor zwischen den steilen Felswänden des Kamins, wie er wieder hinunterklettert, statt weiter hinaufzusteigen. Weil ich bei ihm geblieben bin, habe ich die Höhensicht vom Gipfel aus versäumt, die Josephine paradiesisch schön genannt hat. Ich hätte sie gern mit Andreas und ihr gesehen, statt mit Onkel Gregor im Schatten des zweiten Bergsattels zu frieren. Als Kind war ich schwindelfrei, jetzt traue ich mich nicht einmal angeseilt und in Begleitung geübter Bergsteiger in die Wände zu klettern und Gratwanderungen zu machen. Ich bleibe lieber zurück im Mädchenschlafsaal des Internats und lasse mir nachher von den Heimkehrenden die Eindrücke beschreiben.

Nach dem Abitur fahre ich mit einigen Mitschülerinnen nach Berlin, das ich noch immer nicht kenne. Wir wohnen im obersten Stockwerk eines Etagenhauses aus der Jahrhundertwende, das dem Bildhauer-Vater einer Klassenkameradin gehört. Im Innenhof bewegt sich an der Mauer der Gitterkäfig eines Aufzugs auf und ab. Das Vorderhaus ist mit falschem Marmor und Stuckornamenten dekoriert, es hat eine hochgewölbte Decke und eine gläserne Kuppel als Abschluß. Der Eingang ist herrschaftlich, doch vom fünften zum sechsten Stockwerk gibt es nur noch eine knarrende Holzstiege. Wir hausen im Atelier des Künstlers, der auf Reisen ist. Zu dritt schlafen wir im Ehebett unter einem bemalten Baldachin. Als ich einmal allein im Dunkeln nach Hause komme, zerbreche ich eine Statue der Athene, die mich an die Figur im blauen Musiksalon erinnert; zum Glück ist sie nur aus Gips. Die Wohnung liegt im Westen der Stadt, in der Nähe des Kurfürstendamms, wo allabendlich die Theater, Kinos und Revuepaläste ihre Vorstellungen geben.

Die Schweizer Mädchen besuchen auch die östlichen Stadtviertel, obgleich man sie vor den Straßenkrawallen gewarnt hat, die dort an der Tagesordnung sind. Wenn sie von der Polizei angehalten werden, erklären sie, neutral zu sein, und zeigen ihre Schweizer Pässe. Für sie ist die politische Unruhe am Jahresende 1932 ein aufregendes Abenteuer. Ich begleite sie selten. Mir gefällt von der Riesenstadt am besten die Waldluft, die an manchen Tagen und Nächten durch die langen und geraden Boulevards von Westen nach Osten weht. Dann stehe ich am Lukenfenster des Ateliers und blicke den Menschen, die unten vorübergehen, auf die Köpfe. Ich mische mich nicht gern unter die Menge, auch die Straßencafés, von denen Josephine und ihre Freunde geschwärmt haben, locken mich nicht. Silvester verbringen wir in einem Revuetheater, wo ich die Tiller-Girls, freche Chansonnetten, Akrobaten und Conferenciers erlebe. Die Explosionen des Feuerwerks machen mir angst, sie kommen mir wie Warnzeichen vor. Die ganze Nacht über weicht der Brandgeruch nicht aus den Straßen. Die Schweizer Mädchen kommen nicht nach Hause, ich habe das Ehebett für mich allein. Ich träume, die Häuser des Boulevards, auf dem wir wohnen, seien zertrümmert, Fassaden ohne Fenster, Risse in den Mauern, Löcher von Geschoßeinschlägen – ich bin von Ruinen umgeben.

Eines Morgens wartet ein Brief ohne Absender auf mich im Atelier. Ich frage mich, wie er hierhergekommen ist. Niemand außer Onkel Gregor kennt meine Adresse. Ich reiße den Umschlag auf, finde eine Nachricht von nur wenigen Zeilen in Maschinenschrift. Der Briefschreiber, der keinen Namen daruntergesetzt hat, nennt mich Du, als sei er ein alter Bekannter. Er befinde sich noch im Besitz eines Schmuckstücks der Frau Tante, das mir als Erbin gehöre, teilt er mir mit. Wenn ich wolle, solle ich am Freitag um fünf Uhr nachmittags in die Eckkneipe «Berliner Bär» am Alexanderplatz kommen.

Meine Freundinnen wollen mich begleiten. Sie wittern ein neues Abenteuer. Die sonst so belebte Gegend des Zentrums ist heute unerwartet still und leer. Nirgends entdecke ich Polizei, wir begegnen keinen Kolonnen von Uniformierten, an deren Anblick ich mich bereits gewöhnt habe. Die Mädchen sind enttäuscht. Sie finden die Märsche der SA und der Kommunisten belebend nach der Langeweile der kleinen Provinzstadt, in der sie ihre Kindheit verbracht haben. Sie gehen nicht mit in das Lokal, sie halten draußen Wache. Ich soll sie rufen, wenn ich in Gefahr bin. Auch das Lokal ist ziemlich leer. Nur am Stammtisch sitzen einige Männer in SA-Uniform, die ihre Mäntel und Schirmmützen an die Garderobe gehängt haben. Ich verstehe kaum ein Wort von dem, was sie sagen; offenbar sind sie angetrunken. Ich setze mich an einen Tisch in der Nähe der Theke.

Wieder entdecke ich Schlatter zunächst im Spiegel über der Theke. Auch er trägt die braune Uniform mit ein paar Sternen auf dem Hemdkragen. Ist er der Vorgesetzte der Männer, die am Stammtisch sitzen? Sein helles Haar hat er noch straffer als früher zurückgekämmt, um die kahlen Stellen am Hinterkopf zu verdecken. Er hat sich verändert, ist gealtert, seitdem wir uns das letzte Mal gesehen haben. Die Schläfennarbe, die wahrscheinlich von dem Unfall stammt, entstellt sein Gesicht.

Im Gegensatz zu seinen Kameraden scheint er nüchtern zu sein. «Guten Tag, kleine Dame», sagt er. Sein Ton ist anders geworden, er bleibt ernst, grinst nicht mehr bei der vertrauten Anrede, wie er es früher getan hat.

«Jetzt muß man wohl ‹Sie› sagen.»

Ich will wissen, wie er meine Berliner Adresse herausgefunden hat.

«Man hat so seine Verbindungen», sagt er nur. Er wischt sich den Schweiß von der Stirn. Es ist ihm zu heiß in der Gaststube mit der abgestandenen Luft, die nach Zigarrenrauch und Alkohol stinkt.

«Was darf ich bestellen?» fragt er. Er knipst mit den Fingern, um die Kellnerin, eine dicke Berlinerin, herbeizurufen. Ich will nur einen Apfelsaft haben.

«Noch immer abstinent?» fragt er. «Wir sind hier nicht im Quisisana. Es gibt kein Alkoholverbot mehr.» Diesmal macht er keine Annäherungsversuche. Statt dessen zieht er ein schwarzes Lederkästchen aus der Hosentasche, öffnet es und zeigt mir eine goldene Anstecknadel mit Brillanten, ein Erbstück aus unserer Familie.

«Es gehört dir», sagt er, «die Frau Tante hat es mir einmal geschenkt. Erst wollte ich es als Andenken behalten. Aber jetzt will ich es nicht mehr haben.»

Ich stecke das Kästchen in meine Manteltasche. Ich nehme mir vor, diese Anstecknadel niemals zu tragen, sondern sie im nächsten Juweliergeschäft zu verkaufen. «Die Nadel bedeutet mir nichts. Meine ganze Familie bedeutet mir nichts», sage ich, «ich könnte ohne sie leben.»

«Die kleine Dame spielt die Rebellin», sagt Schlatter. «Das legt sich. Eines Tages wird sie wieder im Quisisana dem Onkel Gesellschaft leisten.» Er senkt den Kopf, wieder bemerke ich, wie dünn sein Haar geworden ist, bald wird er eine Glatze haben. Er berichtet, im vergangenen Jahr habe er nur Schweres erlebt. Wegen einer Hüftverletzung, die er beim Autounfall erlitten hatte, mußte er den Rennsport für immer aufgeben. Inzwischen ist er fast immer arbeitslos gewesen. Seine Abende hat er auf Parteiversammlungen verbracht. Berliner Kameraden verschafften ihm einige Male eine Stellung, unter anderem bei einer jüdischen Madame, die es auf ihn abgesehen hatte. Er haute ihr eine runter, damit sie merkte, woran sie bei ihm war. Immer noch ein Schlägertyp, denke ich. Weil er keine Arbeit mehr fand, sei er aus Kummer zum Trinker geworden, zur Zeit mache er eine Entziehungskur, halte sich strikt an Mineralwasser und Fruchtsäfte. «Wenn ich das nötige Kleingeld hätte», sagt er mit einem mißglückten Versuch zu lachen, «wäre ich ein Fall für deinen Onkel. Alkoholiker mit Schuldkomplex.» Will er sich rechtfertigen? Endlich kommt er auf den Autounfall zu sprechen:

«Ich konnte nichts dafür», sagt er, «das ist amtlich festgestellt worden. Versagen der Steuerung, der Wagen war fahruntauglich. Ich hätte es ablehnen müssen, mich ans Lenkrad zu setzen. Höchstens darin besteht meine Schuld.» Unvermittelt erwähnt er Wagner, der immer noch sein Lieblingskomponist sei. Die Kampflieder, die seine Kameraden auf der Straße singen, könne er nicht leiden. Zu Hause, in seinem möblierten Zimmer, spiele er die *Götterdämmerung* und *Walküre* auf dem Grammophon, die gleiche Musik, die kurz vor dem Unfall mit dem «Adler» aus dem Radio ertönte. Die Platten seien schon verkratzt, er spiele sie immer wieder, ohne diese Klänge ertrage er das Leben nicht mehr.

«Wir werden siegen, schon sehr bald!» sagt er. «Die Götterdämmerung wird wahr: Eine Welt geht zugrunde, eine neue steigt aus den Trümmern auf. Du wirst es erleben!» Hat so etwas ähnliches nicht Giorgio gesagt? Alle reden von einer Weltwende.

Schlatter rückt näher an mich heran, er umklammert meinen Arm und flüstert eindringlich: «Geh ins Quisisana zurück, solange noch Zeit dazu ist. Das ist ein guter, ein sicherer Ort für kleine Mädchen wie dich. Die Götterdämmerung ist nur was für solche, die einen scharfen Wind vertragen können.» Er blickt mich merkwürdig unsicher an, nicht mehr so frech wie früher, eher besorgt. Seine Augen sind noch blasser geworden, die linke Braue zuckt, ein nervöser Tick. Er geht zum Garderobenständer, um Schirmmütze und Koppel zu holen. Statt den Arm zum Hitlergruß zu erheben, winkt er mir zu. Die Kameraden am Stammtisch sehen ihm kopfschüttelnd nach. Ich muß meinen Apfelsaft selbst zahlen.

Ich stehe nicht am vorletzten Januartag in der Menge «Unter den Linden», ich erlebe den Fackelzug der Siegesfeier nicht mit. Ich sehe das bleiche Gesicht mit dem Schnurrbart und der Haarsträhne in der Stirn nicht aus der Nähe und nicht aus der Ferne.

Ich bin nicht dabei, als der Mann, den sie ihren Führer nennen, auf dem Balkon erscheint und die begeisterte Menge grüßt, indem er den Arm steil erhebt und die Hand zurückbiegt. Doch später stelle ich mir diese Szene, die ich von vielen Fotografien und von der Wochenschau im Kino her kenne, so lebhaft vor, daß ich glaube, ich sei selbst dabeigewesen.

In Wirklichkeit verbringe ich den Abend allein im Bildhauer-Atelier. Die Schweizer Mädchen sind schon früh am Abend aufgebrochen, um das Schauspiel der Massendemonstrationen in der Stadtmitte nicht zu versäumen. Ich mache das Deckenlicht aus, es ist still. Kein Jubel brandet an den Mauern des Hauses aus der Gründerzeit hoch. Ich stehe im Dunkeln an der Fenstertür und blicke auf die schwach beleuchtete und menschenleere Straße hinunter. Ich beobachte die Passanten, die einzeln oder in Gruppen, in Zivil oder in Uniform, unten vorübergehen. Einige Jungen haben Fackeln in den Händen, die noch schwelen. Sie kommen vom großen Volksfest zurück, sie reden laut, sie lachen. Ich fühle mich allein, aber ich weiß, daß mein Standort am Fenster des sechsten Stockwerks der richtige für mich ist. Keine Neugier hat mich in die Menge getrieben, ich bin kein Augenzeuge gewesen. Die Schweizer Mädchen kommen erst kurz vor Mitternacht heim. Ich muß sie aus dem steckengebliebenen Fahrstuhl befreien, drücke auf den Alarmknopf. Als sich nichts rührt, hole ich den Hausmeister aus dem Bett. Er hat schon geschlafen, will nichts von Jubel und Fackelzug wissen. Er ist Kommunist.

«Du hast etwas versäumt, was du nie mehr nachholen kannst», sagen meine Kameradinnen. Aber das hindert sie nicht daran, schon am Tag danach, früher als sie es vorgehabt haben, wieder nach Hause zu fahren. Haben sie Angst bekommen beim Anblick der fanatisierten Massen?

«Wenn man kein Deutscher ist», sagt eine von ihnen, «kann man das Ganze nicht verstehen.» Sie blickt mich an und fragt, ob ich hierbleiben wolle, schließlich sei ich in meinem Vaterland.

Ich habe Schlatters Ratschlag nicht befolgt, ich bin in Berlin geblieben. Ich will nicht ins Quisisana zurück. Zwei Semester studiere ich Germanistik und Kunstgeschichte. Den Parteifunktionären an der Universität bin ich von vornherein verdächtig. Gelte als schlechte Deutsche, weil ich meine Kindheit zum Teil im Ausland bei jüdischen Verwandten verbracht habe, statt bei der nationalen Erneuerung mitzuhelfen. Ich bin und bleibe eine Einzelgängerin, trete nicht dem Studentenbund, keiner Jugendorganisation bei. Das Gerücht verbreitet sich, ich sei selbst eine Jüdin. Von diesem Tag an fühle ich mich verfolgt. Ich verschaffe mir einen Ahnenpaß aus Bremen. Papa schickt mir den Stammbaum der Familie. Meine Brüder Melchior und Balthasar haben es inzwischen zu Offiziersanwärtern bei der Marine gebracht. Der Partei-Amtsleiter an der Universität, der mich verdächtigt hat, eine Jüdin zu sein, studiert gründlich alle Namen unserer Familie. «Weitverzweigte Krone», sagt er, «aber der Stamm fault. Welke Blätter, Krankheit des Chlorophylls.» Er liest die Berufe vor, die meine Vorfahren gehabt haben: Pfarrer, Ärzte, Gutsbesitzer, Kaufleute, Juristen, eine Äbtissin. Casimir ist der Verdächtigste unter ihnen: Künstler!

«Kein Nachwuchs», stellt der Studentenführer fest, «der Maleronkel Junggeselle, wahrscheinlich schwul. Die Mutter früh gestorben, Patentante hat einen Juden geheiratet, ist nicht alt geworden. Nicht mal Kinder hat sie hinterlassen. Typisch dekadent.» Er macht sich eine Notiz auf seiner Liste. «Für ein Mädchen wie dich, ohne Familienanhang, ohne moralische Stütze», sagt er, «können unsere Jugendgruppen zur zweiten Heimat werden.»

Ich bekomme die Erlaubnis, weiterzustudieren. Doch das Leben an der Universität ist mir vergällt. Ich fühle mich noch immer verfolgt und verdächtigt. Entschließe mich zu einer Ausbildung an der Akademie für angewandte Kunst, um fotografieren zu lernen. Die technische Seite des Berufs macht mir am Anfang Schwierigkeiten, ich brauche doppelt so lange wie die anderen, ehe ich begreife, wie eine Kamera funktioniert. Das

Berechnen von Belichtung und Blende, das Entwickeln, Vergrößern und Beschneiden der Aufnahmen in der Dunkelkammer machen mir keinen Spaß. Aber immer wieder sehne ich mich nach dem Augenblick des «Schusses». Bei jeder Momentaufnahme spüre ich einen Stich des Entzückens. Das Klicken des Auslösers versetzt mich in Erregung. Bald wird mir klar, daß ich den richtigen Beruf gewählt habe. Er entspricht meiner Art und Weise, die Welt zu erfahren und in Besitz zu nehmen. Von nun an ist kein Mensch und kein Gegenstand mehr vor mir sicher. Ich gehe mit meinem Apparat auf Jagd, klettere auf Leitern und Bäume, um die Höhe zu gewinnen, die ich brauche, lege mich auf die Erde ins Gras, um Menschen und Dinge von unten aufzunehmen, aus der Froschperspektive.

«Deine Aufnahmen sehen aus, als habe sie ein Zwerg geknipst», sagt mein Lehrer, ein Meisterfotograf, der früher am Bauhaus als Maler tätig gewesen ist und sich ein neues Wirkungsfeld suchen mußte, «sie haben etwas Heimliches, Heimtückisches.» Dennoch bestätigt er mir, daß ich das Fotoauge besitze. Ich bin kein Ohrenmensch wie Onkel Gregor. Ich versuche, die Geschichte der Zeit, in der ich leben muß, nicht in Worten, sondern in Bildern festzuhalten. Fotografie gilt nicht als Kunst in diesen Jahren. Aber in der Industrie oder in der Werbung könnte ich jederzeit Geld verdienen.

Mein Lehrer ist schon mit fünfzig weißhaarig. Trotz des Altersunterschiedes wird er meine erste große Liebe. Er ist verheiratet, lebt jedoch von seiner Frau, einer emigrierten Russin, die in Paris wohnt, getrennt. Wir mieten gemeinsam eine Dachwohnung in einem Mietshaus im Osten, wo uns keiner kennt. Er ist oft unterwegs, ohne mir zu sagen, daß er in einer Untergrundorganisation tätig ist. Will er mich nicht der Gefahr der Verfolgung aussetzen? Als ich durch einen Zufall von seiner Tätigkeit erfahre, packt mich die Angst, ihn zu verlieren. Als könnte ich ihn dadurch vor Unheil bewahren und für mich behalten, mache ich unzählige Porträtaufnahmen von Prospero, wie ich ihn nenne, weil sein wirklicher Name geheim bleiben muß. Ich erfinde eine neue Beleuchtungstechnik. Meistens arbeite ich ohne Kunstlicht, am liebsten im Freien. Ich liebe jede Falte in seinem Gesicht, ich lege sie durch die Linse der Kamera bloß, ich vertiefe sie, statt sie zu retouchieren.

«Du machst aus mir einen alten Mann», behauptet er, «ich bin für dich eine Vaterfigur wie dein Onkel Gregor.» Er kennt das Quisisana flüchtig, hat mal einen Patienten dort besucht. «Ein angenehmer Aufenthalt trotz der Kranken, weit weg von allem, was wirklich geschieht», erklärt er. «Bald wird sich niemand mehr eine Neurose leisten können. Die Zeit, in der wir leben, tötet die Gesunden, sie heilt die Nervenkranken durch Schrecken und Schocks.»

Immer seltener denke ich an Onkel Gregor und den Park, in dem ich meine Kindheit verbracht habe. Auch der Autounfall und Josephines Tod scheinen in weite Ferne gerückt zu sein. Am meisten beschäftigen mich in dieser Zeit Prosperos Augen. Es ist schwierig, ihren etwas fiebrigen Glanz, die hängenden Lider, die starken Brauen, die langen Wimpern und den Ausdruck fast magischer Starre, der von der Iris ausgeht, in der Fotografie festzuhalten. Es gelingt mir nur bei einigen Momentaufnahmen, die ich schnell hintereinander von ihm mache, ohne daß er es merkt. Den ganzen Tag über beschäftige ich mich mit meinem neuen Beruf, von dem ich nicht recht weiß, ob man ihn als Handwerk oder als Kunst bezeichnen soll. Auch Prospero, von dem ich mehr lerne als auf jeder Akademie, weiß darauf keine sichere Antwort.

Ich vergrabe einige von Prosperos Bildern und von meinen Aufnahmen, die Zeitereignisse dokumentieren, in dem kleinen Garten, der hinter unserem Mietshaus verwildert. Durch Kästen aus Metall versuche ich, sie vor Wind und Wetter zu schützen. Wer weiß, vielleicht würde es mir gelingen, sie später einmal, in besseren Zeiten, wiederzufinden.

Immer weiter entfernen wir uns von der Außenwelt. Für mich gibt es nur noch das Atelier. Ab und zu bekommen wir von mir Unbekannten Besuch, die Prospero Botschaften überbringen.

Nie hätte ich früher geglaubt, daß zwei Menschen wie wir so gut für sich allein leben können, ohne die Verbindung zu anderen zu entbehren. Ist es ein Zeichen, daß wir uns wirklich lieben? Ich verändere mich sehr in diesen glücklichen Tagen. Trotz der Gefahr, die uns von allen Seiten umgibt, fühle ich mich ruhig, stark und ausgeglichen wie nie zuvor.

Wir haben kaum Verbindung zu unseren Nachbarn. Zwar grüße ich alle, denen ich im Treppenhaus begegne, schließe aber mit keinem Bewohner nähere Bekanntschaft. Ich weiß kaum, was sich in meiner Umgebung abspielt. Wer hat als erster bemerkt, daß es in unserem Atelier nach Terpentin und Farbe riecht? Prospero hat heimlich wieder angefangen zu malen. Man hat es ihm verboten, aber er müßte ersticken, wenn er es nicht tut. Ich schließe die Farbskizzen in einem Abstellraum zwischen meinen vergrößerten Fotografien ein. Prospero macht auch von mir ein paar Aquarelle. Als Modell für Ölbilder findet er mich ungeeignet, es fehle mir an Geduld für lange Sitzungen, behauptet er. «Schau mir in die Augen», sagt er, «nicht immer gleich die Lider senken.» Als er mich einmal als Halbakt malt, hören wir Schritte auf der Holzstiege. Es gelingt uns nicht mehr, die Malgeräte und die Leinwand wegzuräumen. Der Hauswart, der vergessen hat, anzuklopfen, findet mich halbnackt auf der Couch.

«Schweinerei», ruft er, «wir wissen schon lange, was ihr hier oben treibt.» Ist er von der Partei beauftragt, das Malverbot zu überwachen? Er verlangt, Prosperos Paß zu sehen. Als er seinen richtigen Namen liest, schaut er in einer Liste nach und nickt.

«Macht nur so weiter», sagt er, «wir wissen Bescheid. Ihr werdet sehen, was euch blüht.» Nachdem er gegangen ist, versuchen wir in großer Eile alle Spuren zu verwischen, die auf Prosperos Tätigkeit in der Untergrundgruppe und auf die Namen seiner Freunde dort hinweisen könnten. Wir zünden den kleinen Kanonenofen an, der das Atelier an kalten Wintertagen wärmen soll. Briefe, Adreßbücher und Telefonverzeichnisse werden verbrannt. Die Ölbilder verstecken wir in einem Bretterverschlag auf dem Speicher. Wir beschließen auszuziehen und uns eine andere Bleibe zu suchen – zu spät. Schon am nächsten Morgen gegen fünf Uhr klingelt es mehrere Male an der Haustür. Wir hören Schaftstiefeltritte auf der Treppe, öffnen nicht. Ich will Prospero in der Abstellkammer einschließen. Er hält mich zurück. «Es hat keinen Sinn», sagt er, «sie werden mich überall finden.» Ich bewundere seine Ruhe. Als die Männer an der Wohnungstür stehen, ist er schon angezogen, er geht ihnen sogar entgegen und macht ihnen auf. Wir verabschieden uns kaum voneinander. Er sagt, ich solle mir keine Sorgen machen, man hole ihn nur zu einer Vernehmung ab.

Von Angst gelähmt bleibe ich den halben Tag im Bett liegen. Ich warte auf ein Lebenszeichen – und weiß, daß es nicht kommen wird. Endlich entschließe ich mich, etwas zu unternehmen. Ich mache dem Studentenfunktionär einen Besuch, der mir damals geholfen hat, als es hieß, ich sei Jüdin. Vielleicht besitzt er Einfluß genug, denke ich, um zu erfahren, wo Prospero hingebracht worden ist. Als er dessen richtigen Namen erfährt, den er von früher her offenbar kennt, hebt er die Schultern und schüttelt den Kopf. Er gibt mir den Rat, mich herauszuhalten, nichts weiter zu unternehmen. Dann stelle ich Nachforschungen nach Schlatter an. Finde die Kneipe «Berliner Bär» am Alexanderplatz wieder. Doch die Männer aus Schlatters SA-Sturm verkehren dort nicht mehr. Auch ihn selbst hat die Wirtin schon lange nicht gesehen. Als ich wieder nach Hause komme, glaube ich den Geruch von Prosperos Zigaretten wahrzunehmen. Ich finde seine Taschenuhr auf dem Marmortisch im Badezimmer, sie tickt noch. Einen Augenblick glaube ich, er sei zurück. Auf einmal ist er mir so nahe, daß es mir den Atem verschlägt. Ich glaube, seine Schritte in den Sportschuhen auf den knarrenden Dielen zu hören. Ich durchsuche das Atelier, die Dunkelkammer, den Abstellraum, aber es ist überall dunkel und still. Bevor ich wegging, habe ich die Vorhänge zugezogen. Ich bleibe im Dunkeln, bemühe mich, keinen Lärm zu machen, damit der Hauswart nichts hört. Kurz vor Mitternacht halte ich es allein in den finsteren Räumen nicht länger aus. Auf der Treppe begegne ich dem Hauswart im Schlafrock. Hat er an unserer Tür gelauscht? «Du kommst auch noch dran», sagt er. «Bis jetzt haben wir jeden, der sich gegen die neuen Gesetze vergeht, zu fassen gekriegt.»

Als ich nach einer langen Nachtwanderung durch die Stadt ins Atelier zurückkomme, finde ich ein Chaos vor. Sie haben meine Abwesenheit zu einer Haussuchung ausgenutzt. Wäsche und Kleider sind auf dem Boden verstreut, alle Schubladen und Schränke geleert. Auch die Bilder und die Fotografien aus der Abstellkammer haben sie gefunden. Statt aufzuräumen, um festzustellen, was sie noch übriggelassen habe, laufe ich wieder auf die Straße. Von allen Seiten glaube ich Schritte zu hören. Sie verfolgen mich. Hat da nicht jemand «Muriel» gerufen?

Im Stadtzentrum renne ich fast in einen Polizeiwagen, der im letzten Augenblick anhält. Einer der Männer will meinen Ausweis sehen. Darin steht noch immer die Schweizer Adresse. «Muriel Garvinus», sagt der Polizist, «komischer Name. Hoffentlich ist er echt.» Ich laufe ziellos weiter. Wieder befällt mich eine Art von Verfolgungswahn. Ich beobachte die Passanten, die achtlos an mir vorübergehen. Ich bin sicher, die ganze Stadt weiß, wie ich heiße, woher ich stamme, was mir zugestoßen ist, obgleich sich niemand um mich kümmert. Noch ein paarmal höre ich eine fremde Stimme meinen Namen rufen. Ich antworte nicht. Ich bin nicht Muriel, will mir einen neuen Namen ausdenken. Aus allen Fenstern der Mietshäuser fühle ich mich beobachtet. Wieder fange ich zu laufen an. Ich will ins Atelier zurück. Vielleicht liegt dort eine Nachricht von einem von Prosperos Freunden. Wir besitzen kein Telefon, nur ein Besucher, der nicht verdächtig wirkt, könnte als Bote kommen. Auf Prosperos Wiederkehr wage ich nicht mehr zu hoffen. Ich bin sicher, daß sie ihn verhaftet, vielleicht schon in ein Lager abtransportiert haben. Ich will Freunde von Prospero, die ich kenne, fragen, was ich tun soll. Keinen von ihnen treffe ich zu Hause an. Hat man auch sie schon verhaftet? Bin ich die letzte, die man noch sucht? Ich übernachte in einem kleinen Hotel. Das Atelier wage ich nicht mehr zu betreten. Nach einer schlaflosen Nacht fühle ich mich mit meinen Kräften am Ende. Ich beschließe aufzugeben – und verachte mich deswegen.

Von einem Postamt melde ich ein Gespräch mit dem Quisisana an, ein Auslandsgespräch, das bestimmt überwacht wird. Nach langer Wartezeit kommt die Verbindung zustande. Ich wundere mich nicht einmal, daß Onkel Gregor sich selber meldet. Hat er meinen Anruf vorausgeahnt, auf ihn gewartet? Seit langem habe ich nicht mehr mit ihm gesprochen. Am Telefon kann ich nichts von Prosperos Verhaftung und von der Gefahr, in der ich mich befinde, verlauten lassen. Doch er merkt, daß ich in Not bin und ihn brauche. «Nimm den nächsten Zug und komm», sagt er nur. Ein Knacken ist in der Leitung zu hören. «Vergiß den Paß nicht, hoffentlich ist er in Ordnung.»

Die Reise verläuft ohne Zwischenfälle. Der Grenzübertritt macht keine Schwierigkeiten, zumal da ich weder Gepäck noch einen größeren Geldbetrag bei mir habe. «Verwandtenbesuch», erkläre ich dem Zöllner. Er nickt, öffnet den Schlagbaum, als ich Quisisana sage. Gilt der Name hier immer noch als Schlüsselwort? Onkel Gregor holt mich von der Grenze ab. Früher hätte er dazu keine Zeit gehabt, doch jetzt steht das Quisisana halb leer, immer weniger Patienten melden sich an. Ich brauche Onkel Gregor von den Ereignissen in Berlin nicht viel zu erzählen. Zu meiner Verwunderung ist er von Prosperos Verhaftung bereits unterrichtet. Hat ihn die Nachricht auf Umwegen durch eine Emigrantenorganisation, in der er tätig ist, erreicht? Er glaubt sogar zu wissen, in welchem Lager sich mein Freund befindet. Ich frage, ob eine Möglichkeit besteht, ihn zu retten und in die Schweiz zu bringen.

«Er ist kein Jude», sage ich, «er war nur politisch aktiv. Sie könnten ihn hier doch aufnehmen.»

Onkel Gregor führt mich in mein altes Zimmer im Haupthaus, wo ich mich erst einmal ausruhen soll. Beim Abendessen fange ich wieder an, von Prosperos Verschwinden zu sprechen.

Ständig denke ich mir neue Wege aus, wie man ihn befreien könnte.

Onkel Gregor blickt mich aufmerksam an. «Liebst du ihn?»

«Mehr als ich sagen kann.» Ich zeige Onkel Gregor einige Fotografien, die ich über die Grenze geschmuggelt habe.

«Ist er nicht ein bißchen zu alt für dich?» sagt er nur. Ich breche in Tränen aus. Onkel Gregor wartet geduldig, bis ich mich wieder beruhigt habe. «Haben sie dich denn auch verfolgt? Was haben sie dir getan?» will er wissen.

«Schon seit Jahren», sage ich, «habe ich mich beobachtet gefühlt. Immer war da ein Schatten. Aber wenn ich mich umdrehte, habe ich ihn nicht gesehen. Eine einzige Hetzjagd veranstalten sie da drüben. Die Herrschenden sind die Jäger, alle anderen das Wild.»

«Im Quisisana bist du sicher», sagt Onkel Gregor, «ich wußte, daß du eines Tages zurückkehren würdest.»

23

nach 1938
In den Patientenhäusern hält Onkel Gregor Juden versteckt, die unter falschem Namen oder ohne Papiere über die Grenze gekommen sind. Er hat keine Ahnung, daß im Quisisana einige deutsche Pfleger beschäftigt sind, die im Dienst der Geheimen Staatspolizei stehen. Kurz nach meiner Ankunft schleppen die falschen Krankenwärter eines Nachts einige der Flüchtlinge nach Deutschland zurück. Sie kennen die undichten Stellen in den Hecken, die aus dem Park ins Freie führen; draußen warten Autos mit gefälschten Schweizer Nummernschildern.

«Wir sind zu nahe an der Grenze», sagt Onkel Gregor, als er von dem Zwischenfall erfährt. «Ich kann das Quisisana nicht mit Gefängnismauern und Stacheldraht umgeben.»

«Was sollen wir tun?» frage ich ihn.

«Gegen das, war zur Zeit in Deutschland geschieht, gibt es keine wirksame Therapie. Uns allen fehlt die Erfahrung. Es ist, als sei eine unbekannte Krankheit ausgebrochen, die immer ansteckender wird.» Ich verbringe unruhige Tage und Nächte, will wieder nach Berlin zurück, um dort weiter nach Prospero zu suchen. «Vielleicht wirst du ihn hier eher wiedersehen als in Deutschland», meint Onkel Gregor. Mit Hilfe des Roten Kreuzes würde er gern immer mehr Emigranten über die Grenze holen. Doch es gelingt ihm kaum noch, Flüchtlinge im Quisisana zu verstecken. Er kann sich auf sein Pflegepersonal nicht mehr verlassen. Auch unter den Krankenschwestern gibt es Deutsche, von denen man nicht weiß, auf welcher Seite sie stehen.

Als der Krieg ausbricht, fühlen wir uns fast erleichtert. Onkel Gregor ist damit einverstanden, daß ich das Quisisana verlasse, um etwas Nützlicheres zu tun, als hinter den Hecken des Parks in Sicherheit abzuwarten, wie die Dinge sich entwickeln. Ich gelte als Emigrantin, doch für das, was ich vorhabe, brauche ich Schweizer Papiere. Onkel Gregor verschafft sie mir, er hat gute Verbindungen zu den Behörden. Zunächst nehme ich an einem Bergsteigerkurs teil. Ich lerne, mit Seilen und Eispickeln umzugehen und mich schwindelfrei auf Graten und in Gletscherzonen zu bewegen. Die körperliche Anstrengung tut mir gut. Ich begreife nicht mehr, aus welchem Grund ich im Internat an den Kletterpartien im Hochgebirge nicht teilnehmen wollte. Ich schließe mich einer Gruppe von Fluchthelfern an, die Häftlinge, denen es gelungen ist, aus dem Lager zu entkommen, über die Pässe auf Schweizer Gebiet führt. Tagsüber belehren uns Kenner des Gebiets über Geographie und Bodenverhältnisse des Gebirgsgeländes. Je mehr ich körperlich tätig bin, desto einfacher werden meine Gedanken. Sie richten sich immer nur auf die nächste Zukunft, manchmal nur auf die kommenden Stunden, den anbrechenden Tag, die nächsten Minuten. Ich habe Kräfte, von denen ich nie etwas ahnte. Endlich glaube ich zu wissen, was ein sinnvolles Leben ist. Nur ab und zu bekomme ich ängstliche Anwandlungen. Werden die Grenzpolizisten mich nicht trotz des gefälschten Schweizer Passes als Deutsche erkennen, wenn sie mich entdecken? Mir ist klar, daß ich gefährdeter bin als die echten Schweizer, die das gleiche tun wie ich.

Als Arbeitsgebiet wird uns ein Grat zugewiesen, der mich an den Bergausflug mit Josephine und Andreas erinnert. Der Abstieg auf der Schweizer Seite ist steil, er endet in einer Schlucht mit Wäldern von Krüppelkiefern. Für die geschwächten und ungeübten Flüchtlinge, die ich führe, bedeutet der nächtliche Marsch eine fast übermenschliche Leistung. Die Kinder kommen besser mit als die alten Leute, von denen immer wieder welche hinfallen und liegenbleiben. Sie wollen sich nicht helfen lassen, können nicht weiter. Manche von ihnen wollen an dem Ort, wo sie sind, in Ruhe sterben. Wir brauchen Bahren und Träger. Der Grenzpaß wird nur im Schutz der Dämmerung überquert. An gefährlichen Stellen bilden wir Ketten oder binden die Flüchtlinge an Seilen fest. Es wird nicht gesprochen, nicht einmal die Kinder weinen bei der Kälte. Die Ungeübten werden darüber unterrichtet, wie man Steinschlag, der uns verraten könnte, vermeidet. Manche Nachtwanderer, die keine Bergstiefel haben und viel zu dünn angezogen sind, gehen wie auf Geisterfüßen. Wir verteilen Wolldecken, die sie sich um die Schultern legen.

Die Flüchtlinge bringen einen Geruch nach Tod und Verwesung mit über die Grenze. Ihre Gegenwart weckt Gedanken an Prospero. Wir sprechen nie über das, was hinter ihnen liegt, sie sagen nur das Notwendigste. Haben sie immer noch Angst, ein Unberufener könnte zuhören? Das Schweigen kommt mir unheimlich vor. Handelt es sich um Schatten, die wir aus der Unterwelt gerettet haben? Sie sind noch nicht ganz wieder zum Leben erwacht, werden lange brauchen, bis sie sich in ihrer neuen Lage zurechtfinden. Trotz der großen Anstrengungen liegen viele von ihnen in den Notquartieren schlaflos da, aber sie klagen nie. Sie sind schrecklich still. Sie tun ohne Widerspruch, was ihnen gesagt wird.

Nicht alle überleben. Zum ersten Mal sehe ich Menschen vor Erschöpfung sterben, fast ohne Todeskampf, manchmal auch ohne Schmerzen. Die Opfer werden an Ort und Stelle unter Hügeln aus Steinschutt und Holzkreuzen begraben. Die Toten haben keine Papiere, wir fragen die Lebenden nicht nach ihren Namen. Je weniger wir von ihnen wissen, desto besser. Die meisten Teilnehmer an unserem Geisterzug kennen einander nicht, kaum einer Familie ist es gelungen zusammenzubleiben. Kinder, die nach ihren Eltern suchen, sind die einzigen, die das Schweigen manchmal brechen und Namen rufen.

Der Tod eines kleinen Mädchens ist mir im Gedächtnis

geblieben. Es war etwa fünf Jahre alt und konnte mit den anderen nicht Schritt halten. In der Almhütte lege ich das Kind auf ein Schaffell in der Nähe des brennenden Kamins. Nach einer Weile scheint es einzuschlafen. Mitten in der Nacht höre ich jemand «Muriel» rufen. Irgendwann hat das Kind meinen Namen gehört. Ich leuchte mit der Taschenlampe. Das schmale Gesicht mit den in die Höhlen gesunkenen Augen ruft Erinnerungen in mir wach. Fünf Jahre war ich alt, als Josephine Hochzeit im Quisisana feierte. Das sterbende Kind kommt mir vor, als sei es auf eine geheime Weise mit mir verwandt. Auf einmal richtet das kleine Mädchen sich noch einmal auf, sieht mich an und sagt etwas in einer Sprache, die mir unbekannt ist. Vielleicht glaubt es, ich sei seine Mutter. Über sein Gesicht geht ein Leuchten, es macht einen letzten Versuch zu lächeln, dann sackt es mit einem Ruck in sich zusammen. Es ist tot, ich muß ihm die Augen zudrücken, das habe ich noch nie getan. Wir nehmen die kleine Tote mit ins Tal hinunter, um sie auf einem Dorffriedhof zu begraben.

Von einem Tag auf den anderen werde ich abberufen. Traut man mir als einer Deutschen nicht mehr? Bin ich in ständiger Lebensgefahr, weil mein falscher Paß entdeckt werden könnte? Wieder kehre ich ins Quisisana zurück. Dort gibt es wenig zu tun, meine Stimmung verdüstert sich wieder. Onkel Gregor versteckt keine Juden mehr in den Patientenhäusern. Die von ihm gegründete Organisation ist von den Behörden verboten worden. Die Invasion der Emigranten nehme überhand, heißt es, der Flüchtlingsstrom dürfe nicht länger über die Ufer treten.

Wir können nichts tun als warten. Täglich hören wir von Todesfällen, auch aus der eigenen Familie. Kurz nacheinander sind meine beiden Brüder bei U-Boot-Einsätzen ums Leben gekommen. Ich habe ein schlechtes Gewissen, weil ich mich so wenig um sie gekümmert habe. Meine Schuldgefühle kehren zurück. Um mich abzulenken, versuche ich meine fotografische Ausbildung ohne fremde Hilfe fortzusetzen. Prosperos Ratschläge und Kritiken an meiner Arbeit fallen mir wieder ein. Im

Quisisana gibt es nur veraltetes Kamergerät. Doch ich versuche, mit ihm neue Wirkungen zu erzielen: Parkbilder im Herbstnebel, schattenhafte Gestalten vor grauem Hintergrund, Lichtpunkte auf dem See, das Muster der Wellen an windigen Tagen. Nur noch selten kommt Post. Onkel Gregor vermißt die Briefverbindung mit seinen Kollegen und Freunden. Immer wieder frage ich in der Rezeption, ob für mich keine Nachricht da ist, immer wieder schüttelt die Lernschwester, die jetzt dort Dienst tut, den Kopf.

Dann endlich erreicht mich ein Telegramm. Ich habe solches Herzklopfen, daß ich im Freien erst einmal wieder zu Atem kommen muß. Auf der weißen Bank, im Anblick von Chronos Saturn, reiße ich das zusammengefaltete Papier auf. Ich bin so sicher, eine Nachricht von Prospero in den Händen zu halten, daß ich den Text wegen plötzlicher Sehstörungen kaum entziffern kann. Das Telegramm kommt aber aus Bremen, von Moritz. Wieder eine Todesnachricht. Bei einem der Luftangriffe ist Papa ums Leben gekommen. Er hat versucht, auf dem Speicher des Kontorhauses Brandbomben mit der Feuerpatsche zu löschen, als eine Sprengbombe explodierte und das halbe Haus zusammenstürzen ließ. Diese Einzelheiten erfahre ich erst später aus einem Brief, in dem Moritz schreibt, sie wolle die Familienfirma weiterführen. Der arme Papa! Weshalb habe ich ihm vom Quisisana aus kaum noch geschrieben? Aus welchem Grund bin ich von Berlin aus fast nie nach Bremen gefahren, um ihn zu besuchen? Ich habe ihm gegenüber versagt, er dagegen hätte jede Gefahr auf sich genommen, wenn es um meine Rettung gegangen wäre. In der Nacht nach der Todesnachricht weine ich mich in den Schlaf. Ich träume, daß Papa mich auf seinen breiten Schultern huckepack über die Berge und durch die Furt eines Flusses trägt. Er macht lange Schritte, kommt mir wieder wie ein Riese vor, ich dagegen verwandle mich in das kleine Kind, das er vor allen Gefahren bewahren wollte.

Je mehr sich das Kriegsende nähert, um so schwerer wird es mir, die Luft im Quisisana zu atmen. Manchmal kommt sie mir vor, als sei sie vergiftet. In den Zeitungen lese ich das Neueste über den Rückzug der Deutschen, die Siege der Alliierten und die Kämpfe auf deutschem Boden. Onkel Gregor will mich adoptieren, weil ich jetzt eine Waise bin und keine Familie mehr habe. Die Behörden machen Schwierigkeiten. Einmal fragt Onkel Gregor mich, weshalb ich nicht Medizin studiert habe. Hat er je mit dem Gedanken gespielt, mich zu seiner Nachfolgerin zu machen? Er nützt seine Beziehungen zu einflußreichen Persönlichkeiten aus. Überraschend schnell wird der Adoptionsantrag auf einmal genehmigt. Ich kann mich nicht daran gewöhnen, einen neuen Vater und wieder eine Heimat zu haben.

«Ich werde dich nicht mehr Onkel nennen», verspreche ich Gregor, «aber vorläufig fällt es mir schwer, Vater zu dir zu sagen.» Zur Feier der Adoption beschließen wir zu zweit eine Ruderpartie auf dem See zu machen. Es ist windstill. Ich rudere, wir schweigen beide.

Über das Wasser hallt auf einmal ein Ruf. Wir verstehen ihn nicht, viele Stimmen scheinen gleichzeitig zu schreien. Für uns, die wir an Unglück gewöhnt sind, klingt es, als handle es sich um eine Katastrophe, um Feuer oder Flut. Wir rudern bis in die Nähe des Ufers zurück, wir entdecken die bunte Menge, die sich dort versammelt hat; auch Krankenschwestern und Pfleger des Quisisana sind dabei.

«Der Krieg ist aus», rufen sie uns zu. Wir legen am Landesteg an. Das Eingangstor zum Quisisana steht offen. Auf der Wiese vor dem Rondell tanzen Mädchen und Burschen aus der Stadt.

«Kapitulation, Befreiung!» ruft ein Mann in Zöllneruniform, er wirft seine Mütze in die Luft. Haben die Zöllner die sonst so streng bewachten Schranken verlassen, ist die Grenze heute für jedermann offen?

Keiner der Tanzenden, die den Sieg feiern, denkt an das, was drüben in Deutschland geschieht, wo die Besatzungssoldaten mit ihren Panzern stehen, in der Trümmerwüste, im besiegten Land, durch das Flüchtlingstrecks in alle Himmelsrichtungen ziehen. Ich komme mit dem Zöllner ins Gespräch. Mein erster

Gedanke gilt Prospero. Ich will möglichst gleich über die Grenze, um ihn zu suchen.

Der Zöllner versucht, mich von meinem Plan abzubringen. «Da drüben ist die Hölle», warnt er, «wer wird sich freiwillig in sie stürzen?»

«Nur für ein paar Tage», sage ich, «ich komme bestimmt zurück.»

«Reisende soll man nicht aufhalten.» Der Zöllner wiederholt einen Spruch, den er oft gehört hat. Er zwinkert mir zu und verspricht, mir beim verbotenen Grenzübertritt zu helfen.

24

1945
Nach den letzten Worten ihrer Niederschrift legte Muriel den Federhalter beiseite und machte das Buch zu. Auch *Diary III* war vollgeschrieben. Der Ring schließt sich, dachte sie, ich bin am Ende, der Schluß gleicht dem Beginn. Sie hatte ihre Chronik, die sie zunächst für eine ärztlich verordnete Strafarbeit hielt, vollendet. Sie ging ins Arbeitszimmer, um Gregor den Band, dessen Inhalt er erst nach ihrem Abschied vom Quisisana lesen sollte, zur Aufbewahrung zu geben. Einen Zukunftsplan hatte sie noch nicht, ihr war nur klar, daß sie den Ort, an dem sie sich immer noch befand, so schnell wie möglich und diesmal für immer verlassen mußte. Sie fand Gregor nicht allein. Er hatte Besuch von seinem Verleger, der ihm auf einem der Ledersessel am Glastisch gegenübersaß. Gravenhagen war mit der Lektüre des Kapitels über den «unheilbaren Tod» aus dem Opus magnum beschäftigt.

«Da ist ja unsere Fotografin», begrüßte Gravenhagen sie flüchtig. «Mit Ihnen würde ich auch noch gern reden. Nehmen Sie doch Platz.» Er tut, als sei er hier der Hausherr, dachte Muriel, ließ sich aber trotzdem auf dem dritten Sessel nieder. «Sie wissen, wie wichtig es ist, Ihr Buch jetzt schnell herauszubringen», hörte sie den Verleger zu Gregor sagen. «Jetzt ist der richtige Zeitpunkt. Die seelischen Kriegsfolgen stehen uns erst noch bevor. Überall werden zur Zeit Neurosen ausgebrütet, sie können tödlich enden, wenn wir keine Dämme gegen sie errichten. Noch stehen viele unter Schock, danach kommen die Zusammenbrüche.»

«Ich weiß nicht, ob es den Menschen etwas hilft, was ich geschrieben habe», gab Gregor zu bedenken, «ich muß genug Zeit haben, um alles zu Ende zu überlegen, ehe ich an eine Veröffentlichung denken kann.»

Gravenhagen öffnete ein silbernes Döschen und steckte eine Pastille in den Mund – ein Medikament, eine Süßigkeit? Er lutschte, es sah komisch aus, wie sich seine Nagetierlippen bewegten. Offenbar hielt er es für gut, das Thema zu wechseln, um Gregor nicht noch mehr zu reizen.

«Unberechenbar, diese Kinder», sagte er mit einem Blick auf Muriel. «Ich habe einen Sohn, er ist zweiundzwanzig. Es ist mir gelungen, ihn rechtzeitig aus der Hölle zu holen, in der er mit Sicherheit umgekommen wäre. Er könnte es sich wohl sein lassen in unserem Heim im Tessin. Er weiß genau, was in Deutschland los ist: Hunger, Trümmer, Wohnungsnot, Schlangestehen bei den Ämtern. Stellen Sie sich vor, er will zurück, er möchte den Verbrechern aufbauen helfen, die ihn als Juden umbringen wollten. Er glaubt, jetzt dort willkommen zu sein – als Staatenloser! Die Besatzungsmacht, meint er, würde ihm helfen. Möchte nur wissen, wozu man sich halb tot gearbeitet hat, um eine neue Existenz aufzubauen. Das gemachte Bett – er lehnt es ab.»

«Ich verstehe ihn gut, Ihren Sohn», unterbrach Muriel ihn. «Mir geht es ähnlich. Lange genug haben wir von draußen zugeschaut. Endlich können wir etwas für die Zukunft tun.»

«Mir scheint, sie ist geradeso romantisch und naiv wie mein Sohn Frank.» Gravenhagens Augen waren auf Gregor gerichtet, als suche er Unterstützung und Hilfe bei ihm. «Ich bin Emigrant», sagte er, «ich werde es immer bleiben. Wir Alten werden die Kinder nie begreifen.» Als Gregor keine Antwort gab, wandte der Verleger sich wieder an Muriel. «Da unsere kleine Fotografin auch Fluchtpläne aus der Sicherheit ins Chaos hat, wird sie sich für den Zukunftsplan meines Sohnes vielleicht interessieren: Freunde von Frank haben in Bremen eine Zeitschrift gegründet, die dem geistigen Wiederaufbau dienen soll. Für die Finanzierung wird Vater Gravenhagen zur Kasse gebeten. Die Jungen haben unsere Erfahrungen nicht. Sie denken tatsächlich, sie können die Welt verändern, die Menschheit bessern nach allem, was geschehen ist. Die Zeitschrift soll ‹Zu neuen Ufern› heißen. Ziemlich kitschig, nicht wahr?» Er lachte auf seine hämische Art; aus dem Silberdöschen holte er eine neue Pastille.

«Man sollte sie es ruhig versuchen lassen», lautete Gregors Meinung, die er nach langer Überlegung äußerte. «Man kann die mörderische Vergangenheit zwar nicht durch Zeitschriften und Manifeste hinter sich bringen. Die werden wir nicht mehr los, sie ist zu tief in uns eingebrannt. Aber vielleicht haben die vielen Prüfungen manche Menschen doch verändert.»

«Soll Muriel diese Worte als Ihre Erlaubnis verstehen, es ebenfalls mit einem neuen Anfang zu versuchen?»

«Ich habe Muriel nichts zu verbieten», sagte Gregor, «sie ist gesund. Sie wird tun, was sie möchte. Sie ist erwachsen.»

«So steht es also.» Gravenhagen nickte Muriel zu, er nahm seine Brille ab und rieb die rote Stelle an der Nasenwurzel. «Hat unsere Fotografin schon konkrete Pläne? Soll ich mit Frank sprechen? Eine tüchtige Mitarbeiterin könnten sie gewiß für ihre Zeitschrift brauchen.» Muriel sagte, daß sie gern mitmachen würde. Dabei sah sie Gregor besorgt an. Nachdem sie gegangen war, würde er ganz allein bleiben.

«Also dann Prost!» Gravenhagen erhob sein Glas mit dem Portwein, den Gregor ihm angeboten hatte. «Zu neuen Ufern!» Kurz danach verabschiedete er sich, Gregor mußte zur Abendvisite. Er legte *Diary III* zu den beiden anderen Bänden in die Schreibtischschublade.

In Muriels Postfach lagen zwei Briefe; auf dem einen klebte eine Schweizer Marke, der Umschlag des anderen war mit Zensurstempeln der amerikanischen Militärbehörden bedeckt. Eine Nachricht aus Deutschland – immer noch eine Seltenheit. Schon beim Lesen der Adresse erkannte Muriel die dünne, spitzige Schrift ihrer Stiefmutter. Als sie wieder draußen im Park war, riß sie den Umschlag auf. Sicher will Moritz etwas von mir, sagte sie sich halb schuldbewußt, halb ärgerlich, sonst würde sie sich nicht melden. Muriel dachte nur selten an die einzige Überlebende ihrer Bremer Familie. Die Schrift der Stiefmutter hatte sich nicht verändert. Noch immer benutzte sie ein Linienblatt, damit die Zeilen gerade blieben. Das Papier, das sie verwendete, war grau, hart und holzhaltig, es roch nach Medizin.

Auf ihrem Gang durch den herbstlichen Park fing Muriel zu lesen an. Jedes Wort, das Moritz schrieb, traf sie wie ein Vorwurf, obgleich die Stiefmutter, tüchtig und tapfer wie immer, sich nicht beklagte: «Wir verbringen die Tage mit Aufräumungsarbeiten. Immer noch kommen neue Meldungen über Gefallene. Leid und Kummer in Familien, die auch Dir bekannt sein dürften. Wir Frauen müssen die Männer, von denen die meisten noch in Kriegsgefangenschaft sind, ersetzen. Es geht besser, als Du es Dir vorstellen kannst. Geld habe ich genug, aber es ist nichts wert. Ich spare mit meinen Lebensmittelmarken, ich bin dünn geworden, fühle mich jedoch weder elend noch krank. Nie wird mich jemand dazu bringen, auf dem schwarzen Markt zu kaufen. Das hat in unserer Familie noch niemand getan. Neulich kam das erste Care-Paket aus Amerika. Gregor hat es durch Vermittlung von Mr. Ferner geschickt. Dafür wollte ich mich bei ihm bedanken. Den Inhalt habe ich mit den zwei jungen Helferinnen im Kontor und einem Vetter, der wegen eines Lungenleidens nicht im Krieg war, geteilt. Wir verbrauchen viel Zeit mit Schlangestehen. Der Winter kann schlimm werden, es gibt keine Kohle. Wir fällen die Bäume im Garten, um mit dem Holz die Kanonenöfen zu heizen. Wir halten durch, wir geben die Hoffnung nicht auf.

Anbei die letzten Fotografien von Deinem Vater und Deinen

Brüdern, damit Du wieder an sie denkst. Wirst Du, wenn man wieder frei reisen kann, einmal nach Bremen kommen? Diese Stadt ist immerhin Deine Heimat gewesen. Auch für das Schicksal der Firma könntest Du Dich interessieren. Vergiß nicht, daß Dein Vater und Deine Brüder sich für das Fortbestehen des Familienbetriebs aufgeopfert haben. Der Krieg hat ihr Leben gefordert – mehr kann man nicht für seine Heimat tun. Ich hoffe, Du erhältst mein Lebenszeichen, die Post funktioniert noch immer schlecht, in jeder Besatzungszone gibt es andere Zensurbestimmungen. Vielleicht schreibst Du mir ein paar Worte, um den Empfang dieses Schreibens zu bestätigen. Ich hoffe, daß es Dir wieder bessergeht. Auf Umwegen hörte ich, Du hättest einen seelischen Zusammenbruch erlitten. Ist das richtig?»

Die zweite Nachricht, sie kam aus dem Tessin, war kurz und klar. Frank, der Sohn des Verlegers Gravenhagen, hatte von seinem Vater gehört, daß Muriel nach Deutschland zurück wolle und sich für einen Posten als Fotografin bei der vor kurzem gegründeten Zeitschrift ‹Zu neuen Ufern› interessiere. Wenn diese Nachricht stimme, schlage er vor, das Abenteuer der Reise nach Bremen gemeinsam zu unternehmen. Wenn er nichts Gegenteiliges höre, werde er sie nach einer telefonischen Verabredung im Quisisana abholen. An dem Brief fiel Muriel auf, daß der junge Mann, den sie noch nie gesehen hatte, sie einfach «Du» nannte. Wußte er nicht, wie alt sie war? Oder war dieser kameradschaftliche Umgangston üblich in den Kreisen der künftigen Zeitschriftenkollegen? Einen Augenblick zweifelte sie an der Richtigkeit ihrer Entscheidung. Dann jedoch meldete sie nach einem kurzen Gespräch mit Gregor selbst ein Gespräch nach Lugano an, um ihr Einverständnis zu erklären.

Sie hatte Gregor versprochen, den Quisisana-Park vor ihrer Abreise noch einmal zu fotografieren. Zwischen Nebelschleiern kam die Sonne hervor, ein schöner Herbsttag, ideale Beleuchtung. Sie arbeitete wie früher in ihrem Trainingsanzug. Vom

Mangel an Übung merkte sie nicht viel, sie fühlte sich in ihrem Element, obgleich sie ihr in Berlin zurückgelassenes Kameragerät vermißte. Kaum war sie in der Lindenallee, da tat sich ihr Fotoauge auf. Sie versuchte, die sich verjüngende Baumreihe bis zum Eingangstor auf den Film zu bekommen. Den Mittelpunkt des Parks, Rondell und Chronos Saturn, nahm sie von oben auf. Sie kletterte auf den Ast eines allein auf der Wiese stehenden Kastanienbaums und knipste die strahlenförmig auf das Rondell zulaufenden Wege. Die weiße Bank sah verlassen aus, als habe, wer weiß wie lange, kein Mensch mehr auf ihr gesessen. Der Wasserschleier, der vom Brunnen herüberwehte, ließ die nackte Haut der Sandsteinstatue des Gottes der Zeit glänzen. Muriel fotografierte ihn von unten nach oben, um das Bartgekräusel und das Gesicht mit den hervorgewölbten Augen und den schwellenden Lippen in starker Verkürzung festzuhalten. Für einen geplanten Werbeprospekt nahm sie auch die Patientenhäuser auf. Es war nicht immer einfach, einen günstigen Blickwinkel zu finden. Ihre Augen registrierten jede Kleinigkeit, die sich störend bemerkbar machte. Die alten Gebäude mußten dringend renoviert werden. Die Villa «Waldfrieden» kam ihr besonders erneuerungsbedürftig vor. Unter den wuchernden Weinranken entdeckte sie Flecken und Mauerrisse. Viele Fensterläden waren geschlossen, die Zimmer nicht belegt. Am meisten Zeit nahm sie sich für die beiden geschlossenen Abteilungen «Salve Regina» und «Waldeck» im hinteren Teil des Parks. Auf gute Aufnahmen von diesen Häusern kam es Gregor besonders an. In der Morgensonne sah das «Salve Regina» trotz der vergitterten Fenster im Erdgeschoß mit seinen Erkern und Fachwerkgiebeln fast wie ein Wohnhaus in einer Villengegend aus der Zeit der Jahrhundertwende aus. «Waldeck» mit seinen Mauern aus Rustikasteinen und den Zinnen auf dem Dach erinnerte an eine Burg aus dem Baukasten. Muriel versuchte, auch Menschen ins Bild zu bekommen, doch um diese Zeit ging keiner der Patienten spazieren.

Dort, wo der Stacheldraht der Umzäunung niedergetreten

war und die Dornenhecken der Brombeeren wucherten, stand plötzlich ein junger Mann, der nicht ins Quisisana gehörte, weder ein Patient noch ein Pfleger, noch einer von Gregors Gästen. Das konnte nur Frank sein. Eigentlich hatte Muriel ihn schon gestern erwartet. Er trug kurze Hosen, ein Pfadfinderhemd und einen Rucksack, seine bloßen Beine waren von Dornen zerkratzt. Er ist ja fast noch ein Junge, dachte Muriel, die sich an Andreas erinnert fühlte, obgleich der «Pfadfinder» mit Gregors ältestem Sohn nicht die geringste Ähnlichkeit hatte. Sein Gesicht war indianerhaft rot, an manchen Stellen schälte sich die Haut wie bei Sonnenbrand. Seine grünen, etwas schräg geschnittenen Augen glitzerten, er lachte, indem er den Mund ungeniert weit öffnete.

«Das Eingangstor war geschlossen», behauptete er, «die Klingel eingerostet. Ich mußte über die Hecke klettern. Das Ganze kommt mir wie bei Dornröschen vor. Alles schläft. Der Park verwildert. Vorm Tor gibt es nicht einmal ein Namensschild. Quisisana – was soll das heißen?»

«Hier wird man gesund», sagte Muriel mit einiger Verlegenheit.

«Glaubst du das wirklich?» fragte Frank. Er hatte seinen Rucksack abgesetzt und sich auf eine der Bänke am Rhododendronweg niedergelassen. «Ziemlich schwer», sagte er, «Reiseproviant, Wolldecken, Schlafsack. Man kann nie wissen, wo man heutzutage übernachtet.» Dann erklärte er, daß er staatenlos sei und fürchte, wegen seines Passes Schwierigkeiten bei den Grenzkontrollen zu bekommen. Aus diesem Grunde wolle er mit einem Ruderboot über den See fahren und an einer nicht überwachten Stelle am deutschen Ufer landen – ein ziemlich abenteuerlicher Plan, mit dem Gregor kaum einverstanden sein würde.

«Bist du eine Schilfinger?» wollte Frank wissen, als sie zum Haupthaus gingen, um mit Gregor zu Mittag zu essen.

«Ja und nein», sagte sie. «Adoptiert. Ich habe einen Schweizer Paß, fühle mich aber immer noch als Deutsche.»

«Schweizer Paß ist auf jeden Fall gut», bemerkte Frank. «Er kann uns weiterhelfen.»

Das Essen verlief schweigsam. Auch Gregor hatte sich Gravenhagens Sohn älter vorgestellt, als er wirkte. Er meinte, Muriel müsse eher auf ihn aufpassen als umgekehrt. Muriel ging hinauf in ihr Zimmer, um das Nötigste für die Reise zusammenzupakken. Gegen Abend verabschiedete sie sich von Gregor im Treppenhaus unter Casimirs Gemälde «Dame im Grünen». Beide waren zu bewegt, um sich mit Ratschlägen und guten Wünschen aufzuhalten. Muriel bedankte sich für alles, sie küßte ihren Adoptivvater auf den Mund, was sie bisher noch nie getan hatte. Ihm standen einsame Zeiten bevor. Er behauptete, sie für die Vollendung seines Opus magnum gut gebrauchen zu können. Als er das sagte, lächelte er etwas verlegen. «Verlier Frank nicht unterwegs», rief er, als Muriel schon an der Haustür stand, «er könnte dein kleiner Bruder sein.»

Es dämmerte, als sie am Landesteg ankamen. Muriel brachte Luftkissen und Wolldecken aus der Bambushütte, Frank verstaute das Werkzeug im Bootskasten. Andreas' Taschenlampe gab Muriel nicht aus der Hand. Als sie ablegten, war der Himmel sternklar, eine windstille, mondlose Nacht. Frank ruderte, Muriel saß auf der Kissenbank am Heck und hielt das Steuer. Sie begegneten kaum anderen Booten, die Fährschiffe hatten ihren Betrieb schon eingestellt. Sie brauchten keinen Kompaß, der Kurs war klar, es gelang ihnen mühelos, ihn einzuhalten. Ab und zu knipste Muriel die Taschenlampe an. Frank sagte «Kein Licht!», als befänden sie sich auf der Flucht und könnten sich auf diese Weise verraten.

Die Fahrt dauerte länger, als Muriel angenommen hatte. Das sanfte Schaukeln des Boots machte sie schläfrig. Sie schloß die Augen. Alles war auf einmal gleichzeitig da: Vergangenheit, Gegenwart, Zukunft. Sie wußte nicht mehr, ob es Frühling, Sommer, Herbst oder Winter war. Auf dem Wasser gleichen sich die Jahreszeiten. Es wurde kühl, sie wickelte sich in eine der Wolldecken ein.

Endlich ein Ziel, dachte sie. Sie war der Dreh- und Kreiselbewegung der Tage im Quisisana entronnen. Nie mehr würde sie die immer gleichen Wege durch den Park auf das Rondell mit Chronos Saturn zugehen. In Zukunft wollte sie nicht mehr in der Vergangenheit leben, sondern von Tag zu Tag, weder gestern noch morgen, nur heute. Wann würde das Schaufelrad in ihrem Kopf, das immer neue Erinnerungen ans Tageslicht gefördert hatte, endlich stillstehen?

Solange sie das Wasser des Sees unter sich spürte, gelang es ihr nicht, aus der Bilderflut aufzutauchen: Sie sah Melchior und Balthasar, die mit ihren U-Booten untergegangen waren, eng umschlungen, als wollten sie sich gegenseitig beschützen – der kleinere wurde von den Armen und Beinen des Langen und Dünnen umklammert. Beide waren nackt, ihre Uniformen hatten sie sorgfältig in den Spind neben ihren Kojen gehängt. Papas Hand, sie erkannte sie wieder, die starke Pranke, immer trocken, nicht hart, nicht weich. Er hob Muriel wie damals, als sie noch klein war, auf seinen Rücken, watete mit ihr durch einen seichten Gebirgsfluß, stützte sich dabei auf einen Knotenstock wie Christophorus auf den Bildern alter Meister. Sein Leben lang hatte er schwere Lasten geschleppt, Ballen und Kisten, Waren aus dem Packhaus am Hafen; zum Schluß die Feuerpatsche in die Hand genommen, um sich geschlagen, die Flammen im Kontor gelöscht, während Moritz, seine zweite Frau, von ihrer Villa in Oberneuland aus durch frisch geputztes Fensterglas in den geröteten Himmel über der brennenden Stadt blickte. Ihr Kräuselhaar war elektrisch geladen, es knisterte, wenn sie mit der Hand darüberfuhr, ihre Sommersprossen waren schwarz geworden. Auf einmal schwamm Josephine dicht neben dem Boot, das nasse Haar fiel ihr auf die Schultern, sie schluckte Wasser, sah wie eine Ertrinkende aus. Muriel beugte sich vor und streckte die Hand aus, um sie zu retten. Josephine trug das Geburtstagskleid mit den Pailletten. Die Metallplättchen zogen sie in die Tiefe, sie sank auf den Grund des Sees...

«Wir haben es geschafft», rief Frank, «aufwachen, aussteigen! Ich habe eine günstige Landestelle gefunden.» Muriel half ihm, das Boot festzumachen.

Sie krochen durchs Ufergebüsch. Deutsches Gebiet, dachte Muriel, sieht ganz ähnlich aus wie auf der anderen Seite – friedlich, still. Sie begegneten nirgends einem Wachtposten. Nur eine alte Frau mit drei kleinen Kindern kam ihnen entgegen. Sie wollten vor Morgengrauen angeln an einer Stelle, wo es verboten war. Man sah ihnen an, daß sie Hunger hatten.

«Wie weit ist es noch bis zur Stadt?» wollte Muriel wissen.

«Ungefähr eine halbe Stunde», sagte die Frau. «Was wollt ihr denn in unserem Totenreich?»

Auf der Landstraße erzählte Frank die Geschichte von den Bremer Stadtmusikanten, die Muriel von früher her kannte. «‹Zieh doch mit uns fort›, sagte der Esel zum Hahn», zitierte er, «‹wir gehen nach Bremen. Etwas Besseres als den Tod findest du überall.›» Er lachte, als habe er einen guten Witz gemacht. Er wollte Muriels trübe Stimmung vertreiben. «Du wirst sehen», sagte er, «der Esel hat recht.»

Nun mußte auch Muriel lachen. Hinter einer Pappelchaussee, die auf die Stadt zuführte, begann sich der Himmel zu röten. Der Morgennebel hatte sich gelichtet.